리허설

미친 듯이 뛰어나다… 이 젊은 작가는 믿기 힘들 정도로 재능이 넘치고, 그녀의 글은 모든 장면을 훔쳐낸다. _뉴욕타임스 북리뷰

『리허설』은 리허설이 아니다… 올해의 데뷔작 중 확실한 경쟁작이다. _인디펜던트

오늘날의 다른 작가들과는 '확연히 다른' 뛰어난 재능을 가진 작가 등장!
_선데이 타임스

활기차고 교활하게 짜인 소설. _옵저버

놀랍다… 문학적 창의성의 정수가 신비롭게 펼쳐진다. 문장은 굉장히 흡입력 있고, 스토리는 대단히 유혹적이며, 책의 어느 부분을 펼치든 내려놓을 수가 없다.
_가디언

『리허설』은 두 가지를 두루 갖춘 절묘한 역작이다… 유려한 글과 독창적이고 전통을 탈피한 구조가 이 작품을 눈부신 데뷔작으로 만들었다. _북리스트

캐턴은 청소년들의 정신과 성적인 관습, 그들의 가장하는 태도, 걱정과 허세를 훌륭하게 해부한다… 엄청난 내용이 대단히 가볍게 펼쳐진다. _스코츠먼

뛰어나다… 캐턴은 달콤한 문장으로 놀랍도록 훌륭하게 사춘기의 정수를 잡아냈다… 캐턴은 훌륭한 능력의 소유자다. _데일리 메일

놀랄 만큼 독창적이다… 읽으면 읽을수록 그 스타일에 익숙해지고 책의 흥미로운 세상에 빠져들게 될 것이다. _타임아웃

뛰어난 재능을 가진 새로운 작가… 캐턴은 단어를 다루는 재주가 있으며 문장을 복잡하고 우아하게 짜낸다. 또한 사람들이 말하지 않는 동기에 대한 통찰력은 유쾌하면서도 인상적이다. _스펙테이터

놀랄 만큼 훌륭하다. 대단히 자신만만하고 예리하다… 뛰어나면서도 대담하고 유쾌한 이 소설은 캐턴의 보기 드물게 짜릿한 새로운 재능을 확실하게 드러낸다. _메트로

'천재적이고… 독자들의 모든 기지를 전부 다 요구하는 실험 정신은 고통스러울 정도로 낯익은 10대들의 모습과 이야기로 누그러진다. 그들은 모두 자신만만하고, 세련되고, 카리스마 있고, 재미있는 사람이 되려고 애를 쓴다. 이것들은 엘리너 캐턴의 특징이기도 하다. _더 타임스

잘 통제되고, 우아하고, 굉장히 읽기 좋은 소설. _파이낸셜 타임스

놀랍도록 훌륭한 데뷔작… 인간 본성을 대단히 성숙하게 관찰한다. _선데이 헤럴드

사춘기 후반의 불안을 생생하고 정확하게 묘사한 작품… 캐턴은 신선하고 기대되는 신인이다. _뉴 스테이츠먼

미로처럼 복잡하게 얽혀 있고, 관심을 사로잡는 놀랄 만큼 독창적인 소설… 모든 좋은 소설이 가진 스타일리시하고 세련되고 끝없는 잠재력과 서사적 즐거움을 갖고 있는 동시에 보너스까지 있다. 소설의 미래를 엿볼 수 있는 것이다. _조슈아 페리스

캐턴은 굉장히 자신감 있게 글을 쓴다. 개념과 구조의 영리함과… 캐릭터들의 강렬한 감정이 균형을 이루고 있다. 『리허설』을 읽으면서 즐거운 점 중 하나는 캐턴이 무대의 관객들에게 모든 것을 돌리는 기대감이다. 뭔가 잘못되기를 기다리고, 환상이 깨지기를 기다리는 마음… 하지만 소설의 진정한 업적은 자립적 세계를 만들어낸 데 있다. _타임스 리터러리 서플먼트

대단히 흥분되는 새 작가의 근사한 데뷔. 손에서 놓을 수 없을 만큼 훌륭하면서도 동시에 술술 읽히고, 또한 계속해서 소위 '현실'과 가공의 관계, 그리고 진실 그 자체의 본질에 대해 계속해서 의문을 제기한다. _케이트 앳킨슨

유순한 즐거움으로 가득하면서도 발톱을 드러내는 것을 주저하지 않는 대담한 책이다. 엘리너 캐턴은 엄청나게 뛰어난 재능을 지녔으며 통찰력이 뛰어나다. 무엇보다도 언어를 새로워 보이게 만든다. _에밀리 퍼킨스

눈을 뗄 수 없고 머릿속에 계속 남는 탁월하게 잘 쓴 소설. _로리 그레이엄

10대의 성과 잔인함, 연기에 대한 성숙하고 재치 넘치는 관찰.
_데이즈드 앤 컨퓨즈드

복잡하고 정교하다… 캐턴 소설의 중점은 연기의 본질을 탐구하는 데 있다. 가장과 진실, 혹은 환상과 현실의 경계가 어디서 무너지는지, 그리고 소설이 무엇을 할 수 있는지 묻는다. _데일리 텔레그래프

'무엇이 현실인가'에 관한 야심찬 반복은 우리가 삶에서 어느 정도는 연기를 하고 있음을 보여준다… 인생의 큰 주제를 이야기하면서도 무대 뒤편에서 질투하는 배우들의 반항적인 속삭임 같은 세세한 부분도 놓치지 않는다. _선데이 텔레그래프

완전히 달라서 분류하는 게 불가능하다. 가장 유사한 작품으로 도나 타트의 『비밀의 계절』이나 마리샤 페슬의 『블루의 불행한 특강』을 꼽을 수 있겠지만, 사실 『리허설』은 홀로 우뚝 서 있다. _글로브 앤드 메일

세련되고 가끔은 움찔할 만큼 정확한 곳을 찌르는 데뷔작… 캐턴은 특히 감정과 기분을 물리적으로 표명하는 데 뛰어나다. _스코틀랜드 온 선데이

창조적이고 자신만만한 소설…『리허설』은 가공의 무대 위에 흥분되는 작품이 도착했음을 알린다. _아이리시 타임스

사이코 스릴러라고 해도 될 정도로 고맙게도 10대들의 의뭉스러움을 철저히 파헤쳤다…『리허설』은 여기 등장하는 학생들의 비밀스러운 삶을 탐험한다. 올해의 데뷔작이 될 것이라 확신한다. _내셔널 포스트, 캐나다

리허설

The Rehearsal

리허설

엘리너 캐턴 장편소설 • 김지원 옮김

다산책방

차 례

조니를 위해서

I

목요일

"전 못 합니다."

그녀는 그렇게 말했다.

"전 선행 음악 교육을 받지 않은 학생은 받아들일 수가 없어요. 제 교육 방식은 부인께서 생각하시는 것보다 훨씬 더 특별하답니다, 핸더슨 부인."

드럼과 더블베이스만으로 연주하는 재즈풍의 박자가 들리기 시작했다. 그녀는 숟가락으로 원을 그리고서 한 번 두드렸다.

"클라리넷은 색소폰으로 가는 첫걸음이에요. 아시겠어요? 클라리넷이 검은색과 은색으로 된 정자고, 이 정자를 아주 많이 사랑하면 언젠가 색소폰으로 자라나게 되는 거죠."

그녀가 책상 앞쪽으로 몸을 기울였다.

"핸더슨 부인. 현재 따님은 너무 어려요. 이렇게 말하면 이해하시려나요? 시큼한 젖내가 따님을 장막처럼 휘감고 있단 말입니다."

핸더슨 부인이 시선을 떨구고 있어서 색소폰 선생은 좀 더 날카롭게 말했다.

"제 말 알아들으시겠어요? 한일자로 다문 입은 벌겋고, 가슴은 푹 꺼지고, 블라우스는 칙칙한 겨자색을 해갖고 말이에요."

핸더슨 부인은 알아보기 힘들 정도로 고개를 살짝 끄덕이고 블라우스 소매를 만지작거리던 걸 멈췄다.

색소폰 선생이 말을 이었다.

"전 모든 학생이 솜털이 보송보송한 사춘기에 여드름이 나고, 어른을 못 믿고, 개인적인 분노와 열정과 불확실과 우울에 사로잡혀 들끓고 있기를 바라요. 매 수업 때마다 최소한 10분씩은 복도에서 기다리면서 자신들이 마주한 부당함을 차곡차곡 키우고, 상처를 찌르거나 흉터를 쓰다듬는 것처럼 자신들의 하찮음을 비참하게 곱씹길 바란답니다. 제가 따님을 가르치려면 그 애가 변덕스럽고 혼란에 가득하고 어설프고 불만스럽고 모든 게 부당하다고 느껴야 한다 이거예요, 가망 없고 부적합한 어머님. 그 애가 자신의 몸이 앞으로 점점 더 수치스럽게 느껴지게 될 어둡고 깊은 비밀의 근원이라는 걸 깨닫게 되거든 다시 오세요. 이제는 제 말을 이해하시겠죠. 전 어린애는 가르치지 않습니다."

칫-칫-칫 하는 드럼 소리가 침묵을 갈랐다.

"하지만 그 애는 색소폰을 배우고 싶어 해요. 클라리넷을 배우고 싶어 하지 않는다고요."

핸더슨 부인이 마침내, 부끄러워하면서도 불퉁한 어조로 말했다.

"따님 학교의 음악반에 알아보시죠."

색소폰 선생이 대답했다.

핸더슨 부인은 잠시 그 자리에 앉아 인상을 찌푸렸다. 그러다가 반대편 다리를 꼬고서야 자신이 질문을 하려고 했다는 걸 떠올렸다.

"지금껏 가르쳤던 학생들 이름과 얼굴을 다 기억하시나요?"

색소폰 선생은 그 질문이 기쁜 기색이었다.

"하나의 얼굴을 기억한답니다. 특정한 학생의 얼굴이 아니라 그 애들 모두가 남기고 간 인상 같은 거죠. 사진 원화처럼 뒤집혀 있고 기억 속에 산성 용액으로 구멍을 뚫은 것처럼 남아 있어요. 클라리넷을 배우려면 헨리 수실을 추천하도록 하죠."

선생이 그렇게 덧붙이며 명함을 집었다.

"그 사람은 아주 훌륭해요. 심포니 오케스트라에서 연주하고요."

"알았어요."

핸더슨 부인은 부루퉁하게 대답하며 명함을 받았다.

그게 4시였다. 5시에 또 다른 노크 소리가 들렸다. 색소폰 선생이 문을 열었다.

"윈터 부인, 따님 때문에 오셨죠? 들어오셔서 매주 제가 먹고살 수 있게 30분 남은 빈 시간에 그 애를 집어넣는 문제를 의논해보죠."

선생은 윈터 부인이 들어올 수 있게 문을 활짝 열었다. 부인은 좀 전과 같은 여자였고, 그저 옷차림만 다를 뿐이었다. 하지만 핸더슨이 아니라 윈터였고, 다른 몇 가지 부분도 달랐다. 여자는 전문가고 이 역할을 오랫동안 생각했기 때문이다. 예를 들어 윈터 부인은 입술을 반만 움직여 웃었다. 지나치게 오래 고개를 끄덕였고, 생각을 할 때면 잇새로 소리 없이 숨을 들이켰다.

선생은 부인이 좀 전과 같은 여자라는 걸 알아채지 못한 것처럼 행동했다.

"우선 이 이야기부터 하죠."

색소폰 선생은 홍차가 담긴 컵을 건네면서 말했다.

"저는 부모가 개인레슨에 함께하는 걸 허락하지 않아요. 좀 구식 방침이라는 건 안답니다. 그 이유는 어느 정도는 학생들이 그런 환경에서 최선의 실력을 보이지 못한다는 데 있어요. 얼굴을 붉히고 들뜨고, 너무 쉽게 웃어대고 자세도 바뀌어서

꽃봉오리처럼 꼭 오므라들죠. 그리고 제가 이걸 아주 개인적인 시간으로 유지하는 또 다른 이유는 이 30분이라는 짧은 시간이 '저 혼자' 볼 수 있는 기회고 그걸 공유하고 싶지 않기 때문이에요."

"어차피 전 그런 엄마가 아니랍니다."

윈터 부인이 그렇게 말하고서 주위를 둘러봤다. 방은 다락에 있어서 대단히 좁고 천장은 기울어져 있었다. 피아노 뒤의 벽은 석회질 벽돌로 쌓았고, 벽돌은 죽은 시체처럼 허옇게 일어나 있었다.

"색소폰에 대해서 좀 말씀을 드리죠."

색소폰 선생이 말했다. 피아노 옆 스탠드에 알토 색소폰이 있었다. 그녀가 그것을 봉화처럼 들어 올렸다.

"색소폰은 취주악기랍니다. 즉, 숨을 불어넣어 연주한다는 뜻이죠. '숨(spiritus)'이라는 라틴어 단어에서 '영혼(spirit)'이라는 단어가 나왔다는 게 참 흥미롭지 않나요? 사람들은 한때 숨과 영혼이 같은 거라고, 즉 살아 있다는 건 숨으로 가득 차 있는 거라고 생각했다는 뜻이죠. 이 악기에 숨을 불어넣으면 말이죠, 그냥 생명만 주는 게 아니랍니다. '당신의' 생명을 주는 거죠."

윈터 부인은 열렬하게 고개를 끄덕였다. 그녀는 계속해서 몇 초 더 오래 고개를 끄덕였다.

"전 제 학생들에게 묻곤 해요. 네 생명은 줄 가치가 있니? 학교에 갔다 와서 먹는 컵라면, 10시까지 보는 텔레비전, 화장대 위의 촛불과 세면대 위의 세안제 같은 그 평범한 바닐라맛 나는 인생이?"

색소폰 선생은 미소를 지으며 고개를 저었다.

"물론 그럴 리가 없죠. 그리고 그 이유는 그 애들이 귀 기울여 들을 가치가 있을 정도로 고통받은 적이 없기 때문이에요."

그녀는 노란 무릎을 딱 붙이고 양손으로 찻잔을 쥔 윈터 부인을 향해 상냥하게 미소를 지었다.

"전 부인의 따님을 가르치고 싶답니다. 그 애는 놀랄 만큼 인상적이었거든요."

"저희도 그렇게 생각했어요."

윈터 부인이 재빨리 대답했다.

색소폰 선생은 잠깐 동안 그녀를 바라보다가 말했다.

"다시 숨을 들이켜기 전에, 색소폰에 당신 숨이 가득 차 있고 당신 몸에는 아무것도 남아 있지 않은 순간으로 한번 돌아가보죠. 색소폰이 당신보다 훨씬 살아 있는 순간으로요.

부인과 저는 우리 손안에 생명을 쥔 느낌을 알죠. 아기를 돌본다든지 스토브를 지켜본다든지 길을 건널 때 불이 켜지기를 기다린다든지 하는 그런 평범한 의무를 말하는 게 아니에요. 다른 사람의 생명을 도자기 화병처럼 손에 쥔 때를 말하는 거죠."

그녀가 색소폰을 들어 올리고 손바닥으로 벨*을 받쳤다.

---

* 색소폰에서 넓어지는 부분.

"그리고 원한다면 그걸 그냥…… 놔버릴 수 있는 때를요."

목요일

복도 벽에는 흑백사진 액자가 걸려 있다. 남자가 몸을 구부리고 오버코트를 걸치고서 짧은 계단을 올라가는 모습이다. 턱은 내리고 옷깃은 세웠고 부츠 끈은 풀려 있다. 남자의 얼굴이나 손은 보이지 않고 그저 오버코트의 등과 신발 바닥 절반, 회색 양말 약간과 머리 윗부분만 보일 뿐이다. 계단 옆 벽에 주름진 그림자가 드리운다. 그림자를 자세히 살펴보면 남자가 계단을 올라가면서 색소폰을 연주하고 있는 걸 볼 수 있지만, 남자의 몸이 악기 쪽으로 기울어지고 팔꿈치는 몸 양옆으로 바싹 붙이고 있어서 뒤에서는 색소폰이 조금도 보이지 않는다. 그림자는 적이라도 되는 양 남자의 몸에서 옆으로 갈라져서 이미지를 둘로 나누고 코트 아래 숨겨진 색소폰의 모습을 드러낸다. 검고 흐릿하고 벽돌 위에서 일그러진 그림자 색소폰은 그의 턱쪽으로 휘어져서 얼핏 물담뱃대처럼 보이고 그의 검고 흐릿한 그림자 손은 연기처럼 보인다.

음악 수업 전에 이 복도에 앉아 있는 여자아이들은 기다리면서 이 사진을 응시한다.

이솔드는 처음 여섯 마디를 불다 음을 틀렸다.

"저 연습을 못 했어요."

이솔드가 즉시 말했다.

"하지만 이유가 있어요. 제 얘기 들어보실래요?"

색소폰 선생은 그녀를 쳐다보고 홍차를 들이켰다. '이유'는 그녀가 특히 좋아하는 것이었다.

이솔드는 잠시 자신의 교복 치마를 매만지며 준비를 했다. 그리고 숨을 들이켰다.

"어젯밤에 TV를 보고 있었는데, 아빠가 심각한 얼굴을 하고 숨이 막히는 것처럼 넥타이를 손가락으로 잡아당기면서 들어오시더니 결국엔 넥타이를 풀어서 옆에 내려놓으시고."

그녀는 색소폰을 목줄에서 풀고 의자에 내려놓은 다음 마치 목줄이 목을 꽉 조이는 것처럼 잡아 늘이는 시늉을 했다.

"그러고는 전 이미 앉아 있었는데도 앉으라고 그러시더니 양손을 완전 세게 문지르시는 거예요."

이솔드도 자신의 양손을 세게 문질렀다.

"그러고서 '너희 엄마는 아직 너한테 이 얘기를 하면 안 된다고 생각하지만, 네 언니가 학교에서 선생님 한 명에게 폭행을 당했단다'라고 하셨어요."

그녀는 색소폰 선생을 재빨리 쳐다봤다가 곧 눈길을 돌렸다.

"그런 다음에 선생님이 언니한테 횡단보도에서 고함을 지르거나 뭐 그랬다고 제가 생각할 것 같으셨는지 확실하게 '성적으로'라고 덧붙이시더라고요."

머리 위의 조명이 흐릿해지고, TV 화면을 켜고 끌 때처럼 깜박거리는 연한 파란색 조명만이 그녀를 비췄다. 색소폰 선생은 그림자로 뒤덮여 얼굴의 절반은 짙은 회색이고 나머지 절반은 하얗게 보였다.

"아빠는 묘하게 긴장된 조그만 목소리로 살라딘 선생님인지 뭔지 하는 사람에 대해서 말씀하셨어요. 그 선생님이 상급생들의 재즈밴드와 오케스트라, 상급생 재즈 앙상블을 수요일 아침부터 차례차례 가르친다고요. 전 6학년 때까지 그 선생님을 만날 일이 없고, 6학년이 되어도 재즈밴드에 들어가고 싶을 경우에만이에요. 네트볼이랑 시간이 겹쳐서 선택을 해야 하거든요.

아빠 제가 미친 듯이 날뛰거나 굉장히 감정적인 행동이라도 할 것처럼 겁먹은 표정으로 절 쳐다보셨어요. 어떻게 해야 할지 모르겠다는 표정으로요. 그래서 전 '어떻게 아셨어요?'라고 물었고 아빠 이러셨어요."

그녀는 의자 옆에 무릎을 구부리고 앉아서 손바닥을 넓게 펼치고 열렬한 어조로 말했다.

"얘야, 내가 아는 바로는 그 사람이 굉장히 천천히 일을 진행했다고 그러더구나. 가끔 네 언니 어깨에 손을 이런 식으로 아주 가볍게 얹기만 하면서 말이야."

이솔드는 손을 내밀어 의자 위에 가로놓인 색소폰의 위쪽 부분에 손가락을 가볍게 댔다. 그녀의 손가락이 악기에 닿자 심장 소리처럼 쿵쿵 뛰는 소리가 나기 시작했다. 선생은 꼼짝도 않고 앉아 있었다.

"그리고 가끔 아무도 보지 않으면 몸을 기울여서 머리카락 냄새를 맡았어."

그녀는 악기에 뺨을 대고 몸통 쪽의 냄새를 들이켰다.

"이런 식으로, 굉장히 조심스럽게 머뭇거리면서 말이야. 아직 그 애가 그걸 원하는지 알지 못하고, 들키고 싶지 않았을 테니까. 하지만 네 언니는 그 사람을 살짝 좋아하고 있었고 반했다고 생각해서 호의적으로 굴었지. 그래서 그의 손이 점점 아래로 아래로."

그녀의 손이 색소폰을 타고 내려가서 벨 가장자리를 쓰다듬었다.

"내려갔고, 그 애도 약간씩 반응하기 시작했지. 가끔 그 애가 수업 때 웃어주면 선생의 심장박동이 빨라졌고, 음악실에 있거나 방과 후에 단둘이 있으면, 또는 가끔씩 선생의 차로 어딘가 가느라 단둘이 있을 때면 선생은 그 애를 나의 집시소녀라고 불렀어. 계속해서 나의 집시소녀, 나의 집시소녀라고 말이야. 그리고 그 애는 자기도 뭔가 부를 만한 게, 그의 머리에 대고 속삭일 아주 특별한 게, 아무도 전에 부른 적 없는 게 있길 바랐지."

배경음악이 멈췄다. 이솔드는 색소폰 선생을 쳐다보며 계속
했다.

"언니는 다른 건 아무것도 생각할 수가 없었죠."

조명이 다시 원래대로 켜졌다. 이솔드는 인상을 찌푸리고 안
락의자에 앉아서 성난 어조로 말했다.

"하지만 시간이 없었어요. 너무 늦었던 거예요. 친구들이 언
니가 유혹하는 것처럼 가끔 턱을 내리고 옆으로 기울이는 걸
알아차리기 시작했거든요. 그렇게 모든 게 밝혀져갔고, 카드로
만든 집처럼 무너져버렸던 거죠."

"왜 네가 연습할 시간이 없었는지 알겠구나."

색소폰 선생이 말했다.

"오늘 아침만 해도 학교에 가기 전에 음계라도 좀 연습하려
고 했는데, 연주를 시작하자마자 언니가 '너 최소한 남의 기분
을 좀 생각할 수 없니?' 그러면서 가짜 울음소리를 내고 방을
뛰쳐나갔어요. 그게 가짜라는 걸 아는 이유는 언니가 진짜로
울었다면 뛰쳐나가지 않고 제가 그걸 보길 바랐을 게 분명하거
든요."

이솔드는 치마의 고정 핀을 무릎에 대고 눌렀다.

"엄마 아빠는 언니를 무슨 도자기 인형처럼 다뤄요."

"그게 이상한 일이니?"

색소폰 선생이 물었다. 이솔드는 사나운 시선으로 선생을 보
았다.

"구역질 나요. 애들이 애완동물에 진짜 사람처럼 옷을 입히고 가발을 씌우고서 뒷다리로 걷게 하고 사진을 찍는 것처럼요. 그거랑 똑같은데, 언니가 그걸 얼마나 즐기는지가 빤히 보여서 더 역겨워요."

"네 언니가 그걸 즐기고 있진 않을 거야."

색소폰 선생이 말했다.

"아빠는 살라딘 선생님이 확실하게 유죄 판결을 받고 감옥에 가기까진 아마도 몇 년이 걸릴 거라고 하셨어요. 모든 신문에서 미성년자 성폭행이라고 하겠지만, 그 무렵이면 언니도 더 이상 아이가 아니라 그 선생님처럼 어른이 되어 있을 거라고요. 누군가가 고의로 범죄 현장을 훼손하고 거기에 깨끗하고 찬란한 걸 지어놓은 것 같을 거라고요."

색소폰 선생이 이번엔 단호하게 말했다.

"이솔드, 네 부모님은 거기에 죄악이 그대로 있다는 걸 알기 때문에 두려워하시는 거야. 네 언니의 안에 죄악이 자리를 잡고 아무도 알지 못하고 찾을 수 없는 곳에 순식간에 쐐기를 박아 고정되어 버렸다는 걸 말이야. 네 부모님은 '선생'의 죄악은 환한 정오의 빛 아래서 멍청하게 더듬은 하나의 행동일 뿐이지만 네 언니는, 네 언니의 죄는 지금, 그리고 영원히 마음 깊은 곳에 뿌리를 박은 질병, 질환이라는 걸 아시는 거야."

"저희 아빤 죄악을 믿지 않으세요. 저희 집은 무신론이에요."

이솔드가 말했다.

"그러면 열린 마음을 갖고 계시겠구나."

색소폰 선생이 말했다.

"엄마 아빠가 왜 두려워하시는지 '제가' 말해볼까요? 엄마 아빠는 이제 언니가 두 분이 아는 모든 걸 알게 됐기 때문에 두려우신 거예요. 이제는 아무런 비밀도 없기 때문에 두려워하시는 거죠."

색소폰 선생이 갑자기 일어서서 창가로 갔다. 긴 침묵이 흐른 뒤에 이솔드가 다시 말했다.

"아빠 그냥 이렇게 말씀하셨어요. '난 어떻게 그런 일이 생겼는지 모르겠단다, 애야. 중요한 건 이제 우리가 그걸 알았으니 그런 일이 더는 없을 거라는 것뿐이야.'"

수요일

"그래서 오늘 아침에 재즈밴드 수업은 취소됐어요. 오늘 오후에도 살라딘 선생님은 못 오신대요. 조사를 돕고 계신다고요."

브리짓이 이렇게 말하고는 시끄러운 소리가 나게 리드를 빨았다.

"이게 진짜 심각한 일인 거 아시죠? 정보가 부족한 경우랑 너무 많은 경우 사이에 있는 거요. 보통 같으면 선생님들이 그냥 이랬을 거예요. '잘 들어라, 너희들. 재즈밴드 수업은 취소됐어. 짐 쌀 시간 3분 줄 테니까 나가서 햇볕이나 쬐며 놀아. 얼른 움직이라고 했지?'"

소녀는 목소리 흉내를 아주 잘 냈다. 그녀는 사실 이솔드를 하고 싶었다. 이솔드가 더 좋은 역이니까. 하지만 창백하고 비쩍 마르고 너저분한 데다가 언제나 조금 경계하는 듯한 모습이었고, 이것은 이솔드에 어울리지 않는 특성이라 대신 브리짓 역을 맡게 되었다. 사실 이솔드를 굉장히 하고 싶어 한다는 것 자체가 그녀를 브리짓에 딱 어울리게 했다. 브리짓은 언제나 다른 사람이 되고 싶어 했기 때문이다.

"아니면 정반대로 필요 이상으로 많은 걸 일부러 알려줘서 우리에게 특권을 줄 수도 있었어요. 눈을 커다랗게 뜨고 침통한 표정으로 '여러분 모두 여기를 주목하세요. 이건 아주 중요한 일입니다. 살라딘 선생님은 가족 중 한 분이 아파서 급하게 가셨습니다. 자, 이건 굉장히 심각한 일이고 선생님이 수업하러 돌아오시게 된다면 여러분이 선생님을 배려해서 여유를 드려야만 할 거예요'라고 말하는 거죠."

이것은 브리짓이 한동안 고민했던 가설이고, 그녀는 이 가설을 생각하는 즐거움으로 반짝거렸다. 그녀가 리드를 조이고서 시험 삼아 불었다.

그녀가 마우스피스를 다시 조정하면서 경멸조로 말했다.

"조사를 돕는다니. 다들 한 무리로 우르르 몰려와서는, 다 같이 빠르게 숨을 헐떡헐떡하면서, 눈을 이리저리 돌리고, 교장

선생님은 V자 편대의 제일 앞에서 바람을 맞는 우두머리 거위처럼 제일 앞에 서 있고 말이죠."

"거위는 대체로 순번을 바꿀 거야. 앞에서 바람을 가르는 건 굉장히 힘든 일이니까."

색소폰 선생이 악보 더미를 뒤적거리면서 멍하게 말했다. 뒤에 있는 책장에는 오래된 원고들이 가득하고 바닥에는 나뭇잎들이 흩어져 있었다.

색소폰 선생은 이솔드에겐 절대로 그렇게 무시하는 태도로 끼어들지 않았다. 그래서 브리짓이 그 역할을 원했던 것이기도 했다. 브리짓은 다시금 자신이 창백하고 비쩍 마르고 너저분한 데다가 완벽하게 중요도가 떨어지는 인물이라는 걸 떠올리고 이 장면을 주도하겠다는 새로운 결심을 불태웠다.

"어쨌든 V자 형태인지 뭔지를 이루며 들썩거리는 이 회색 폴리에스테르 옷차림 부대는 특정인만 쳐다보지 않으려고 엄청나게 노력했죠. 특히 평소에 빅토리아가 앉던 텅 빈 제1알토 옆자리를 쳐다보지 않으려고요."

브리짓은 만족감 어린 투로 '빅토리아'를 강조해서 말했다. 그러고는 효과가 있는지 살피려 색소폰 선생을 쳐다봤지만, 선생은 힘줄이 튀어나온 커다란 손으로 종이를 뒤적거리느라 바빠서 눈도 깜짝하지 않았다.

"연습실로 들어가는 문에는 안을 들여다볼 수 있는 조그만 강화 유리창이 있어요."

브리짓이 이번엔 더욱 노력하면서 말했다. 노력하면 할수록 목소리가 더 커졌다.

"하지만 살라딘 선생님이 창문에 일정표 종이를 붙여놔서 보이는 거라고는 시간표와 안에 불이 켜져 있으면 종이 주변으로 새어 나오는 하얀 빛뿐이었죠. 빅토리아가 목관악기 수업을 들을 때면 그 빛이 다 꺼지곤 했어요."

"찾았다!"

색소폰 선생이 악보 한 움큼을 들어 올리면서 말했다.

"〈전람회의 그림〉에 나오는 '오래된 성'이야. 너도 이걸 재미있어 할 거야, 브리짓. 왜 색소폰이 절대로 오케스트라용 악기로 인기를 끌지 못하는지에 대해서도 이야기할 수 있을 거고."

색소폰 선생은 이런 식으로 브리짓에게 미끼를 던지는 자신이 가끔 혐오스러울 때가 있었다.

"그 애가 하도 필사적으로 열심히 노력하기 때문이에요. 그래서 일이 그렇게 쉬워지는 거죠. 그 애가 노력하는 게 그토록 명백하게 드러나지 않는다면 그 애를 좀 더 존중할 마음이 들었을지도 모르겠어요."

그녀는 예전에 브리짓의 엄마에게 그렇게 말했다. 브리짓의 엄마는 고개를 끄덕이고 또 끄덕이고서는 대답했다.

"네, 그게 종종 문제가 되더군요."

현실로 돌아와 색소폰 선생은 비쩍 마르고 너저분하고 필사적으로 열심히 노력하고 있는 브리짓을 그저 바라보며 눈썹만 치켜 올렸다.

브리짓은 좌절감에 얼굴이 빨개져 일부러 무소륵스키와 〈전람회의 그림〉과 라벨과 색소폰이 왜 오케스트라 악기로 절대로 인기가 없는지에 관한 모든 대사를 제쳤다. 전부 다 뛰어넘어서 곧장 자신이 좋아하는 대사로 넘어갔다.

"그 선생님들은 그걸 주사처럼 여겨요."

브리짓이 이번엔 더 큰 소리로 말했다.

"병균을 약간만 투여하면 몸이 진짜 병에 대비해 방어막을 세울 수 있는 백신처럼요. 선생님들은 전에 우리한테 옮겨본 적 없는 병이라서 두려워하고 있고, 그래서 이 병이 진짜로 어떤 건지 말하지 않고서 예방할 방법을 찾으려 하고 있어요. 은밀하게, 우리가 알아채지 못하게 백신을 놓고 싶은 거예요. 하지만 아무 소용 없을걸요."

그들은 이제 정말로 서로를 마주 보았다. 색소폰 선생은 잠깐 동안 러그 가장자리와 악보 더미를 나란히 놓기 위해 노력하다가 마침내 말했다.

"왜 그게 소용이 없을 거라고 생각하니, 브리짓?"

"왜냐하면 우리가 알아냈으니까요."

브리짓은 이제 코로 거칠게 숨을 쉬고 있었다.

"우린 보고 있었거든요."

월요일

줄리아는 언제나 발을 바닥에 질질 끌었고, 입 주변엔 딱지가 앉아 있었다.

"오늘 아침에 전 학년 학생들을 전부 소집했어요. 그리고 상담 선생님도 거기 있었는데, 평생 이렇게 중요한 인물이 되어본 적 없다는 듯이 잘난 척하고 있더라고요."

줄리아는 케이스를 풀면서 어깨 너머로 말했다. 색소폰 선생은 창문으로 들어오는 차가운 태양빛 한 줄기 속에 앉아서 갈매기들이 빙빙 돌고 똥을 싸는 모습을 바라보았다. 구름이 낮게 깔려 있었다.

"선생님들은 너무 크게 말하면 우리가 부서지기라도 할 것처럼 그 특별하게 작고 상냥한 목소리로 얘기를 시작했어요. '지난 한 주 동안 떠돌던 소문에 대해서 여러분 모두 잘 알고 있겠죠? 우리가 어떤 입장인지 정확하게 알 수 있게 몇 가지를 함께 이야기해보는 게 좋을 것 같아요.'"

줄리아는 몸을 빙 돌리고서 목줄에 색소폰을 고정시키고는 잠깐 동안 허리에 손을 올리고 그대로 서 있었다. 색소폰이 무기처럼 그녀의 몸통 앞에 매달렸다.

"상담 선생님은 멍청이예요."

그녀가 방어적인 투로 말했다.

"저랑 카트리나가 3학년 때 한번 간 적이 있어요. 앨리스 프랭클린이 극장에서 섹스를 했고 저흰 그 애가 걸레가 돼서 혹시 애라도 가져 인생을 망치는 게 아닌가 겁이 났거든요. 우린 그 선생님한테 그 사건이랑 우리가 얼마나 무서운지 전부 다 얘기했고, 카트리나는 울기까지 했어요. 그런데 그 사람은 그냥 거기 앉아서 눈만 끔벅거리면서 고개만 끄덕끄덕 하는 거예요. 4분의 1 박자로 프로그램이라도 된 것처럼 아주 천천히요. 그러고 나서 우리가 할 말이 다 떨어지고 카트리나가 우는 걸 멈추니까 서랍을 열고 종이를 꺼내서 동그라미를 서로 겹치게 그린 다음에 '너', '너희 가족', '네 친구들'이라고 쓰고는 '이렇게 되는 거란다, 알겠지?'라고 하는 거예요. 그러고는 우리더러 원하면 그 종이를 가져도 된대요."

줄리아는 냉소적으로 코웃음을 치고 플라스틱 음악 폴더를 열었다.

"앨리스 프랭클린은 어떻게 됐니?"

색소폰 선생이 물었다.

"아, 나중에 보니까 걔가 거짓말을 했더라고요."

"극장에서 섹스를 하지 않았단 말이구나."

"네."

줄리아는 잠시 보면대의 가느다란 고정 장치를 조절했다.

"왜 그 애가 너희들한테 거짓말을 했던 거니?"

색소폰 선생이 점잖게 물었다. 줄리아는 한 손을 허공에 휘저었다.

"아마 그냥 '지루했던' 거겠죠."

줄리아가 말하니 그 단어가 대단히 고결하고도 훌륭하게 들렸다.

"그렇구나."

"어쨌든 그래서 선생님들은 '우선은 이렇게 시작하는 게 어떨까? 마음속에 있는 말을 털어놓고 싶은 사람이 있니?'라고 하셨고, 여자애 하나가 무슨 일이 제대로 벌어지기도 전에 갑자기 울음을 터뜨렸어요. 상담 선생님은 좋아서 오줌이라도 쌀 지경이었고요. 그 사람이 이러더라고요. '오늘 아침 여기서 한 이야기는 이 방 밖으로 절대로 나가지 않을 거야'였던가? 그래서 이 여자애가 뭔가 헛소리를 막 했고, 걔 친구들이 그 애 손을 잡아주는 등 구역질 나는 짓을 하고, 그다음에는 모두가 신뢰와 배신과 자신감과 혼란스럽고 두려운 감정 같은 것에 대해서 털어놓기 시작했어요…… 아주 지랄같이 긴 아침이었다니까요."

줄리아는 이 단어가 색소폰 선생에게 어떤 영향을 미쳤는지 확인하려고 힐끗 쳐다보았지만, 선생은 그저 냉담한 미소를 지으며 기다리고 있을 뿐이었다. 브리짓이라면 얼굴이 새빨개져서 멈칫거리고 말을 더듬고 나중에 한참이나 왜 그랬을까 생각했겠지만, 줄리아는 아니었다. 그녀는 그저 히죽 웃고서 보면대 가장자리에 미끌미끌한 악보를 고정시키는 데 필요 이상으로 주의를 기울였다.

"그리고 조금 뒤에 상담 선생님이 '추행이 뭘까, 얘들아?' 하며 우리를 절절하게 쳐다보는 거예요. 왜, 선생님들이 우리가 정답을 말하길 굉장히 바라면서도 한편으로는 틀린 답을 말해서 자기들이 직접 정답을 말하는 즐거움을 누리고 싶은 마음 사이에서 갈등할 때 같은 표정으로요. 그러더니 다른 사람은 모르는 거라도 얘기하듯 부드럽고 진지한 어조로 '추행이라는 게 꼭 몸을 만지는 건 아니란다, 얘들아. 그냥 보는 것도 추행이 될 수 있어. 누군가가 너희가 좋아하지 않는 방식으로 쳐다본다면 그것도 추행이란다'라고 그러는 거예요.

그래서 제가 손을 들고서 말했어요. '그 사람들이 보고 있는 것 때문에 추행이 되는 거예요, 아니면 그 사람들이 그걸 보면서 상상하는 것 때문에 추행이 되는 거예요?' 모두가 절 쳐다봤고 전 완전히 얼굴이 빨개졌어요. 상담 선생님은 손끝을 마주 대고서 네가 무슨 짓을 하는지 알아, 넌 우리가 여기서 쌓으려는 신뢰를 망치려는 거고 난 네 질문에 대답은 해주겠지만 네가 원하는 대답은 안 할 거야, 하는 그런 표정으로 절 한참 쳐다보셨죠."

색소폰 선생이 마침내 일어나서 '이제 됐다'고 말하는 것처럼 자신의 색소폰을 집어 들었다. 하지만 줄리아는 이미 빨개진 얼굴에서 나오는 기묘한 힘으로 말을 하고 있었다.

"'저'는 사람들을 보면서 상상을 하거든요."

줄리아는 그렇게 말했다.

금요일

이솔드는 복도에서 기다리는 중이었다. 3시 30분 수업이 거의 끝나가고 있고, 색소폰 선생의 목소리가 벽 너머에서 나직하게 들렸다. 사람 없는 복도에서 이솔드는 신호에 따라 노크를 하고 들어가기 전에 잠깐 동안 배경의 고요함을 즐겼다. 그녀는 숨을 크게 들이켜고 혀로 고요함과 아무도 쳐다보지 않는 사람 특유의 무심한 프라이버시의 맛을 즐겼다.

보통 그녀는 수업 전에 공포에 사로잡혀 악보를 들춰보고, 눈으로는 무릎 위의 악보를 보며 손가락을 벌리고 허공을 더듬으며 연습을 하곤 했다. 하지만 오늘은 수업에 대해서 생각하고 있지 않았다. 그냥 가만히 앉아서 가슴 깊은 곳에서 은밀하게 부풀어 오르는 감정을 보존하고 사로잡으려고 전력을 다해 노력 중이었다.

마치 조그만 공기 덩어리를 꿀꺽 삼켜서 몸이 부르르 떨리고 대야처럼 생긴 골반뼈의 움푹한 부분을 당기는 것 같은 느낌이었다. 배 속을 누가 계속해서 쿡쿡 찌르는 것 같고 갈비뼈 사이의 빈 공간을 잡아당기는 것 같은 데다가 갑자기 몸이 너무 뜨거웠다. 이솔드는 욕조에 있을 때나 텔레비전에서 사람들이 키스하는 걸 볼 때, 또는 침대에서 손으로 완만한 배 위를 쓰다듬으며 그 손이 다른 사람의 것이라고 상상할 때 가끔씩 이런 기분을 느끼곤 했다. 하지만 대체로는 이유 없이 갑자기 그런 기분이 들곤 했다. 버스 정류장이나 학교 식당의 점심 줄에서, 아니면 종이 울리는 걸 기다리고 있다가.

언니를 생전 처음으로 성적인 존재로 보게 돼서 이런 기분이 든 걸까? 아빠가 내 머리를 쓰다듬으면서 '앞으로 몇 주는 힘든 시간이 될 거야'라고 하고는 내가 TV를 보게 놔두고 나가고, 그 뒤에 빅토리아 언니가 들어와서 소파에 앉아 날 쳐다보고는 '멋져. 이제 모두가 알았네'라고 말한 다음에? 그러고서 둘이 앉아서 목요일 밤 특선으로 해주는 C급 스릴러 영화의 끝부분을 봤지만, 난 집중할 수가 없었고 생각할 수 있는 거라곤 이런 것들뿐이었는데. '언닌 어떻게 고개를 돌리고 그 사람을 빤히 보면서 얼굴을 내밀고 그 사람 입에 키스할 수 있었던 거야? 어떻게 두려움과 망설임으로 꼼짝달싹 못 하게 되지 않았던 거야? 그 사람이 언니를 받아주고, 끌어안고, 언니에게 몸을 밀어붙이고, 심지어는 목 안쪽에서 나는 울음소리 같은 그런 작고 목 멘 신음소리를 낼 거라는 걸 어떻게 알았어?'

복도에 앉아서 이솔드는 생각에 잠겼다. 그날 밤에도 이런 기분이었던가? 이런 두려움과 갈망으로 곤두선 울렁거림, 이런 높은 데서 뚝 떨어지는 느낌, 이런 재채기가 나오기 직전의 기묘하게 긴 전조 같은 기분을 느꼈었나?

시간이 지나면 그녀도 이 감정이 추상적인 형태의 흥분이라는 걸, 근처에 있는 피아노에서 나는 화음에 동조되어 건드리지도 않은 줄이 떨리는 것처럼 이따금씩 몸을 찌르는 불규칙적인 타격이라는 걸 알게 될 것이다. 시간이 지나면 그녀도 그 느낌이 배가 고파 쿡쿡 찌르는 것과 비슷하다는 걸, 하지만 진짜 배가 고플 때 계속되는 그런 괴로운 갈망이 아니라 경고처럼 종종 나타났다 사라지는 그런 쑤심 같은 거라는 걸 알게 될 것이다. 하지만 그때쯤이면, 몇 년이 지나 그녀도 자기 몸의 오르락내리락하는 변화와 타격에 대해서 이해하고 '이건 좌절감이야', '이건 욕망이야', '이건 나를 옛날로 다시 끌어당기는 향수 어린 성적 갈망이야'라고 말할 수 있는 때가 되면, 그때는 모든 것이 구분되고 모든 것에 이름이 주어지고 형태가 갖춰져, 그녀의 욕망이라는 내향적인 나침반이 그녀가 배운 것, 그녀가 경험한 것, 그녀가 느낀 것이라는 한계 속에 갇히게 될 것이다. 아무것도 경험하지 못한 이솔드에겐 지금 이 느낌이 '난 오늘 밤에 섹스를 해야겠어'라든지 '난 아직도 어젯밤 일로 꽉 차서 넘치기 직전이야'라는 의미가 아니었다. '이런 끌림을 느끼려면 누구를 사랑해야 하지?'라든지 '다시금 난 내가 가질 수 없는 것을 원하고 있어'라는 뜻도 아니었다. 이건 아직은 그녀에게 방향을 알려주는 느낌이 아니었다. 그저 채워지기를 기다리는 텅 빈 공허함일 뿐이었다.

이솔드의 얼굴만 봐서는 이런 것을 전혀 알 수 없을 것이다. 그녀는 연회색 빛 속에 앉아서 무릎에 손을 얹고 벽만 바라보고 있었기 때문이다.

월요일

"난 정말이지 알 수가 없어. 엄마들이 '우리 애가 나는 겪어보지 못했던 경험을 하길 원해요'라고 말하는 게 정말로 무슨 뜻인지 말이지."

색소폰 선생이 말했다.

"내 경험상 가장 호전적이고 강압적인 엄마들이 언제나 가장 무심하고 음악성이라곤 없는 영혼들이지. 그 사람들은 아무것도 이룬 게 없어서 칙칙한 자신의 모습을 감추기 위한 화사한 시선분산거리라도 되는 양 딸들의 이미지를 자기 가슴에 메달처럼 붙이고 다니지. 이런 엄마들이 '난 우리 애가 내가 겪지 못했던 걸 전부 다 경험하길 원해요'라고 말할 때 그 진정한 의미는 '난 우리 애가 내가 겪지 못했던 모든 것을 전부 다 누리길 바라요'라는 뜻이야. 그 사람들의 진짜 속뜻은 이거지. '내 삶에서 부족한 것들은 내 딸이 모든 걸 다 가질 때에만 채워질 수 있어요. 내 인생 자체는 평범하고 쓸모없고 아무것도 아니에요. 하지만 내 딸이 온갖 경험을 하고 온갖 기회를 누린다면, 그럼 사람들이 나를 동정하게 되겠죠. 내 삶과 내 선택의 빈약함은 무능함이 아니라 희생으로 보일 거예요. 내가 나는 이루지 못한 모든 것을 딸이 이루도록 키우면 사람들은 나를 더 많이 동정하고 더 많이 존경하겠죠.'"

색소폰 선생은 혀로 이를 핥았다. 그리고 말했다.

"성공한 엄마들, 그러니까 음악가나 운동선수, 문학가, 자기에게 만족하고 자신감 넘치는 여자들, 어떤 것도 거부당한 적 없는 여자들, 어린 시절에 부모가 온갖 수업을 듣게 해준 여자들, 그런 성공한 엄마들은 언제나 가장 강압적인 면이 없는 사람들이지. 그 사람들은 감시하거나 치맛바람을 일으키거나 딸을 위해 싸움을 벌일 필요가 없어. 그런 엄마들은 자기 자신으로 이미 온전하니까. 그 사람들은 완성된 사람들이고, 그래서 다른 모든 사람에게도 그런 완전함을 요구하지. 그 사람들은 뒤에 서서 딸들을 자신과 분리된 존재로, 완전하고 그래서 건드릴 수 없는 존재로 여기지."

색소폰 선생은 창문으로 가서 블라인드를 내렸다. 벌써 어둠이 내리고 있었다.

화요일

타이크 부인이 복도에서 10분간 기다린 끝에 색소폰 선생이 문을 열었다.

안으로 들어가자마자 부인이 말했다.

"전 그냥 학교에서 벌어진 이 끔찍한 스캔들 때문에 대화를 하고 싶었을 뿐이에요. 아이들을 생각해서 그러는 거죠."

"이해합니다."

색소폰 선생이 컵 두 개에 차를 따르면서 말했다. 컵 하나에는 무인도에 있는 색소폰 주자 그림이 있고 '색스 온 더 비치(Sax on the Beach)'라는 글자가 쓰여 있었다. 다른 컵은 하얀색으로 '색스에 대해 이야기해봐요'라고 쓰여 있었다. 색소폰 선생은 주전자를 받침대 위에 도로 올려놓고 신중하게 티스푼을 골랐다.

"타이크 부인, 부인께선 아이들의 손을 부인 허리띠에 꿰매 붙여서 항상 옆에 데리고 다니고 싶어 하시는 것 같군요. 부인이 서두를 때면 애들의 조그만 다리가 흔들거리고 산책을 할 때면 애들 다리가 아스팔트 위에서 질질 끌려도 말이죠. 부인이 빠르게 홱 돌아서면 애들이 방사형 주름치마의 자락처럼 부인 주위를 홱 돌겠죠. 부인은 코르셋에 버슬 차림을 한 여신이고, 부인의 아이들은 수없이 뻗어나온 조그맣고 우아한 바퀴살처럼 부인에게서 뻗어 나올 테죠."

"전 애들을 생각해서 이러는 것뿐이에요."

타이크 부인이 말했다. 부인은 홍차가 든 컵을 받으려 양손을 내밀었다. 색소폰 선생은 침묵을 지켰고 결국 타이크 부인이 말했다.

"전 그 애가 학교에서 얻는 '생각'들이 걱정되는 것뿐이에요. 전에는 그런 생각을 한 적이 없는데. 그 생각이 호두처럼 그 애 입 안쪽에 달라붙어 있어서 말을 할 때면 그 생각들이 보여요. 입을 커다랗게 벌릴 때 힐끗힐끗 보이는 정도지만, 그것만으로도 전 굉장히 불안해요. 그 애가 그걸 음미하고 있거나 혀로 입 안에서 굴리고 있는 것만 같아요. 전에는 그런 생각을 한 적이 없는 애예요."

그녀는 색소폰 선생 쪽으로 애절하게 눈을 깜박이고는 무력한 동작으로 어깨를 으쓱이고 고개를 수그려 차를 마셨다.

"문제가 뭔지 제가 말씀을 드릴까요?"

색소폰 선생은 그 특별하게 조용하고 상냥한 어조로 말했다.

"부인께선 학교의 그 끔찍한 남자가, 그 혐오스럽고 부도덕한 남자가 부인 안경에 커다란 손자국을 남겨놔서 뭘 보든 간에 그 손가락밖에는 보이지 않는 것처럼 느끼고 계시는 것 같군요."

그녀가 일어나서 서성거렸다.

"따님이 그런 일에 대해서 평범한 방식으로 알게 되길 바라시겠죠. 아이가 자전거 차고 뒤나 럭비 운동장의 관람석 아래, 아니면 사회학 시간에 펠트 펜으로 칠판에 쓴 내용을 통해서 알게 되기를 바라시겠죠. 아이가 잡지를 훔쳐보거나 보면 안 되는 영화를 통해 알게 되길 바라시겠죠. 아이가 토요일 밤 친구들이 화단에서 토하고 있는 사이에 친구네 집 거실에서 끈적거리는 손으로 애무를 받으며 알게 되기를 바라시겠죠. 그런 일이 여러 번 일어날 수도 있겠죠. 그게 거쳐야 하는 단계일 수도 있고요. 하지만 부인도 그에 대해 마음의 준비를 하셔야 해요."

타이크 부인이 색소폰 선생을 쳐다보는 동안 얼굴에 표정이 약간 드러났다. 깨달음이나 자각과 같이 노골적이고 대담한 것이 아니라 표정이 아주 조금 느슨해지는 정도의 변화였다. 하도 뛰어난 연기라서 색소폰 선생은 자신이 연기를 하고 있다는 것도 잊을 뻔했다.

"부인은 그 애가 6학년 때 마침내 남자 친구를 사귀게 되기를, 아마도 부인이 별로 좋아하지 않는 잘난 척하지만 속은 텅 빈 그런 남자아이를 만나기를 바라시겠죠. 그리고 어느 날 기묘한 기분이 들어서 집에 일찍 왔다가 둘이 소파에, 또는 바닥에, 아니면 아이가 사실은 좋아하지 않지만 절대로 버리지는 않을 곰 인형과 프릴 달린 분홍색 쿠션이 가득한 침대 위에 달라붙어 있는 걸 발견하게 되길 바라시겠죠."

색소폰 선생이 말을 이었다.

"따님을 위해서 이런 것들을 바라시는 건 저도 존중합니다. 좋은 엄마라면 누구든 이런 걸 바랄 테죠. 이 악독한 남자가 따님의 순수함을 그토록 교활하게 빼앗은 건, 따님에게 손가락 하나 대지 않고서 자신의 더러운 비밀을 갈색 종이봉투에서 꺼낸 사탕처럼 아이의 목으로 흘려보낸 건 끔찍한 일이에요."

그녀가 속삭였다.

"하지만 이건 이해하셔야 해요, 부인. 따님이 맛본 건 '그건 어땠을까'라는 맛이에요. 그 애는 그걸 삼켰죠. 그리고 이제는 그 애의 안에 있어요."

2

2월
....

"첫 학기는 기본적으로 육체와 감정을 원상 복구하는 기간
이야. 너희들은 지금껏 배운 모든 걸 다 지우는 법을 배울 거
다. 하나하나 껍질을 벗겨내고, 전부 다 뜯어내서 너희의 충동
이 반짝거리게 다듬는 거지."

그들은 그렇게 말했다.

"이 학교에서는 배우가 되는 법을 가르치지 않아. 우리가 너
희에게 어떻게 연기하고 어떻게 느껴야 하는지 알려주는 지도
나 조리법, 알파벳 순서로 된 설명서를 줄 순 없어. 이 학교에
서는 구슬이나 기념품, 장신구를 모으는 것처럼 기술을 모으고
쌓아가는 법을 가르치는 게 아니야. 이 학교에서 가르치는 건
제거하는 거지. 우린 너희들에게 스스로를 제거하는 방법을 가
르쳐줄 거다.

너희들은 부서지거나 망가질 수도 있어. 그런 일도 종종 일어나지."

끝에 있던 뚱뚱한 사람이 몸을 앞으로 기울이고 강조해서 말했다.

"좋은 배우는 자기 자신을 선물로 만들지."

"배우란 자신의 몸을 대중에게 제공하는 사람이야. 방법은 두 가지가 있지. 배우가 자신의 몸을 잘 준비된 순종적인 도구로, 팔 수 있는 물건으로 취급하고 개발하는 거야. 이 학교에서는 이런 방법은 선호하지 않아. 우린 제과업자나 광대를 키우는 게 아니니까. 너희들은 너희 몸을 팔려고 여기 온 게 아니야. 너흰 너희 몸을 희생하러 온 거다."

그리고 그들은 말했다.

"너희는 더 이상 고등학생이 아니야."

2월

"난 12월에 이 학교를 졸업했어."

기대주 소년은 차분하고 무심한 눈으로 한 명 한 명을 쳐다보면서 말했다.

"학교에서 나더러 와서 오늘 너희들에게 프로그램에 대한 내 경험과 내가 이제부터 뭘 할 건지 얘기해주라고 했어. 그런 다음 나한테 물어볼 게 있으면 물어봐도 좋아."

그는 예언자처럼 체육관 바닥에 책상다리를 하고 앉았다.

"맙소사, 너희가 정말 부러워."

그는 그렇게 말하고 미소에 미소를 이었다.

"지나치게 순진하지도 않고, 지나치게 타락하지도 않았지. 반짝거리면서 아직 오지 않은 최고의 것들로 가득 차서 거기 앉아 있는 모습이라니."

기대주는 바싹 긴장한 창백한 얼굴들을 훑어보았다. 검은색 티셔츠는 새것이라 아직도 가운데에 주름이 져 있었다.

"내가 이 학교에서 보낸 3년은 날 예술가로만 만들어준 게 아니야. 날 하나의 인간으로 다듬어줬지. 이곳이 날 깨어나게 했어."

그는 잃어버린 연인이라도 묘사하는 것처럼 얼굴을 새빨갛게 붉혔다.

"너희들이 지금껏 닫았던 모든 문이 여기서 다시 열릴 거야. 너희들이 오디션을 보고 합격하지 못했다면, 전부 다 시멘트를 바른 것처럼 굳어지고 회반죽으로 고정되어 그 모습 그대로 남은 평생을 살아갔겠지. 그게 저 바깥에서 다른 모든 사람에게 일어나는 일이야. 하지만 여기선 아무도 굳어지지 않아. 절대로 딱딱하게 굳거나 고정되지 않지. 모든 가능성이 끊임없이 열려 있어. 열려 '있어야만' 해. 너흰 이 가능성들을 전부 손안에 움켜쥐고 절대로 놔주지 않는 법을 배우게 될 거야."

침묵이 흘렀다. 기대주는 코듀로이 바지 무릎을 매만지고서 막 생각난 것처럼 말했다.

"너희들을 자유롭게 풀어줄 정도로 영리한 사람이라면 언제든 너희들을 사로잡을 수 있을 만큼 영리한 법이라는 걸 명심해."

10월

스탠리는 지금까지 자신의 삶에 실망한 채 살아왔다. 지금, 열여덟 번째 생일 전날에 그는 쓸쓸함과 불만으로 마비된 채 먼지 끼고 고요한 문 닫힌 현관에 서 있었다. 그는 자신이 되지 못한 모든 것에 대해서 생각 중이었다.

스탠리는 10대 청소년으로서 난폭하고 불만 많고 외로워질 거라 생각했었고, 심지어 그걸 열렬하게 바랐다. 그리고 고등학교 생활이 조용하게 흘러가자 점점 더 불만을 갖게 됐다. 그는 강가에서 종이봉투에 숨긴 위스키를 병째 마시고, 테니스 코트 뒤쪽의 관목 사이에서 여자아이의 치마 속에 차가운 손을 집어넣고, 이웃집 차고 지붕 위에서 지나가는 차들을 향해 비비탄 총을 쏘아대야 했었다. 인사불성이 되도록 술을 마시고, 교회의 버스 차고지를 망가뜨리고, 무면허로 차를 몰고, 가족과 거리를 두고 부루퉁하게 행동하고, 먹는 걸 거부하거나 방

에 처박혀서 엄마를 걱정시켜야 마땅했다. 이건 그의 권리이
자 정당한 운명이었는데, 대신에 그는 신사다운 스포츠를 하
고, 가족과 함께 텔레비전을 보고, 용감하게 서로 싸우는 남자
애들을 멀리서 부러워하고, 지나치는 모든 여자애가 고개를 들
고 그를 똑바로 바라보는 환상을 꿈꾸면서 고등학교 시절을 보
냈다.

스탠리의 머릿속에서 학교 선생님들의 목소리가 들렸다.

"무대에서 진짜 흥분되는 부분은 언제든지 뭔가가 잘못될
수도 있다는 걸 아는 데서 오는 짜릿함이야. 언제든지 무대 위
의 뭔가가 부서지거나 떨어질 수 있어. 누군가가 큐 사인을 놓
치고, 누가 조명을 실수하고, 억양이나 대사를 까먹을 수도 있
지. 영화를 보는 게 두려운 적은 없었을 거야. 너희들이 보는
건 항상 완성된 거고, 항상 똑같고 언제나 완벽하니까. 하지만
연극을 보면 종종 겁이 나지. 뭔가가 잘못될 수도 있으니까. 그
러면 배우들이 허둥거리면서 고치는 걸 봐야 하는 은밀한 어색
함에 시달리게 되니까. 하지만 동시에 객석의 새카만 어둠 속
에서 너희는 뭔가가 잘못되기를 갈망하곤 해. 열렬하게 바라
지. 너희는 모자를 떨어뜨리거나 단추를 망가뜨리는 배우들에
게 마음이 약해지지. 배우가 발을 헛디뎠다가 똑바로 서면 헉
하고 놀라며 박수를 치고. 그리고 다른 관객들은 보지 못한 실
수를 보게 되면 비밀스러운 속옷의 솔기를 엿본 것처럼, 여자
의 허벅지 안쪽에 남은 붉은 잇자국과 같이 대단히 은밀한 것

을 본 것처럼 특권 의식에 젖게 되지."

스탠리는 학교 현관에 서서 주위를 둘러봤다. 이건 그가 차지할 수도 있는 또 다른 삶의 기회였다. 수줍고 쓸모없는 10대 시절에 무감각하고 무례하고 태평하고 못돼지길 바랐던 것처럼, 그가 바라는 또 다른 인생이었다. 지금도 그때처럼 끔찍한 관성의 무게가 그를 현관 바닥에 고정시키는 것 같은 느낌이었다. 그는 다시금 세상이 그에게 오거나, 그를 위해 기다려주거나, 심지어는 잠깐 멈춰주지도 않는다는 실망스럽고 인용할 만한 사실에 시달렸다. 만약 그가 기다린다면 이 삶이 그저 그를 스쳐 지나갈 뿐이라는 사실, 스탠리는 그 사실에 기운이 쭉 빠지고 끔찍하게 결핍된 기분이 들었다.

6학년 학교 연극에서 그는 호레이쇼 역을 맡았었다. 그는 그 역할이 마음에 들었다. 호레이쇼는 적어도 기억에 남을 만한 이름이고, 그가 극본을 보기 전에도 들어본 적 있는 유일한 이름이었다. 모든 사람이 호레이쇼를 기억했다. 그것은 오래도록 이어온 이름이었다. 발음하기 더 어렵고 입에 달라붙지 않는 캐릭터들이 떨어져 나가 사라져버리는 반면 호레이쇼는 문화적 기억 속에서 핵심적이고 단호하게 남도록 오래 버텼다. 스탠리의 역할은 코가 날카로운 연극 선생에게 아무것도 남지 않고 철저하게 분해되었다.

"사람들은 여기 세 시간 반 동안 앉아 있고 싶어 하지 않아."

선생은 그렇게 말했고, 리허설에서는 이렇게 말했다.

"넌 꽤나 호레이쇼로구나, 그렇지, 스탠리? 넌 속속들이 호레이쇼야."

스탠리는 고개를 끄덕이고 미소를 지으며 입 모양으로 '고맙습니다'라고 말하고, 은밀하게 기쁨에 휩싸여 흥분을 느꼈다. 그는 몇 달이 지나 그 말이 전혀 칭찬이 아니었다는 걸 깨닫고서야 선생의 말뜻을 진정으로 이해하게 되었다. 심지어는 햄릿의 음울한 그림자 속에서 더블릿을 부풀리고 바지를 잡아당기며 무대를 돌아다니는 동안에도 그는 자신의 역할이 그저 더욱 흥미로운 다른 캐릭터들에게 더 큰 깊이와 뚜렷한 존재감을 부여하기 위해 존재한다는 걸 이해하지 못했었다. 그의 어머니는 그에게 '훌륭하다'고 말했고, 들뜬 커튼콜 인사 때 그는 중심에서 최대한 가까이에 있었다. 햄릿의 바로 옆에, 땀에 젖은 햄릿의 손을 잡고서.

7학년 말에 스탠리는 '취업 자문' 게시판에 붙어 있는 낡은 오디션 광고지를 보고는 그저 펜을 꺼내 자신의 이름을 썼다. 그는 어린 시절부터 배우가 되고 싶었다고 생각했다. 배우는 어른이 되어 갖고 싶은 직업이라는 어린아이의 기본 어휘 목록 중 하나였다. 선생님, 의사, 배우, 변호사, 소방수, 수의사처럼. 배우가 되기로 결심하는 데는 창의력이 필요하거나 미리 생각하지 않아도 됐다. 경마 기수나 청과물 장수, 지방 기업 이벤트 매니저처럼 선택지를 찾고 만들어내야 하는 그런 종류의 선택과는 달랐다. 기회나 자기성찰에 달린 문제도 아니었다. 배우가 되겠다고 선택하는 건 그저 각각 포장되어 있는 카테고리 하나를 양손으로 붙잡는 것에 지나지 않았다. 스탠리는 이름을 쓸 땐 이걸 생각하지 않았었다. 투명 무늬가 있는 오디션 용지는 두꺼웠고, 학교 마크가 청동색으로 찍혀 있었다.

나중에, 이 특별할 데 없는 결정의 기억이 좀 더 명확해지기를 바라면서 그는 펜을 종이 위로 들어 올려 동그란 볼펜심에서 잉크가 나오도록 꽉 누르는 순간을 상상했다. 잠깐 동안 손끝이 피가 통하지 않아서 하얘지는 것을. 바로 그 순간이 호레이쇼에서 뭔가 완전히 새로운 것으로 탈바꿈할 수 있는 기회를 붙잡는 순간이라고 그는 상상했다.

10월

"오디션 과정의 첫 단계에 온 것을 환영한다."

연기과 주임 선생이 말을 하고서 잠깐 미소를 지었다.

"여기서는 훈련받지 않은 배우는 단순히 거짓말쟁이일 뿐이라고 생각하지."

그는 책상 뒤에 서서 손끝을 초록색 가죽 위로 넓게 벌리고 있었다.

"지금 너희들처럼 말이야. 너희들은 전부 다 거짓말쟁이야. 차분하고 설득력 있는 거짓말쟁이가 아니라 의문으로 가득하고 불안감에 얼굴을 붉히는 그런 거짓말쟁이들이지. 너희들 중 일부는 이 학교에 들어오지 못할 거고, 영원히 거짓말쟁이로 남게 될 거다."

산발적으로 웃음소리가 났다. 대부분은 그 말을 이해하지 못한, 학교에 들어오지 못할 아이들로부터 난 거였다. 연기과 주임 선생은 다시 미소를 지었다. 미소는 그림자처럼 그의 얼굴을 스쳐갔다.

스탠리는 뒤쪽에 꼿꼿하게 앉아 있었다. 같은 고등학교 출신이라 아는 남자애들이 몇 명 있었지만, 그 애들이 그가 버리고 싶어 하는 측면을 누설하거나 더 자극할까봐 떨어져 앉았다. 교실 안은 희망과 갈망으로 긴장감이 가득했다.

"자, 이 학교에서는 무슨 일이 생길까? 어떻게 기묘한 간질 발작 같은 하루의 리듬을 나눌 수 있을까? 여기서는 어떤 폭력을 당하고, 그 피해를 줄이기 위해서 너희는 뭘 할 수 있을까?"

주임 선생은 질문이 먼지처럼 내려앉을 때까지 기다렸다.

"이번 주말은 이 학교 학생들이 매일 마주하게 되는 교육 환경을 가상으로 체험해보는 시간이라고 할 수 있지. 오늘 우리는 즉석 연기, 마임, 노래, 동작, 연극사 수업을 할 거고, 내일은 광범위한 워크숍을 하고 다른 소그룹과 협력해서 대본 리허설도 해볼 거다. 너희들 모두 이 모든 수업에 전력으로 참여해서 이 학교에 들어오게 된다면 얼마나 열심히 할 건지 우리에게 최선을 다해서 보여주렴.

우린 이번 주말 동안 너희들이 하는 걸 보고, 교실 근처를 돌아다니면서 기록을 할 거다. 이 첫 번째 오디션 주말을 성공적으로 보내면 너희를 면접과 좀 더 공식적인 오디션에 부를 거야. 이번 주말이 어떻게 흘러갈지에 관해서 더 질문이 있는 사람?"

모두들 마라톤 선수처럼 가슴에 숫자가 적힌 종이를 달고 있었다. 45번이 손을 들었다.

"왜 다른 연기 학교처럼 평범한 오디션을 하지 않는 건가요? 그러니까 고전 하나, 현대극 하나, 두 개의 독백을 준비해서 보는 식으로요."

"우린 그런 타입의 학생들을 받고 싶지 않으니까."

연기과 주임 선생이 말했다.

"자기광고에 뛰어나고, 자신들이 지닌 기술의 폭과 교활함의 깊이를 완벽하게 보여줄 수 있는 상반된 두 개의 독백을 고르는 타입의 학생들은 원치 않아. 우리는 현대극과 고전의 차이에는 관심이 없다. 대사에 형광펜으로 줄을 치고 몇 주나 앞서서 과제를 준비하는 그런 학생들은 바라지 않아."

45번은 자신이 바로 대사에 형광펜으로 줄을 치고 몇 주나 앞서서 과제를 준비하는 그런 학생이라는 지적을 받은 양 얼굴을 붉혔다. 다른 지원자들은 그를 동정 어린 눈으로 쳐다봤지만 속으로는 거리를 둬야겠다는 결심을 다졌다.

"연기는 일종의 총체감이 필요한 직업이지. 오늘 내가 너희들에게 해줄 조언은 이거다. 너희들이 생각하는 재능이란 건 여기서는 하등 쓸모가 없다. 우리가 너희들을 합격 목록에 넣는 순간, 너희가 이 학교에 들어올 만하다고 결정하는 그 순간은 너희가 실제로 연기를 하는 동안이 아닐 수도 있어. 다른 사람을 보조하는 때일 수도 있지. 다른 사람을 보고 있는 순간일 수도 있고, 연습할 준비를 하는 순간일 수도 있어. 주머니에 손을 꽂고 혼자 서서 바닥을 쳐다보고 있는 때일 수도 있지."

그들 중 전략가 타입의 학생들은 벌써 가능한 한 선생들의 시선을 알아채지 못한 척해야겠다는 계획을 세우면서 진지하게 고개를 끄덕거렸다. 그들은 주머니에 손을 꽂고 바닥을 쳐다보면서 잠시 서 있자고 머릿속으로 적었다.

스탠리는 라이벌들을 둘러보았다. 모두들 예비 순교자처럼 열정에 사로잡혀 있고, 연기과 주임 선생은 제일 먼저 죽을 사람을 고르는 대단한 영예에 차서 그들을 내려다보고 있었다.

"이제 즉흥연기 주임 선생님에게 이 자리를 넘기도록 하지. 모두들 행운이 있기를."

연기과 주임 선생이 말했다.

10월
....

학교의 제일 긴 복도는 시작부터 끝까지 체육관과 맞붙어

48

있었다. 복도 한쪽에는 기다란 커튼이 달린 창문과 안으로 들어간 문이 가득 달려 있고, 반대편 벽에는 중간쯤에 달린 체육관으로 들어가는 묵직한 문을 제외하면 아무것도 없었다. 이긴 벽에는 벽돌 위로 잘 보존된 의상 몇 벌이 평평하게 고정되어 있었다. 유령이 갑자기 빛이 비치는 바람에 그대로 굳어진 것처럼 텅 빈 소매가 양옆으로 넓게 펼쳐진 모양새였다.

스탠리는 잠시 멈춰서 그것을 바라봤다. 명연기를 기념하기 위해서 보존해둔 의상들일 거라고 생각하며 앞으로 다가가 늘어진 타탄 무늬 바지와 여기저기 구겨진 셔츠 아래 있는 첫 번째 청동 명패를 읽었다. 거기엔 연극 제목이나 배우의 이름은 전혀 없었고, 무덤에 있는 묘비처럼 캐릭터 이름과 날짜만이 새겨져 있었다. 벨빌. 1957년. 명패들은 벽을 따라 깔끔하게 이어졌다. 스탠리는 복도를 따라 걸어가면서 죽은 사람에게 경의를 표하는 것처럼 뻣뻣하게 펼쳐진 팔과 늘어진 바지 다리, 넝마가 된 레이스, 낡고 곰팡이로 얼룩진 오래된 의상들을 쳐다봤다. 빈디치, 페르디난트, 앨빙 부인, 궁중 특사. 그는 은실로 자수를 놓고 가장자리에는 새틴을 댄 묵직한 왕 의상 앞에서 잠깐 멈췄다. 벽에서 떨어진 소매 한쪽이 옆구리에 힘없이 매달려 있어 현관을 가리키고 있는 것만 같았다. 떨어진 소매는 어깨를 고통스럽게 아래쪽으로 당기고 있다. 전쟁부 장관. 할. 벽을 따라 엄숙하게 이어지는 의상들은 지하 세계의 틈새에서 흘러나오는 으스스한 영혼들처럼 느껴졌다. 그는 몸을 부르르 떨었다. 페르디타. 볼폰. 두꺼비.

11월

"거기 사람들은 너한테 끔찍한 일을 할 거야."

스탠리의 아버지가 말했다.

"넌 네 감정과 네 내면의 눈, 그보다 더 끔찍한 것들과 접촉하게 될 거다. 내년 이맘때면 난 널 알아보지도 못할 거야. 넌 커다란 분홍색 감정 덩어리가 되어버릴 거라고."

"그걸 견뎌낸 수많은 유명인들을 보세요."

스탠리는 아버지에게서 안내서를 낚아채 뒤표지 안쪽에 있는 목록을 가리켰다. 거기에는 텔레비전과 영화에 나오는 모든 스타에 빨간색 별표가 달려 있었다. 안내서의 책장은 하도 여러 번 넘겨봐서 벌써 부들부들해진 상태였다.

"나도 낮 시간 텔레비전에서 너를 보고 싶단다. 저게 내 아들이라고 아마 아무한테나 큰 소리로 말하겠지. 포토숍을 하고 가발을 쓰고 화면에 나온 저 사람이 내 아들입니다, 라고."

"학교 사진 보셨어요?"

스탠리는 사진이 나올 때까지 안내서를 주르르 넘겼다.

"여긴 옛날 박물관 건물이에요. 전부 다 돌로 된 데다가 모자이크 바닥에 크고 높은 창문이 달려 있다고요."

"나도 봤다."

"오디션엔 3백 명이나 왔어요."

"그거 참 대단하구나, 스탠리."

"그리고 겨우 스무 명만 합격했고요."

"그거 대단하네."

"저도 이게 시작일 뿐이라는 거 알아요."

웨이터가 왔고 스탠리의 아버지는 와인을 시켰다. 스탠리는 의자에 기대 주위를 둘러봤다. 레스토랑은 모든 게 빳빳하고 그늘져 있었다. 속삭임과 조용한 웃음소리, 향수 냄새가 가득하고, 천장엔 조그만 빨간색 조명등이 깜박거리며 아래 있는 그들을 비췄다.

웨이터는 허리를 굽히고서 물러났다. 스탠리의 아버지는 소맷자락을 흔들고서 상담 선생님 같은 미소를 지었다. 그리고 부들부들해진 안내서를 식탁보 위로 밀었다.

"네가 자랑스럽단다. 아주 굉장할 거야. 하지만 우린 지금 서로 반대 팀에 서 있는 거란다."

"무슨 말씀이세요?"

스탠리가 물었다.

"연극이라는 건 미지에 대한 거야, 안 그러니? 연극은 마술과 의식과 희생에 그 뿌리를 두고 있고, 마술과 의식과 희생은 어느 정도 신비로움에 의존하지. 심리학은 그런 신비로움을 없애고, 미신과 두려움을 우리가 이해할 수 있는 것으로 바꾸는 일이야."

아버지는 윙크를 하고 이쑤시개로 올리브를 찍었다.

"우리는 사실상 전쟁을 하고 있는 거란다."

스탠리는 아버지가 뭔가 학구적인 이야기를 할 때면 종종
그렇듯 당황스러운 기분이었다. 매년 이 식사가 끝나면 스탠리
는 침대에 누워서 몇 시간이나 좀 더 학구적으로 여겨질 만한
답은 뭐가 있었을까 생각하곤 했다. 그는 자신의 접시 가장자
리에 있는 식초 안에 손가락을 넣고 기름방울을 움직였다.

"넌 동의하지 않니?"

아버지가 음식을 씹으며 날카롭게 그를 쳐다보고 물었다.

"약간은요. 저는 그러니까…… 저한테 연기는 사람에 관해서
알아내거나 그 사람 안으로 들어가는 방법 같은 거라고 생각해
요. 그러니까, 슬픔을 연기하려면 그걸 이해해야 하잖아요. 잘
은 모르겠지만, 그건 아빠가 하시는 거랑 좀 비슷한 것 같아요."

"아하!"

스탠리의 아버지는 논쟁에서 이기기 좋아하는 사람 특유의
불쾌하고 재빠른 어조로 말했다.

"그러니까 넌 평범한 사람들보다 배우들이 평범한 사람들
자체에 대해서 더 많이 안다고 생각하는 거니?"

"아뇨. 하지만 평범한 사람들보다 심리학자들이 그 사람들
을 더 많이 아는 것 같진 않아요."

스탠리가 대답했다. 아버지는 웃음을 터뜨리고서 식탁을 두

드렸다.

"아빠 저한테 인생의 조언을 해주시고 무슨 횃불 같은 걸 건네주셔야 하는 거 아니에요?"

스탠리가 주제를 바꿔 물었다.

"이런, 나도 준비를 하고 왔는데. 네가 나한테 새로운 욕을 전부 다 말해주고, 그다음에 야한 농담을 주고받는 건 어떨까? 난 연기 학교는 다녀본 적이 없어서 말이다. 내 기분이 어떤지는 묻지 말아다오."

"전 새로운 욕은 전혀 몰라요. 옛날 것들이 아직도 유행하는 것 같던데요."

스탠리가 말했다. 잠깐 침묵이 흘렀다.

"너한테 해줄 농담이 있단다. 사제한테는 어떻게 정관수술을 하게?"

스탠리의 아버지가 말했다.

"몰라요."

"성가대원의 뒤통수를 걸어차서."

스탠리는 웃음을 터뜨렸지만 아버지가 자신보다 더 별나다는 사실에 어쩐지 짜증이 났다. 그는 혹시 자신이 뭔가 빼먹었을까봐 안내서를 다시 넘기기 시작했다.

와인이 나왔다. 아버지는 거창하게 맛을 보고, 잔 아래쪽에서 와인을 굴리고, 병의 라벨을 관찰하는 연기를 펼쳤다.

"괜찮군요."

아버지가 마침내 웨이터에게 말하고, 잔 쪽으로 고개를 살짝 끄덕인 뒤, 다시 스탠리를 향해 미소를 지었다.

"자, 넌 인생의 조언을 원한단 말이지?"

"그런 건 아니에요. 그냥 아버지가 '너도 이제 어른이 됐구나' 같은 거창한 말씀을 하실 거라고 생각했을 뿐이에요."

"심리학적 잔소리를 듣고 싶니?"

"아뇨."

"아들아, 넌 좋은 혈통을 가진 데다가 훌륭한 신발도 있어."

"그건 별 상관 없잖아요."

"내가 자기 몸에 불을 붙인 고객 얘기를 했던가?"

"로저한테 얘기하시는 거 들었어요."

"인생의 조언이라."

스탠리의 아버지는 잔을 들어 건배를 했다.

"좋아. 훌륭하면서도 형편없는 게 있지. 스탠리, 네 통과의례를 기념하기 위해서 내가 비밀을 하나 말해주마."

그들은 잔을 부딪치고서 술을 마셨다.

"그러세요."

스탠리가 마지못해 말했다.

아버지는 손끝으로 옷깃을 쓰다듬고, 다른 손으로는 잔을 무심하게 들었다. 부유하고 우스꽝스럽고 지루해 보였다.

"어떻게 백만 달러를 버는지 말해주마."

스탠리는 다시 그 뜨거운 좌절감이 솟구치는 걸 느꼈지만,

그냥 그러시라고만 대답했다. 심지어 미소까지 지었다.

"좋아. 네 고등학교 시절을 생각해보렴. 5년이었지? 그 5년 동안에, 다른 모든 고등학생의 5년과 똑같았던 그 시기에, 너희 학년에서 죽은 아이가 하나 있었어. 그렇지?"

"그랬던 것 같아요."

"차를 너무 빨리 몰았든지, 술을 너무 많이 마셨든지, 총을 갖고 놀았든지, 뭐 잘은 모르겠다만, 언제나 죽는 아이들이 하나씩 있지. 있잖니, 스탠리, 상대방이 모르는 채로 그 사람의 생명보험을 들 수 있다는 거 아니?"

스탠리는 그저 아버지를 쳐다보기만 했다.

"그리고 학생에 대한 보험금은 굉장히, 괴애앵장히 낮지. 아이들이 죽을 거라고 생각할 만한 이유가 없으니까. 1년에 2백 달러 정도면 한 명에 백만 달러짜리 생명보험을 들 수 있어."

"아빠."

스탠리는 어이가 없었다.

"네가 할 일은 그저 사람을 고르는 것뿐이야. 네가 할 일은 거기 가서 조사를 좀 하고 뭔가 감이 온다 싶은 정보를 얻는 것뿐이지."

"아빠."

스탠리가 다시 불렀다. 아버지는 순진한 사람처럼 양손을 들어 올리고서 웃음을 터뜨렸다.

"얘야, 난 너한테 귀중한 걸 알려주는 거야. 그 애를 생각해보렴. 너희 학교에서 죽은 아이. 넌 미리 그걸 알아낼 수 있었을까? 네가 그걸 예측할 수 있었다면, 그걸 갖고 득이 되는 일을 할 수도 있었을 거야. 이게 내 인생의 조언이란다, 스탠리. 이게 사람들을 부자로 만드는 방법이야. 이게 유일한 비밀이지. 그 사람들은 일이 일어나기 전에 예지하고, 뛰어든단다."

스탠리의 아버지는 상담 선생님 같은 미소를 지었다.

"전 미리 알아낼 수 없었을 거예요."

스탠리가 마침내 말했다.

"우리 학교의 그 남자애요. 그 애는 스케이트보드를 타고 가게에서 집으로 돌아가다가 치였어요. 그 많은 애들 중에서 전 절대로 그 애를 골라내지 못했을 거예요."

"아쉽구나."

아버지가 말했다. 그리고 더 이상은 아무 말도 하지 않았다. 그저 포크를 만지작거리다가 와인 잔을 들고 술을 마시면서 잔의 얇은 가장자리로 스탠리를 바라보기만 했다.

스탠리는 우울하게 연기 학교 안내서를 만지작거렸다. 정장 재킷 차림이라 구이용으로 묶어놓은 닭처럼 불편하고 더웠다.

"전 어때요? 아빠 일이 일어나기 전에 미리 알 수 있나요?"

아버지는 몸을 앞으로 기울이고 마르고 하얀 손가락으로 식탁보를 쿡 찔렀다.

"예지할 수 있지. 넌 훌륭한 한 해를 보내게 될 거야. 아주 훌륭할 거란다."

10월

"연기는 흉내내기 같은 게 아니야."

지원자들이 리허설 교실 바닥 여기저기에 책상다리를 하고 앉아 있는 앞에서 즉흥연기 주임 선생이 냉정하게 말했다. 문 근처에서는 연기과 주임 선생이 클립보드를 들고 서성거리며 일부러 무관심한 표정으로 쳐다보고 학생 하나하나의 가치와 자질을 평가하며 손가락으로 펜을 조였다.

즉흥연기 주임이 말했다.

"연기는 이미 존재하는 걸 복제하는 행위가 아니야. 앞 무대 의 아치는 창문이 '절대로' 아니야. 무대는 인생이 평범하게 흘 러가는 삼면이 막힌 조그만 방 같은 게 아니고. 연극은 평범한 인생의 집약본이 아니야. 연극은 진짜 인생의 정제된 버전, 발 췌본, 나나 너희들의 평범한 모든 것보다 훨씬 더 기묘하고, 더 비극적이고, 더 완벽한 인간 행동의 정수지."

즉흥연기 주임은 옆에 든 캔버스 백에서 테니스공을 꺼내서 지원자들 중 한 명을 향해 던졌다. 남자아이는 양손 손바닥 아 래쪽으로 공을 받았다.

"연기과 선생님은 보지 마. 거기에 안 계신 척해. 나를 봐."

즉흥연기 주임이 손바닥을 벌리자 소년은 수줍게 공을 도로 던졌다. 연기과 주임은 클립보드에다 펜으로 열심히 뭔가를 적 었다.

"고대사회를 잠깐 생각해보자."

즉흥연기 주임이 자세를 바꿔 무릎을 꿇고 앉아서 말했다.

"고대사회의 아폴로나 아프로디테 조각상은 그걸 진짜 신이라고 믿게 하려고 만든 게 아니었어. 심지어는 그 조각이 진짜 신과 '닮은' 모습이라고 믿게 하려던 것도 아니지. 이 조각들의 역할은 그저 접근하기 위한 장소였을 뿐이야. 사람들이 '바로 그 장소'에서 신에게 다가가거나 신을 느낄 수 있게 하려고 존재했던 거지. 알겠어? 모두 내 말 이해하니?"

선생이 테니스공을 또 다른 지원자에게 던졌고, 아이는 움찔했지만 간신히 그것을 잡아서 신중하게 도로 던졌다. 즉흥연기 주임은 공을 받아서 잠깐 동안 양손으로 잡고 생각에 잠긴 채 벗겨지기 시작한 털 위를 꾹 눌러 단단한 고무공이 움푹 들어가게 했다가 도로 힘을 빼서 원래 모양으로 돌아오게 만들었다.

"그러니까 이 조각상은 절대로 '진짜'가 아니었다는 거야."

선생이 말을 이었다.

"조각은 아폴로 본인이 아니지. 다들 이 말에는 동의하지? 그리고 조각은 진짜 인물의 복제도 아냐. 아폴로의 닮은꼴이라든지, 아폴로가 '실제로' 어떻게 생겼는지, 아폴로가 '실제로' 어떤 옷을 입었는지를 알려주는 실마리 같은 것도 아냐. 전혀 아니지. 조각상은 숭배를 할 수 있는 장소일 뿐이야. 다른 곳에서 그런 특별한 연결 관계를 찾을 필요가 없도록 해주는 장소. 그뿐이야. 왜 지금 이 이야기가 중요할까?"

선생이 아이들 속에 있는 여자아이에게 테니스공을 던졌다.

"연극이 그런 거라서요?"

여자아이는 재빨리 대답하며 손끝으로 깔끔하게 공을 잡고 잠깐 질문에 대답하느라 머뭇거리다가 도로 던졌다.

"연극은 진짜 인생이 아니고, 진짜 인생의 완벽한 복제도 아니에요. 그저 접근할 수 있는 지점이죠."

"맞아."

즉흥연기 주임은 공을 도로 잡아서 반대편 손바닥에 절도 있게 탁 던지면서 대답했다.

여자아이는 재빨리 미소 지으며 연기과 주임이 자신의 업적을 보았는지 힐끗 돌아보았다. 하지만 그는 보고 있지 않았다.

즉흥연기 주임이 말했다.

"무대는 진짜 인생이 아니고, 진짜 인생의 복제도 아니야. 조각상과 마찬가지로 일이 '지금 일어나는' 장소지. 평소에는 일어나지 않는 일이 무대에서는 일어나. 무대는 사람들이 다른 데서는 볼 수 없는 것들에 접근할 수 있는 '장소'야. 무대는 우리가 어떤 일을 목격할 수 있는 곳이지. 그렇게 해서 우리가 그 일을 직접 느끼거나 실행할 필요가 없도록 해주는 거야. 내가 여기서 이야기하고 있는 게 뭘까?"

질문이 너무 구체적이라서 지원자들은 침묵 속에 인상을 찌푸리고 선생을 보며 잘 모르겠다는 뜻으로 입술을 오므렸다. 즉흥연기 주임은 몸을 떨 지경이었다. 그녀는 아이들의 얼굴을 재빨리 훑쳐보았지만 실망한 건 아니었다. 답이 마치 넘쳐나는 기쁨처럼 그녀에게서 쏟아져 나오기 직전인 것처럼 그녀는 입술을 오므리고 반쯤 미소를 띠고 있었다.

"카타르시스야."

선생이 마침내 의기양양하게 말했다.

"카타르시스가 내가 말하려던 거지. 카타르시스는 너희들 모두 아는 단어야. 카타르시스가 '너희들의' 일을 가치 있게 만들어주는 요소지."

10월

현관에는 물이 가득 찬 도자기 분수대 위로 무표정한 공모자처럼 솟아나온 도자기 가면 두 개가 있었다. 희극은 고개를 돌려 즐거운 죽은 눈으로 비서실과 트로피 진열장, 화장실이 있는 복도를 내려다보았다. 비극은 고개를 위로 들고 있었다. 물에서 솟아나온 청동 파이프 두 개가 비극 가면의 턱과 광대뼈 뒤쪽을 떠받치고, 빤히 바라보는 비극적인 눈 양쪽의 도자기 아래쪽 테두리까지 연결되었다. 분수를 틀면 이 파이프가 분수대에서 물을 빨아올려 비극 가면이 눈물을 흘리게 만들었다.

수면 주위로는 불그스름한 더께가 얇게 끼어 있고 분수대 바닥에는 희망에 찬 은색 동전 몇 개가 있었다. 분수대 아래쪽

받침대의 명패에는 이렇게 적혀 있었다.

마음은 보이는 것을 믿고 믿는 대로 행동한다.
이것이 매혹의 비밀이다.

10월

가면 한 쌍을 보았을 때 스탠리가 제일 먼저 한 생각은 어떤 사람들은 웃을 때 입가가 아래로 내려가고 어떤 사람들은 굉장히 우울할 때 웃는다는 거였다. 그는 이제 가면을 보고 있지 않았다. 주머니에 손을 꽂고 분수 가에 서서 인상을 찌푸리고 분수대를 내려다보며 심장이 불쾌하게 쿵쿵거리는 걸 가라앉히려고 애를 썼다. 아직 스위치를 켜지 않아서 수면은 북의 가죽처럼 팽팽하고 매끄러웠고, 파란 힘줄이 있는 도자기 가면은 아침의 고요 속에서 바짝 마르고 변색되어 보였다.

스탠리는 계속해서 머리 모양을 다듬고, 지원서를 확인하고, 나중에 조그만 금색 안전핀 두 개로 가슴에 달게 될 오디션 번호표의 단단한 합판 모서리를 가방 위로 느끼면서 조그만 침실 공간을 맴도는 걸 더 이상은 참을 수가 없어서 한 시간이나 일찍 나왔다. 현관은 텅 비어 있었다. 비서실 문은 덧문까지 꽉 닫혀 있었고 다른 모든 주요 복도는 어두웠다. 그는 꼼짝도 않고 서서 뱃멀미나 건강염려증, 또는 상상 속의 냉기라도 되는 것처럼 긴장감을 지워버리려고 노력했다.

강당 문에서 나지막하게 쿵 소리가 났다. 그는 몸을 돌렸다가 한 소년이 새빨간 얼굴에 흐트러진 차림새로 오래된 축음기를 들고 걸어오는 걸 발견했다. 세로로 홈이 있는 뿔 모양 금속 스피커 부분이 그의 어깨 위로 기울어졌다. 축음기는 무거워 보였다. 소년은 양손으로 펠트를 댄 기단 부분 아래를 받치고 축음기를 안은 채 고개를 옆으로 기울여 앞이 비어 있는지 확인하고 컴컴한 복도를 따라 조심조심 걸어왔다.

"이봐, 너 기술 담당이야? 교무실 열쇠 혹시 없지?"

소년이 물었다.

"미안. 난 오디션 보러 온 거라서."

스탠리가 말했다. 소년이 그를 빤히 쳐다보았다.

"아, 너 지원자들 중 하나구나. 벌써 그 주말이 됐다는 것도 잊고 있었네. 긴장되니?"

소년은 별 관심 없는 투로 물었다. 스탠리는 어깨를 으쓱였다.

"응."

그리고 팔을 두어 번 흔들며 적당히 평범한 이야깃거리를 떠올려보려고 했지만 아무것도 생각나지 않았다.

"넌 배우야?"

대신 그는 이렇게 물었다.

"아니, 난 의상팀이야. 우린 막 〈아름다운 기계〉의 도구들을 정리했어. 어젯밤이 폐막이었고 내일 극장을 또 써야 되거든."

"〈아름다운 기계〉가 뭐야?"

스탠리가 물었다. 소년은 현관 근처에 서 있었고, 스탠리는 두 사람이 이렇게 커다란 대리석 공간 맞은편에서 서로 말을 주고받는 게 상당히 기묘하게 느껴졌다.

"1학년 창작 연극 프로젝트야. 학교에 자기 능력을 증명하는 그런 거지. 1학년 때 혼자서 처음부터 끝까지 완벽하게 뭔가를 해내는 거야. 걔네들이 만들어내는 걸 보면 완전 넋이 나갈걸. 학년 말에 조명이랑 전부 다 해서 제대로 무대에 올려."

"아."

스탠리가 중얼거렸다.

"너도 갔어야 했어. 어젯밤이 폐막이었거든. 환상이었지."

소년은 자신이 들고 있는 축음기를 보며 고개를 끄덕였다.

"올해 1학년 중에는 음악 하는 애들이 많아서 우린 굉장히 다양하고 추상적이며 뮤지컬적인 걸로 만들 수 있었지. 그걸 봤으면 아마 너도 완전히 넋이 나갔을 거야."

스탠리는 소년이 자랑을 늘어놓는 걸 보며 '걔네'가 '우리'로 바뀐 것을 알아챘다. '다양'과 '추상'이 핵심 단어였다. 스피커를 돋보이게 만들고 소년을 선택된 애들 중 한 명으로 점찍는 힘을 가진 주요 단어였다. 이 소년은 무심한 태도의 표본이었다. 고개를 조랑말처럼 뒤로 홱 젖히고 엉덩이를 바깥쪽으로 기울여서 남성잡지 모델처럼 서 있었다.

"이번이 처음 보는 오디션이야?"

소년이 물었다. 그는 이제 비서실 문으로 가서 무릎을 구부리고 반드르르한 금색 우편함이 달린 벽 아래 바닥에 축음기를 조심스럽게 내려놓았다. 스탠리는 고등학교 연극부 선생님의 목소리를 떠올렸다. '대사를 말한 다음이 아니라 말하면서 움직여.'

"응. 걱정해야 될까?"

"아니. 그냥 긴장 풀고 즐겨. 너무 노력하지 말고. 모두가 생각하는 것만큼 그렇게 엄청난 일은 아니니까."

소년이 태연하게 말했다.

"의상팀도 오디션을 봐야 돼?"

"아니."

스탠리는 기다렸지만 소년은 그 이상 말하지 않았다. 그저 몸을 펴고 비서실 문을 건성으로 열려고 해볼 뿐이었다. 하지만 문은 잠겨 있었고, 그는 다시 스탠리를 보았다.

"여기의 기묘한 점은 아무도 나쁜 소리를 하지 않는다는 거야. 심지어는 들어오지 못한 애들도 말이야. 너 들어오지 못한 애들이랑 얘기해본 적 있어?"

"아니."

스탠리가 대답했다.

"걔네들은 항상 이래. '이젠 내가 그걸 원한다는 걸 알겠어. 거기서 어떤 일이 일어나는지 살짝 봤고, 비록 난 들어가지 못했지만 이제는 내 안에도 불길이 생겼으니까 하늘에 맹세코 노력하고 또 노력해서 내년에 다시 시도해보고 합격할 때까지 계속 오디션을 볼 거야. 이 근사한 사람들이랑 같이 오디션을 보고 그 학교에서 주말을 보내고 진정한 재능이 어디서 나오는지 언뜻이라도 보는 건 정말 대단한 영광이자 특권이야. 거긴 정말로 깨우침의 장소라니까.' 이런 식이야. 좀 희한하지 않아?"

스탠리는 머뭇거리며 어깨만 으쓱였다. 소년이 이야기를 하는 동안 그는 반 걸음 물러섰고 등 아래쪽으로 대리석 분수대의 냉기가 닿는 게 느껴졌다.

"아무도 문밖으로 나가면서 비난을 하지 않아. 아무도 '더럽게 고맙네' 같은 소린 안 해. 아무도 '어차피 나도 당신네 쓸모없고 개떡 같은 학교에 들어오고 싶은 마음이 눈곱만큼도 없었어'라고 하지 않고, '내가 쟤나 쟤만큼 잘하지 못한다니 개소리야, 왜 내가 못 들어간다는 건지 정확하게 말해봐' 같은 소리를 하지도 않아. 아무도 나쁜 말은 하지 않아. 솔직히 이상하다고 생각 안 해?"

"여긴 일류 학교야. 사람들이 정말로 확실히 그렇게 느끼나 보지."

스탠리가 말했다.

"그래."

소년은 갑자기 경멸하는 태도로 바뀌었다. 스탠리를 딱히 얻을 것도 없고 이야기할 것도 없는 상대라 여기고 무시하기로 맘먹은 게 뚜렷이 보였다.

"어쨌든 행운을 빌어. 내년에는 여기서 널 볼 수 있을지도 모르겠네."

"응."

스탠리는 자신의 따분한 대답이 부끄러웠지만 오디션 때문에 너무 불안해서 신경을 쓸 수가 없었다. 그는 다시 분수 쪽으로 돌아가서 주머니에 손을 꽂은 채 소년의 발소리가 복도를 따라 사라지고 마침내 강당 문이 무겁고 부드럽게 쿵 닫히는 소리가 들릴 때까지 귀를 기울이고 서 있었다.

3

목요일

아침 신문 기사의 표제는 '교사가 학생과의 성행위를 부인하다'였다.

"불쌍한 살라딘 선생."

색소폰 선생이 말했다.

"불쌍한 살라딘 선생. 가느다란 손에 쿵쿵 뛰는 그 외로운 심장에 얼굴에는⋯⋯."

"거기엔 얼굴은 안 나왔잖아. 재킷을 머리 위로 뒤집어쓰고 있었으니까."

짜증이 나 있던 팻시가 끼어들었다.

전화벨이 울렸다.

"어차피 다들 상상을 하고 있을 거야. 슬프고 까만 눈을 한 목마른 엄마들 말이야. 다들 조그맣고 날카로운 이로 침을 꿀

껄꿀꺽 삼키는 모습을 상상하겠지. 눈 아래가 푸르스름하게 약간 늘어져 있는 걸 상상할 거야."

색소폰 선생이 말했다. 팻시는 머리를 한쪽으로 기울이고 기사에 관해 생각했다. 그리고 멍하니 접시에 남은 조각들을 손가락으로 두드렸다.

"저도 완벽하게 이해해요, 미스커스 부인."

색소폰 선생이 전화에 대고 말했다.

"이런 세상에, 아뇨, 전 그분을 만나본 적이 없답니다. 하지만 어쨌든 그분에 대해서 제가 하나 말씀드리죠."

팻시는 이제 일어나서 코트를 집어 들었다. 색소폰 선생은 이야기를 하며 눈으로 팻시를 주시했다.

"살라딘 선생님은 유산을 남기셨답니다. 애들이 눈을 커다랗게 뜨고 홀딱 빠져버릴 도발적인 불신이라는 아주 특별한 감정이죠. 그게 제 학생들에게 바이러스처럼 퍼져나갈 거예요. 폭행을 당한 아이는 어디를 가든 서로를 팔꿈치로 쿡쿡 찌르고 속삭이고 타오르듯 질투하는 시선에 시달리게 될 거예요. 조명이 꺼지면 부모들은 울면서 서로에게 그 사람이 그 애한테 뭘 '했는지' 묻겠지만, 아이들은 자신들만의 질문으로 타오를 테죠. '그 애'가 뭘 했을까, 라고요. 유독가스가 천천히 새어 나오는 것처럼 그 애를 그런 위험인물로 만드는 지식이 과연 뭘까, 라고요."

팻시는 코트를 꾸물꾸물 입고서 손을 흔들고 손 키스를 보냈다. 그리고 나갔다.

 "아이들은 그 애가 그의 얼굴을 쓰다듬고 고개를 들어 뭔가를, 아무도 말한 적이 없는 특별한 말을 속삭이는 걸 상상할 거예요. 그 애가 음악실 벽에 기대고서 숨을 빠르게 헐떡이며 눈을 지그시 감고 머리 위 벽에 대고 주먹을 쥐는 걸 상상하려고 할 테죠. 평범한 것들, 그러니까 '점심 같이할래요?'라든지 '어젯밤에 잠을 잘 못 잤어요', '난 줄무늬 셔츠가 더 좋던데' 같은 걸 상상하려고 노력할 거예요. 어쩌면 그 애가 가슴 위로 팔짱을 끼거나 머리카락을 옆으로 쓸어내리거나 갑자기 침묵에 잠겨 입술을 세게 깨물거나 하는 걸 보고서 이제는 그게 전에 없던 뭔가를 의미한다고 생각할 수도 있죠. 학생들은 상상하려고 할 거예요, 미스커스 부인. 이런 것들이 어떤 의미인지 상상하려고 할 거라고요."

 색소폰 선생은 이제 입을 다물고 전화선을 손가락으로 만지작대며 이야기를 들었다. 계단통에서 문 닫히는 소리가 났다.

 "알겠습니다."

 잠시 후 선생이 말했다.

 "부인의 불쌍하고 연약하고 섬세한 따님께선 그런 관련만으로도 더러워진 기분이 들어서 자신과 그 끔찍한 남자 사이에 가능한 한 멀리 거리를 두고 싶어 한다는 거죠. 그 애한테 화요일 3시에 시간을 비워두겠다고 전해주세요."

금요일

리허설이 재개될 거라는 공지가 떴다. 재즈밴드와 상급생 재즈 앙상블, 오케스트라를 맡을 새로운 지휘자를 찾았고, 이름은 진 크리츨리 부인이라고 굵은 글씨로 쓰여 있었다. 불필요하게 이름을 써둔 것은 '부인'과 '진'이라는 부분을 강조하기 위한 거였다.

"당연히 여자로 찾았겠지."

제1알토가 음울하게 말했다. 그들은 단체로 후줄근한 모습으로 복도에 서 있었다.

"난 살라딘 선생님이 좋았는데."

브리짓이 비쩍 마르고 촌스러운 모습으로 말했다.

"그 선생님 벌써 감옥에 가셨어?"

제1알토가 물었다.

"아마 자택연금일걸. 다시 범죄를 저지르지 못하게."

더블베이스가 말했다.

"웃기지 마. 그 선생님 그냥 잠옷 차림으로 집에서 낮에 하는 TV 프로나 보고 있을걸."

제1트럼본이 말했다.

할 말이 다 떨어져서 그들은 굵은 글씨로 된 진 크리츨리 부인이라는 이름만 잠시 쳐다봤다.

"성격 엄청 나쁠 거 같은 이름이야."

제1알토가 모두가 생각하고 있던 걸 입 밖으로 냈다.

금요일

"어제 학교 끝나고 방과 후 보충수업 때문에 패트리지 선생님을 보러 갔었어요."

이솔드가 말했다.

"선생님은 사무실에 계셨는데 제가 들어가니까 책상 앞에서 뛰쳐나오다시피 하면서 그러시는 거예요. '복도에서 얘기하자, 얼른, 얼른 나오렴.' 이제 다들 그러세요. 폐쇄된 공간을 무서워하세요."

색소폰 선생은 그녀를 바라보며 생각했다. 이게 새로운 이솔드의 여명이구나. 세상의 더럽고 변태적인 매력을 목격해 강해지고 무감각해졌지만 아직 자신이 듣고 본 것을 직접 느껴보지는 못했기에 작은 의심의 씨앗을 여전히 기르고 있는 이솔드.

"어쨌든 우린 복도로 나왔어요."

이솔드는 자신의 색소폰을 옆으로 빙 돌려서 한쪽 어깨에 책가방처럼 늘어뜨리고 양손으로 어깨에 있는 끈을 잡았다. 그녀가 반대편 발로 중심을 옮기고 엉덩이를 옆으로 빼고 커다란 눈을 깜박거리자 순식간에 상냥하고 부당한 희생자로 변모했다. 조명은 더 흐릿하고 더욱 넓게 퍼진 형태로 바뀌었고, 이솔드는 이제 모든 사물함이 텅 빈 채 열려 있고 과자 봉투들이 은 색 이파리처럼 바닥에 떨어져 있는 늦은 오후의 학교 복도에서 옅은 라일락 색깔의 빛을 받으며 서 있었다.

"그래서 전 얘기를 했어요. 그냥 방과 후에 보충수업을 받을 수 있는지 궁금하다고요. 집에선 상황이 너무 힘들어서⋯⋯."

그리고 그녀는 머뭇거리지 않고 색소폰을 어깨에서 빼내 품에 느슨하게 안고 양손으로 벨 아래쪽을 받치고서 가볍게 보호하듯 골반 쪽으로 꼭 끌어당겼다. 남자가 다른 모든 아이가 집에 간 뒤 옅은 라일락 색 빛줄기 속에서 학생과 함께 복도에 서서 서류철을 자기 몸 쪽으로 끌어당기는 것과 비슷한 자세였다.

색소폰 선생은 이솔드가 한 가지 모습에서 탈피해서 다른 모습으로 변화하는 것을 보는 게 얼마나 즐거운지를 생각했다. 브리짓은 목소리가 좋았지만 이솔드의 연기는 갑작스럽게 껍질이 벗겨지는 것처럼 언제나 육체적이고 총체적이었다. 색소폰 선생은 의자에서 자세를 살짝 바꾸고 이야기를 듣고 있다는 의미로 고개를 끄덕였다.

"그리고 선생님은 저를 보고 고개를 흔드셨어요."

이솔드는 이제 자세를 넓히고 발뒤꿈치에 몸무게를 싣고 배를 집어넣고 가슴을 부풀렸다.

"그리고 이러시더군요. '이솔드, 난 학생들에게 사랑을 얻기 위해서 환심을 살 만한 행동을 하는 그런 선생님이 아니야. 그건 내 스타일이 아니지. 난 희생양을 골라서 인기를 얻는 그런 타입이란다. 난 내가 가르치는 모든 학급에서 그렇게 해. 너한 테 보충수업을 해준다면 난 위선자가 될 거고 내 교육 방침을 훼손하게 될 거야.

이솔드, 내가 학생의 사랑을 얻으려고 한다면 그 애들한테 필요하지도 않은 보충수업 같은 걸 해주는 걸로 시작하진 않을 거다. 교실에서 질투라는 문화를 키우는 걸로 시작하겠지. 질 투는 어떤 교육 환경에서든 핵심 요소야. 질투란 경쟁을 의미 하고 경쟁이란 더 우수해지는 방법이니까. 질투하는 학급에서 야말로 진정 열렬한 사랑이 피어나는 법이지.

내 학생들이 서로를 굉장히 질투할 준비가 다 되었다는 걸 확신한 다음에야 난 희생양을 고른단. 희생양을 고르는 건 쉽지 않아, 이솔드. 학생에게 별로 필요하지도 않은 보충수업 을 해주는 것만큼 쉽지 않지. 희생양을 고르는 건 굉장히 어렵 고 섬세한 작업이야. 비결은……'"

이제 그녀는 색소폰을 휘둘러 자신이 하는 말을 강조하기 위해서 허공을 찔렀다.

"'모두가 이미 진심으로 싫어하는 아이를 고르는 게 아니야. 그렇게 하면 다른 학생들이 희생양을 불쌍하게 여기는 마음을 갖게 되고, 잔인하다고 나를 경멸하게 되지. 난 내 학생들에게 잔인하게 행동하고 싶지 않아.

비결은 그 교실에서 가장 독창성이 없는 아이를 고르는 거 야. 독창적이지 않은 애를 고르는 게 좋은 이유는 매번 그 애를 이용할 때마다 정확히 똑같은 방식으로 행동한다는 걸 확실하게 알 수 있기 때문이지. 독창적이지 않은 애는 아둔해서 자신들의 재미있는 성격 때문에 지목되었다고 생각하곤 하기 때문이야. 그 애들이 네가 유발하는 웃음이 자기들을 포함하는 웃음이라고 믿게 만들어야 해.

이솔드, 난 내 제자들에게 사랑받는 좋은 선생님이야. 난 학생들 하나하나에게 호의를 베풀어서가 아니라 그 애들 모두를 위해서 희생양을 고름으로써 집단적인 사랑을 얻지. 이건 좋은 방법이고 난 좋은 선생님이야. 네 언니가 섹스를 했고 모든 사람이 그걸 알게 돼서 네가 불쌍하다고 너한테 보충수업을 해줄 마음은 없어. 이유는 이미 다 설명했지? 미안하다.'"

조명이 다시 사라졌다. 이솔드는 우아하게 마무리를 짓고서 색소폰을 목줄에 다시 고정시키고 수업을 받을 준비를 했다.

"그러니까 넌 보충수업을 받지 않겠구나."

색소폰 선생이 일어서면서 말했다.

"네, 선생님이 그러셨어요. '네가 배워야 할 건 말이야, 이솔드, 인생이 공정하지 않다는 거란다.'"

금요일

이 세속적인 학교에서는 매점에서 목이 짧은 플라스틱 코카콜라 병을 사서 병뚜껑 아래쪽에 딱 붙어 있는 딱딱한 테두리가 달린 파란색 작은 원판을 손톱으로 뜯어내는 게 새롭고 인기 있는 전통이었다. 여자아이들은 이 파란색 원판을 입술에 대고 앞니로 끈끈한 플라스틱 한가운데를 물어 구멍을 뚫었다. 그런 다음 원판 가운데를 뜯어내서 테두리만 남겼다. 그리고 이 조그맣고 반투명한 플라스틱 고리를 잡아당기고 손에서 돌리고 또 돌리면서 부드럽게 계속 당겨 점점 더 넓혔다. 가느다란 고리는 옅은 색의 동그란 띠로 변해서 이제 손을 집어넣을 수 있을 정도가 된다. 그러면 아이들은 이 플라스틱 띠를 손목에 찼다.

일반적으로 이것을 '날 가져요 팔찌'라고 불렀다. 코카콜라 병목의 액체 밀봉 부분으로 직접 만든 이런 팔찌를 차고 다니는 건 여자아이들의 대담함을 상징하는 것이었다. 누구든, 설령 실수로라도 이 팔찌를 끊은 사람은 팔찌 착용자와 계약을 맺는 셈이 된다. 가끔 파티에서 남자아이들이 여자아이에게 키스를 하면서 자유로운 손으로 팔목을 더듬어 코카콜라 띠를 끊으려 하곤 했다. 대부분의 경우에 여자아이들은 남자애가 팔찌를 끊으려는 걸 느끼고 그게 어떤 의미인지 알기에 거부하는 척한다. 저항하는 것처럼 팔목을 잡아 빼서 팔찌가 더 빨리 끊어지게 만드는 것이다. 팔찌가 끊어지면 그들은 이제 끝까지 가야만 한다는 것을 알게 된다.

자기 팔찌를 직접 끊는 건 부끄러운 일이었다. 여자아이들은 그런 생각만 해도 코웃음을 치고, 가느다란 플라스틱 띠 한쪽이 문틀이나 가방 버클에 걸려서 끊어지게 만든 어설픈 애들과 거리를 둔다.

여자애 한 명은 이렇게 말했다.

"살라딘 선생님의 교습실에서 날 가져요 팔찌를 찾았대. 피아노 아래서. 끊어진 거였대."

그 말은 사실이 아니다.

월요일

"모두들 와줘서 정말로 고맙군요, 여러분."

상담 선생님은 정치인이나 사제처럼 양손바닥을 들어 올리고는 끽끽 소리와 덜그럭거리는 소리 너머로 말했다.

"지난 시간에 이야기했던 문제들 중 몇 가지에 대해서 좀 더 상의해봤으면 해요. 오늘은 주도권을 잡는 것에 대해 이야기를 해봅시다."

줄리아는 뒤쪽에 앉아 있었다. 의자에서 낮게 몸을 미끄러뜨리고, 양팔은 팔짱을 끼고, 발목은 교차한 자세로 머리카락을 앞으로 내려 얼굴을 덮은 상태였다. 그녀는 다른 여자애들이 추위에 발을 헛디디고, 친한 친구들과 팔짱을 끼고 사각 편대를 이루고 교실로 들어오는 것을 보았다. 그들은 서로 속닥거리고 찔러대며 눈을 가늘게 뜨고 절망적인 공포에 젖어서 어디 앉을지 논의하고 있었다. 그들은 언젠가 구석 자리에 있는 끔찍한 자리에 앉게 되어 몸을 앞으로 기울이고 계속해서 '뭔데? 뭐가 그렇게 웃겨? 쟤가 뭐라고 했어?'라고 물어야 하는 상황에 처할까봐 늘 두려워했다.

줄리아는 그들이 현재 인기와 재치의 중심지 근처에 끼어 앉는 걸 혐오와 약간의 질투 속에서 바라보았다. 대부분의 여자아이들은 7학년생으로 사건의 피해자 여자애와 동년배이자 그저 근처에 있었다는 것만으로 오염된 아이들이었다. 나머지는 음악부 학생들로, 더 위험하게 오염되어서 여러 차례 복사하고 상담 선생이 그 섬세하고 연약한 손으로 서명을 한 근엄한 분홍색 쪽지를 통해 개별적으로 호출을 받은 아이들이었다.

줄리아는 문이 열리고 피해자 여자애의 동생이 분홍색 호출장을 단단히 손에 쥐고서 문손잡이 위의 명패에 있는 청동 숫자를 확인하는 걸 보고 깜짝 놀랐다. 이솔드는 겨우 5학년이라서 재즈밴드와 오케스트라, 상급생 재즈 앙상블에 들어오기엔 너무 어렸다. 아이는 교실로 들어와서 언니 친구들인 듯한 여자아이들 몇 명에게 목례를 했다. 상담 선생은 아이가 들어오자 만족스러운 듯 미소를 지어서 모두에게 그가 그 아이를 엄청나게 자랑스러워한다는 걸 보여주었다. 마스코트나 깃발을 엄청나게 자랑스럽게 여기는 것처럼 말이다.

이솔드가 머리카락을 한쪽 귀 뒤로 넘기고 불만스러운 눈으로 자리를 찾는 걸 보며 줄리아는 언니의 흔들리는 아치 모양 그림자로 완전히 가려져버린 이 아이에게 잠깐 관심이 생겼고, 이 애가 뭘 생각할까 궁금했다.

이솔드가 자리에 앉자 그 뒤에 앉아 있던 여자아이가 몸을 앞으로 기울여 그녀의 어깨를 꽉 쥐었다 놓더니 엄지손가락을 이솔드의 쇄골 움푹한 부분으로 미끄러뜨리며 '너 괜찮니?'라고 동정심 가득한 어조로 속삭였다. 이솔드는 여자아이의 손에서 움찔거리며 빠져나와서 고개를 끄덕이고 줄리아에게는 들리지 않게 뭐라고 대답을 했다. 여자아이는 고개를 저으며 이솔드를 토닥거린 다음 엄마 같은 한숨을 쉬며 물러났다. 그러고는 즉시 몸을 돌려 이미 얘기를 들으려고 고개를 기울이고 있는 왼쪽 여자아이의 소매를 잡아당겼다.

줄리아는 숨죽인 속삭임이 이솔드의 뒤쪽 열을 따라 위아래로 퍼지는 것을 보며, 이솔드의 얼굴에 떠오른 차갑고 무심한 표정을 응시했다.

"친구들이 다리에서 뛰어내린다고 해서 여러분도 따라서 뛰어내릴 건가요?"

상담 선생이 말했다. 이것은 그가 좋아하는 질문이라 정기적으로 나왔고, 목소리가 마치 굉장한 외통수라도 둔 것처럼 승리감으로 쩌렁쩌렁 울렸다.

줄리아는 이솔드가 의자에서 살짝 자세를 바꾸는 걸 보았다. 그 애는 상담 선생을 멍하니 쳐다보고 있었고, 인상을 찌푸리고는 있지만 얘기를 듣는 건 아니었다. 입술은 늘어지고 살짝 뽀로통했다. 언니와 똑같이 둥근 광대뼈에 순진한 둥근 눈을 지녔지만, 빅토리아의 둥근 모양이 풍만하고 당당하고 솔직하고 도전적이라면, 이솔드의 경우엔 버릇없는 어린애의 포동포동하고 사랑스러운 표정을 선사했다. 자기 얼굴을 다른 사람에게 더 잘 어울릴 게 뻔한 패션 액세서리처럼 여기는 태도였다.

"어떤 사람들의 경우엔 유혹이 주의를 끌기 위한 방편이죠. 유혹은 도와달라는 비명이자 다른 사람과 진정한 연결을 맺고자 하는 최후의 절망적인 시도예요."

상담 선생은 넥타이는 느슨하게 풀고 매끄럽고 부드러운 다리는 무릎 위로 꼰 채 반원형으로 둘러앉은 타탄체크 치마를 입은 아이들 모두를 향해 통통한 손가락을 흔들었다.

"이 외롭고 망가진 사람들은 진정으로 원하지는 않지만 없으면 살 수 없는 육체적, 성적 연결을 찾고 싶어 한답니다. 이런 사람들을 여러분은 주의해야 해요."

그는 더 강한 효과를 위해 잠깐 뜸을 들이다 말했다.

"살라딘 선생님이 이런 사람 중 한 명이었습니다."

줄리아가 이솔드를 보았지만 그 애는 여전히 아까와 같은 멍한 표정으로 상담 선생을 쳐다보고 있었다. 줄리아는 그게 연기가 아닐까 궁금했다. 이솔드가 되면 어떤 기분일까 그녀는 생각해봤다. 금지된 곳에서 온 사절처럼 매일 학교에서 집으로 돌아가 언니 주변을 맴돌고, 언니가 감자를 끈적끈적한 페이스트가 될 때까지 으깨는 걸 저녁 식탁 너머에서 바라보고, 색이 변한 스티커와 훔쳐온 보안 테이프가 여전히 붙어 있는 언니의 닫힌 침실 문 앞을 지나가고, 복도에 물을 뚝뚝 흘리며 타월로 닦고 있는 언니를 지나쳐 가는 것. 줄리아는 울고 있는 초췌한 엄마와 넥타이가 목을 조르기라도 하는 것처럼 당겨대는 아빠를 상상했다. 다급한 전화와 속닥거리는 사람들, 축축하게 퍼지는 침묵을 상상했다. 이솔드가 이 모든 것의 한가운데에서 폭풍의 눈에 들어간 배처럼 정체된 공기 속에 홀로 갇힌 채 텔레비전을 보거나 교복 구두에 광을 내거나 신문에서 우스운 얘기를 찾는 걸 상상했다.

줄리아는 이솔드가 차분하게 자신의 손톱을 관찰하고 큐티클을 잘근잘근 깨무는 걸 보았다.

"미성년자 성폭행이라는 이 끔찍한 사건은 유혹이 주도권을 얻는 도구로 어떻게 사용될 수 있는지를 보여주는 전형적인 케이스죠. 이 여자아이를 먹이로 삼기 위해서 살라딘 씨는 그 아이의 자기 몸에 대한 소유권을 망가뜨렸어요. 선생이라는 권력을 남용한 거죠. 그는 '주도권을 얻기 위해서' 권력을 휘둘렀던 거예요."

상담 선생은 독서대를 옆으로 옮겨놓은 책상 모서리에 태연하게 몸을 기대고 주머니에 넣은 한 손은 주먹을 쥐었다. 천이 그의 골반 위로 팽팽해지며 바지 지퍼 부분까지 당겨졌다. 그리고 나머지 한 손은 굉장히 현대적이고 엄청나게 빠른 음악을 지휘하는 것처럼 허공에서 당기듯 움직였다.

"오늘 내 목표는 여러분이 주도권을 '갖는' 방법을 배우는 걸 어떻게 도와줄 수 있을지에 대해서 이야기하는 거예요. 얘기를 시작하기 전에 누구 하고 싶은 말 있는 사람?"

모두가 고개를 젓고 그를 향해 미소를 지으며 홰에 앉은 암탉처럼 의자에서 몸을 살짝 움직였다. 그때 줄리아가 말했다.

"저요."

이솔드를 제외하고 모두가 홱 하고 그녀를 돌아보았다. 줄리아는 차분하게 눈을 깜박이고 말했다.

"전 살라딘 선생님이 주도권을 잡고 싶어 하셨다는 데 동의하지 않아요."

상담 선생은 인상을 찌푸리고 손을 뻗어 목덜미의 머리카락한 움큼을 잡아당겼다.

"동의하지 않는단 말이죠?"

"네, 동의하지 않아요. 주도권을 잡는 건 흥분되는 부분이 아니에요. 미성년자와 자는 건 흥분되지 않아요. 미성년자에겐 얼마든지 명령을 내릴 수 있으니까요. 흥분되는 건 위험이 아주 크기 때문이에요. 그리고 위험을 감수하는 게 흥분되는 부분이죠. 이길 가능성 때문이 아니라 '질' 가능성도 있기 때문에요."

여자아이들은 그녀를 위아래로 훑어보았고, 다 같이 혐오스러운 매혹에 빠졌다. 그들의 표정은 인기 없는 여자애가 말하는 걸 한참 듣는 인기 있는 여자애의 표정이었다. 그들은 줄리아가 축제 공연이라도 하는 것처럼, 흥미롭지만 약간 역겹기도 한 묘기를 하는 것처럼 쳐다보았다.

줄리아는 더 큰 소리로 말했다.

"그건 도박과 같아요. 이길 걸 거의 확실하게 아는 데다 돈을 거는 건 별로 아드레날린이 솟지 않죠. 흥분되지도 않고, 재미도 없어요. 하지만 이길 확률은 지극히 낮지만 가능성이 아주아주 조금 비치는 데 돈을 걸면 아드레날린이 막 솟구치죠. 질 가능성이 훨씬 더 높은데도요. 질 수도 있다는 그 가능성이 사람을 흥분하게 만드는 거예요."

여자아이들은 자세를 바꾸고 속닥거리기 시작했지만 줄리아의 시선은 상담 선생에게 고정되어 있었다. 그녀의 눈은 가늘어진 채 냉정하게 반짝였다. 상담 선생은 신발을 내려다보았다.

"빅토리아가 미성년자이고 처녀라는 사실 같은 건 흥분되는 게 아니에요. 선생님은 걔보다 훨씬 더 큰 권력을 갖고 있었으니까요. 흥분되는 부분은 누가 알게 된다면 선생님이 잃을 게 엄청나게 많다는 점이죠."

줄리아는 충격적인 부분을 더 강조하기 위해서 고개를 약간 들었다.

"걔만 잃는 게 아니라 모든 걸 다 잃게 되시니까요."

잠깐 침묵이 흘렀고 이번에는 모든 여자아이가 상담 선생 쪽으로 휙 고개를 돌렸다. 그는 고개를 들고 머리카락을 다시한 번 당기고서 한숨을 쉬었다.

"우리가 핵심에서 벗어난 것 같군요. 우리가 지금 여기서 염려하는 건 권력의 불균형이에요. 우리는 선생님으로서 살라딘 씨가 학생과 관계를 맺으려고 자신의 권력을 남용했다는 부분을 염려하는 거죠."

"우린 '선생님'의 핵심에서 '제' 핵심으로 비켜났을 뿐이에요. 그리고 어차피 모든 관계는 어느 정도 권력의 불균형이 있는 거 아닌가요?"

줄리아가 쏘아붙였다. 상담 선생은 줄리아가 더 말을 하기 전에 재빨리 다른 아이들 쪽으로 몸을 돌렸다.

"여러분은 어떻게 생각하죠?"

그는 교실에서 가장 유순하고 가장 말수가 적은 아이들하고만 눈을 마주치려고 하면서 물었다.

"누구 의견 있나요? 동의해요? 반대해요?"

몇몇 여자애들이 손을 들고 말을 시작했지만, 줄리아는 즉시 관심을 잃었다. 그녀는 상담 선생을 노려보고서 주머니에서 볼펜을 꺼내 상관하지 않는 것처럼 손등에 끼적거렸다. 잠시 후 고개를 들고서 그녀는 깜짝 놀랐다. 이솔드가 그녀를 보고 있었다. 이솔드의 표정은 더 이상 어린애 같고 상냥해 보이지 않았다. 고개를 살짝 돌려서 목에 근육이 온통 불거진 채 냉정하고 무심한 여왕처럼 어깨 너머로 반쯤 돌아보고 있었다.

줄리아는 목깃 아래로 피부가 달아오르는 걸 느꼈지만 너무 늦게 자신을 억눌렀다. 심장이 아주 빠르게 고동쳤다. 갑자기 자신의 몸에 비해 너무 크고, 서툴고, 멍청하고 거대해진 것 같고, 그런 감각이 끔찍한 스릴과 함께 몸을 타고 흘렀다.

그들은 잠깐 동안 서로를 마주 보았고, 잠시 후 이솔드가 눈을 돌렸다.

토요일

이솔드와 빅토리아는 텔레비전을 보고 있었다. 이솔드는 안락의자의 움푹한 부분에 웅크려 무릎을 가슴에 껴안고 머리는 팔 위에 얹은 자세였다. 빅토리아는 소파에 누워 한쪽 다리는 구부리고 엄지와 검지 사이에 리모콘을 살짝 쥐고 있었다. 그들의 아버지는 방금 거실로 들어와서 커다란 손으로 이솔드의 발가락을 쥐고 "잘 자렴, 우리 달팽이들"이라고 말했다. 어머니는 그저 계단통에서 "11시엔 잠자리에 들어야 돼"라고 외치기만 했다. 가볍고 무거운 그들의 대조적인 발소리가 계단 위쪽으로 사라지고 곧이어 나지막하게 침실 문이 찰칵 닫히는 소리가 났다.

빅토리아가 말했다.

"네가 어울려 다니던 남자애들 무리는 어떻게 됐어? 여전히 너네들한테 열 받아 있니?"

그녀는 전부 다 털어놓으라는 언니 특유의 무상 특권을 휘두르며 이야기했다. 첫째로써 동생의 삶을 바라보는 빅토리아의 시각은 언제나 뭐든 다 알고 자격이 넘치고 어떤 충격도 받지 않는 전문가적인 것이었다. 새로운 단계 단계마다 이솔드는 빅토리아가 질려서 벗어놓은 헌 의상을 주워 입어야 하고, 이솔드가 팔을 끼우느라 애쓰고 있을 때 빅토리아는 탈의실에 들어와서 구경할 자격이 있는 것만 같았다. 이솔드가 초경을 맞을 때, 처음 브라를 할 때, 첫 키스를 할 때, 첫 번째 파티의 드레스를 고를 때, 이 모든 중대 사건마다 빅토리아는 거기 있었고 앞으로도 있을 것이다. 같이 있지 못하면 언니는 언제나 '왜 나한테 말을 안 한 거야, 이솔드, 왜?'라고 물을 자격이 있었다.

반면 동생인 이솔드는 빅토리아에게 리허설 교실의 조그만 종이를 붙인 창문 뒤에서 실제로 '무슨 일'이 벌어졌는지 빅토리아에게 물을 수가 없었다. 그녀는 결코 세세한 걸 물을 자격이 없었다. 그의 옷, 그의 숨결, 그의 손길 아래의 삶에 관해서. 그녀는 '그 사람 긴장했었어, 언니?'라든지 '누가 먼저 손을 내밀었어?', '우선 몇 주 동안은 계속 자신에 관해서, 자신이 뭘 원하는지, 그리고 갖지 못한 것들이 무엇인지에 관해서 이야기를 한 거야?'라고 절대로 물을 수가 없었다. 이솔드는 이 모든 질문을 할 권리가 없었다. 빅토리아가 첫 번째 애인을 유혹했을 때, 첫 번째 연애를 시작했을 때, 첫 약속을 깼을 때, 또는 처음으로 조그만 처녀의 피를 흘렸을 때 '왜 나한테 말을 안 한 거야?'라고 물어볼 수가 없었다. 이 모든 사소한 지형지물은 여동생은 아직 속하지 않은 지역의 것들이니까.

나중에, 이솔드가 빅토리아의 나이가 되어도 빅토리아는 여전히 두 단계 앞서 있을 것이다. 아마도 대학에 다니고 어디 다른 곳에 살면서 처음으로 대마초를 피우고, 첫 번째 하룻밤 관계를 마치고 샌들을 손목에 걸고 집으로 돌아오면서, 생전 처음으로 정말로 자신이 뭐가 될지를 결정하고 있으리라. 그런 다음에야 아마도 그녀에게 정말로 어떤 일이 있었는지를 말해줄지도 모른다. 전부 다는 아닐 것이다. 그 무렵이면 빅토리아는 대수롭지 않은 듯이 일부러 부분부분 생략하고 손을 흔들면서 이렇게 말할 테니까. '엄마랑 아빠가 그 모든 일에 대해서 지랄 맞게 굴었던 것뿐이야'라든지 '맙소사, 완전 옛날 옛적 일이잖아'. 어쩌면 이렇게 말할지도 모른다. '우린 함께 도망칠 생각이었지만, 결국에 그 사람은 옛날 여자 친구한테로 돌아갔어. 몇 달 전에 길거리에서 우연히 마주쳤는데, 예전보다 살쪘더라.'

하지만 지금 그런 이야기를 하는 건 불가능했다. 이솔드는 빅토리아에게 자세하게 말해달라고, 또는 해답이나 지도를 알려달라고 조르는 건 읽고 있는 책의 뒤를 미리 넘겨보는 것과 같다고 생각했다. 빅토리아의 삶은 지금도, 앞으로도 언제나 두 걸음 앞서 있을 거고, 이솔드가 직접 그 길을 걷기 전에 미리 넘겨다보는 건 컨닝을 하는 거나 다름없었다.

"맞아. 하지만 그렇게 하면 넌 나랑 똑같은 실수는 절대로 안 하겠지."

빅토리아는 이솔드가 더 나쁜 패를 뽑았다고 느끼길 바라지 않아서 그렇게 말했다.

"아니, 나도 같은 실수를 하게 될 거야. 하지만 내가 그 실수를 할 무렵에는 그 사람들이 관심을 보이지 않겠지. 언니가 이미 해버린 거니까. 난 그저 베낀 셈이 될 거야."

"그래…… 아냐."

빅토리아가 말했다.

"네가 더 상황이 나아. 엄마랑 아빠는 너보다 나한테 훨씬 엄격하시잖아. 나한테 모든 에너지를 다 쏟으셔서 네가 더 크면 두 분의 기준도 낮아지고 더 이상 신경을 안 쓰실 거야."

"그래…… 아냐. 난 애처럼 굴어야 하고, 그건 진짜 짜증나."

"그래, 하지만 난 여섯 살 때 크리스마스 선물로 크레용이랑 색연필을 받았고, 네가 여섯 살 땐 분홍색 반짝이 손잡이가 달린 분홍색 테니스 라켓을 받았잖아. 엄마 아빠는 나이가 드실수록 더 돈이 많아지셨어. 그래서 넌 나보다 훨씬 장난감이 많았잖아."

"그래, 하지만 그뿐이야. 난 항상 언니하고 비교당해. 언니는 언제나 모든 걸 먼저 하니까 다른 사람하고 비교당하지 않잖아."

"뻥치지 마. 마지막으로 엄마 아빠가 너랑 나를 비교하신 게 언젠데?"

대화는 위안이 됐다. 이 모든 이야기 아래로 그들은 최소한 자신들이 큰딸과 작은딸이라는 자리를 차지하고 있다는 걸 알기 때문이었다. 그들은 이솔드의 몸이 벽 앞의 낡고 오래된 안락의자를 채우고 있는 것처럼 단단하고 완벽하게 각자의 자리를 차지하고 있었다. 이 모든 이야기 아래로 그들은 그런 일들이 따라 하기에 실패한 것이 아니라 꼭 필요한 평형을 이루기 위한 것임을 알고 있었다. 자매 각각은 똑같은 복제본이 아니라 부모님의 관심과 명령을 반으로 나누는, 다듬어지지 않고 뒤틀린 형태의 절반이었다.

"네가 어울려 다니던 남자애들 무리는 어떻게 됐어?"

빅토리아가 다시 질문했고, 이솔드가 대답했다.

"난 잘 몰라. 어쨌든 세인트 실베스터의 남자애들은 죄다 멍청이 같아."

"나도 그렇게 생각했어. 네 나이 때는."

빅토리아가 말했다.

수요일

재즈밴드가 악기를 조립하고 보면대를 펼치는 동안 리허설 교실의 분위기는 기묘했다. 3주 만에 처음으로 연습하러 모인 거였고, 속으로는 모두가 배신감을 느끼고 있었다. 항상 쾌활하고, 흐트러지고, 그들을 공주님이나 마담이라고 부르던 살라딘 선생 때문이 아니라 그들 중 한 명인 척 모두를 속인 빅토리아 때문이었다.

여자아이들은 모두 다 비밀을 마지막으로 알게 된 사람이라는 역겨운 수치심에 시달리느라 침묵을 지켰다. 그들은 그동안 내내 빅토리아가 그들이 무너지는 걸 보면서도 아무 말도 하지 않았다는 사실에, 내내 그들 사이에 앉아서는 잘난 척 자신의 비밀을 입 다물고 있었다는 사실에 서서히 분노가 치미는 것을 느꼈다. 이제 그들은 살라딘 선생을 향한 자신들의 별 뜻 없는 수줍은 추파를 창피한 기분으로 떠올려야 했고, 가슴이 두근거리던 그 행복한 순간의 기억은 전부 다 그가 이미 빅토리아의 것이었고 이미 빼앗긴 존재였다는 사실로 더럽혀졌다. 그들은 목관악기 수업 때 그가 허공을 찌르며 "바로 그게 내가 말한 거야" 하고 소년처럼 씩 웃던 것을, 점심시간에 주머니 차기를 하는 데 잠깐 끼어서 질 것 같으면 주머니를 낚아채 도망치곤 하던 것을, 재즈 수업 전에 들어와서 셰익스피어 페스티벌과 실내악 콘테스트, 여름 교복으로 바뀌는 것에 관해서 이야기하던 것을 떠올렸다.

"예전에 1학기 때 선생님이 개보고 여름 교복이 잘 어울린다고 그러셨었어."

제1트럼본이 카펫 위에다 스핏 밸브를 비우면서 말했다.

"나도 바로 거기 서 있었는데 말이야."

그들이 그동안 내내 의심했던 척하는 것이 그들 상처의 깊이를 드러내는 증거였다. 지금까지 그들이 사랑에 관해 보고 들은 것들은 전부 다 내적인 시각을 지니고 있었고, 그들은 이런 식으로 배제되었다는 엄청난 무게를 감당할 수가 없었다. 이제야 그들이 얼마나 못 본 게 많은지, 얼마나 무시당했는지 깨닫기 시작했고, 이런 깨달음은 부수적이고 초대조차 받지 못한 완전한 미성년자라는 자신의 모습을 고통스러울 정도로 두드러지게 했다.

"선생님은 이런 걸 하시곤 했대."

타악기 주자가 말했다.

"어둠 속에서 함께 누워 있을 때, 어둠 속에서 이야기를 나누느라 걔가 웃고 있는지 어떤지 알 수 없을 때 말이야. 그러면 양쪽 검지를 조그만 캘리퍼스처럼 만들어서 손을 뻗어 걔의 입가를 더듬었대. 가끔은 옆으로 누워서 거기에 그냥 가볍게 손가락을 대고서는 어둠 속에서 계속해서 이야기를 나눴대. 그리고 그런 행동에 대해서 웃곤 했어. 그 선생님이 그랬대."

브리짓은 구석에서 회색 천을 댄 케이스에 든 색소폰을 들어 올려 멍하니 마우스피스를 끼웠다. 지난주에 그녀는 여러 제조사의 여러 가지 리드들을 시험하기 위해 전부 다 사서 그 위에 각각 조그만 빨간색 숫자를 써 어느 게 어느 건지 구분했다. 그녀는 플라스틱 싸개에서 하나를 꺼내 잉크로 쓴 조그만 숫자를 확인하고서 꽉 돌려 끼웠다. 리드는 그녀에게 익숙했던 것보다 더 단단했고, 혀에서 피가 날 것 같았다.

"내 집시소녀. 선생님은 걜 그렇게 부르셨어. 내 집시소녀라고."

제2트럼펫이 말했다.

종이 울렸다. 의자가 끽끽거리고 덜그럭거리는 소리가 울리고, 모두가 반쯤 먹다 만 샌드위치를 쓰레기통에 버린 다음 반원형으로 둘러앉아서 지휘자가 오기를 기다렸다.

"작년부터 계속 그랬다고 걔가 인정했대. 경찰에 진술서랑 그런 걸 다 제출해야 할 거야."

테너 색소폰이 말했다.

그러고 나서 그들은 잠시 침묵 속에 앉아서 제각기 다른 누구보다도 자신이 가장 크게 속았다는 우울한 깨달음을 곱씹었다.

수요일

"네가 프랑스식으로 머리를 땋고 잘 다린 학교 교복 치마를 입고 7학년 시상식에서 테너 색소폰으로 〈스위트 조지아 브라운〉을 연주하고 수줍게 노란 조명 불빛 속에 서 있는 모습을 상상했다면, 넌 잘못된 선택을 한 거라고 말해야겠구나."

색소폰 선생의 손톱은 오늘은 새빨간 색깔이었고, 부드럽게 컵을 톡톡 두드려댔다.

"색소폰은 그런 언어를 사용하지 않아. 색소폰은 지하의 언어를, 쇠락하고 우울한 어스름의 언어를 말하지. 때 묻고 섹시하고 땀투성이에 냉정한 그런 언어를. 고아와 사생아와 창녀들의 언어지."

브리짓은 시든 꽃처럼 색소폰을 손에서 늘어뜨린 채 서 있었다.

"색소폰은 목관악기 일가의 코카인이야. 색소폰 주자는 위험하기 때문에, 자신들의 더욱 어둡고 사악한 면을 탐험하기 때문에 존경받지. 네 연주에서는, 브리짓, 때 묻거나 섹시하거나 땀투성이거나 냉정한 면이 전혀 보이지 않아. 보이는 거라고는 매끈하고 반짝거리는 분홍색과 하얀색, 품평회의 푸들처럼 차분하고 건전한 모습뿐이야."

"알았어요."

브리짓이 우울하게 말했다.

새빨간 손톱은 계속해서 머그컵 옆을 톡톡 두드렸다.

"좋은 선생님을 만드는 게 뭐라고 생각하니, 브리짓?"

브리짓은 잇새로 입술을 빨면서 생각에 잠겼다. 그러고는 자신 없이 말했다.

"재능인 것 같아요. 가르치는 걸 잘하는 거요."

"다른 건?"

"아마도 인내심이 있는 거 아닐까요?"

"좋은 선생님을 만드는 게 뭔지 내가 말해줄까?"

"그러세요."

색소폰 선생이 말했다.

"좋은 선생님이란 너에게 전에 없던 걸 일깨워주는 사람이야. 좋은 선생님이란 네가 설령 원한다고 해도 다시 돌아갈 수 없는 방향으로 너를 바꿔주는 사람이지. 이제 넌 연습을 하고 음의 패턴을 익히고 악기를 훌륭하게 조절해서 그 악보를 아주 능숙하게 연주하게 될 수 있겠지만, 너랑 내가 함께 노력해서 도전하고, 일깨우고, 네 일부를 '변화'시킬 때까지는 능숙해지는 게 전부일 뿐이란다."

"전 크리츨리 선생님이 말씀하신 대로 하려던 것뿐이었어요."

브리짓이 툭 말했다.

"그 선생님은 살라딘 선생님의 대리예요. 오늘 재즈밴드 수업이 있었어요."

색소폰 선생님은 잠시 눈을 가늘게 떴지만 그저 이렇게만 말했다.

"진 크리츨리?"

"살라딘 선생님의 대리예요."

브리짓이 다시 말했다.

"그 사람이 연주하는 걸 본 적이 있어. 트럼펫을 연주하지."

색소폰 선생님은 갑자기 혼자만의 세상에 잠긴 것처럼 목소리가 차갑고 차분하고 신중해졌다. 그녀는 브리짓에게서 배신의 징후라도 찾는 것처럼 아이를 위아래로 살폈다.

"왜 선생님은 지원하지 않으셨죠?"

브리짓이 그 생각에 눈을 휘둥그렇게 뜨고 물었다.

"난 고등학교를 좋아하지 않아."

"그 선생님은 진 크리츨리 부인처럼 보이지 않아요. 빨간 안경을 쓰고 헐렁한 티셔츠에 레깅스에 스니커즈 차림이에요. 제일 먼저 한 말이 뭔지 아세요?"

브리짓은 이제 밝아져서 말했다.

"제일 먼저 한 말이 이거였어요. '좋아, 내 소개를 하게 다들 입 좀 다물어. 난 연애를 했던 선생님의 후임으로 오게 된 선생님이야. 지금 전부 다 터놓고 말한 다음에 다 잊어버리고 앞으로는 음악을 하면서 즐겨보자. 그리고 너희들 모두 긴장 풀어도 돼. 난 너희들 누구하고도 연애를 하지 않겠다고 약속을 했거든.'"

브리짓은 색소폰 선생 쪽으로 순진하게 눈을 깜박거렸다. 그녀는 목소리 흉내를 잘 냈다.

"애들이 웃었니?"

색소폰 선생이 물었다.

"아, 그럼요. 모두가 그 선생님을 아주 좋아해요."

"그래, 애들이 웃었단 말이지. 그 엉뚱하기 짝이 없는 말에 웃은 거지. 진 크리츨리 선생이 너희 중 한 명을 유혹하고, 너희 중 한 명을 자신만의 은밀하고 사악한 방식으로 끌어당기고, 너희 중 한 명을 악기 보관함 문으로 밀어붙이고 그 차가운 뺨을 너희 뺨에 대고 입술을 너희의 솜털이 돋은 귓바퀴 근처에 갖다댄다는 생각에 웃었겠지. 너희 중 한 명이 '그녀'를 원하고, 그리고 그녀를 물건이자 상품으로서 골라낸다는 생각에. 너희 중 한 명이 매번 그녀를 볼 때마다 얼굴을 붉히고, 말을 더듬고 어물거리고, 복도에서 그녀를 스쳐갈 수도 있다는 희망에 음악동을 지나갈 수 있는 기회를 놓치지 않을지도 모른다는 그런 생각에."

브리짓이 대답했다.

"네, 선생님이 그걸 다 터놓고 말하셔서 이제 저흰 잊어버리고 음악을 하면서 즐길 수 있을 거예요."

"그래서 너희는 잊어버리고 음악을 하면서 즐길 거라는 거지."

"네."

브리짓이 다시 대답했다.

"그리고 진 크리즐리 선생은 너한테 이 악보를 아이스크림 가게의 종처럼 연주하라고 그랬고."

"그렇게 말씀하신 건 아니에요."

브리짓은 모호한 방식으로 자신이 이기고 있다는 걸 감지하고서 몸을 좀 더 똑바로 폈다.

"선생님은 그냥 '가끔은 창조적이어야 할 필요가 없어. 가끔은 그저 즐겨도 된단다'라고 하셨을 뿐이에요."

색소폰 선생이 인상을 찌푸렸다. 그녀는 속으로 물었다. 내가 질투하고 있는 건가? 그녀는 브리짓이 자신이 가장 좋아하지 않는 학생이고, 제일 자주 비웃는 학생이며, 자신이 좋아하게 될 일은 없는 학생이라는 것을 다시 한 번 상기했다. 그리고 브리짓이 비쩍 마르고 칙칙하고, 뼈가 툭 튀어나온 번질번질한 얼굴에 가느다란 매부리코, 페럿이나 담비가 떠오르는 옅은 속눈썹을 지녔음을 떠올렸다.

그녀는 질투하고 있었다. 그녀는 쾌활하고 평발에 '그냥 즐겨'라는 말로 학생들에게 영원히 멋지게 보일 진 크리츨리 선생의 인상이 마음에 들지 않았다. 브리짓에게 이제 비교 대상이 생겼고, '자신'을, 색소폰 선생을 전과 다른 새로운 시각으로 보게 되었다는 생각이 싫었다. 정말로 마음에 들지 않았다.

"넘어가자. 이제 새로운 걸 시도해볼 때가 된 것 같구나. 좀더 어려운 걸로, 네가 좀 더 애를 써야 하고 너와 나 중에서 한 명이 확실하게 주도권을 거머쥘 수 있는 그런 걸로. 괜찮지?"

"괜찮아요."

브리짓이 대답했다.

"8학년 악보를 해보자꾸나. 그거라면 크리츨리 선생이 이러쿵저러쿵 할 일이 없을 테니까."

색소폰 선생이 말했다.

금요일

이솔드는 처음 여섯 마디를 불다 음을 틀렸다.

"저 연습을 못했어요. 그리고 이유도 없어요."

그녀는 오른손을 키 위에 펼치고 힘없이 달칵달칵 누르면서 잠시 그대로 서 있었다. 손에서 움직이는 힘줄이 피부를 하얀 색과 보라색으로 팽팽하게 당겼다.

색소폰 선생은 아이를 쳐다보고 싸우지 않기로 결정했다. 그녀는 책장으로 가서 레코드플레이어의 플라스틱 뚜껑을 들어 올렸다.

"그럼 음반을 틀어줄게."

그녀는 쌓여 있는 음반 속에서 하나를 고르고서 말했다.

"오늘 학교에서 무슨 일이 있었는지 말해보렴."

"성교육 수업을 취소한대요."

이솔드가 음울하게 말했다.

"최근 사건들 때문에요. 클라크 선생님을 복도로 불러냈는데, 교장선생님도 거기 계셨고 이야기가 전부 다 들렸어요. 우린 그걸 성교육이라고 부르면 안 돼요. 보건수업이라고 불러야 돼요."

색소폰 선생이 바늘을 내리자 지직거리며 낮게 쉭 소리가 났다. 소니 롤링스의 테너 색소폰 곡인 〈넌 사랑이 뭔지 몰라(You Don't Know What Love Is)〉가 흘러나왔다. 음반이 나뭇잎처럼 바르르 떨렸다.

"보건수업에서 뭘 배우니?"

자리에 도로 앉아 음악을 들으며 색소폰 선생이 물었다.

"남자애들에 대해서 배워요."

이솔드는 여전히 그 생기 없는 어조로 말했다.

"나무 막대기에 콘돔을 씌워요. 찢어지지 않게 당기는 법을 배우고요. 클라크 선생님은 우리한테 신발에 콘돔을 씌우고서 얼마나 잘 늘어나는지 보여주셨어요."

이솔드는 클라크 선생님이 얌전한 플랫 슈즈 앞부분에 콘돔을 씌우느라 팔짝팔짝 뛰고 얼굴이 빨개져서 숨을 몰아쉬던 모습을 떠올리느라 잠시 침묵에 잠겼다.

"됐다!"

선생님은 마침내 승리에 찬 어조로 말하고서 모두가 볼 수 있게 발을 까딱거렸다.

"콘돔이 맞지 않는다고 말하는 남자애들의 말은 절대로 믿지 마. 클라크 선생님이 신발 전체에 콘돔을 씌우는 걸 봤다고 말하렴."

음악은 여전히 흘렀다. 이솔드는 반쯤 건성으로 들으며 지붕과 굴뚝과 전선을 내다보았다.

"여자애들에 관한 건 별로 많이 배우지 않아요. 남자애들에 관해서 배울 땐 3D 모델과 만화를 통해서 직접 배워요. 그런데 여자애들에 대해서 배울 땐 항상 단면도를 통해서고, 그림 대신 도표로 가르쳐줘요. 남자애들에 관한 건 대체로 사정(射精)이야기예요. 여자애들에 관한 건 그냥 출산에 대한 것뿐이고요. 난자에 대해서요."

사실 수업은 구멍이 숭숭 뚫린 데다가 여기저기 짜깁기 해놓은 내용이었다. 도움 안 되는 모호한 말과 선으로 그린 그림, 도움이 되기보다는 오히려 의문만 키우는 신중한 생략으로 가득했다. 대부분의 여자아이들이 지닌 이 새롭고 중간중간 생략되고 금지된 단어투성이인 사전에는 핵심 정의가 빠져 있었다. 이런 이해 부족 상황은 나중에 그들을 부끄럽게 만들고, 당혹스럽게 만들고, 안 좋은 상황에 노출시킬 것이다. 이제 그들의 지식이 완전한 것처럼 가르치기 때문이다. 그들은 단단한 원통형으로 발기된 남자의 몸과 잘 다듬어 예쁘게 모아놓은 부케처럼 털이 없고 완벽한 삼위일체를 이룬 남성 생식기를 상상할 것이다. 그들은 여자가 흥분할 때 전조 증상인 끈끈한 액체에 대해서는 들어본 적이 없었다. 그들은 '사정'은 알아도 '절정'은 몰랐다. '양성애'는 알아도 '애무'는 몰랐다. 그들의 지식은 가운데가 찢어져서 반밖에 남지 않은 신문 기사 같은 것이었다.

"쓸모가 있었니? 전에는 몰랐던 걸 좀 배웠어?"

색소폰 선생이 물었다.

"우리가 한 번에 하나밖에 느낄 수 없다는 걸 배웠어요. 흥분하거나 두렵거나 둘 중 하나지, 둘 다 느낄 수는 없다는 거요. 왜 아름다운 게 중요한지도 배웠어요. 이미 흉측한 걸 더욱 더럽힐 수는 없기 때문에 아름다운 게 중요한 거예요. 더럽히는 게 성적 충동의 궁극적인 목표니까요. 그리고 언제나 싫다고 말할 수 있다는 것도 배웠어요."

두 사람은 음악수업 에티켓에서 요구하는 대로 시선을 의식하는, 옆으로 몸을 돌린 자세로 앉아 있었다. 서로를 똑바로 마주 보는 건 지나치게 친근하게 느껴지고, 나란히 서는 건 아마추어 배우들이 생전 처음 무대에 올라서 객석으로부터 얼굴을 완전히 돌리면 연기마저 안 보이게 될까봐 두려워하는 것처럼 지나치게 격식을 갖추는 걸로 느껴졌다. 그래서 그들은 항상 45도 비킨 자세로 앉았다. 이것은 무대와 관객 모두를 포함시키면서 드러내는 것과 감추는 것 사이의 섬세한 균형을 유지하는 프로 배우의 각도였다.

소니 롤링스의 음악에는 오래된 음반 특유의 지직거리는 소리가 섞여 나왔다.

"이 음악이 마음에 들면 음반을 집에 가져가도 돼."

색소폰 선생이 상냥하게 말했다.

"넌 테너에 딱 어울린다고 난 생각한단다."

"저희 집엔 레코드플레이어가 없어요."

이솔드가 말했다.

4

10월

　체육관은 체육관이 아니라 유동적인 공간이었다. 숨을 들이쉬고 내쉬고 바닥에 앉아 있는 모양과 형체들의 주위로 자리를 잡는 듯한 공간이었다. 철제로 된 커다란 아코디언이 벽 쪽의 플라스틱 관람석을 누르고 있고, 공간을 세 개로, 네 개로, 다섯 개로 나눌 수 있는 먼지 낀 무거운 커튼도 있었다. 무대는 상황에 따라 배치를 바꾸거나 쌓거나 뒤집거나 층을 만들 수 있는 큼직한 단 여러 개로 이루어져 있었다. 오늘 커튼은 전부 다 구석으로 젖혀두었 단은 대충 바리케이드 형태로 벽에 붙여 쌓아놓았다. 체육관 안은 깨끗하고 빛으로 가득했다.

　"마임은 문자 그대로 구현하는 거다."

　문이 닫히자 동작과 주임 선생이 말했다.

　"어떤 물체를 마임으로 표현하기 위해서는 그 무게와 부피,

그러니까 그 의미를 알아내야 해."

그는 말을 하면서 손으로 보이지 않는 무거운 것의 무게를 재는 듯한 동작을 했다.

"우리가 서로를 차지하면, 서로를 진정으로 이해하게 되지. 모든 것에 관해서 마찬가지야. 마임이란 이해하는 방법인 거야."

그는 손에 들고 있던 보이지 않는 것을 뒤집었다.

모두가 다른 지원자들과는 다르게 돋보여서 선생의 인정을 받을 수 있는 영리하거나 독특하거나 흥미로운 말을 할 기회를 기다리느라 바싹 긴장해서 예의주시했다. 몇 명은 통찰력 있고 깊이 생각하는 것처럼 눈을 가늘게 뜨고 느릿하게 고개를 끄덕거렸다. 몇 명은 선생이 자신이 특히 잘 아는 것에 대해서 언급하기를, 그래서 나중에 말을 걸어 억지로 대화를 하게 만들 만한 것이 나오기를 기다렸다. 스탠리는 가장자리에 몸을 꼿꼿이 세우고 집중하며 앉아 있었지만 기회가 생길 때마다 다른 지원자들을 신중하게 곁눈질했다.

동작과 주임이 말했다.

"첫 번째이자 가장 중요한 부분은 너희들이 사물의 관념이 아니라 사물 그 자체에서 시작을 해야 한다는 거다. 난 내 손에 들고 있는 것을 '볼 수' 있어. 그 무게와 모양, 질감을 볼 수 있지. 너희가 이걸 볼 수 있든 없든 중요하지 않아. 중요한 건 내가 볼 수 있다는 거지."

모두가 그가 손에 들고 있는 보이지 않는 것을 보려고 애를 썼다. 모든 눈이 천천히 앞뒤로 움직이는 동작과 주임을 따라갔다. 그는 학교의 모든 선생과 마찬가지로 맨발이었고, 걸음을 걸을 때면 고양이처럼 천천히, 나른하게, 그러면서도 신중하게 발뒤꿈치부터 발볼까지 굴리듯 움직였다. 그의 발은 하얗고 가늘었다.

"우리들 다수는 여자를 두려워한다. 여자를 여자로서 두려워하고, 처녀나 성녀나 창녀로서 갈망하지. 이 두려움을 인지하기 위해서 여자가 되어야 하는 건 아니야. 그 여자가 만지는 물건, 그 여자가 움직이는 공간, 그들 자신을 표시하는 건 아니지만 그럼에도 불구하고 그녀의 것이고 그래서 그녀의 일부인 분열된 행동들이 됨으로써 가능하지. 우리가 이런 작은 것들의 무게를 알게 되면, 여자도 관념이 아니라 생명체이자 전체로서 드러나게 될 거다."

그는 여기서 말을 멈추고 혀로 아랫입술을 핥았다. 지원자들은 자신들이 반박을 해야 하는지 고민하면서 어색하게 움찔거렸고, 그래서 잠깐 동안 침묵이 흘렀다.

스탠리는 남자 고등학교를 다녔기 때문에 그룹 내의 여자아이들의 존재를 예민하게 느꼈다. 그 애들은 흩어진 다이아몬드처럼 그의 눈가에 들어왔지만, 교실을 돌아볼 때면 그의 시선은 의식적으로 장애인이나 주정뱅이를 알아채지 못한 척, 움찔하지 않은 척 넘어가는 것처럼 그 애들을 무심하게 스치고 지나갔다. 그는 여자애들 중 한 명이 뭔가 말하기를, 어쩌면 반대하기를 불편하게 기다리면서 바닥을 내려다보았다.

"저는 여자를 두려워하지 않습니다."

남자애들 중 한 명이 마침내 말을 했고, 안도에 찬 웃음이 우르르 터졌다.

동작과 주임이 고개를 끄덕였다.

"일어서라. 내가 너 자신에 대해서 몇 가지를 이야기해주지."

주임은 갑자기 손에 들고 있던 보이지 않는 것은 잊고 가슴 위로 팔짱을 꼈다. 보이지 않는 것은 사라졌다.

남자아이가 일어섰다. 마르고 주근깨가 있는 데다가 흉골에서 갈비뼈가 드러나 보이고 꽉 조이는 조깅 바지 허리 위로 골반뼈가 튀어나온 아이였다. 어깨와 발목과 무릎은 종이인형에 관절마다 황동 핀을 꽂아놓은 것처럼 조금씩 커 보였다.

"잠깐 걸어봐라. 어서. 조금만 걸어다녀봐."

동작과 주임이 말했다.

남자아이가 걷기 시작했다. 동작과 주임은 말없이 체육관 전체를 걷는 남자아이를 눈으로 따라가며 바라보았다. 팔짱을 끼고 얼굴은 무표정한 채였다. 남자아이가 체육관을 완전히 다 돌자 동작과 주임은 그의 뒤로 걸어가서 그를 흉내내기 시작했다. 자신의 모습은 거북이처럼 감추고, 가슴을 앞으로 내밀고 어깨뼈를 위로 올려 상체를 꼿꼿하게 펴고 걷는 동안 팔이 어깨 아래로 어설프게 내려왔고, 걸을 때마다 물속에서 걷는 것처럼 노를 젓듯이 팔을 움직였다. 그들은 이런 식으로 한동안 나란히 걸었고, 남자아이는 자신의 커다란 발과 튀어나온 가슴과 뻣뻣하게 노를 젓듯 움직이는 팔을 새롭게 의식하면서 우울하게 어깨 너머를 돌아보고, 바닥에 앉아 쳐다보는 다른 지원자들을 곁눈질했다.

"이제 그만해도 된다."

동작과 주임이 마침내 말했다.

"고맙구나. 이 친구의 걸음걸이를 따라 한 내 연기에 대해서 할 말 있는 사람 있나?"

그가 아이들을 돌아보고서 물었다.

지원자들은 어색하게 몸을 움찔거렸지만 아무도 말은 하지 않았다.

"내 연기는 패러디였지."

동작과 주임이 한참 침묵이 흐른 뒤에 말했다.

"내가 이 친구를 모르기 때문에 패러디가 될 수 있었던 거야. 난 나이가 많고 편안하고 그의 긴장감이나 불확실함, 희망 같은 걸 실제로는 이해하지 못하니까. 15초 동안 그 친구가 걷는 것만 봐서는 이런 것들을 이해할 수가 없지. 이 친구를 패러디하기 위해서 난 모든 복잡한 것을 흩어버렸어. 그를 축소하고 모욕했지. 너희가 연기하는 대상을 진정으로 이해하지 못한다면 '너희들의' 연기 역시 모욕하는 행동이 될 거야."

체육관은 굉장히 조용했다. 동작과 주임이 말했다.

"이해하지 못하는 걸 마임으로 표현할 순 없어. 너흰 죽음이나 신, 여자를 뚫고 들어갈 수 없어. 이런 것들을 시도하는 건 진실보다는 정직함을 노리는 거지. 그리고 이 학교에서는 학생들에게 정직함 이상을 요구해. 정직함이라는 건 행상인이나 세일즈맨이나 싸구려 기자들을 위한 단어야. 정직함이란 기구고, 이 학교에선 기구는 다루지 않아."

주임이 말을 이었다.

"마임을 해보자. 아주 간단한 것부터 시작하지. 모두 일어나."

2월

"우리 학교에서는 학생들에게 섹스를 해보라고 장려하고 있지."

연기과 주임이 말했다.

"이 직업에서는 자신의 몸을 알아야 해. 자기 자신에 대해서 알아야 하고, 자신의 모든 부분을 탐색해봐야 해. 하지만 이 프로그램의 졸업생들은 아마 너희들에게 너희들끼리 자는 건 좋은 생각이 아니라고 말해줄 거야. 여긴 작은 우물이고, 어떤 경우든 간에 두 명의 배우가 같이 있는 건 항상 끔찍한 일이거든."

서로 사귄다는 생각에 학생들이 입을 꾹 다물고 눈을 굴리

고 나직하게 킥킥거리며 서로를 둘러보느라 잠깐 즐거운 소란
이 일었다. 이 순간만큼은 어떤 짝이든, 누구하고의 조합이든
가능했다. 이 순간만큼은 모두에게 가능성이 있고 모두가 강력
한 존재였다. 나중에는 무시당하거나 남들이 피해 다닐 못생기
고 성적 매력이 없는 사람들까지도 마찬가지였다. 그들의 심장
이 빠르게 뛰었다.

"우리는 너희들에게 너희 몸 구석구석을 탐색하고 그 한계
와 범위를 시험해보라고 장려하지."

연기과 주임이 말을 이었다.

"서로 어울리고, 사랑에 빠지고, 상처받고, 자위를 하라고 장
려해."

그는 갑자기 꼼짝도 하지 않는 것으로 표현되는 집단적인
주춤거림을 즐겼다. 모두들 긴장해서 말없이 엄숙하게 앞만 보
고 있는 게 그들이 그 말을 똑똑히 들을 만큼 성숙했다는 증거
였다. 넉 달 전만 해도 남자아이들은 코웃음을 치고 옆에 있는
친구의 옷깃을 잡고 한 대 때리고서는 고개를 빼고 아무나 이
름을 부른 다음에 이름이 불린 소년이 인상을 찌푸리고 얼굴을
붉히고 플라스틱 의자에 더 깊게 웅크리고 앉는 걸 보고 웃어
댔을 것이다. 이름이 불린 소년은 재빨리, 말없이 무릎 위에 펼
쳐둔 교과서의 모든 그림에 성기를 달아주었을 것이다. 이랬던
소년들이 지금은 존경심을 갖고 눈을 휘둥그렇게 뜨고 조용히
앉아 있었다.

집단 속의 여자아이들 역시 턱에 힘을 주고 눈도 꼼짝하지 않은 채 조용히 있었다. 남자아이들만이 욕망을 분출하거나, 쌓인 걸 빼거나, 수음을 할 수 있었다. 남자아이들은 기본적으로 이런 단독 기능의 주창자이고, 이것이 일반 상식이기 때문에 창피함도 훨씬 적고 이런 일을 한 아이가 정말로 따돌려지거나 망가지는 일도 없었다. 하지만 여자아이들에게 이것은 기묘하게도 금기의 영역이었다. 넉 달 전이었다면 여자아이들은 그저 인상을 찌푸리고, 짜증나고 구역질나는 표정을 짓고, 먼지투성이 풀밭에 앉아 함께 점심을 먹는 친구들 사이에서 영원히 금지된 소재를 두고 살짝 고개를 흔들었을 것이다. 하지만 지금은 불편했다. 연기과 주임이 그 말을 큰 소리로 하는 것을 듣자 갑자기 두려웠다. 그런 무덤덤하고 새침한 거부가 그들이 좋은 인상을 주고 싶은 남자의 눈에 뭔가 '잘못된' 행동으로 비칠까봐서였다. 고등학교와 그 이후 세상 사이의 이 짧은 여름 동안 우주의 눈금판이 돌아갔다. 자기 인식이라는 자질은 이제 여자아이들에게 나지막한 어둠을, 무심한 자급자족을, 세속적이면서도 뜨겁게 바라는 한편 이미 물려버린 그런 매력을 선사했다. 여자아이들은 체육관 바닥에 긴장한 채 꼿꼿이 앉아서 최대한 무심하고 엄숙해 보이려고 노력했다.

이것이 연기과 주임의 방식이었다. 이 학생들이 불경하다고 여기는 모든 걸 성스럽게 만들고, 그들 하나하나에게 도전해 겁먹게 하거나 웃게 만드는 것. 이것은 효과가 있었다. 학생들은 이제 평소 같으면 '나만 빼고 모두가 자위를 해'라고 소리치게 만들 자신감이라는 기제 없이 그를 쳐다보고 있었다.

"좋아. 이제 모두 일어나서 원을 만들어볼까."

연기과 주임이 부드럽게 말했다.

서둘러 일어나서 그의 말에 따르느라 아이들은 서툴게 비틀거리면서 움직였다. 그들은 서로 떨어져서 원을 만들었다. 연기과 주임은 그들이 비틀거리는 것을 보며 미소를 지었다.

10월

"어떻게 생각하나, 마틴?"

연기과 주임이 만년필을 뺨에 대고 두드리며 물었다.

"난 12번이 굉장히 가르칠 만하다고 생각하는데."

"열의가 있지요."

동작과 주임이 말했다.

"성급하지 않으면서도 열심이고. 전 확실하게 '아마도'를 주겠습니다."

"'아마도'가 너무 많아요."

발성과 주임이 다른 사람들이 볼 수 있게 칠판을 돌리면서 말했다.

"확실한 결정을 어느 정도 내리지 않으면 여기서 밤을 새워야 할 겁니다."

"매년 '아마도'가 점점 더 많아지니까 말이지."

연기과 주임이 짜증스럽게 말했다.

"아이들이 뭔가를 계속 잃고 있어. 20년 전에는 상냥하고 유연하고 순응적이었어. 그런데 이제는 나무토막 같아. 어딜 봐도 망할 놈의 '아마도'밖에 없지."

그는 회전의자에 푹 기댔다. 그를 받친 서스펜션이 몸을 도로 밀어내서 잠깐 운동량이 0이 될 때까지 앞뒤로 흔들거렸다.

칠판 꼭대기에는 즉흥연기과 주임이 "야심, 교육 가능성, 사회성, 재능"이라고 옆으로 기울어진 떨리는 글씨체로 써놓았다. 단어들은 칠판 옆으로 갈수록 점점 작아져서 야심은 나머지보다 훨씬 컸고, 재능은 은색 칠판 틀을 향해서 펜촉처럼 가늘어졌다. 연기과 주임은 고개를 뒤로 기대고 코끝으로 점점 작아지는 목록을 바라보았다. 사회성은 새로운 거였다. 수년 동안 '협조성'이었고, 그 이전에는 몇 년이나 '용기'였다. 그가 처음 가르치기 시작하던 때에는 용기였다. 변화는 퇴화를 의미한다고 연기과 주임은 생각했다.

"교육 가능성이라는 건 남자애들에게는 그들 자신에 대해서, 자신의 몸에 대해서 배울 수 있는 잠재력을 의미하지. 여자애들에게는 자신에 대해서, 자신의 몸에 대해서 배운 모든 것을 잊어버리고, 잊어버릴 수 있는 잠재력을 의미하고."

그가 소리 내어 말했다.

"아, 제발. 선생은 남자애들과 여자애들이 완전히 다른 생물인 것처럼 행동하고 있잖아요."

즉흥연기과 주임이 말했다.

"그저 차이가 있다는 걸 인지하고 있을 뿐이야."

"차이가 그렇게까지 크다고 생각하지는 않는데요. 그래서 이 남자아이, 12번은 어떻죠? 이 남자애의 기회와 선택이 여자애들과는 어떻게 다를까요?"

그녀는 오늘 밤 연기과 주임에게 화가 나 있었고, 학교 교장이자 투표권 소유자로서 그의 권리인 날카롭고 부루퉁한 실망의 분위기에 화가 나 있었다. 그는 마치 제멋대로인 왕처럼 당당하게 토라진 상태였다.

연기과 주임이 말했다.

"음, 확실한 거 하나는 그 애는 자신의 아름다움에 대해 걱정하지 않는다는 거야. 그 애는 자기가 맡는 모든 역할이 자신을 추켜줄지, 모든 사진이 배면광을 받고 연초점으로 찍힐지 걱정하지 않을 거야. 예술을 위해서 흉해지는 것도 기꺼이 감수할 거야."

"전부 다 아주 편리하죠."

즉흥연기과 주임이 날카롭게 말했다.

"왜냐하면 모든 아름답지 않은 역할, 모든 캐릭터 역할은 전부 다 남자를 위해 쓰인 거니까요."

탁자 맞은편에서 동작과 주임이 그들이 말다툼을 하는 것을 보면서 자신의 입장에 대해서 고민했다. 나이 든 남자의 관자놀이에서 수년에 걸쳐 부풀어 올라 완전히 사라지지 않는 푸르스름한 여성혐오의 몹쓸 혈관이 보이는 것만 같았고, 여선생에게서는 드러난 신경이, 과민함 같은 것, 외설적일 정도로 생생한 히스테리 같은 것이 보여서 움찔하고 시선을 돌리고 싶을 정도였다. 동작과 주임은 종종 두 방향의 관점 사이에 고립되어 꼼짝달싹할 수 없게 된 것 같은 기분을 느끼곤 했다. 그는 한숨을 쉬었다.

"이걸 너무 지성적으로 분석하지는 말죠."

즉흥연기과 주임이 마침내 조금 후회하면서 말했다.

"중요한 건 이 아이가 뭔가 다른 걸 시도하고, 배우로서 자신을 유연하게 늘리고 성장할 수 있을 정도로 겸손하고 뭐든 잘 받아들인다는 거예요."

"겸손함이라. 그걸 아까 위에서 말했어야지. 그게 우리가 찾는 거라면 말이지."

연기과 주임이 말했다.

다른 사람들은 침묵했다. 동작과 주임이 손으로 얼굴을 문질렀다.

"좋아요. 이건 도움이 안 돼요. 우린 12번이 교육 가능하다는 데에 동의했어요. 다른 건 뭐가 있죠?"

발성과 주임이 말했다.

그들은 종이클립으로 지원서에 고정시켜둔 12번의 사진을 보았다. 커다란 눈에 길고 옅은 속눈썹, 금발에 뭔가 아쉬워하는 듯한 표정이었다.

"12번에 대한 내 메모는 '취약'이에요."

즉흥연기과 주임이 말했다.

"나도 그건 봤습니다. 난 '순결'이라고 써놨군요."

동작과 주임이 말했다.

"좋아요. 그거라면 우리가 키울 수 있죠."

그들은 이제 서로에게 의도적으로 상냥하게 행동하고 있었다. 그들이 금방 그 아이를 받아들일 거라고 동작과 주임은 생각했다. 아이를 받아들일 거고 그건 순전히 보여주기용일 거다. 그의 입장에서는 경의의 표시이고, 그녀의 입장에서는 고마움의 표시로서 말이다.

"난 그 애에게 '합격'을 줄 마음이 있어. 마틴?"

연기과 주임이 말했다.

동작과 주임은 어깨를 으쓱였다. 더 젊을 때에는 향신료 시장에 간 미식가처럼 지원자 중에서 최고의 학생들을 선발하는 게 흥분되곤 했다. 가능성을 혀 위에서 굴려보고, 앞으로 한 해 동안 희망과 야심으로 가득 찼었다. 하지만 올해는 지원서를 넘겨보며 공허함과 약간의 수치심까지 느꼈다. 사용처나 가치를 알지 못하는 상품을 파는 기분이었다. 가르치는 일을 너무 오래 했다.

그가 마침내 고개를 끄덕였다.

"저도 합격입니다."

"모두 찬성인가?"

연기과 주임이 다른 사람들 쪽으로 고개를 돌리고서 물었다.

모두가 엄숙하게 펜을 들어 올렸다. 발성과 주임이 만족감에 차서 고개를 한 번 끄덕이고 칠판을 자기 쪽으로 끌어당겼다. 그리고 펜 뚜껑을 열고 스탠리의 이름을 커다랗고 네모난 글자체로 '합격' 라인 위쪽에 적었다.

11월

스탠리는 합격 통지서를 쥐고 그린 룸에서 호명되기를 기다렸다. 다른 지원자들은 그의 주위로 안락의자나 쌓아놓은 나무 의자, 금이 가고 먼지 낀 거울 앞의 작은 공간에 고정된 회전의자에 앉아 있었다. 스탠리는 자신의 모습을 힐끗 보고 자신이 얼마나 겁에 질렸는지, 새로 깎은 머리에 길고 창백한 손, 잘 다린 셔츠를 입은 몸이 얼마나 빳빳이 굳었는지 깨달았다. 그의 시선이 왼쪽으로 향했고, 우연찮게 옆에 앉아 있던 남자아이와 시선이 마주쳤다. 두 사람은 은밀한 방식으로 스스로를 관찰하던 걸 들켰다는 생각에 창피해서 황급히 시선을 돌렸다.

스탠리는 의자 가로대 앞에서 발목을 흔들며 주위를 보았다. 남자아이와 여자아이들의 수는 같았다. 마지막 스무 명 반

은 항상 남녀 각각 열 명씩으로 이루어졌기 때문에 남자아이들
이나 여자아이들은 서로를 라이벌로 여기지 않았다. 각 성별은
오로지 같은 성별끼리만 경쟁했다. 그 결과 여자아이들은 서로
를 경계하고 속이곤 했지만 남자아이들을 상대로는 밝고 활달
했다. 남자아이들은 누가 말을 걸면 커다랗게 웃음을 터뜨렸
지만 그 외의 시간에는 서로 떨어져 앉아서 여자아이들이 금세
연대를 이루고 가짜 동정심을 발휘하는 것을 놀라움과 경멸의
중간쯤 되는 감정으로 지켜보았다.

스탠리도 지금 여자아이들을 보고 있었다. 라이벌이면서도
그 애들은 서로 붙어 앉아서 우정과 공동체의 얄팍한 씨앗을
뿌리고 있었다.

"그런 일은 없을 거라는 거 알아. 하지만 그래도 우리 모두
가 다 들어갈 수 있으면 좋겠어. 정말 그랬으면 좋겠어. 선생님
들이 나와서 '모두 합격시키죠'라고 하면 진짜 굉장할 것 같지
않아?"

여자아이들은 이렇게 말했다.

"설령 우리 중 몇 명은 못 들어간다고 해도 연락은 계속 하
자."

그리고 몇 명은 이런 말을 했다.

"난 사실 가능성이 없어. 너희들을 상대로는 말이야. 첫 번째
오디션에서 너희가 그 결혼식 혼수함에 관한 대본을 연기할 때
난 울었어. 너흰 나보다 훨씬 잘해서 우습지도 않았어. 솔직히

말해서 내가 바란 건 모두가 날 좋아해주는 것뿐이었어. 좋아하고, 사랑하고."

여자아이 한 명이 다른 아이의 어깨를 주물렀다. 자신의 라이벌, 적수, 겨우 얼마 전에 만난 아이의 어깨뼈를 손바닥 아래쪽으로 문지르면서 그녀는 낮은 목소리로 속삭였다.

"넌 정말 잘할 거야. 첫 번째 오디션에서도 정말 멋졌어. 넌 문제없이 합격할 거야."

나중에 스탠리는 여자아이들이 더 표리부동하고, 더 교묘하고, 자신의 진정한 모습을 감추는 데 더 뛰어나도록 타고난다는 견해를 지니게 되었다. 남자아이들의 성격은 훨씬 더 명확하게 빛이 난다. 여자아이들이 한 번에 두 가지, 세 가지 문제에 관심을 쏟을 수 있는 그 마술 같은 능력이 바로 여자들의 멀티태스킹 기술이라고 그는 결론을 내렸다. 여자아이들은 자신과 자신의 연기 사이를, 형태와 실체 사이를 계속해서, 의식적으로 구분할 수 있었다. 이러한 양면적 재주, 이 영구적인 이중성은 어떤 여자아이든 언제나 광고이자 상품이 될 수 있다는 걸 의미했다. 여자아이들은 언제나 연기를 하고 있다. 나중에 그는 빈 손으로 정수리를 누르고 입가를 씁쓸하게 비틀며 여자애들은 자신을 재창조할 수 있지만 남자애들은 못 한다고 생각했다.

그러자 갑자기 궁금해졌다. 선생님들은 남학생을 고르는 것과 여학생을 고르는 것 중 뭐가 더 어려울까? 성별에 따라 각

116

기 다른 기준이 있을까? 다 똑같이 직설적인 남자아이들과 머리 여럿 달린 히드라 같은 여자애들 사이의 이 근본적인 차이를 고려한 서로 다른 기준이 있을까? 방 안의 여자아이들이 전부 다 예쁘고, 다양한 테마를 가진 것처럼 전부 다 화려하고 날씬하다는 걸 깨닫고 그는 은근히 움찔했다. 반면에 남자아이들은 대부분 잡다하고 평범했다. 얼굴과 어깨와 손은 아직 덜 자랐고, 몇 명은 얼굴에 기름기가 흐르고 자신만만했으며, 몇 명은 마르고 얼굴에 뾰루지가 난 데다가 목 쉰 소리를 냈다. 주위를 둘러보니 남자아이들은 연극의 캐릭터 열 명에 관한 오디션을 보러 모였고, 여자아이들은 딱 하나의 역에 대한 오디션을 보러 온 것만 같았다. 스탠리는 일어서서 물러났다.

방 안은 난장판이었다. 의상 옷걸이, 그림을 그려놓은 배경막, 트렁크, 발판과 사다리, 큼직한 마분지 상자, 페인트 통, 천을 덮어놓은 가구들이 가득했다. 강당 벽에는 헬멧과 보닛과 왕관을 쓴 얼굴 없는 폴리스티렌 두상들이 선반마다 가득했고, 구석에는 녹슨 갑옷이 골반을 앞으로 내밀고 손은 엉덩이께에 짚고 서 있었다.

5분에서 10분마다 또 다른 숫자가 호명되었다. 부른 사람은 눈매가 날카롭고 머리는 반백인 여자였다. 그녀는 즐거운 듯이 클립보드에서 이름을 하나하나 지우고, 그들이 죽음을 맞이하러 가는 검투사들이라도 되는 듯 동정심과 옅은 호기심이 담긴 눈으로 쳐다보았다.

"5번."

여자가 불렀다.

5번은 벌떡 일어나서 긴장한 채 후다닥 방을 나갔다. 다른 아이들은 그가 가는 것을 지켜보았다.

"이게 테스트의 일종이면 어쩌지?"

문이 닫히자마자 14번이 말했다.

"지금 우리를 비디오로 찍고 있고 우리가 어떻게 서로 연대하는지 실시간으로 보고 있다면?"

"오디션 같은 게 아예 없을지도 몰라."

61번이 말했다.

"우리를 볼 만큼 봤다 싶으면 한 명씩 방 밖으로 불러내서 집에 가라고 할 수도 있어."

"생쥐처럼 말이지."

14번이 요약하듯이 말했다. 그리고 침묵에 잠겼다.

남자아이들 몇 명은 긴장감을 없애려고 방 안을 서성거리며 뭔가 할 일을 찾아 벽에 걸린 사진 액자를 보았다. 사진은 학교를 거쳐간 학급들을 보여주었다. 해가 지날수록 기술이 발전하며 사진이 더 선명해지고 초점이 뚜렷해져서 가장 최근 학급들은 예전 학급과는 다르게 명확하고 밝고 선명하게 반짝였다. 스탠리는 활짝 열리고, 깨어나고, 부서지고, 껍데기를 만들어 두르지 않는 이 모든 사람의 얼굴을 보면서 이들 중 얼마나 많은 사람이 지금은 포기하고 평범해졌을까 생각했다. 사진 속에서 무대 화장을 하고 무대 의상을 입고 개막일의 흥분으로 얼굴이 달아오른 사람들은 강인하고 자신만만하고 화사해 보였다. 그는 벽을 따라 사진을 쭉 보았다. 병사, 수도승, 고아, 해적, 주부, 신, 사무라이, 그리고 깃털 달린 엄숙한 가면을 쓴 일단의 말없는 경비들이 있는 사진에 왠지 모르게 몸이 부르르 떨렸다.

"33번, 네 차례다."

그들이 처음 방에 모였을 때 연기과 주임이 다른 데 정신이 팔린 채 이중초점렌즈에 익숙해지려는 사람처럼 고개를 기묘하게 기울이고서 들어왔다.

"오늘 우리가 너희들에게 물어볼 질문 중 하나는 왜 이 학교에 들어오고 싶은지, 왜 배우가 되고 싶은지야. 이걸 미리 이야기해주는 이유는 너희가 답을 열심히 생각하길 바라기 때문이지. 내가 기대하는 건 오로지 이 질문에 대한 진실한 대답이다. 합격할 수 있는 답이라고 생각하며 무대가 너희에게 고귀하고 성스러운 열정을 채워준다고 대답하는 건 원치 않아. 너희가 진실을 말하길 바라는 거다."

연기과 주임은 여전히 그들을 기다란 코 아래로 내려다보면서 말했다.

"내 말뜻이 뭔지 설명해주지. 난 이 학교에서 거의 40년 전에 오디션을 봤지. 처음 오디션에 참가해서 지금 너희들처럼 이 그린 룸에서 기다리고 있을 때, 나에게 무대에 대한 고귀하고 성스러운 열정 같은 건 없었어. 그저 연기 학교가 대학보다 훨씬 재미있을 것 같았고, 공부를 덜 해도 될 것 같았지. 공부에 관해서는 내가 틀렸지만 말이야."

그가 그렇게 덧붙이고는 살짝 웃었다.

"내가 전문학교에 등록한 진짜 이유는 10대 여자애들은 언제나 대학생 남자애를 더 좋아한다는 사실을 알고 있었기 때문이지. 난 비쩍 마르고 어설프고 잘하는 거 없는 10대였고 두 번째 기회를 바랐어. 어디 대학에 들어가서 차를 사고 여자 친구를 찾아볼 생각이었지."

연기 주임이 그 차분하고 산만한 방식으로 말을 이었다.

"내가 지금 내 이야기를 하는 이유는 너희들이 면접관들 앞에서 거짓말을 하는 건 바라지 않기 때문이야. 진실이 지루하거나 당황스럽거나 혐오스럽다 해도 있는 그대로 말하길 바란다. 너희들이 뭐라고 하든 상관없어. 그게 '너희들' 자신이고 진짜이기만 하다면."

그는 그들 모두를 훑어보고 희미한 미소를 지으며 덧붙였다.

"행운을 빈다."

스탠리는 61년도 학생들 사진에서 62년도 사진으로 넘어가다가 문득 연기과 주임을 발견했다. 그는 젊고 좀 더 말랐지만 카메라맨의 어깨 너머에 있는, 다른 사람들에게는 보이지 않는 뭔가를 보는 것처럼 지금과 똑같은 멍한 표정을 하고 있었다. 모두들 군복을 입었고, 연기과 주임은 무릎에 라이플을 얹어놓고 앞줄에 무릎을 꿇고 있었다. 챙이 달린 모자는 머리 뒤쪽으로 올려 써서 기름 바른 짙은 고수머리가 드러났다. 스탠리는 좀 더 자세히 들여다보며 이 네모난 턱의 병사가 여자 친구를 찾았을까 생각했다.

2월

바닥의 작은 문 아래 있는 습한 냄새가 풍기는 발포 고무를 댄 구멍은 왼쪽과 오른쪽으로 향하는 낮은 통로와 이어졌고, 오케스트라석 뒤에도 객석 1열 아래로 이어지는 통로가 있었다. 이 통로들은 오케스트라석으로 보이지 않게 가려져서 무대 양쪽 날개 사이에 보이지 않는 지름길 두 개를 만들어주는 일종의 지하도였다. 바깥쪽 통로는 강당의 오래된 기반 사이를 지나갔고, 거기 달린 먼지 앉은 꼬마전구들은 가끔 실수로 제어판을 두드리면 깜박거렸다. 터널은 좁고 낮았고, 시멘트 벽돌 사이에서는 회반죽이 두껍게 벗겨졌고, 지나갈 때 양쪽 어깨가 스치면 바싹 마른 솜사탕처럼 생긴 바닥 아래 단열재가 장선 사이에서 떨어졌다. 안쪽 통로는 회벽판을 대놓았고 더 좁았다. 가운데서 배우 두 명이 만나면 마치 어둠 속에서 저절로 돌아가는 회전문처럼 재빨리 몸을 돌려 껴안듯이 서서 움직여야 했다.

강당의 비밀은 입학하고 두 번째 주에 1학년들에게 공개되었다. 그들은 조용히 줄을 서서 통로를 지나가며 점검하고 바닥 문을 확인하고, 기구를 믿지 못해 위로 올려주는 허리띠를 어색하게 양손으로 잡고 긴장한 나머지 목을 빼고 윈치를 바라보며 무대 위 천장으로 올라갔다가 내려왔다. 무대 양쪽의 무대장치 조작대와 이어진 징검다리를 지나가면서 한참 아래 있는 무대를 내려다보고, 앞뒤로 이어지는 두툼하게 꼬인 케이블을 만져보았다. 무대 위 천장은 무대와 객석 사이의 아치보다 최소한 두 배는 높았고, 연기과 주임은 그들에게 배경막 전체가 무대 위쪽으로 올라가서 내리라는 신호가 올 때까지 거기 매달려 있는 것을 보여주었다. 그는 오케스트라석의 상승 장치를 작동시켰고 그들은 오케스트라석 바닥이 올라와서 무대와 같은 높이가 되는 것을 보았다. 주임은 가짜 무대 바닥 아래에서 회전장치를 작동시키는 모터 달린 묵직한 체인을 보여준 다음, 회전장치를 작동시키고 학생들이 소리 없는 강력한 궤도를 따라 돌게 해주었다. 학생들은 강당의 빨간 입구가 다시, 또다시 나타날 동안 다리가 굳은 병사들처럼 빳빳하게 서 있었다.

조명 주임이 앞으로 나와서 그들에게 조명을 일렁거리는 물과 바람처럼 보이게 만드는 템플릿과 거리감의 착각을 주는 천, 배우를 아름답거나 악당 같거나 늙어 보이게 만드는 조명, 두꺼운 철제 손잡이가 달려서 무대에서 배우를 쫓아다닐 수 있는 폴로스폿(followspot)을 보여주었다. 그리고 햇빛과 달빛, 가짜 불길을 어떻게 만드는지, 실내를 야외처럼 보이게 하거나 그 반대로 하려면 어떻게 해야 하는지도 알려주었다.

그들은 철제 조명 장치 아래 서서 파이프에 박쥐 떼처럼 달려 있는 묵직한 검은색 장치들, 잠든 수많은 박쥐의 날개처럼 뚜껑이 접혔다 열렸다 해서 전구들을 켜거나 깜박이게 만들 수 있는 검은색 반도어를 올려다보았다. 장치는 철제 손잡이로 파이프에 고정되어 있어서 무대 어디로든 직선의 빛을 쏘아 보낼 수 있었다. 조명 주임은 색깔 있는 젤을 능숙하게 젤 고정 장치에 끼웠다 빼고, 손잡이를 앞뒤로 움직이며 시범을 보였다. 그는 찌그러진 사다리 제일 윗단에 앉아서 발목을 제일 위쪽 가로대에 감아 몸을 고정시키고 학생들을 내려다보며 자유로운 손으로 갈색 수염을 잡아당기며 말을 했다.

1학년생들은 곧이어 좀 더 작은 비밀들을 보게 되었다. 무대 뒤에서 문이 쾅 닫히는 소리를 낼 수 있게 무거운 슬라이딩 볼트가 달린 작은 나무 상자 도어슬램, 빗소리를 내기 위해서 마른 콩을 가득 넣어놓은 작은 상자 레인박스 등이었다. "모든 것이 디지털화되기 전의 것들이지"라고 연기과 주임은 향수에 찬 어조로 말하면서 상자를 흔들었다. 주위가 부드럽게 떨어지는 빗소리로 가득 찼다. 그는 그림을 그려놓은 배경막의 가짜 원근감이 어떻게 무대를 실제보다 더 넓어 보이게 하는지도 가까이서 보여주었다. 그리고 배경막을 끼우는 홈과 도랑, 빨간 커튼을 걷는 오래된 도르래, 공간이 뒤로 뒤로 끝없이 펼쳐진 것처럼 광활한 느낌을 주는 무대 뒤쪽의 휘어진 파노라마식 배경막도 보여주었다.

"강당은 신성한 공간이야."

연기과 주임이 마침내 물에 잠긴 무대 한가운데 서서 뜨거운 조명과 인공 안개의 달콤한 먼지 냄새를 들이켜는 학생들을 엄숙하게 바라보며 말했다.

"여기서는 수업을 하지 않아. 드레스 리허설을 할 때만 이 공간을 사용하는 게 허락되지. 여기 혼자 와서는 안 돼."

1학년생들은 모두 고개를 끄덕였다. 스탠리는 일행 뒤쪽에 서서 여전히 고개를 빼고 검고 광활한 무대 천장을 올려다보며 그들이 보여준 모든 것을 기억하려고 노력하는 중이었다. 그는 연기과 주임에게 약간 경외감을 느꼈지만 그것을 제외하면 사실 주임이 좋은지 어떤지 잘 알 수가 없었다. 주임의 태도에는 도마뱀이나 개구리가 생각나는 차갑고 냉담한 구석이 있었다. 연기과 주임의 검버섯이 핀 흉한 손을 만져본 적은 없었지만 머릿속으로는 차갑고 축축한 그 손이 순식간에 그의 손을 낚아챌 거라고 상상했다.

모두들 연기과 주임이 더 말하길 기다렸지만, 그는 그저 발뒤꿈치를 붙이고 한 팔을 벌려 그들에게 무대에서 내려가라고, 투어는 이제 끝났다고 신호할 뿐이었다.

1학년생들은 조용히 그를 지나쳐 갔고, 그는 그들이 바퀴 달린 알루미늄 계단을 내려가서 객석으로 들어가 좌석이 줄줄이 있는 통로를 따라 마침내 대리석 현관으로 빠져나가는 것을 바라보았다. 학생들이 사라지자 그는 무대 감독 자리로 가서 조명을 껐다. 그리고 차가운 회색 레버에 손을 얹은 채 습관적으로 목을 가다듬은 뒤 천장을 향해서 경고의 말을 외쳤다.

"막 내립니다."

11월

스탠리는 현기증을 느끼며 마지막 오디션에서 나왔다. 그는 현관 분수대 옆에서 균형을 잡기 위해 잠시 멈춰서 분수대를 양손으로 잡았다. 그리고 잠시 조용히 숨을 몰아쉬며 도자기 가면 너머로 최근의 기억이라는 흐릿한 중간 지점을 바라보았다. 잠시 후 그는 누가 자신을 보고 있다는 것을 깨달았다. 몸을 펴고 그는 그 사람에게 우울한 미소를 지어 보였다. 아마도 비서일 것 같은 중년 여자는 뉴스 앵커처럼 현관에 있는 커다란 사무용 책상 뒤에 앉아서 손바닥으로 뺨을 괴고 그를 보고 있었다.

"휴대용 술병을 가져올 걸 그랬지? 막 오디션을 마친 모양이구나."

여자가 말했다.

"다들 저처럼 보이나요?"

스탠리는 등을 움찔하고 팔을 늘어뜨려 구부정한 자세를 강조하며 물었다. 여자가 웃었다.

"그 비슷하지. 너도 지나치게 행복해 보이는 애들을 봐야 되는데. 내 경험상 끝나고 너무 자신만만해 보이는 애들이 대체로 떨어지는 애들이야."

"아."

스탠리는 몸을 조금 폈다.

"오디션 처음 보는 모양이구나. 어떤 애들은 세 번, 네 번, 다섯 번도 봐. 그 사이에 뭘 하고 사는지가 참 궁금해지지. 결국에 합격하게 될 날만을 기다리고 있는 건지."

"네. 네, 휴우. 이번이 처음이에요."

스탠리가 말했다.

"그 사람들이 지나치게 겁을 준 건 아니겠지? 처음에는 좀 심술궂게 굴 수도 있어. 널 부수기 위해서."

크고 텅 빈 현관에서 손으로 얼굴을 괴고 앉아 있는 여자는 지루해 보였다. 모든 표면은 맨바닥에 깨끗했고, 커다란 창밖으로 보이는 주차장은 비어 있었다.

"그렇게 힘든 건 없었어요. 아마 저한테 맞는 대우를 받은 거겠죠."

여자가 웃었다. 스탠리는 여자가 웃는 것을 보았다. 생전 처음으로 그는 10대 소녀들에게는 없는 특성, 성인 여자에게만 있는 아름다움이라는 특성을 깨달았다. 눈과 입가의 부드러운 주름, 어딘지 안정된 몸, 낡은 태피터 천의 드레스나 잠금쇠가

녹슨 의상용 액세서리가 지닌 오래 묵은 매력처럼 피곤한 태도와 설명하기 어려운 섹시한 자세가 그랬다. 전에는 그런 생각을 해본 적이 없었다. 그는 여자는 소녀와 비슷할 때에만 매력적이라고 (의식적으로는 아니지만) 생각해왔다. 20대와 30대를 지나면서 매력이 조금씩 사라져서 중년이 되면 완전히 없어진다고 말이다. 여자들이 찾는 특성은 언제나 그들이 예전에 가졌던 것, 결국에는 실패할 수밖에 없는 과거를 향한 분투라고 생각했다. 남자들은 더 젊은 여자를 낚을 수 없을 때에만, 또는 젊은 시절의 애인과 결혼했기 때문에 자기 나이 또래의 여자와 자는 거라고 여겼다. 지치고 혈관이 튀어나오고 풍만한 몸매의 여자가 그들 자체로서 매력적일 거라고는 생각도 해보지 않았다. 그들은 차선이라고, 위로상 같은 거라고 생각했다. 하지만 지금, 가슴속의 신경이 가득한 공간이 살짝 꿈틀거리면서 그는 이 여자를 전혀 다른 렌즈를 통해 보게 되었다.

여자는 화장을 하고 있었다. 위쪽 눈꺼풀의 속눈썹 뒤로 가느다란 검은 선이 보였다. 라인을 그리느라 눈꺼풀을 팽팽하게 내리떴을 때에는 똑바른 일자였겠지만, 눈을 깜박이고 얼굴을 살펴보는 동안 선이 주름져서 번지더니 약간 광대 같은 이미지가 되었다. 스탠리는 나이 많고 상냥한 창녀를 떠올렸다. 그녀가 미소를 짓자 오래전에 송곳니를 때운 금속성 회색 테두리가 보였다. 손등 피부는 늘어져서 근육과 혈관이 드러났고, 손가락 관절은 하얀색 소용돌이무늬를 띠고 있었다. 쇄골과 가슴

사이 V자 부분의 인공 태닝 자국은 피부를 섬유처럼 보이게 만들었다. 가로세로 양쪽 모두 주름이 져서 피부는 낡은 스웨이드처럼 부드럽고 한없이 줄이 간 것처럼 보였다.

생전 처음으로 스탠리는 여자를 실패한, 그리고 절망적으로 시대에 뒤떨어진 소녀로 보지 않았다. 여자는 오디션장에 있던 반짝이고 아름다운 소녀들과는 전혀 다른 생물체였다. 그 여자 아이들은 언젠가 이 여자가 될 때까지는 절대로 이 여자의 역할을 할 수 없을 거고, 그날이 오면 그 뒤로는 절대로 여자아이 역할을 할 수 없을 것이다.

"휴대용 술병에 대한 말씀은 맞아요."

그가 말했다.

"여기서 나가면 곧장 어디 술집으로 가야겠어요."

"나 대신 한 잔 더 마셔주렴. 그리고 행운을 빌게. 행운이 도움이 된다면 말이지만."

스탠리는 이중문을 지나 늦은 오후의 나른한 온기 속으로 나섰다. 모퉁이를 돌아 박공지붕이 있는 학교 건물에서 멀어지면서 그는 자신이 그날 오디션장에서 나와 현관을 지나 사무용 책상 앞을 걸어가며 비서와 몇 마디 나누고서 건물을 나선 스무 번째 사람일 거라고 속으로 생각했다. 여자가 다른 사람들에겐 뭐라고 했을지, 어떤 식으로 말했을지, 그리고 그 애들은 그녀의 눈을 보면서 뭐라고 생각했을지 궁금했다.

10월

"화학반응이 있나 한번 보자고."

연기과 주임이 말하고서 두 사람에게 시작하라고 고개를 끄덕였다.

"난 그 남자애를 지난주에 학교 연합 파티 중 눅눅한 새틴 댄스 플로어에서 만났어요."

여자아이가 말했다. 긴장감을 삼키고 자신의 리듬을 찾기도 전에 단어가 너무 빠르게, 너무 급하게 쏟아져 나왔다.

"모두가 무대 근처에 빼곡하게 뭉쳐서 가운데 있는 남자아이와 여자아이 주위로 인간 올가미를 이루고 섰어요. 그래서 선생님들은 안을 볼 수가 없었죠. 밖에서 보면 마치 닭싸움이나 사로잡힌 곰을 보려고 몰려든 것처럼 빽빽히 들어차 계속해서 밀고 또 밀어대 끔찍해 보였죠. 다들 번갈아 올가미 안으로 들어왔어요. 난 반대편 끝에서 그냥 보고만 있었는데 그 애가 나에게 다가와서 아주 조용히 뭔가 마시겠느냐고 물었어요."

여자아이는 연단 가장자리에 앉아 발목을 서로 꼬고 다리를 느긋하게 흔들고 있어서 발뒤꿈치가 계속 연단에 부딪쳤다. 스탠리는 주머니에 손을 꽂고 조금 떨어진 곳에 서서 그녀를 차분하게 바라보았다.

"얼마 후에 난 푸르스름한 어둠 속에서 너를 집까지 데려다줬고 그저 널 만지기 위해서 네 손이 차갑지 않느냐고 물었지."

스탠리가 말했다.

"그 애는 내게 뭔가 마시겠느냐고 물었어요."

여자아이가 다시 말했다. 여자아이는 그를 보고 있지 않았다. 이제 리듬을 찾았고, 눈이 반짝였다.

"난 그 애가 술을 갖고 있다는 뜻이라 생각하고 좋다고 말했어요. 우린 들어오기 전에 문 앞에서 음주 측정 테스트를 하고, 이름과 주소를 말해야 해요. 그리고 항상 결과가 양성으로 나올지도 모른다는 근거 없는 생각 때문에 약간의 두려움을 느끼곤 하죠. 어떤 남자애들은 카메라를 들고 와요. 그러면 빈 필름 통에 럼을 넣어 와서 안에서 마실 수 있으니까요. 아니면 다리 안쪽에 휴대용 술병을 매달고 오죠. 대부분은 그냥 알약을 가져와요. 난 그 애가 술을 갖고 있다는 뜻이라고 생각하고 좋다고 말했어요. 그는 사라졌죠."

"너를 보면서도 나는 실망했어."

스탠리가 말했다.

"그런 평범한 시작에서 뭔가가 생길 수 있을까? 난 나 자신에게 물었어. 너를 보고 네가 갖지 못한 모든 것을 생각했지. 말을 걸기도 전에 난 네가 그 이상의 여자가 못 된다는 사실 때문에 너에게 화가 나 있었어."

"그가 돌아왔어요. 난 웃음을 터뜨릴 뻔했죠. 그 애는 가서 바 뒤 냉장고에 들어 있던, 물방울이 흐르고 아직까지 얼어 있는 콜라 두 개를 꺼내 왔던 거예요. 그 애는 내 담배에 불을 붙여주고 내가 좋아하는 방식으로 음료를 만들어주는 흑백 영화의 주인공처럼 그 조용한 자신감을 살짝 드러내면서 내 콜라를 따줬어요. 우린 잠깐 동안 학교를 떠나 대학에 가는 것에 대해 이야기했고 그 애는 나한테 배우가 되고 싶다고 말했어요. 그리고 우린 잠깐 동안 인간 올가미를 구경했죠."

"난 널 좋아하지 않았어. 날 이 긴장된 침묵과 할 말 없는 시간과 걱정이라는 끝없는 단계에 붙잡아놓고 있었기 때문에 널 좋아하지 않았어. 네가 주려는 걸 받고 싶지 않았어. 난 화가 나서, 그리고 널 지루하게 여긴다는 걸 너한테 보여주고 싶어서 머물렀지. 난 널 지루하게 '만들고' 싶었어."

연기과 주임은 냉담하게 그들을 보고 있었다. 스탠리는 머리를 꼿꼿하게 고정한 채로도 눈가로 그를 볼 수 있었다.

"난 이미 결정을 했어요."

여자아이가 말했다.

"그 애는 아마 모를 테죠. 그 애를 보자마자 난 앞으로 상황이 어떻게 흘러갈지 결정을 했어요. 그 애한텐 기회가 없었어요."

11월

"왜 배우가 되고 싶은 거니, 아들아?"

스탠리의 아버지가 물었다. 모세혈관이 굵은 실처럼 그의 뺨에서 도드라져 보였다. 스탠리는 아버지가 눈을 깜박일 때마다 고개를 살짝 끄덕거리는 것을 보고서야 아버지가 취했다는 걸 알 수 있었다.

"오디션에서도 그걸 물어보더라고요."

스탠리가 말했다. 그는 아버지가 와인 잔을 다시 채우는 걸 보다가 갑자기 솔직하게 말하지 않았다는 기분을 느꼈다.

"전 그냥 그 일을 하면서 즐기고 싶을 뿐이에요."

"유명세나 돈 때문이 아니고?"

"아."

스탠리는 아버지가 탁자 건너편으로 손을 뻗어 병에 있는 술을 전부 잔에 따르는 것을 보며 말했다.

"아뇨. 좀 더 뭐랄까…… 아니에요. 그냥 즐기고 싶은 거예요."

"훌륭하구나."

스탠리의 아버지가 말했다.

"네가 좋아할 만한 농담을 해줄까?"

"네?"

이건 저녁시간 중에서 그가 가장 좋아하지 않는 부분이었다. 그는 탁자 맞은편에서 아버지의 손목시계를 보려고 노력했다. 커다란 하얀 접시에 크림을 올리고 색색의 조그만 점을 찍어놓은 것 같은 디저트를 이미 주문했고, 곧 아버지는 택시 두 대를 잡은 다음 그의 가슴 주머니에 50달러 지폐를 꽂아주고 어깨를 두드리고 떠날 것이다. 바깥은 비로 젖어서 번질번질해 보였다.

"우리나라에서 소아 성애가 생기는 가장 흔한 원인이 뭘까?"

"몰라요."

"섹시한 아이들 때문이지."

"그거 웃기네요."

"재밌지, 응?"

"네."

"내 고객한테 들은 거야. 내가 그 사람 얘기 해줬던가? 천사 같은 목소리를 지닌 사람이지. 너도 이걸 좋아할 거다, 스탠리. 그 사람은 분명히 뭔가 특별하거든."

스탠리는 가끔 아버지와 한 집에 살면서 매일 보고, 소파에서 졸거나 이를 닦거나 냉장고를 들여다보는 아버지 옆을 스쳐가는 건 어떤 기분일까 상상하곤 했다. 그들의 연례 만남은 항상 다른 레스토랑에서 이루어졌고, 스탠리는 아버지와의 관계를 여러 개의 이름으로 분류할 수 있었다. 엠파이어 룸, 세팅선, 페데리코스, 라 비스타. 가끔 아버지가 전화를 하곤 했지만, 2초 느린 국제전화라서 소리가 멀고 산만하게 들렸고 스탠리는 항상 자신이 너무 적게 말하거나 너무 많이 말하는 게 아닌가 걱정이 됐다.

"넌 사고였어."

오래전 레스토랑에서 아버지는 그렇게 설명했다.

"우리 관계는 가볍고, 예의 바르고, 아주 짧았지. 네 엄마는 내가 병원을 영국으로 옮기고 다시는 돌아올 생각이 없다는 걸 알면서도 임신한 걸 알았을 때 널 낳기로 했어. 난 계속 연락을 할 거고 어디 있든 돕겠다고 했지. 그리고 난 네 생명을 구했단다. 네 엄마는 널 제럴드라고 이름 붙이려고 했거든. 내가 끼어들었지."

"고맙습니다."

스탠리가 말했다.

"별거 아니야."

아버지가 오징어 조각을 흔들면서 말했다.

"하지만 내 말 믿으렴. 정자란 심각한 문젯거리야."

스탠리는 술에 취하고 대담하고 장난기 많고 자기 말에 웃고 있는 아버지를 바라보았다. 그는 아버지가 약간 두려웠다. 아버지가 자기 견해를 말하는 방식이 두려웠고, 반박을 해야 하는지 동의해야 하는지 알 수 없게 하는 아버지의 교활하고 신중한 적의가 두려웠다. 아버지의 백만 달러짜리 보험 정책 아이디어는 전형적인 함정이자 배신의 미소가 담긴 피투성이 미끼 조각이었다. 아버지는 그가 그 아이디어를 비판하기를 바랐을까? 그 아이디어를 따랐어야 했던 걸까, 섬뜩하고 잔인하다고 아버지를 비난해야 했을까? 스탠리는 알 수가 없었다. 그는 주머니에 손을 넣고 반짝이는 학교 안내서의 가장자리를 만졌다.

"자, 우리 이야기는 끝인 것 같구나."

아버지가 잔을 탁자에 내려놓고 손으로 옷깃을 바로잡으면서 말했다.

"내년 이 시간에는 네가 예민하고 감정이 풍부한 영혼이 되어 있을 테지, 아들아."

11월

"자신에 대해서 말해봐라, 스탠리."

연기과 주임이 말했다. 그가 손을 갑자기 휙 움직였다.

"아무 거라도 좋아. 꼭 관계가 없어도 괜찮아."

스탠리는 몸무게를 다른 발에 실었다. 심장이 갈비뼈를 쿵쿵 두드렸다. 면접관들은 커다란 창문이 있는 벽을 등지고 있어서 얼굴이 완전히 그림자에 잠겼고 스탠리는 빛 때문에 눈을 가늘게 떠야 했다.

"제가 감정을 느끼는 걸 잘하는지 모르겠어요."

그가 말했다. 그의 목소리는 널따란 공간에서 아주 작게 들렸다.

"저한테 아직까지 뭔가 대단한 일이 생긴 적은 없어요. 아무도 죽지 않았고, 끔찍한 일도 생긴 적이 없고, 진짜로 사랑에 빠지거나 뭐 그래본 적도 없어요. 좀 웃기지만, 전 뭔가 끔찍한 일이 일어났으면 좋겠다는 생각도 약간 해요. 그게 어떤 기분인지 알 수 있게요."

"계속하게."

스탠리가 머뭇거리자 연기과 주임이 말했다.

"전 항상 인생에서 진짜 비극을 겪은 사람들에게 좀 질투를 느꼈어요. 그 사람들은 의지할 만한 게 있는 거잖아요. 저한텐 아무것도 없는 것 같아요. 가족 중 누가 죽기를 바라는 건 아니고, 그냥 극복할 만한 일이 있으면 좋겠어요. 전 도전할 만한 걸 바라요. 그럴 준비가 됐다고 생각하고요."

그는 그들 전부를 똑같은 시간만큼 쳐다보려고 노력했다.

"고등학교 때 전 이것저것 시도해보려고 했어요. 어떤 느낌인지 알고 싶어서요. 화가 나거나 실망하거나 누구랑 싸울 때조차도 제가 어디까지 나아갈 수 있는지 보기 위해서 그냥 시험해보는 것 같았어요. 항상 제 일부분은 화가 나지 않고, 그냥 차분하고 호기심 많고 즐거운 상태로 남아 있었거든요."

"좋아."

연기과 주임이 갑자기 말했다.

"왜 배우가 되고 싶은지 말해보게."

"남들이 절 봐줬으면 좋겠어요."

스탠리가 대답했다.

"솔직히 이 이상의 대답은 없어요. 전 그저 남들이 봐주길 바라요."

"왜지?"

연기과 주임의 만년필이 종이 위를 떠돌았다.

스탠리가 대답했다.

"왜냐하면 누군가가 봐준다면, 자신이 뭔가 가치가 있다는 걸 알 수 있으니까요."

5

월요일

"모두들 와줘서 정말로 고맙군요, 여러분."

이솔드가 들어올 때 상담 선생님은 이렇게 말하고 있었다. 그는 정치인이나 사제처럼 양손바닥을 들어 올렸다.

"지난 시간에 이야기했던 문제들 중 몇 가지에 대해서 좀 더 상의를 해봤으면 해요. 오늘은 주도권을 잡는 것에 대해서 이 야기해봅시다."

방 안은 거의 꽉 차 있었다. 이솔드는 자리를 찾아 둘러보며 언니의 친구들 몇 명에게 무뚝뚝하게 목례를 했다. 그들은 자 신들이 그녀의 입장이 된 걸 상상하고 스스로를 불쌍하게 여 기는 것처럼 슬픈 눈으로 그녀를 쳐다보았다. 이솔드는 인상을 찌푸리고 의자에 앉아서 가능한 한 몸을 웅크리려고 노력했다. 상담 선생님은 이솔드를 보면서 그녀의 피부를 근질근질하게 만드는 그 끔찍하게 흐늘거리는 자랑스러운 미소를 지었고, 그녀는 재빨리 시선을 돌리고 자신의 손톱과 학교 체육복의 낡고 너덜거리는 소매를 내려다보았다. 중학교 때 빅토리아의 테니스 파트너였고 한때는 잔디밭 끝에 있는 나무 아래에서 이솔드와 종이봉투에 든 간식을 나눠먹었던 엄마 같은 여자애가 뒤에서 이것저것 캐물으며 어깨를 토닥거리고 쓰다듬는 데 신물이 났다.

여자애는 볏이 난 뚱뚱한 암탉처럼 자기 의자에 도로 앉았고, 옆에 있는 여자애한테 속삭이는 소리가 들렸다.

"다들 쟤한테는 아무것도 알려주지 않는 것 같아. 그럴 만도 하지."

"오늘의 주제가 뭔지 말해줄 사람?"

상담 선생님이 팔을 벌리고 그들 모두를 향해서 말했다.

"ㄱ으로 시작하는 단어예요."

그는 그렇게 덧붙여서 ㄱ으로 시작하지 않는 답을 말하려는 아이들의 입을 막았다. 여자아이들은 의자에 기대고서 상담 선생님이 지금껏 말했던 ㄱ으로 시작하는 단어들을 떠올렸다.

"경계."

상담 선생님이 마침내 노래하듯 말했고, 단체로 숨을 내쉬는 소리가 났다.

"경계예요, 여러분."

이솔드는 꼼짝도 하지 않고 혼자만의 생각에 잠겨 얼굴에 가면을 쓴 것처럼 멍하게, 아무런 표정도 드러내지 않고 가만히 앉아 있었다. 엄마의 말을 빌리자면 '독수리 떼'라고 속으로 생각했다. 엄마는 아침 신문의 표제를 보고서 그렇게 말했다. 독수리 떼. 그러고는 1면을 홱 찢어버렸지만 완전히 찢어지지 않아서 세로로 된 표제가 반만 남아 '교사 성행위'로 보였다.

이솔드는 주변 아이들이 속닥거리고 상담 선생님이 그 투실투실하고 느끼한 미소를 짓는 동안 독수리 떼 같은 것들이라고 생각했다.

상담 선생님이 말을 이었다.

"어쩌면 여러분은 달리 어떻게 반응해야 하는지를 몰라서 이런 종류의 일이 일어나게 놔두는 걸 수도 있어요."

이솔드는 한숨을 쉬고 차라리 죽어버렸으면 하고 생각했다.

"왜 내가 거기 가야 돼요?"

어젯밤에 그녀는 잘라놓은 양파와 밀가루 옆에 분홍색 공지문을 철썩 내려놓으면서 엄마에게 물었다.

"이건 7학년이랑 음악부 학생들, 그리고 '나'를 위한 거예요. 난 거기 있는 유일한 5학년생이고 모두들 그걸 알 텐데, 창피해 죽겠다고요. 다들 날 불쌍하게 여기는 거 정말 싫어요."

이솔드의 엄마는 자신의 전문 영역이 아닐 때면 늘 그러는 것처럼 입술을 잘근잘근 깨물었다.

"안 가겠다고 할 수도 있을 거야, 이솔드."

엄마는 심란한 어조로 말했다.

"하지만 그러면 네가 집에 틀어박혀 있는 것처럼 보일 수도 있어. 너한테 관심이 쏠릴 수도 있는데, 그건 바라지 않잖니. 그냥 거기 가서 고개 숙이고 앉아 있는 게 더 나을 거야. 난 잘 모르겠구나. 네가 결정하렴."

엄마는 멍하니, 하지만 격려하듯이 미소를 지었다.

"불쌍한 우리 아기."

그게 엄마가 마지막으로 한 말이었다. 그러고서 엄마는 양파쪽으로 돌아섰다. 엄마의 무관심은 주택 화재에 뿌리는 축축한 화학약품 가루처럼 딸에게 내려앉았다.

이솔드는 분홍색 공지문을 낚아채서 부엌을 나갔다.

"언니 때문에 내가 상담을 받으러 가야 되잖아."

그녀는 복도에서 빅토리아를 지나치면서 쏘아붙였다.

"왜?"

빅토리아는 걸음을 멈추고 굉장히 놀란 표정으로 물었다.

"왜냐하면 우리를 격리하려고 그러니까!"

이솔드가 소리를 질렀다.

"병이 퍼지지 않게 우리를 한 장소에 모아놓고 백신을 찾으려고 그런다고. 우리를 콘크리트 바닥에 세워놓고 옷을 벗기고 물을 끼얹고 사포랑 테레빈유랑 회색으로 변한 오래된 와이셔츠로 만든 천으로 벅벅 문지르겠지. 언니가 언니랑 만난 적이 있는 우리 모두에게 커다란 검은 손자국을 남겼고, 특히 나는 완전히 시커메져서 잉크를 뚝뚝 떨어뜨리고 다니는 것 같은 거야. 내 팔다리를 타고 손끝에서 뚝뚝 떨어져서 바닥에 점점 더 얼룩이 커지는 거지."

빅토리아는 마지막 남은 햇빛이 얼굴로 비스듬히 들어오는 복도에 서서 한참 아무 말도 하지 않았다. 이솔드는 숨을 몰아쉬며 그녀를 노려보았다. 그녀는 침실 문 바로 안쪽에 서서 문가에 손을 올리고 언제라도 닫을 준비를 하고 있었다. 그때 빅토리아가 말했다.

"미안해."

"전혀 안 미안하면서."

이솔드는 그렇게 말하고 문을 쾅 닫았다.

"시작하기 전에 누구 하고 싶은 말 있는 사람?"

상담 선생님이 말했고, 뒤쪽 열에 앉은 여자애들 중 한 명이 외쳤다.

"저요."

이솔드는 여전히 부루퉁하게 자신만의 생각에 잠겨서 여자애가 말을 시작해도 고개도 돌리지 않았다. 여자애의 목소리가 들렸다.

"전 살라딘 선생님이 주도권을 잡고 싶어 하셨다는 데 동의하지 않아요."

여자애가 한 말이 실제로 이해가 될 때까지는 약간 시간이 걸렸다.

"미성년자와 자는 건 흥분되지 않아요. 미성년자에겐 얼마든지 명령을 내릴 수 있으니까요. 흥분되는 건 위험이 아주 크기 때문이에요. 그리고 위험을 감수하는 게 흥분되는 거죠. 이길 가능성 때문이 아니라 '질' 가능성도 있기 때문에요."

이솔드는 고개를 돌려 그녀를 쳐다보았다.

말을 한 사람은 축구장 골대 옆에서 혼자 담배를 피우고 방과 후 학교에 남는 벌을 받으면서 모든 게 자신이 계획한 대로라는 것을 보여주듯 만족스러운 미소를 띠고 앉아 있던 불량한 7학년생이었다. 그녀는 외톨이였다. 남자만 밝히는 여자애들과 어울리기에는 너무 똑똑하고, 똑똑한 애들에게는 너무 거칠고, 부루퉁하고 환멸에 빠진 유령처럼 학교 구석을 배회하고, 어쩌면 '동성애자'일지도 모른다는 겁에 질린 사악한 소문의 대상이 되는 학생이었다.

줄리아에 관한 소문이 증인이나 증거가 없다는 것은 줄리아의 성적 취향이 알 수 없는 대상으로 남아 위협적이지만 정확하게 파악할 수 없고, 그래서 예측할 수 없고 방지할 수 없는 방식으로 포악하다는 것을 의미했다. 줄리아 자신은 부루퉁하고 경계심 많고 헤드폰과 소설책, 얼굴을 가린 머리카락으로 자신을 에워싸고 있었다. 그녀는 자신을 따라다니는 속삭임을 적극적으로 없애려 하지 않았다. 누가 자극하면 인상을 찌푸리고 손가락 욕을 하지만, 남을 자극하는 건 요즘의 유행이 아니라서 대체로 아무도 그녀를 건드리지 않고 혼자 놔두었다.

여자애들이 줄리아가 뭔가 묘기라도 부리는 것처럼 쳐다보고 상담 선생님은 긴장해서 목덜미의 머리카락을 잡아당기는 동안에 이솔드는 방 안의 분위기가 바뀌는 것을 감지했다. 차가운 두려움이 냄새처럼 여자아이들에게서 피어나기 시작했다. 지금은 없는 살라딘 선생으로 인한 뒤늦은 위협은 줄리아의 더욱 사악하고 이름 붙일 수 없는 위협에 밀려 사그라졌다. 그들을 두렵게 만드는 건 단순히 의견을 말로 표현했다는 사실이 아니었다. 줄리아는 그들 모르게 그들 중 누군가를 '짝사랑' 하고 있을 수도 있고, 언제든지 그들 중 한 명을 대상으로 '상상'을 할 수 있는 위험하고 불안한 첩자, 즉 적인 거였다. 그들 속의 누군가가 접근하는 경우에 대해 아이들에게 마음의 준비를 시킬 수 있는 상담 수업은 전혀 없었다.

"빅토리아가 미성년자고 처녀라는 사실 같은 건 흥분되는 게 아니에요. 선생님은 걔보다 훨씬 더 큰 권력을 갖고 있었으니까요. 흥분되는 지점은 누가 알게 된다면 선생님이 잃을 게 엄청나게 많다는 점이죠."

줄리아는 충격적인 부분을 더 강조하기 위해서 고개를 약간 들었다.

"걔만 잃는 게 아니라 모든 걸 다 잃게 되시니까요."

이솔드는 그녀에게 매료되어 위아래로 살폈다. 줄리아가 한 말을 곱씹는 동안 그녀는 처음으로 살라딘 선생에게 관심을 느끼게 되었다. 그녀의 언니를 좇을 만한 대상으로 보고, 아무도 전에 말한 적 없는 걸 속삭이고, 자신이 가진 모든 것을 잃을 위험을 무릅썼던 살라딘 선생.

왜 살라딘 선생은 빅토리아를 택했던 걸까? 이솔드는 처음으로 그 질문을 진지하게 생각해 보았다. 언니의 둥글고 붉은 입술과 둥글고 커다란 눈, 그리고 몸을 뒤로 젖혀 예술적으로 낮은 교복 치마허리가 드러날 때 슬쩍 보이는 새빨간 새틴을 떠올렸다. 빅토리아가 재즈밴드에서 색소폰을 비스듬하게 몸에 기대고서 몸을 앞으로 기울여 악보를 넘기는 모습을, 악기의 무게가 목줄을 아래로 당겨 흉골 위로 팽팽해지고 악기의 윗부분 끝이 가슴 둔덕을 덮은 파란 울 스웨터 사이에서 금색으로 반짝이는 모습을 상상했다. 그리고 이솔드는 생각했다. 왜 빅토리아는 살라딘 선생님을 택했을까?

처음에, 부모님이 교훈적인 연극에서 양심의 천사처럼 빅토리아의 어깨를 잡고 서서 그녀에 관해 말다툼하는 것을 보았을 때 이솔드가 느낀 건 선제권의 불공평함뿐이었다. 부모님이 그녀 자신에게 그렇게 열렬하게 관심을 쏟을 만한 거리를 과연 찾을 수 있을까 의심스러웠다. 그녀는 부모님의 괴로움을 진지하게 받아들이고 빅토리아와 신중하게 거리를 두고 지켜보았지만, 살라딘 선생님이 낙타색과 크림색으로 된 아파트 안을 서성거리며 처량하게 사직서를 제출하고 수치 속에 가족에게 전화를 걸어 이야기하는 모습은 한 번도 떠올리거나 생각해본 적이 없었다.

심지어 지금도 이솔드는 살라딘 선생에 관해서는 흐릿하고 희미한 인상만 지니고 있을 뿐이었다. 그가 정장을 입고 학년 말 공개 콘서트에서 오케스트라를 지휘하던 게 생각났다. 한번은 그가 넥타이를 어깨 뒤로 휘날리며 손에는 악보 한 움큼을 쥐고서 음악부에서 직원 주차장까지 뛰어가는 모습을 본 적이 있었다. 그가 첫 번째 모임 때 3학년생들이 한 줄로 학교 안으로 들어오는 동안 무대에 구부정하게 서서 한 손으로 머리를 쓸어 넘기며 몰래 시계를 보던 것도 희미하게 생각이 났다. 그가 어딘지 자포자기한 어조로 학생들을 공주님이라고 부르곤 했던 것도 생각났다. 마치 그렇게 부르는 것 외에는 아무것도 할 수 없는 것처럼.

이솔드는 살라딘 선생님이 성적인 상황에 처한 것을 상상해 보려고 했지만 실패했다. 이번에는 그와 동년배들 사이에 있는 모습을 상상해보았다. 양뺨 셀룰라이트에 여드름 자국이 있고 주머니 선에 분필자국이 있는 혼 선생님. 수학과 케케묵은 프랑스어를 가르치고 겨드랑이에는 은밀한 멍처럼 땀 얼룩이 있는 케블 선생님. 작고 사무적이고 슬라이드 유리 뒤에서 꺼낸 사과처럼 반짝거리는 회계부서의 맥울리 선생님. 이솔드는 그들의 셔츠 단추를 풀고 바지에서 셔츠 꼬리를 빼고 그들을 악기 보관함 문으로 밀어붙이는 것을 상상해봤다. 수업 시간에 그들을 보고 미소를 짓고 그들의 심장이 쿵쿵거리는 것을 상상해봤다. '점심 같이할래요?'라든지 '난 줄무늬 셔츠가 더 좋던데'라고 말하는 걸 상상해봤다. '그게 안 맞을 거라는 말 안 믿어요. 클라크 선생님이 그걸 신발 전체에 씌우는 걸 봤어요'라고 하는 것도 상상해봤다.

이솔드가 이런 생각에 빠져 있을 때 줄리아가 고개를 들었고 그들의 시선이 마주쳤다. 이솔드의 몽상에 잠긴 멍한 눈에 초점이 돌아오는 덴 약간 시간이 걸렸고, 곧 그녀는 자신이 생각하던 게 혹시라도 드러나 보이지는 않을까 순간적으로 공포에 사로잡혀 배 속이 울렁거리는 걸 느꼈다. 심장이 빠르게 쿵쿵 뛰었다. 다시금 이솔드는 줄리아가 가는 곳마다 따라다니는 소문을 떠올리고 갑자기 자신이 이해할 수 없는 어떤 방식으로 위태로운 상황에 빠진 것처럼 약간 두려움을 느꼈다. 그녀는 겁에 질려 고개를 돌렸다. 상담 선생님은 다시 이야기를 시작했고, 주위의 모든 여자아이가 생각과 동정심, 깊고 만족스러운 평화에 잠겨 고개를 끄덕거렸다.

이솔드의 심장박동이 정상으로 돌아왔다. 줄리아의 말이 뒤늦은 메아리처럼 그녀에게로 돌아와서 가장 높은 밀물이 갑작스럽게 밀려드는 것처럼 강렬하게 그녀를 휘감았다. 전 살라딘 선생님이 주도권을 잡고 싶어 하셨다는 데 동의하지 않아요. 줄리아는 그렇게 말했다. 이솔드는 혼란과 수치심에 잠긴 채 의자에서 반쯤 미끄러진 자세로 앉았고, 종이 울리자 뒤도 돌아보지 않고 강당을 나갔다.

수요일

색소폰 선생이 말했다.

"브리짓, 네가 그 음을 처음에 완벽하게 연주하지 못하면 소리를 지를 거라고 내가 말했었지?"

"네."

브리짓이 우울하게 대답했다.

"내가 소리를 지르길 바라니? 틀린 음정 하나하나가 내 얼굴 옆을 조그만 가시처럼 찌르는 걸 상상하고 있는 거니? 그게 네가 바라는 거야?"

"아뇨."

색소폰 선생은 2분 음표 세 박자만큼 침묵을 유지했다. 피아노 위의 메트로놈이 시간을 정확하게 측정했다.

"집에서 스트레스가 심하니? 아니면 학교에서?"

브리짓의 눈에 눈물이 고였다.

"엄마가 전화하셨어요?"

그녀는 필연적인 결론을 두려워하면서 물었다.

"엄마가 안 그럴 거라고 하셨는데. 엄만 항상 안 그럴 거라고 하시면서 꼭 그래요."

색소폰 선생은 아이를 위아래로 본 다음에 물었다.

"엄마가 너한테 거짓말을 하셨니, 브리짓?"

브리짓은 비참한 침묵에 잠겨서 그 질문에 대해 고민했다.

어떤 식으로든 괴롭힘을 당하거나 부당한 대우를 받거나 학대를 받으면 브리짓의 머리에 가장 먼저 떠오르는 생각은 엄마한테 들키면 절대로 안 된다는 거였다. 브리짓의 엄마는 바로 다음 날 학교 행정실로 쳐들어가서 불평하거나 질문하거나 요구를 할 것이다. 그리고 언제나, 항상 브리짓을 위해서라고 말했다. 엄마의 정의감 가득한 돌격을 뒤따라가다가 브리짓은 비서가 이렇게 속삭이는 걸 들은 적이 있었다.

"저 애는 제 엄마를 자기 마음대로 휘두른다니까. 완전히 멋대로야."

"제발 학교에는 오지 마세요."

지난주에, 그 달 색소폰 대여료를 실수로 두 번 지불했다는 것을 엄마가 발견했을 때 브리짓은 겁에 질려서 말했다.

"제가 재즈밴드에 얘기해서 해결할게요. 제발 오지 마세요."

"알았다."

엄마는 마침내 믿음이 안 가는 눈으로, 마지못한 듯이 브리짓을 바라보며 말했다.

"하지만 영수증 꼭 받아오도록 하렴."

나중에 엄마는 브리짓이 어떻게 해볼 새도 없이 슈퍼마켓에서 집에 오다 말고 음악과에 갔다 왔다.

"제가 재즈밴드에 얘기해서 해결한다고 했잖아요."

브리짓이 말했다.

"어떤 조치를 취하고 있는지 물어볼 겸 해서 갔다 온 거야."

브리짓의 엄마는 그렇게 말하며 부은 발을 신발에서 꺼내 천천히 주물렀다.

"이 살라딘 선생님 소동을 겪었으니 이제 어떤 조치를 취했는지 알고 싶다고 그랬지."

엄마는 브리짓을 쳐다보며 신발을 쥐고 흔들었다.

"그런데 아무것도 안 했다더구나. 아무것도 한 게 없어."

"가지 말라고 제가 그랬잖아요. 다들 제가 엄마를 좌지우지한다고 생각해요."

브리짓이 조용히 말했다.

"브리짓, 그 색소폰에 네가 쓰는 건 내 돈이야. 난 내가 원하는 대로 내 돈을 쓸 수 있어. 마음대로. 그렇기 때문에 그 사람들을 휘저을 수도 있는 거고. 그런데 아무것도 안 했다잖니."

색소폰 선생은 브리짓의 회상이 끝나길 조용히 기다렸다.

"전 그게 거짓말이라고 생각해요. 엄마가 저한테 거짓말을 하신 거라고 생각해요."

브리짓이 마침내 말했다.

"그건 폄훼하는 거야."

색소폰 선생이 말했다.

"아마 그렇겠죠."

브리짓이 대답했다. 메트로놈의 추는 여전히 앞뒤로 흔들리며 그들 사이의 공간을 측정했다.

색소폰 선생은 브리짓의 비참함이 무겁게 내려앉도록 잠시 그대로 있다가 말했다.

"너희 엄마는 사실 지난주에 나를 보러 오셨단다. 그냥 진도가 어떤지 알아보러. 너희 학교 선생님 한 분과 마주치셨던 모양이더구나."

브리짓의 얼굴에 공포에 질린 표정이 떠올랐다.

"엄마가 뭐라고 하셨어요?"

색소폰 선생은 브리짓의 엄마 역할을 하는 걸 좋아했다. 그녀는 자신의 모습을 감추고 창백하고 비쩍 마르고 헝클어지고 약간 겁을 먹은 표정을 짓고서는 강박적인 태도로 스카프 끄트머리를 만지작거리며 조그만 눈으로 방 안 여기저기를 쳐다보며 말했다.

"브리짓은 선생님 운이 별로 없어요."

브리짓의 엄마는 그렇게 말했었다.

"선생님들이 그 애랑 잘 맞지 않는 것 같아요. 그 애가 나쁜 애라서는 아니에요. 그 애는 사실 전혀 문제를 일으키지 않죠. 그리고 멍청하지도 않고요. 하지만 브리짓에겐 선생님들을 안 좋은 쪽으로 자극하는 면이 있는 것 같아요. 그 애가 딱히 호감 가는 애가 아닌 것 같달까요. 난 잘 이해가 가지 않아요. 아이를 호감 가게 만드는 방법이 뭐가 있죠? 그럴 기회를 놓친 것 같아요. 기회가 그냥 지나쳐서 사라진 것 같아요."

그것은 정확한 연기였다. 색소폰 선생은 얼굴에 기대에 찬 즐거운 표정을 띠고 원래의 모습으로 돌아왔다. 마치 자신이

백 점을 받을 거라는 걸 알고 있지만 그래도 확실하게 그 말을 듣고 싶어 하는 것 같은 모습이었다.

"엄마는 항상 그런 식으로 말씀하세요."

브리짓이 우울하게 말했다.

"저에 대해서 그런 식으로 말씀하시죠. 선생님들을 보러 가서는 나한테 새로운 생각이 떠올랐다고 하시거나 아니면 나한테 새로운 생각이 부족한데 그걸 어떻게 할 거냐고 물으세요."

"네 엄마는 너한테 최고의 것을 원하시는 거야."

색소폰 선생이 말했다.

"아뇨, 그렇지 않아요. 단지 엄마 인생엔 아무 일도 일어나지 않으니까 내 일에 끼어들려고 하시는 거예요. 안 그러면 죽도록 지루할 테니까요."

색소폰 선생이 꾸짖는 어조로 말했다.

"이런, 브리짓. 너희 학교에서 일어난 그 온갖 사건들, 그 섹스 스캔들로 네 엄마는 정말 충격을 받으신 거야. 널 걱정하시는 거지."

색소폰 선생과 브리짓과의 대화는 항상 이런 식으로 급변하곤 했다. 갑작스럽게 이야기가 180도 바뀌면 브리짓은 만족스러울 정도로 상처 입고 당황해서 얼굴에 언제나 수치심과 너무 많이 말했다는 돌이킬 수 없는 죄책감이 떠오르곤 했다. 색소폰 선생은 그 효과를 즐겼다.

브리짓은 잠깐 동안 비참한 얼굴로 악보를 보았다. 땋은 머리가 무겁게 늘어졌고 리본은 회색이었다.

"엄만 선생님이 여자라 천만다행이라고 하셨어요."

그녀는 처음으로 그 말을 곱씹는 것처럼 갑작스럽게 말했다.

목요일

이 여자아이들이 대단히 마지못해 다니고 있는 학교는 애비 그레인지였지만, 기분이나 관점에 따라서 흔히들 스캐비 그레인지*나 애비 그런지**라고 불렸다. 맞은편 고등학교의 남자아이들은 철제 울타리에 팔을 걸치고서 나무살 사이로 "스캐비 애비!"라고 소리쳤고, 여자아이들은 세인트 실베스터 운동장을 가로질러 지름길로 갈 때마다 "매독!"이라든지 "세인트 멀레스터!"***라고 외쳤다. 가끔은 듣는 사람이 아무도 없었지만, 언제나 동점을 만들어야 한다는 의지를 갖고서 아이들은 그렇게 행동했다.

오늘 이솔드는 애비 그레인지로 가는 황무지 운동장을 가로지르기로 했다. 바람에 날려 온 쓰레기와 어젯밤의 서리 때문에 베이지색으로 얼어붙은 진흙 구멍들이 여기저기 있는 길을

---

* 딱지투성이 그레인지.
** 더러운 애비.
*** 치한.

걸었다. 햇볕이 젖은 아스팔트를 달구면서 네트볼 코트에서 아지랑이가 피어올랐고 축구 골대 뒤의 기워놓은 네트는 이슬로 반짝였다. 운동장에 그려놓은 선은 하얀색에서 칙칙하고 금이 죽죽 간 회색으로 색이 바랬다. 학교는 대부분이 비막이 판자를 대놓아 크림색과 옅은 갈색이었지만, 오래된 건물 중에서도 최근에 새로 칠을 해서 다른 것보다 더 밝은 새 건물들이 화상 자국 위에 새로 돋은 반짝이는 피부처럼 눈에 띄었다. 나무들에는 전부 철제 테두리가 둘렸고 한때 이곳에 갇혔던 모든 학생의 이름과 운명을 적어놓은 조각 명패가 걸려 있었다.

이솔드는 조수의 흔적이 남은 것 같은 회색 진흙과 학교 지정 신발 위로 올라와 축축한 울 양말을 찌르는 깎은 잔디를 살피며 천천히 걸었다. 대부분의 여자아이들은 정문으로 학교에 들어가고 있었고, 이솔드는 다행스럽게도 교실 쪽으로 가고 있어서 혼자였다. 살라딘 선생님이 학교를 떠난 이래로 지금까지 이솔드는 특별한 종류의 자유를 즐기고 있었다. 모든 학생이 그녀가 굉장히 부서지기 쉬운 것처럼 그녀의 주변에서 눈치를 보고 머뭇거렸고, 선생님들은 전부 냉정한 태도로 거리를 두고 이솔드를 가장 평범하고 눈에 보이지 않는 방식으로 대하려고 했다. 혼자 있는 건 반갑지만 이솔드는 곧 이런 반사적인 악명의 기간이 끝날 거라는 것도 알고 있었다. 선생님들 중 아무도 이제 그녀의 언니와 그녀를 비교하지 않는다는 걸 알아채고 그녀는 냉담한 경멸을 느끼고 있었다. 심지어 예전에는 종종 "내가 맹세하는데, 너희 둘! 너희 집 아래는 수맥이 흐르고 있을 거야"라고 말하던 네트볼 코치도 마찬가지였다.

이솔드는 납작해진 코카콜라 캔을 걷어찼고, 캔은 학교 쪽으로 몇 미터 날아갔다. 그녀는 교실까지 그걸 차고 가기로 결심했다. 첫 번째 종이 울렸다. 이솔드는 캔을 다시 걷어차고서 반대편 팔 아래로 영어 숙제를 옮겼다. 원통형으로 빳빳하게 말아서 고무줄로 묶어둔 직접 그린 포스터였다.

이 특별 과제용으로 이솔드는 침대에 누워 칼에 심장을 찔린 채 죽은 왕을 그렸다. 이불 위에 번진 핏자국은 스코틀랜드 모양이었다. 그 아래 "피 흘려라, 피 흘려라, 불쌍한 조국이여"라는 인용문이 쓰여 있었다. 이솔드는 그림, 특히 인물 그림을 잘 그렸고, 색연필과 목탄으로 그리고 종이를 말았을 때 번지지 않도록 분무형 래커를 뿌린 이 작품이 굉장히 자랑스러웠다.

"셰익스피어 극에서 '조국'이라는 단어가 나올 때는 대체로 '보지'라는 의미라는 거 너도 알지?"

식탁 의자 등받이에 팔꿈치를 대고 비판적인 눈으로 포스터 그림을 내려다보면서 빅토리아는 그렇게 말했다.

"그 시절엔 모든 사람이 훨씬 외설적이었어."

이솔드는 연필을 내려놓고 극본을 자기 쪽으로 당겼다. 그리고 인용한 문단을 머뭇머뭇 살펴보고서 말했다.

"여기선 그런 뜻인 거 같지 않은데. 설명에 그런 건 없어."

"그건 학교용 판본이니까. 안 그래? 거기엔 야한 내용은 쓸 수 없게 되어 있어. 내 말 믿어. 조국은 항상 보지라는 뜻이야. 조국은 중요해. 그거 『햄릿』이구나. 그리고 교활하다는 단어도 마찬가지야. '오 교활한 사랑이여.' 그것도 보지라는 뜻이야."

그들은 한동안 그림을 쳐다보았다. 그러다가 빅토리아가 덧붙였다.

"7학년이 되면 배워. 영어가 필수과목이 아니게 되면 그제야 좋은 걸 다 가르쳐준다니까."

"언니가 생각하기엔 다시 그려야 할 것 같아?"

이솔드는 엄지와 검지로 연필깎이를 쥐고서 새로운 눈으로 정지된 그림을 내려다보았다.

"아니, 이게 훨씬 더 교묘한 것 같아."

빅토리아가 관대하게 말하며 고개를 옆으로 기울이고 그림을 더 자세히 보았다.

"피 흘리는 거랑 뭐 그런 모든 것 말이야. 넌 만점을 받을 거야."

이솔드가 포스터를 팔 아래 끼고 조용히 걸어오는데 혼 선생님이 주차장 입구에 서 있었다. 그는 스카프를 두르고 장갑 낀 여자아이들 무리가 학교로 들어오는 것을 보며 중간중간 주먹을 흔들고, 자전거를 타고 헬멧을 손잡이에 건 채 페달을 밟고 서서 친구들 사이를 헤집고 오는 아이들에게 "내려서 걸어!"라고 소리쳤다.

"안녕, 이솔드."

혼 선생님이 그녀를 향해 말하면서 경례를 하듯이 손가락 두 개를 이마에 댔다. 이솔드는 미소를 짓고 손을 흔들고서 교실이 있는 음악동 계단을 올라갔다.

안으로 들어가자 같은 반 친구 한 명이 달려와서 말했다.

"안녕, 이지. 너 괜찮아?"

아이는 마치 애원하는 것처럼 입가를 아래로 늘어뜨리고 슬픈 척하는 표정을 지으며 이솔드를 쳐다보았다. 속으로는 자신이 모성애 넘치고 상냥하고 자애롭다고 상상하고 있겠지.

이솔드는 인상을 찌푸렸다.

"오늘은 별로 좋지 않아."

그녀는 이렇게 대답했다. 좋지 않은 척하는 편이 훨씬 쉽기 때문이었다.

토요일

"남자는 힘을 가졌으면서도 사랑받을 수 있다."

팻시가 큰 소리로 읽었다.

"하지만 여자가 그 힘 때문에 사랑을 받는 경우는 드물다. 여자들은 무력해야만 한다. 그러므로 우리 사회에서 여자들이 힘을 얻게 되면서 사랑을 갖는 게 더더욱 어려워지게 되었다."

그녀는 책을 덮고서 의문에 찬 표정으로 색소폰 선생을 쳐다보았다.

"너도 동의하니?"

이것은 오래전의 장면이었다. 색소폰 선생은 훨씬 젊은 모습이었다. 눈 아래 피부는 더 팽팽하고 입가의 늘어진 팔자주름이 아직 생기기 전이었다. 팻시는 책과 종이, 펜에 둘러싸여 있었고 밖에는 비가 내렸다.

색소폰 선생은 의자에 몸을 기대고 그 질문을 잠시 생각했다. 그리고 마침내 말했다.

"난 아기가 있는 어느 부부를 알아. 14개월 정도 된 남자애지. 아빠는 하루 종일 일하고 매일 밤에 집에 오고, 아기는 생글생글 웃으면서 조그만 팔을 내밀고 제 아빠를 찾지. 하지만 엄마가 잠깐 나가면, 볼일이 있어서 친척이나 이웃에게 맡겨두고 나갔다 돌아오면 아기는 격분해. 인상을 찡그리고, 등을 돌리고, 안기는 것도 거부하고, 너무 가까이 다가오면 소리를 지르지. 아기 생각에 '엄마'는 자길 두고 나갈 권리가 없는 거야. 아빠의 사랑은 조건부고 싸워서 쟁취해야 하는 거지. 아빠의 마음을 사로잡아야 하기 때문에 그렇게 해. 하지만 엄마의 사랑은 당연히 무조건적인 걸로 여기는 거야. 그래서 그걸 주지 않으면 불공평하다고 생각하고 분노하는 거지."

색소폰 선생이 말을 이었다.

"처음에 난 엄마를 불쌍하게 여겼어. 아기가 굉장히 불공평하게 행동한다고 생각했지. 하지만 그러다가 생각을 바꿨어."

"생각을 바꿨다고?"

"그래. 엄마도 일종의 힘을 가졌어. 일종의 영향력을 가졌지. 결국엔 그걸 깨닫게 됐어."

색소폰 선생이 말했다.

"넌 질문에 제대로 답을 하지 않았어. 여자가 세상에서 힘을 더 많이 얻게 되면서 사랑을 찾는 게 더 어려워지게 됐느냐고 물었잖아."

팻시가 말했다.

"아니, 난 그 질문의 표현 자체에 반대야. 힘과 사랑이 꼭 별개의 것이어야 한다는 가정 자체를 반대하니까."

"넌 항상 질문에 반대해. 네가 항상 질문에 반대하니까 어떤 답에도 이를 수가 없잖아."

팻시가 짜증난 투로 말했다.

"그게 대학에서 배우는 거야. 고등학교에서는 답을 기대하지만, 대학에서 네가 해야 하는 일은 질문의 의미 자체를 논박하는 거야. 그게 대학에서 원하는 거지. 아무나 붙잡고 물어봐."

팻시는 한숨을 쉬고 손바닥으로 책 커버에서 부스러기를 털었다.

"말도 안 돼."

하지만 그녀의 말투엔 힘이 없었다.

"1학년 때 모든 에세이를 똑같은 방식으로 쓰기 시작하는 친구가 있었지. 메리 셸리의 『프랑켄슈타인』의 폭력 장면으로

에세이를 시작했다고 쳐보자. 그 애는 에세이를 '메리 셸리의
『프랑켄슈타인』에서 폭력의 문제는 이중적이다'라고 시작해.
그리고 항상 똑같이 썼지. 뭘 쓰든 간에 말이야 '세계대전 이전
영국에서 국수주의 문제는 이중적이다'처럼. 늘 똑같았어."

색소폰 선생이 말했다.

"그게 이중적이지 않으면?"

팻시가 탁자 위의 교과서를 다시금 노려보며 물었다.

"항상 그렇게 썼어. 그게 비결이지."

색소폰 선생이 대답했다.

수요일

"학교에 이상한 거짓말을 하는 여자애가 있어요."

브리짓이 말했다.

"그게 이상하다고 생각하는 이유는 걘 자기가 거짓말을 하
고 있다는 사실도 모르는 것 같아서예요."

"어떤 여자애?"

색소폰 선생이 물었다.

"윌라요. 하지만 아마 알아채지 못하실 거예요. 걘 진짜 잘하
거든요."

브리짓은 잠깐 동안 리드를 만지작거리다가 다시 고개를 들

었다.

"그러니까, 전 항상 똑같은 실수를 해요. 전 'misled'라는 단어를 보고 그게 누군가를 잘못된 곳으로 이끈다는 뜻의 미스-리드라고 읽는다는 걸 깨닫지 못해요. 대신에 누구에게 사기를 친다는 뜻의 미슬이란 단어가 있고, 미슬드라고 하면 사기를 당했다는 뜻이라고 생각해요. 그래서 전 늘 미스-리드라고 읽지 않고 미슬드라고 읽어요."

색소폰 선생의 손끝은 이제 목에 걸린 색소폰에 닿아 있었고, 손을 움직이자 축축한 회색 타원형 자국이 남아 있다가 금세 사라졌다.

"그 윌라라는 애는 작년에 영어 보충수업을 같이 들었는데, 제가 미슬드라고 읽어서 선생님이 곧장 그걸 바로잡아주시는 걸 봤어요. 완전히 바보 같은 실수라서 우리 모두 웃었죠. 그런데 지난주에 우리 모두 같이 앉아서 점심을 먹는데, 윌라가 자기는 항상 미슬이라는 단어가 정말 있다고 생각했다고, 그래서 미스-리드 대신에 미슬드라고 읽는다고 그러는 거예요. 그 애는 그게 자기 일이었던 것처럼 우리 앞에서 전부 이야기했어요."

브리짓이 말을 이었다.

"전 그 애를 정말로 자세히 봤어요. 그리고 걔는 그 이야기를 하면서 저를 쳐다봤어요. 태연하게, 자기가 바보 같다고 웃으면서요. 걔는 자기가 하는 이야기가 제 이야기라는 걸 전혀 모르는 것 같았어요. 알았다면 죄책감을 느끼는 표정이거나 제 눈을 피했거나 뭐 그랬겠죠. 걘 제가 실수를 하는 걸 보고는 그게 마음에 들었던 것 같아요. 그래서 얼마 지나지 않아 그 얘기가 자기 거라고 믿게 된 것 같아요."

"그 애한테 망신을 줬니? 다른 애들 앞에서?"

색소폰 선생이 물었다.

"아뇨. 모두들 제 말을 안 믿어줄 거예요."

"그러면 아무도 그 애가 거짓말을 한 줄 모르는구나."

"네."

"그럼 다음번에 네가 실수로 '미슬드'라고 읽으면, 모두들 네가 윌라를 따라한 거라고 생각하겠네."

"맞아요. 제가 실수를 또 저지른다면 말이죠."

브리짓이 대답했다.

"그리고 넌 윌라가 절대로 'misled'라는 단어를 볼 때마다 머릿속으로 '미슬드'라고 읽지 않는다는 걸 알고 있고."

"네. 그건 제 습관이니까요. 그리고 그 애도 영어 보충수업 때 절 비웃었다고요."

"흠, 다른 사람한테 몰래 훔쳐서 자기 이야기라고 할 정도로 굉장한 얘긴 아닌데. 나라면 더 나은 이야기를 고를 것 같구나."

색소폰 선생은 손을 다시 움직였고 회색 손가락 자국이 금세 수증기로 변해 사라졌다.

브리짓은 약탈자이자 수치를 모르는 도둑인 이 거짓말쟁이

윌라에 대한 분노와 격분을 제대로 말로 표현할 수가 없어서 얼굴만 붉혔다. 브리짓은 아무리 굉장하지 않은 거라 해도 자신에 대한 이야기 자체를 별로 하지 않았고, 이제는 그 비중이 더 적어져 버렸다. 이 여자아이의 도둑질 때문에 그녀의 인생이 약간 깎여나갔고, 정신의 독특함 역시 약간 줄었다.

"하지만 이제 걔는 이 기억을 갖게 됐어요."

브리짓은 계속 설명을 하려고 노력했다.

"매번 그 단어를 읽을 때마다 진짜로 떠올릴 수 있는 기억을 갖게 된 거예요. 그러고는 자조적으로 웃으면서 그러겠죠. '어머, 나 바보 같아.' 자기가 얼마나 멍청한지 믿을 수 없다는 듯이요. 하지만 아니라고요. 멍청한 게 아니에요. 걘 그걸 똑바로 읽는 법을 내내 알고 있었으니까요."

"어쩌면 그 애가 그냥 거짓말쟁이일 수도 있지."

색소폰 선생이 말했다.

"하지만 걔가 자기가 거짓말을 한다는 걸 모르고 다른 사람들도 걔가 거짓말을 한다는 걸 모르고, 걔가 이 진짜 기억을 갖게 되었으니까."

브리짓은 이제 거의 절망적으로 말을 하다가 낚시에 걸린 물고기처럼 입을 뻐끔거렸다.

"그러면 진짜나 마찬가지인 거잖아요."

그녀가 마침내 말했다. 머리를 식히는 동안 그녀의 손이 옆구리에서 한 번, 두 번 퍼덕거리다가 결국 멈췄다.

월요일

"전 5학년 때 살라딘 선생님한테 배웠어요."

줄리아가 월요일 오후 수업 도중에 갑작스럽게 말했다.

"그랬니?"

색소폰 선생이 말했다.

"학교 콘서트 준비 때요. 전 항상 그 선생님이 약간 좀생원 타입이라고 생각했어요."

"흠."

색소폰 선생은 조금 놀랐다. 좀생원 같은 살라딘 선생이라는 이미지는 그녀에겐 완전히 새로운 것이었다. 그녀는 잠깐 동안 입안으로 그 생각을 굴려봤다.

"그해에 개도 저랑 같은 음악반에 있었어요."

줄리아는 꿈꾸는 어조로 말을 이었다.

"빅토리아요. 아마 두 사람이 사귀기 한참 전이었을 거예요. 걘 당시엔 목관악기 개인지도를 안 받았었거든요. 그게 저번 날에 생각이 났는데, 그 이래로 둘이 같이 있을 때 무슨 일이 없었는지, 그해에 뭔가 실제보다 훨씬 의미가 있었을 만한 사건이 없었는지 계속해서 기억을 떠올리려고 노력했어요."

"그래서?"

"한 번 있었어요."

줄리아가 말했다.

"한 번 살라딘 선생님이 그러신 적이 있어요. '빅토리아, 앞으로 한 시간 동안 그 리코더를 한 번만 더 만지면 때가 되기도 전에 무시무시한 죽음을 맞이할 줄 알아라. 내 말이 진심인지 확인할 생각은 꿈에도 하지 마.'"

줄리아가 악보를 고정시키는 보면대의 평평한 고정다리를 세웠다.

"상담 시간에 그 얘기를 해야 하는데."

그 애가 품위 없이 콧방귀를 뀌었다.

"그런 다음에 울어야 해요."

"오늘 상담 시간엔 무슨 일이 있었니?"

색소폰 선생이 물었다.

"비판은 건설적인 거고, 비교는 학대래요. 그러니까, '네 태도에 상처를 받았어'라고 하면 비판이고, 그건 괜찮아요. '넌 너희 엄마랑 꼭 닮은 것 같아'라고 하면 비교고, 그러면 안 돼요. 그걸 먼저 배우고 그다음에 역할극을 했어요. 역할극은 상황을 다른 관점으로 볼 수 있는 유용한 도구예요."

줄리아가 대답했다. 색소폰 선생은 아무 말도 하지 않고 줄리아가 말을 잇기를 기다리면서 머그컵의 도자기로 된 거칠거칠한 가장자리를 엄지손가락으로 문질렀다.

"그래서 전 손을 들고 물었어요. '만약에 동성 관계면 어떻게 하죠? 동성 관계에서는 비교가 훨씬 큰 부분을 차지하잖아요. 예를 들어 난 너보다 더 뚱뚱해, 라든지 난 너보다 더 남성적이야, 내가 더 아줌마스러워, 난 젊은 여자를 밝히는 중년 남자 같아, 처럼요. 비교가 학대라면 동성 커플들은 보통의 커플들보다 더 학대하는 관계라는 뜻인가요?' 전 상담 선생님한테 이렇게 말했어요."

줄리아는 발을 앞뒤로 움직였다. 잘못된 10대만의 논리라는 후광 속에서 교실의 두려움과 혐오에 찬 침묵, 그리고 이마를 문지르던 상담 선생님과 그녀를 쳐다보고 인상을 찌푸리던 아이들을 떠올리며 그녀는 의기양양했다.

"상담 선생님은 그냥 이러셨어요. '줄리아, 우린 지금 동성 관계를 이야기하고 있는 게 아니야. 살라딘 선생님은 남자고 빅토리아는 여자아이였잖니. 곁길로 새지 말자.' 두 사람 다 죽은 것처럼 그 선생님은 항상 과거형으로 말씀하세요."

줄리아가 드디어 말을 끝내고 색소폰을 들고 연주를 시작했다. 줄리아는 종이 울리기 직전에, 여자아이들이 고개를 앞으로 돌리고 상담 선생님이 인상을 찌푸리고 쪽지를 꺼낼 때 일어났던 일에 대해서는 생략했다. 예쁜 여자아이 한 명이 의자에서 돌아앉아서 낮은 소리로 날카롭게 말했다.

"왜 넌 늘 그런 얘기를 꺼내는 거야? 매번 상담 수업마다 넌 우리 모두가 불편해하는 걸 보려고 그런 얘기를 꺼내는 거지. 네 머릿속에서 그걸 지우지 못해서 재미 삼아 그런 이야기를 던지는 것 같은데, 진짜 혐오스러워."

목요일

가끔, 자신의 즐거움을 위해서 색소폰 선생은 캐스팅이 달랐다면 어땠을지 상상해보곤 했다. 브리짓 역할의 아이를 그 애가 탐내던 이솔드 역할에 집어넣고서 그 힘없는 머리카락을 정수리에서 흘러내리는 매끄러운 머리카락으로 바꾸고, 뺨을 발그스름하게 만들고, 이솔드의 특징이 된 무심하지만 상처받은 표정으로 바꿔 상상해봤다. 거기에 은색 시계와 학교 교복 목깃 아래 섬세한 은색 체인 목걸이를 덧붙였다. 이솔드 캐릭터는 이 목걸이를 가끔 손가락으로 멍하니 꼬거나 생각에 잠겨 턱으로 들어 올려 잘근잘근 깨물었고, 양뺨의 부드러운 피부에 목걸이 체인이 섬세한 은제 말굴레처럼 파고들었다.

말할 필요도 없지만 이솔드 자신이 지닌 특성 때문에 모두가 이솔드 역을 탐내는 건 아니었다. 언니를 둘러싼 스캔들에 가까이 있기 때문에 그 역을 부러워하는 거였다. 망신과 치욕의 거대한 울림이 그 애를 강력하게 만들었다. '나 잠깐 혼자 있고 싶어'라고 말하는 아름다운 여자아이들이 발휘하는 강력한 힘에 이끌려 그 뒤로 엄청난 걱정에 잠긴 하인들이 계속 그들을 따라다니며 서로 '그 애가 자신에게 해가 될 만한 일를 할까봐 걱정이야'라고 속삭이는 것과 마찬가지였다. 우둔한 브리짓조차도 이솔드가 스캔들에 가까이 있는 게 굉장히 중요하다는 것을 알았던 것이다.

소심한 브리짓이 이솔드의 역할을 하는 걸 상상하고 색소폰 선생은 웃음을 지었다. 머리카락 끄트머리를 씹고 교복 치마를 너무 높이 올려 입고 절망적으로 노력하는 이 창백하고 비쩍 마르고 너저분한 여자아이한테도 희망이 아주 약간 있을지도 모르겠다고 그녀는 애정을 갖고 생각했다.

브리짓 역할에는 지금 줄리아 역을 하는 아이를 넣고 상상력을 발휘해봤다. 그녀는 머릿속으로 줄리아 역의 여자아이에게 더럽고 너무 크고 약간 구겨진 학교 교복을 입혀봤다. 그리고 아이의 자세를 좀 더 소심하게, 미안한 것처럼, 프라이팬의 열기 때문에 쪼그라진 생베이컨 껍질처럼 움츠러들게 바꾸었다. 브리짓 역할은 셋 중 가장 쉬웠다. 브리짓은 피해자고, 피해자는 쉬우니까. 줄리아 역을 하고 난 뒤에 브리짓 역할은 누워서 떡 먹기일 것이다.

줄리아 역할에 색소폰 선생은 지금 이솔드 역할을 하고 있는 동그란 얼굴의 여자아이를 집어넣었다. 이 변화는 상상하기가 가장 힘들었다. 가장 미묘하기 때문이다. 색소폰 선생은 이솔드 역의 여자아이가 줄리아 역을 하기엔 아마 너무 순수할 거라고 생각했다. 이 아이는 줄리아의 자기혐오라는 완벽한 허영을 이해할 수 있을 정도로 아직 더럽혀지지 않았기 때문이다.

색소폰 선생은 창가에 앉아 주먹으로 턱을 괴고 지붕과 구름을 바라보며 애정을 담아 자신의 학생들을 떠올렸다. 그때 문 두드리는 소리가 들렸고 그녀는 홍차가 담긴 머그컵을 옆에 내려놓았다. 그리고 바지 다리 쪽을 턴 다음 말했다.

"들어오렴."

월요일

안뜰 한가운데 작고 네모난 땅에서는 은행나무가 자라고 있었다. 나무가 땅에 뿌리박은 밑둥 주위로는 콘크리트가 부서져 무더기로 쌓여 있었다. 떨어진 이파리들은 짓밟혀서 이제 누렇게 바래 냄새를 풍기며 으깨진 상태로 하수구를 틀어막고 더럽고 누르스름한 막이 되어 자갈 위를 덮고 있었다.

그녀는 일찍 도착했고, 낮은 테너 색소폰이 올라가는 음을 연주하는 소리가 들렸다. 소리는 슬레이트 타일을 넘어 벌거벗은 은행나무가 있는 텅 빈 마당으로 흘러나왔다. 마당 위쪽으로는 지금은 일반인에게 공개하지 않는 오래된 천문대가 서 있었다. 늑재를 댄 하얀 돔 지붕 여기저기에 초록색 이끼가 끼어 있고 철제 계단은 새똥과 오물로 얼룩져 있었다.

색소폰 선생의 스튜디오는 한때 박물관과 대학의 비인기 학과들이 자리하고 있던 널따란 건물들 중 한 곳에 있었다. 지금은 벽돌을 두른 사각형 안뜰과 회랑, 좁고 아무도 없는 정원은 개인에게 빌려주었고, 오래된 전시실은 사무실과 스튜디오, 가게 등으로 나눠 사용했다.

테너 색소폰이 반음 올리고서 연습을 다시 시작했다. 이솔드는 시계를 보았다. 15분 가까이 일찍 왔다. 그녀는 색소폰 케이스를 느릿하게 흔들면서 뭔가 할 일을 찾아 마당을 둘러봤다. 콘크리트는 최근의 비로 검고 흐린 색깔이었고, 배수관 아래엔 물웅덩이가 고여 있고, 새들이 전선 사이를 건너다니며 똥을 쌌다. 이솔드는 나무와 높은 천문대 반대편으로 멍하니 걸어가 빵집에 가서 따끈한 빵을 사겠다는 열의 없는 목표를 지닌 채 골목길로 들어섰다.

회랑을 지나가는데 멀리서 낮은 북소리가 쿵쿵 들렸다. 가끔 회랑 반대편에 있는 빵 좌판 옆에서 무료 공연이 벌어졌다. 그녀는 멍하니 좁은 아치를 지나서 축축한 벽돌길을 따라 소리가 들리는 곳으로 가다가 열린 문 앞에 도착했다.

문 중간에 철제 빗장이 가로로 달려 있고, 가슴 높이엔 수천 번의 손길로 페인트가 벗겨지고 반짝반짝 윤이 나는 곳이 있었다. 지금 문은 벽돌을 괴어 열어놓았고, 그 안에서 고함소리와 뚜렷한 북소리가 들렸다.

그녀는 소리 없이 안으로 들어가서 복도를 따라가다가 테두리가 하얀 짧은 계단을 올라갔다. 문이 살짝 열려 있는 분장실 몇 개를 지나다 자신이 배우 전용 문을 통해서 오래된 강당으로 들어온 게 분명하다는 사실을 깨달았다. 그녀는 머뭇거리다 돌아설 뻔했다. 하지만 북소리가 더 크게 들리고 사람들 말소리도 들려서 좀 더 가서 최소한 들여다는 보고 온 길로 되돌

아가기로 결심했다. 그녀는 두꺼운 벨벳 같은 어두운 무대 날
개공간*으로 들어가서 조심조심 앞으로 가다가 무대를 엿볼 수
있는 천 사이의 틈을 발견했다.

날개공간에서 보니 무대는 난장판이었다. 분필과 연필선이
전부 다 보이고, 그림을 그려놓은 배경막은 비스듬하게 서로
겹쳐놔서 흉해 보이고, 맞은편 무대 끝에는 소품과 의상들을
우르르 쌓아놓았다. 날개공간에 걸어놓은 천으로 서로 분리해
놓은 무대 뒤편에 몇 명이 서서 구경하고 있는 게 보였다. 그중
일부는 의상을 입고 큐 사인을 기다리며 발뒤꿈치를 들고 긴장
한 채 서 있었다. 각광 너머로 2층짜리 객석 아래쪽에 흐릿한
어둠이 보이고, 그 앞쪽으로는 일식 때 테두리에서 이글거리는
불길처럼 가장자리만 환하게 보이는 그림자 진 배우들의 모습
이 보였다.

중앙 무대에는 진홍색 터번을 쓰고 낡은 옷자락에 찢어지고
더러운 목깃이 달린 코트 차림에 손목이 헐겁고 더러운 하얀
장갑을 낀 소년이 있었다. 양쪽 눈 위에 세로로 검은 다이아몬
드 모양을 그렸는데, 뺨 위로 길게 이어져서 얼굴에 바른 하얀
파우더 위로 끈끈하고 번질번질한 자취를 남겼다. 그 무늬 때
문에 소년은 기묘하게 겁에 질린 것 같으면서도 동시에 즐겁고
우울한 인상을 주었다. 이솔드가 선 자리에서는 옆얼굴밖에는

---

* 무대 양끝에 배우나 장치가 잠시 대기하는 공간.

보이지 않았다. 뺨의 곡선과 관자놀이 위로 튀어나온 터번, 고개를 돌릴 때마다 눈에 들어오는 검은색 다이아몬드만 보였다.

"이건 카드의 완전한 한 벌이다."

소년이 어둠을 향해 말하면서 카드가 오른손에서 왼손으로 깔끔하게 옮겨 오도록 떨어뜨렸다.

"조커는 없고, 에이스는 숫자 1을 뜻하지. 네가 여기서 뽑은 카드는 네 것이 될 것이다. 더러운 비밀처럼 항상 지니고 다녀야 한다."

과장된 동작으로 소년은 앞에 있는 펠트 테이블 위에 카드를 반원 모양으로 펼쳤다. 눈에 초점이 돌아왔고 이솔드는 이제 빨간색과 검은색 옷을 입고 중앙의 소년 주위로 나환자들처럼 서 있는 무대 위의 다른 사람들을 알아차렸다. 소년은 키가 크고 당당하고 빛이 났고, 과도하게 노출된 사진 속 인물처럼 빛을 세게 받아서 흐려 보일 만큼 환하고 눈에는 초점이 없었다.

"검은색 카드를 뽑으면 남자들에게 매력을 발산하게 될 거다. 빨간색 카드를 뽑으면 여자들에게 매력을 발산하게 될 거고. 숫자 카드의 숫자는 네 성적인 기량을 의미하지. 10은 훌륭하다는 뜻이야. 에이스는 너 혼자만 네가 훌륭하다고 생각하는 거고."

소년은 말을 하면서 덱에서 카드를 집어 엄지와 손가락들 사이에 들고서 손바닥을 재빨리 오므려 카드가 앞쪽의 허공으로 흩날려 떨어지게 했다. 그러고는 다른 손으로 떨어지는 카드를 한 장 잡고 한 손으로는 이미 그다음 카드들을 집었다. 그 덕에 마치 저글링을 하는 것처럼, 카드가 반원 모양을 그리며 날아올랐다가 떨어지기 전에 잡혔다.

"그림 카드를 뽑는다면 너의 성생활이 약간 더 복잡해지게 되지. 일반적으로 어떤 색이든 퀸 카드는 복장 도착적 성향을 갖게 만들고, 킹 카드는 새디스트적인 성향을 부여하며, 잭 카드는 매저키스트적인 성향을 지니게 하지. 하지만 예외도 있어."

케틀드럼을 두드리는 소리가 점점 더 커졌다. 두구두구 소리가 서서히 커지는 동안 소년은 점점 더 다급해졌다. 움직임이 빨라지고 목이 조여지고 목소리는 더욱 강해졌다. 무대 위의 검은 옷을 입은 배우들이 움찔거리기 시작했다.

"다이아몬드 킹은 칼 대신 도끼를 들고 있는 유일한 왕이지. 그 때문에 그들은 도끼 사나이라고도 해. 도끼 사나이를 뽑는다면 너의 성적 취향은 도착적으로 발전하게 될 거다.

모든 그림 카드는 얼굴 전체를 보여주지만 세 장만이 예외지. 잭 두 장과 킹 한 장은 언제나 옆얼굴이야. 눈 하나만 보이는 이런 카드 중 한 장을 뽑는다면 넌 자기기만과 부정직한 성향으로 치우치게 될 거다.

하지만 모든 그림 카드 중에서 가장 중요한 건 스페이드의 퀸이지."

누군가가 이솔드의 뒤에서 무겁게 부딪쳤다. 그녀는 비틀거리다가 홱 돌아봤다. 날개공간 천 위로 소년이 나동그라져서 욕설을 중얼거리며 천을 움켜잡고 일어났다. 낡고 허연 바닥 위에서 발이 미끄러지고 한 팔은 균형을 다시 찾느라 앞뒤로 흔들렸다. 그가 잡고 있던 홀을 떨어뜨리지 않으려고 했지만 홀은 바닥에 떨어져서 천 더미 아래로 굴러갔다.

소년이 그녀를 날카롭게 쳐다보고 인상을 찌푸렸다.

"여기서 뭐 하는 거야?"

홀을 도로 주우려고 몸을 구부리면서 그가 낮은 소리로 물었다.

"그냥 보고 있었어."

소년이 흐릿한 어둠 속에서 이리저리 움직이는 것을 보며 이솔드는 황급히 뒤로 물러났다.

"미안해."

"스탠리! 스탠리, 네 차례야!"

무대 위의 나환사 한 녕이 날카롭게 속삭였다.

이솔드가 뭔가 더 말할 기회도 없었다. 소년은 홀을 쥐고 벌떡 일어나서 서둘러 무대 위로 나갔다. 조명이 그의 왕관을 비추고 0.5초 정도 홀을 스친 뒤 소년 전체를 비추었다. 소년이 강렬한 무대 조명 속으로 녹아들기 전에 이솔드가 마지막으로 본 것은 자연스러운 표정과 캐리커처 같은 모습 사이에 사로잡힌, 변화하는 얼굴이었다. 마치 욕조에서 마개를 뺄 때 물 표면이 튀어나오고 일그러지기 시작하는 것처럼 내부에서부터 변

174

화가 시작되었다.

이솔드의 심장은 그 충돌로 여전히 쿵쿵 뛰었다. 갑자기 초대도 받지 않고 이런 걸 봤다는 사실이 창피하게 느껴졌다. 그녀는 돌아서서 날개공간에서 빠져나와 거친 하얀 테두리의 계단을 내려가서 좁은 복도를 타박타박 지나 마침내 은행 냄새가 나는 밝은 바깥으로 나왔다.

6

4월

"가면인가, 얼굴인가? 그게 내가 나 자신에게 계속해서 묻는 겁니다. 가면인가, 얼굴인가."

동작과 주임은 교무실 라디에이터에 기대 마른손으로 머그컵을 감싸고 리놀륨 바닥에 있는 흐릿한 얼룩을 멍하게 쳐다보며 인상을 찌푸렸다.

"그 키 큰 여자아이 말입니다. 오늘. 그 뭐더라…… 그 대사가 어디서 나왔더라…… 그 애가 오늘 했던 대사 말이에요. 어떻게 시작하는 거였죠?"

연기과 주임이 신문을 내리고 안경 위로 그를 쳐다보았다.

"오라, 그대 영혼들이여……."

"오라, 그대 영혼들이여, 인간의 생각을 좌우하는 자들이여. 내게서 여자로서의 특성을 없애고 머리부터 발끝까지 지독한 잔인함을 가득 채워 넘치게 하라. 맞아요."

동작과 주임은 잠깐 몸을 떨면서 서 있었다.

"그 애는 절대로 그 부분을 설득력 있게 연기하지 못할 겁니다. 그 애는 그 조그맣고 동그란 눈 안에, 그 완벽한 대칭형 얼굴 안에 사로잡혀 있어요. 내가 그걸 보면서 생각한 건 오로지 '그 애'는 절대로 그런 대사를 생각하지 못할 거라는 거였습니다. 그 애는 안 돼요. 그 얼굴로는요. 그 얼굴로는 결코 그런 생각을 못 할 겁니다. 내가 공연을 보러 가서 그 애를 봤다면 나오면서 '맥베스 부인이 완전 안 어울렸어'라고 했을 겁니다."

동작과 주임이 좌절감에 고개를 획 젖혔다.

"애들을 다 봤는데, 희망도, 열정도, 투지도 별로 없더군요. 다들 절대로 팔리지 않고, 절대로 인상에 남지도 않을 얼굴 안에 갇혀 있어요. 비극도, 힘든 것도, 극단적인 것도, 공정한 것도 겪어본 적 없는 현대적이고, 소중하게 보살핌 받은 보들보들한 얼굴에요…… 맙소사, 그 애들 대부분은 거의 평생을 '안에 갇혀' 살아왔어요. 그 여자아이요, 오늘 그 맥베스 부인은 마치 플라스틱으로 만들어진 것 같더군요. 실제라고 보기엔 너무 매끈하고 동그래요. 그 애는 절대로 그 매끈함과 동그람에서 벗어나지 못할 거예요. 절대로 자기 얼굴에서 벗어나지 못할 거고요."

"자네 굉장히 암울한 기분에 빠져 있군, 마틴."

연기과 주임이 아스피린을 꺼내 깔끔하게 커피 속에 떨어뜨리면서 말했다.

"난 그 애가 그렇게 나빴다고 생각하지 않는데. 그 애의 신선함이 꽤 마음에 들더군. '나의 여성스러운 젖가슴으로 와서 젖을 마시고 쓴 담즙으로 채워라.' 그건 굉장히 유혹적이었다고 생각해. 그 애는 사악하게 보이려고 했던 게 아니야."

"그 애는 자기가 하는 말을 한 마디도 이해하지 못했기 때문에 사악하게 보이려고 하지 않았던 겁니다."

동작과 주임이 날카롭게 말했다.

침묵이 흘렀다. 동작과 주임은 고개를 숙이고 게걸스럽게 컵을 들고 꿀꺽꿀꺽 마셨다. 한 모금 삼킬 때마다 목이 파충류처럼 꿈틀거렸고 사이사이로 숨을 몰아쉬었다. 연기과 주임은 저게 항상 혼자 먹어 버릇하는 총각의 습관이라고 생각했다. 그는 갑자기 동작과 주임이 불쌍한 생각이 들어서 신문을 내려놓았다.

세상에 대한 그의 불만은 언제나 굉장히 끔찍한 개인적 특성을 보여준다고 연기과 주임은 생각했다. 그는 이상적인 형태에서 조금만 벗어나도 새롭게 실망했고, 어린애처럼 그 실망감을 드러내고 다녔다. 그에게는 그 나이의 남자치고는 기묘한 순수성이 엿보였다. 자기파괴적인 멍청한 종류의 순수성이긴 했다. 실망할 걸 알면서도 여전히 믿으니까.

동작과 주임의 본능은 단순함과 양심 쪽에 치우쳐 있었지만, 그렇다고 그가 양심적인 사람은 아니었다. 대신 그는 걱정 많고 우유부단하고 불평이 많은 데다가 여러 관점 사이에서 오락가락했다. 그는 영원히 원칙의 그림자 속에, 조명을 밝히고 있지만 어둠 속에서는 박쥐들이 날아다니는 성당의 그림자 속에 있었고, 그가 그것을 찬양하고 숭배하고 그 거대한 윤곽을 두려워한다고는 해도 결코 실제로 그것을 만지려고 나서진 않을 것이다. 그는 절대로 문을 두드리고 들어가지 않을 것이다.

연기과 주임은 그가 움찔하고 인상을 찌푸리고 커피를 내려다보다가 어깨를 펴고 피부가 수축하는 것처럼 고개를 뒤로 확 젖히는 것을 보았다. 연기과 주임은 그 남자의 속 깊은 곳에는 사랑에 절망적으로 푹 빠질 수 있는 이기적이고 맹목적인 능력을 아직 잃지 않은 10대가 들어앉아 있는 것 같다고 생각했다. 그는 자신이 동작과 주임의 불안감을 질투하는 건지, 선택의 괴로움을 질투하는 건지, 실패했다는 고통스러운 기분과 세상의 실패한 정의를 질투하는 건지 고민했다.

"올해 학생들이 영 형편없나? 그래서 그렇게 실망한 건가?"

젊은 선생은 옆구리가 터진 풍선처럼 의자에 풀썩 앉았다.

"아뇨."

그는 의심하는 것 같은 어조로 그 말을 뱉었다.

"자넨 스스로에게 가면인지 얼굴인지 묻고 있지 않나."

"네."

동작과 주임이 한숨을 쉬었다.

"전 예전엔 얼굴을 믿었습니다. 평생 동안 얼굴을 믿었죠. 그런데 마침내 마음을 바꾸게 된 것 같습니다."

2월

    학교에서는 문이 하나 닫힐 때마다 늘 다른 문이 부드럽게 앞쪽으로, 가둬놓을 수 없는 외풍의 힘으로 보이지 않게 슬쩍 열렸다. 이 움직이는 기류는 건물에서 유령이 속삭이는 것 같은 분위기를 만들었다. 스탠리가 등 뒤로 문을 닫으면 언제나 희미한 메아리처럼 복도 위쪽 그림자 속에서 다른 문이 열리는 소리가 들렸다. 모든 문손잡이가 흔들리고, 더러운 레이스처럼 에나멜에 실금이 갔다.

    학기는 졸업한 학생들이 총괄하고 모든 선생님이 진홍색과 회색 옷을 당당하게 입고 배역을 맡는 화려한 〈리어왕〉 공연으로 시작되었다. 주연은 오래전에 퇴직한 학교의 예전 연기과 주임이 맡았다. 치아가 길고 하얗게 센 숱 적은 머리를 이마 위로 깔끔하게 올려서 수도승같이 보이는 근육질 남자였다. 폐막일로부터 한 달쯤 지나 말끔하게 다림질한 의상이 페인트가 벗겨져가는 복도 벽에 걸렸다. 목깃은 여전히 텅 빈 눈 구멍에서 흘러내려 동작과 주임의 면도하지 않은 회색 턱을 따라 끈끈하게 흘러내린 피로 검게 얼룩져 있었다.

    학기가 본격적으로 시작되었다. 〈리어왕〉 제작은 1학년생들에게 겁을 주고, 그들이 싸워서 쟁취해야 할 유산을 보여주기 위한 도전이기도 했다. 한동안은 효과가 있었다. 처음에 1학년 생들은 선생님과 상급생들을 숭배의 눈으로 올려다보았지만, 몇 주가 흐르며 서서히 목적의식과 자신에 대한 믿음으로 점차 거만해지기 시작했다.

"난 배우야."

스탠리는 자기 입으로 그렇게 말하고는 깜짝 놀랐다. 처음엔 잠깐 머뭇거렸지만 그 정의에 기분이 좋아지고 심지어는 힘이 생긴다는 것을 깨달았다.

"연기 학교에서 말이야."

그는 그렇게 덧붙이고서 자신만만하게 대화 상대가 이렇게 말하기를 기다렸다.

"아, 그 학교. 거기 들어가기가 되게 어렵다던데, 맞지? 너 진짜 잘하나보다."

학기의 처음 몇 주는 정신없이 지나가는 것 같았다. 처음에 1학년생들은 머뭇거리고 자신 없고 서로 수줍어하는 것 같았지만, 사실 학생들 하나하나는 집단이라는 환경 속에서 자신의 자리를 신중하게 확보하는 중이었다. 희극적이거나 비극적이 거나 별나거나 심오하다고 여겨지고 싶은 아이들은 자신의 영역을 표시하고, 짤막한 별명을 만들고, 다른 아이들이 차지할 수 없도록 특정한 성격 타입을 제 것으로 차지했다. 여자애 한 명은 동작 교실에서 나와서 발성 교실로 걸어가는 동안 친구들에게 기댄 채 말했다.

"맙소사, 난 너네들이 정말 좋아! 전부 다 사랑해!"

그 애는 명백하게 '상냥한' 사람 자리를 확보하기 위해서 그런 거였다. 그 자리를 빼앗기고 나자 다른 아이들은 서둘러 자신들의 사회적, 음악적, 지적 능력을 자랑하고 제각기 다른 사람이 건드릴 수 없게 자신의 작은 공간을 차지했다. 다른 학생들은 모두들 "에스더는 진짜 웃겨!"라든지 "마이클은 정말 못됐어!"라고 말했고, 그런 식으로 아이들은 사람이자 유형으로서 두 가지 담보를 갖게 되었다.

스탠리는 자신을 사람으로서 특징짓는 게 뭔지 알 수가 없었다. 학기 초에 그는 물러나서 다른 남자아이들이 리더 역할, 바람둥이와 광대 역할을 차지하는 것을 보기만 했다. 그 애들이 추종자와 관객을 모으는 것을 그는 일종의 경탄 속에 바라보았다. 그리고 자신은 예민하고 사려 깊다고 여겨지기를 바란다고 내충 결론을 내렸지만, 적극적으로 그런 이미지를 좇지 않았고 그래서 그 자리도 결국 다른 아이들이 가져가버렸다. 그 결과 그는 더 야심차게 기분파인 남자아이들, 이마에서 머리카락을 쓸어 넘기는 법을 연구한 남자애들, 가방에 니체의 책이 슬쩍 보이게 갖고 다니는 몇 안 되는 남자애들, 자의식적인 쓸쓸한 모습으로 언제나 불안하고 항상 어딘가 못 먹은 듯한 인상을 주는 남자애들에게 완전히 가렸음을 깨달았다. 이 남자애들이 말을 하기 시작하면 동기생들은 정중하게 입을 다물고 귀를 기울였다.

스탠리는 자신이 동기생들 중 눈에 띄지 않는 아이들의 한 가운데 소리 없이 휩쓸려 들어갔음을 깨달았다. 나머지 애들처럼 그도 언젠가 자신이 돋보여서 다른 모든 애들을 능가하게 될 거라는 작은 희망을 품고 있었지만, 그 희망은 반쯤 묻혀 있을 뿐이었고 수업 중에도 그는 거의 눈에 띄지 않았다.

"우리가 언젠가는 널 뭔가 대단한 인물로 만들 거야."

즉흥연기과 주임이 어느 날 아침 스탠리에게 다가와서 그의 가슴을 손가락으로 콕콕 찌르면서 말했다.

"여기에는 뭔가가 있어. 조만간 이게 하룻밤 사이에 다 익게 될 거야. 두고 보렴."

그녀는 그렇게 말하고 가버렸고, 스탠리는 복부에 그녀의 손길이 닿았던 뜨거운 자국을 느끼며 이후 며칠, 몇 주나 그 기쁜 도착을 기다리며 지냈다. 그는 가슴속에서 터질 듯이 부푼 이 자신감이라는 병균의 힘으로 더욱 열심히 기술을 갈고닦았다. 자신이 무르익게 될 거라고 믿었고, 사제가 기도에 대한 응답을 기다리는 것처럼 독실한 기대감에 차서 기다렸다. 그는 자신의 실패에 더욱 인내심을 갖게 됐고, 언젠가 자신이 분명히 성공할 거라는 사실에 자신감을 얻었다.

"참 기묘한 거죠."

즉흥연기과 주임은 나중에 교무실에서 새하얀 손톱 끝으로 바늘땀을 세고 네모난 울을 평평하게 당겨 진도를 확인하면서 말했다.

"참 기묘한 거예요. 이런 식으로 우리가 그 애들의 자존심을 다독이는 거 말이죠. 그게 아이들한테 얼마나 영향을 미치고, 그 애들을 얼마나 밝혀주는지 아니까 굉장히 책임감이 들고 심지어는 내가 어린애한테 장전된 권총을 건네는 것처럼 죄책감이 들어요."

"모든 배우들은 직업상 변태적이지."

연기과 주임이 신문을 흔들어서 원래의 선대로 말끔하게 접으면서 대답했다.

"우린 그 애들을 짓밟고 부수는 것에 대한 보상으로 그 애들의 자존심을 부풀려주는 걸세. 자네가 그 애들에게 해를 입히고 있는 게 아니야, 글렌다. 그저 고통을 경감하게 해주는 거지."

스탠리의 학교 친구들 대부분은 이제 흩어져서 지방대나 전문대에 들어가거나 다른 곳에서 더 좋은 기회를 좇기 위해 해외로 떠났다. 스탠리는 학교에 매진했다. 1학년생들은 매일 오랜 시간 공부를 해야 했고, 스탠리는 점점 더 자주 주말에도 학교에 나올 이유를 찾아내 대본 도서관을 돌아다니거나 댄스 홀 위에 있는 감상 갤러리로 책을 가져가서 발레와 줄넘기, 기초 운동 수업을 받는 주말반을 구경했다. 그는 다른 1학년생 배우 두 명과 한 아파트에 살았고, 마르고 음울한 그들은 스탠리 자신과 마찬가지로 인생의 다른 모든 중요한 것이 사라지게 놔뒀다. 그는 학교에 철저하게, 완전히 삼켜진 채 가끔 오래된 축음기를 품에 안고 있던 의상팀의 그 침울한 얼굴의 소년을 떠올렸다. 미술부에 오가면서 그 소년을 몇 번 보았고, 소년은 언제나 페인트 캔과 천이 든 가방, 핀을 찔러놓은 반쯤 완성된 인형 등을 들고 있었다.

집에 오면 소년들은 연기와 영화, 연극, 길거리 공연과 혁명에 관한 이야기밖에는 하지 않았다. 그들은 자신들을 외부로부터 고립시켜주는 껍질 속에 편안하게 앉아 있으면서도 지도에 없는 새로운 세상의 가장자리에 함께, 또 혼자 서 있는 것처럼 다들 들떠 있었다. 그들은 밤늦게까지 이야기를 하고, 신문 인쇄용지에 극본 초안을 쓰고, 언젠가 자신들이 어떤 근사한 거짓말을 돈을 받고 하게 될지 상상했다.

"사람들이 우리 전기를 쓰게 될 때 말이야."

동거인 한 명이 말했다.

"사람들이 우리 전기를 쓰게 될 때, 이 모든 이야기가 서두가 될 거야. 엄청난 성공을 이루기 전, 우리가 유명해지기 전, 모든 것이 시작되기 전의 이야기를 담은 장. 그리고 이 장에서 모두들 흥미롭고 교훈이 될 만한 것들을 얻게 될 거야. 왜냐하면 이건 우리가 다른 사람들, 평범하게 시작한 모든 사람, 한때 가난했고 힘껏 노력했고 평범한 월급을 받으며 살았던 사람들과 똑같은 사람이었다는 걸 보여줄 테니까. 그런 면에서 이 장은 책 전체에서 가장 흥미로운 장이 될 거야."

스탠리는 자신을 다르게 보기 시작했다. 자신이 사용할 수도 있는 일부분을 소중하게 여기고, 멍이 들거나 망가질 수도 있다는 두려움과 희망을 동시에 품은 채로 자신의 약점을 조심스럽게 찔러보았다. 전에는 그의 일상생활에서 딱히 중요하지 않았던 아버지가 이제는 그의 것이자 이용하고 써먹을 수 있는 비극의 원천으로 떠오르기 시작했다. 수업 시간에 그는 아버지에 관해 점점 더 많은 이야기를 했다. 점차, 무의식적으로 스탠리는 자신을 비극적인 인물로 여기게 되었다. 평범하게 들이닥친 사춘기의 희생양이 아니라 더 큰 학대를 받은 인물로, 중요한 인물로, 감정적인 주인공으로 생각하게 된 것이다. 밤이면 그는 한숨을 쉬고 자신의 베개를 두드리고 가끔은 울기도 했다.

"항상 출세지향적이야."

연기과 주임이 교무실에서 즐거워하는 아버지 같은 태도로 말했다.

"우린 그 애들을 너무 늦게 받아. 그게 문제지. 열여섯 살배기들을 위한 학교를 만들었어야 했어. 그러면 열아홉 살에 학위를 따겠지. 오디션을 보기 위해서 고등학교를 자퇴해야 할 거고. 그게 그 애들한테 득이 될 거야."

"입학할 무렵이면 그 애들은 이미 완성이 되어버린 상태죠."

발성과 주임이 말했다.

"육체적으로도 완성되었고, 도덕적으로도 완성되었어요. 이제는 모든 일이 너무 빨리 일어나요."

"그리고 자기 자신을 아주 극진하게 사랑하고요."

즉흥연기과 주임이 덧붙였다. 그녀는 모직 옷을 홱 잡아당겨 뽑아낸 보풀을 탁자 아래로 떨어뜨렸다.

"그게 가장 깨뜨리기 어려운 부분이에요."

한 층 아래 학생식당에서는 1학년생들이 옹기종기 모여 앉아 비슷한 토론을 하고 있었다. 스탠리는 이야기를 들으면서 회색 돼지고기 조각을 신중하게 집었다.

"여기 오는 사람들을 존경해야 돼."

한 명이 말했다.

"자신을 공개적으로 내보이기로 한 사람들, 자신을 가장 취약하게 만들 만한 부분을 드러내고 연기를 하기로 선택한 사람들을 말이야. 이 사람들은 세상에서 가장 용감한 사람들이야."

4월

안개 같은 비가 사선으로 떨어져서 슬레이트를 검게 물들이고는 풍성한 이끼 위에 은색 이슬방울처럼 줄줄이 맺혔다. 스탠리는 기술동 복도에 나란히 있는 비닐 소파에 등을 대고 드러누워서 다리로는 라디에이터 파이프를 감고 책을 읽었다. 책을 펴고 있느라 엄지손가락이 책등 위쪽을 눌렀다.

"초기 현대극 수업 때문에 읽는 거야?"

1학년생 여자아이 한 명이 그의 옆으로 다가와 바닥에 주저

앉으며 물었다.

"응."

스탠리는 읽던 페이지에 엄지손가락을 살짝 끼우고서 대답했다.

"난 〈복수자의 비극〉을 맡았어. 넌 뭐야?"

"〈연금술사〉야."

여자아이는 가방을 열고 가장자리가 너덜너덜해진 극본을 꺼냈다.

"아직 시작은 안 했어. 네 건 무슨 내용이야?"

스탠리는 잠깐 생각에 잠겼다 대답했다.

"사랑하던 사람의 죽음에 복수하기 위해서 신분을 가장하는 남자에 대한 거야. 하지만 복수를 마친 다음에 그는 자신이 그 신분을 떨쳐낼 수가 없다는 걸 알게 돼. 너무 오랫동안 그 사람인 척해서 그 사람이 되어버린 거야."

그는 책을 뒤집어서 해골을 강간하려고 하는 망토를 두른 남자의 모습이 그려진 표지를 다시 보았다. 해골은 분홍색과 자주색으로, 광대뼈는 빨갛게 칠했고 눈 구멍 주변은 반짝이는 검은색으로 테두리 쳐져 있었다.

"멋지네."

여자아이는 전혀 감탄하지 않은 기색으로 그렇게 말했다. 그리고 한숨을 쉬고 다리를 쭉 뻗은 다음 양손으로 발가락을 잡았다.

"어제 댄스 수업이 날 철저하게 '완패'시켰어. 집까지 절뚝거리면서 갔다니까. 진짜 다리를 저는 것처럼."

"그래."

스탠리는 그다음에 할 말을 생각하느라 잠시 머뭇거렸다. 댄스 수업 때 얼마나 땀을 많이 흘렸는지 말하려고 했지만, 그 말이 목까지 올라왔을 때 멈췄다. 자신의 체력에 대해 자기비하적인 잡담을 할까 했지만, 다시금 멈추고서 댄스 강사나 수업 그 자체에 관해서 할 말을 찾았으나 소재를 생각하는 데 시간이 너무 많이 걸렸다. 갑자기 그는 자신이 너무 오래 머뭇거렸음을 깨닫고 복합적인 공포에 사로잡혔다. 여자아이는 자세를 바꿔 반대편 다리를 쭉 폈다. 너덜너덜한 〈연금술사〉 극본이 무릎에서 미끄러져 바닥에 떨어졌다.

"이 학교의 모든 댄스 강사는 새디스트야. 이 멍 좀 봐."

스탠리는 멍을 보았다. 여자아이의 허리께부터 가느다란 회색과 자주색 멍이 뼈 위로 붉은 구름처럼 퍼졌다. 여자아이는 손가락 하나로 과장되게 멍을 쓰다듬고 다른 손으로 운동복 바지 허리를 끌어내려 피부를 드러냈다.

"와."

스탠리가 말했다.

"근데 난 멍이 워낙 잘 들어."

여자아이는 멍 위로 바지를 도로 끌어올린 다음 다리 스트레칭을 계속했다.

"저기, 이 연극은 사실 아주 훌륭해."

스탠리는 다시 한 번 가벼운 잡담을 시도해봤다. 그는 다리에 대고 〈복수자의 비극〉 대본을 건성으로 넘겼다.

"굉장히 소름 끼치고 끔찍하거든."

여자아이는 표지를 힐끗 보았다.

"그거 어떤 남자가 다른 남자의 혀를 단검으로 바닥에 박아버리는 거지?"

"맞아! 그리고 죽어가는 동안 그는 자기 아내가 자신의 사생아 아들과 섹스하는 걸 봐야만 해."

"응, 나도 그 장면 알아."

여자아이의 무심한 태도는 대화의 문을 소리가 울리지도 않게 꽉 닫아버리는 것 같은 효과를 주었다. 그녀가 한숨을 쉬었다. 스탠리는 손가락을 두드리며 잠깐 동안 책을 다시 펼치고 읽어야 할까 고민했다. 그는 책을 도로 뒤집어서 뒤표지의 광고문을 읽는 정도로 타협했다.

"어제 수업 받고 너는 멍 안 들었어?"

잠시 후에 여자아이가 눈을 가늘게 뜨고 흥미 어린 표정으로 스탠리를 보았다. 그녀의 눈이 그의 몸을 위아래로 훑었다.

"난 땀만 많이 흘렸어."

스탠리는 체념하는 기분으로 말했다. 마치 이 말을 하게 될 걸 처음부터 알고 있었던 것 같은 느낌이었다.

"난 댄스 수업을 하면 땀을 많이 흘려."

"완전 징그러워."

여자아이는 그렇게 말하면서 바지허리 위로 자신의 멍을 다시 쓰다듬고 신중하게 허리를 손으로 감쌌다.

3월

"화학반응이 있나 한번 보자고."

연기과 주임이 이렇게 말하고 두 사람에게 시작하라고 고개를 끄덕였다.

이번에 스탠리는 공원 벤치에서 한쪽 다리를 몸 아래 깔고 앉아서 추위에 어깨를 움츠린 자세였다. 공기는 차갑고 은행 냄새가 풍겼다.

"전에 여기서 널 봤어. 넌 낙엽 사이를 지나 음악 수업에 가는 길이었지."

여자아이가 약간 떨어진 곳에 멈췄다. 그녀는 어깨에서 악기 가방을 내려 끝부분을 자신의 앞에 오게 놓고서 도로 요금소의 직원처럼 손목을 얹었다. 스탠리가 다시 말했다.

"난 너에게 네가 뭔가 가치가 있는 사람이라는 기분을 느끼게 해줄 수 있을 거라고 생각했어. 네가 흥미가 있다면 말이지. 어쩌면 이번 주말에. 네가 날 믿을 수 있다고 확신을 할 때에 너에게 딱 한 번 키스할 거야. 내가 널 보살펴줄게. 약속해."

"왜?"

"너한테 흥미가 있으니까. 널 더 잘 알고 싶어."

스탠리가 말했다.

바람이 여자아이의 치마 가장자리를 붙잡고 부드럽게 잡아당겼다. 여자아이는 찬바람에 무릎을 꼭 붙였다.

"작년에 네트볼이 끝나고 버스 정거장에 서 있는데 남자애 한 명이 자전거를 타고 나타났어. 난 그 애한테 미소를 지었고 우린 아는 사람들에 대해서 이야기를 나눴는데 그 애가 말했어. '내가 여자 친구한테 발렌타인데이에 뭘 선물로 줬는지 알아? 아기를 줬어.' 난 웃으면서 말했어. '축하해.' 그러자 그 애가 인상을 찌푸리고 말했지. '맙소사, 우린 병원에 갔어. 걔는 열여섯 살밖에 안 됐다고.'"

"난 이해가 안 되는데."

스탠리가 말했다.

"더 이상 순수함 같은 건 없어. 오로지 무지뿐이지. 너는 뭔가 순수한 걸 갖고 있다고 생각하겠지만, 그렇지 않아. 넌 그저 무지한 거야. 네가 아직 알지 못하는 모든 것으로 인해 불완전한 거야."

"하지만 난 네게서 뭔가 순수한 걸 봤어. 다른 사람들과는 다른 뭔가를 봤어. 네게서 순수함을 봤어."

스탠리가 조용히 말했다.

"나와 다른 사람들의 유일한 차이는 내가 어떤 가격에 넘어갈지, 어떤 상황에 넘어갈지 준비가 되어 있다는 점이야."

여자아이는 덤덤하게, 하지만 약간은 즐기는 어조로 말했다.

4월

"무대에서의 싸움은 전투 마임이라고도 하지."

동작과 주임이 말했다.

모두가 오늘은 일어나서 눈을 초롱초롱하게 뜨고 발 앞부분을 대고 위아래로 콩콩 뛰거나 손가락을 털었다. 이것은 그들 모두가 기다려오고, 시간표에 빨간색 펜으로 밑줄을 치고, 침실에서 은밀하게 미리 준비를 했던 수업이었다.

"무대에서의 싸움은 폭력 같은 게 아니야."

동작과 주임이 말을 이었다.

"이건 완벽해질 때까지 아주 천천히, 그러다가 점점 빠르게 예행연습을 하는 잘 통제된 춤의 형태야. 내년에 너희들은 기본적인 펜싱인 에페, 사브르, 플뢰레를 배울 거야. 올해는 그냥 킥복싱과 카포에라, 기초적인 아크로바틱 기술에서 가져온 뺨을 때리고 펀치와 킥을 하는 법을 익힐 거다. 그리고 올해 말에 너희들은 펀치와 킥을 하고 적을 내던지고, 너희들 자신도 펀치와 킥을 맞고 내던져지는 동작으로 된 싸움 공연을 만들어야 할 거야."

그는 학생들의 열의에 찬 표정을 보고 미소를 지으며 덧붙였다.

"너희는 무대에서의 싸움에 지는 게 이기는 것만큼이나 어렵고 까다로운 임무라는 걸 알게 될 거다. 이제, 특수효과의 정의를 말해볼 사람?"

그는 주위를 둘러보았지만 학생들은 산만하고 멍한 표정으로 이 발 저 발로 가볍게 뛰며 빨리 시작하기만 기다리고 있었다.

"특수효과란 실제로 일어나는 게 아니라 일어나는 것처럼 '보이는' 것을 말하지."

동작과 주임이 인내심 있게 말했다.

"무대에서의 싸움이 바로 특수효과야. 너희들이 벌이는 폭력은 무대 위에서 '실제로 일어나는 건 아니야.' 이걸 이해하지 못하는 사람은 이 코스를 통과할 수 없을 거다. 예전에도 특수효과의 정의를 이해하지 못해서 이 수업에서 잘린 학생들이 있었어."

그는 체육관 바닥에 분필로 그려놓은 사각형을 가리키고서 말했다.

"좋아. 모두들 선 안에 서볼까?"

학생들은 사각형 안으로 들어가기 위해 황급히 앞으로 달려나왔다. 공간은 좁았고 그들은 균형을 잃지 않고 선 안에 서 있기 위해서 꼭 달라붙어 이리저리 움직이며 서로를 붙잡아야 했다. 여자아이들은 어깨를 움츠리고 본능적으로 가슴을 보호하기 위해 팔 위쪽을 신중하게 앞쪽으로 붙이고 약간 오목한 자세로 섰다. 남자아이들은 킬킬거리며 어깨와 손등으로 서로를 쿡쿡 찔렀다. 스탠리는 아이들 한가운데, 안쪽을 보는 여자아이 두 명 사이에 불편하게 끼었다. 앞쪽의 여자아이는 그의 쇄골에 대고 숨을 들이켜며 조심스럽게 발을 움직여 그의 발 안쪽에 섰다. 여자아이의 발 가장자리가 그의 발에 닿았고, 그녀는 황급히 몸을 움직여 뒤로 움찔 물러났다.

"싸움을 시작하기 전에 서로를 만지는 데 익숙해지기 위해서 몇 가지 연습을 할 거야."

동작과 주임이 말했다.

"이 연습은 '메두사 호의 뗏목'이라고 하지. 이 연습의 목표는 사각형에 남는 마지막 사람이 되는 거야. 내가 시작하라고 하면 모두 서로를 미는 거야. 몸 중 한 군데라도 사각형 밖의 바닥에 닿으면 그 즉시 뗏목을 떠나야 돼. 마지막까지 남는 사람이 이기는 거야. 모두들 알아들었지?"

사람 가득한 사각형 속에서 아이들이 고개를 끄덕거렸다.

"밀기만 해야 돼. 때리지도, 차지도 말고. 아직은 안 돼."

모두들 팔을 구부리고 다리에 힘을 주고 싸울 준비를 했다. 바깥쪽 가장자리의 학생들은 뒤늦게 자신들의 불리함을 깨닫고 동시에 가운데로 끼어들기 위해 몸을 기울였다.

"좋아. 시작."

선생이 외쳤다.

사각형 안의 아이들은 즉시 달아올랐다. 학생들 몇 명은 몇 초 만에 사각형 밖으로 밀려났다. 그들은 뒤로 물러나서 우울한 실망감 속에서 다른 아이들을 보았다. 스탠리는 여자아이들에게 둘러싸여 있었다. 그는 처음엔 그들의 가슴에 우연히라도 닿지 않도록 손을 조심하고 어깨와 엉덩이만 이용해서 조심조심 밀었다. 여자아이들은 그렇게 상냥하지 않았다. 조그만 손바닥이 그의 등 아래쪽을 갑자기 밀고 밀고 또 밀었고, 그의 발이 바닥에서 미끄러지기 시작했다. 그는 밀리지 않으려고 누군가의 스웨터를 붙잡았다. 전원이 갑자기 옆쪽으로 휘청거렸다. 모두의 맨발이 마룻바닥에서 미끄러지고, 학생들의 절반이 분필로 그어놓은 서쪽 선을 넘어 뗏목에서 떨어졌다. 실격이 된 학생들은 재빨리 빠져나와 나머지 아이들이 싸우도록 물러났다.

학생들 대다수가 빠지자 살아남은 학생들은 좀 더 자유롭게 움직일 수 있게 되었다. 게임은 좀 더 전략적이 되는 동시에 더욱 호전적이 되었다. 스탠리는 덩치가 작은 여자아이 한 명을 어설프게 팔 아래 끼고 선 밖으로 밀어내려고 했지만 그때 다른 학생이 그가 있는 쪽으로 넘어져 세 명 모두 뗏목 밖으로 나가고 말았다. 동작과 주임은 차분하게 옆에 서서 시계를 확인했다.

뗏목에 몇 명밖에 남지 않자 나머지 학생들이 최후의 싸움꾼들 주위로 원을 만들고 환호하고 응원하기 시작했다. 살아남은 세 명은 분필로 그린 뗏목 한가운데에서 땀에 젖은 채 달라붙어 옆으로 미끄러지고 가끔은 무릎이나 엉덩이를 아프게 찧으며 넘어지고 다른 사람을 붙잡은 채 함께 쓰러지기도 했다. 서로를 붙잡느라 그들의 다리가 서로 얽혔다. 남자아이 두 명과 여자아이 한 명이었다. 여자아이는 늘씬한 근육질에 댄서 같은 몸매였다.

근처에 있던 누군가가 발을 구르기 시작했고 곧 모든 학생이 바닥에 발을 쿵쿵 굴러 리듬을 맞추었다. 하얀 가루가 구름처럼 일어나고 꾸준한 박자가 커다란 공간을 채우며 파르스름한 랙에 걸린 뚜껑 달린 전구들이 점점이 달려 있는 높은 천장에까지 이르렀다. 동작과 주임은 발을 구르는 덴 참여하지 않았지만 긴 손가락이 박자에 맞춰 팔뚝을 두드렸고 눈은 신중하게 응원하는 구경꾼들에게서 싸우는 세 명에게로, 그리고 다시 구경꾼들 쪽으로 돌아왔다. 매번 살아남은 학생 중 한 명이 세게 밀려나가거나 경계선 근처까지 밀리면 관중은 감탄해서 소리를 지르고 박수를 치고 웃었다. 박자는 점점 더 빨라졌다. 동작과 주임은 고개를 끄덕이고 가끔은 살짝 웃기도 했다.

갑자기 매끄러운 동작으로 살아남은 세 사람의 역학관계가 순식간에 바뀌었다. 남자아이들이 여자아이 쪽으로 돌아서서는 처음으로 협력해서 움직였다. 이 무언의 협력에 동작과 주임은 숨을 들이켜고 엄지와 검지로 입가를 쓰다듬었다. 남자아이들이 나란히 서서 미는 바람에 결국에 여자아이는 선 너머로 밀려나가고 말았다. 이제 남자아이들은 서로를 향해 돌아서서 재빨리 선 근처에서 물러나 안전한 뗏목 한가운데로 돌아왔다. 여자아이는 응원과 발 구르기에 참여했고, 남자아이들은 다시금 서로 헤드록을 걸고 빠져나가면서 힘겨운 댄스를 벌였고 마침내 두 사람 다 남쪽 선 너머에 한 덩어리로 쓰러지고 말았다.

1학년생들은 메두사의 뗏목을 여섯 번 반복하며 연습을 하고 또 했고, 얼굴이 빨개지고 온몸이 욱신거리는 상태가 되었다. 오전 시간이 흐르는 동안 그들의 자세는 점차 변해서 몸에 더 힘이 들어가고 꼿꼿해졌고 더욱 공격적이 되었다. 마침내 처음에 그들 모두에게 불리하게 작용하던 자의식적이고 자기 보호적인 웅크린 자세가 사라진 것이다. 분필로 그린 선은 곧 끈끈한 회색과 하얀색 얼룩으로 바뀌고 죽어가는 별처럼 바깥쪽으로 흐리게 번졌다.

"수고했다."

동작과 주임이 약 한 시간 뒤에, 새빨간 얼굴의 승자가 여섯 번째이자 마지막으로 적수를 선 너머로 밀어낸 뒤에 말했다.

"이제 너희들 모두 근사하게 몸이 풀렸겠지. 너희는 서로를 만지는 데 익숙해져야 돼. 아주 기초적인 무대 싸움에서 시작해서 점점 어려운 걸로 나아가게 될 거다."

그는 그들에게 모이라고 손짓을 했다.

"우선 펀치를 하는 방법부터 배워보자."

5월

가면을 쓴 남자아이가 말했다.

"자원할 사람이 한 명 필요한데."

가면이 입 주변에서 늘어진 모양으로 구멍이 나 있어서 윗입술을 덮고 턱과 아랫니가 드러났다. 입 주변의 단단한 플라스틱 곡선은 그를 반짝이고 단단하고 경첩이 달린 꼭두각시 인형처럼 보이게 했다. 가면의 겉은 매끄럽고 살색이었고, 아몬드 모양 눈 구멍이 뚫린 채 고무줄도 없이 남자아이의 얼굴에 달라붙어 있었다.

관중 속 1학년생 여러 명이 다른 사람의 시선을 의식해 방어적으로 웃음을 띠고는 손을 들었고, 가면을 쓴 소년이 그중 한 명을 가리켰다.

"너."

그가 손짓을 했다. 이게 사운드 신호였던 모양이다. 체육관 전체에 갑자기 유쾌하고 흥겨운 클래식 아코디언 소리가 퍼졌던 것이다.

체육관 문이 열리고 비서가 안으로 들어와 연기과 주임에게 다가가 뭔가를 귀에 급박하게 속삭였다. 연기과 주임은 고개를 끄덕이고 일어나 그녀를 따라 나갔다. 그들 뒤로 문이 닫혔다.

관중 속에서 스탠리는 알 수 없는 기쁨에 몸을 떨었다. 그는 자원자가 아이들을 헤치고 나가서 무대로 이어지는 계단을 올라가는 걸 보았다. 이제 다른 가면 쓴 사람들이 날개공간에서 무대로 차분하게 나와서 서성거리며 일부가 뚫린 가면의 아몬드 모양 눈 구멍으로 관중을 무심하게 쳐다봤다.

"이건 잔혹극 연습이야."

가면을 쓴 소년이 커다란 음악 소리 너머로 외쳤다.

"이 연습은 꽤 어려워."

그는 자원자 뒤로 움직였다. 자원자는 거기 서서 그들 모두를 향해 어색하게 미소를 띠고 지시를 기다렸다. 자원자는 뒤에서 움직이는 가면 쓴 소년의 소리에 귀를 기울이고, 남들의 눈길을 의식하며 몸을 앞뒤로 흔들었다. 그때 가면 쓴 소년이 그를 바닥으로 넘어뜨렸다. 그의 몸이 앞으로 쓰러져 무릎이 바닥에 부딪쳤고, 머리는 아프게 뒤로 당겨졌다. 아주 잠깐 얼굴에 아프고 당황한 표정이 떠올랐지만 그래도 그는 여전히 긴장한 상태였고 방어적인 미소를 띠고 있었다. 가면 쓴 소년은 재빨리 앞으로 돌아와 그를 다시 때렸고 자원자는 바닥에 완전히 엎어져서 턱을 찧었다. 순식간에 가면 쓴 소년은 그의 등에 무릎을 대고 바닥에 고정시킨 다음 팔목을 등 뒤로 비틀어 꼼짝도 못하게 했다.

누군가가 물통을 들고 앞으로 달려왔다. 물이 가득 차 있는 크고 넓적한 대야였다. 그는 그것을 바닥에 아무렇게나 내려놓았고, 공격자는 자원자의 머리카락을 움켜잡고 들어 올렸다가 머리부터 물에 처박았다. 그는 숨을 참은 채 위로 올라오려는 자원자를 붙잡고 버티며 힘줄이 불거진 팔 아래로 버둥거리는 희생양을 내려다보고 집중하느라 입술을 오므렸다. 희생양은 다급함과 두려움 속에서 버둥거렸다. 다리가 마룻바닥을 걷어 차고, 부둣가에서 죽어가는 피투성이 물고기처럼 온몸이 펄떡 거렸다.

스탠리가 바닥에 책상다리를 하고 앉아 있는 자리에서는 물에 처박힌 소년이 머리가 없는 것처럼 보였다. 스탠리는 그가 도망치려는 헛된 시도를 하는 동안 물통 가장자리 위로 그의 젖은 옷깃과 하얗게 튀어나온 척추 마지막 마디만 볼 수 있었다. 그가 소년이 마룻바닥을 두드리고 몸부림을 치고 물이 사방으로 튀는 것을 보는 동안, 아코디언은 여전히 유쾌한 시골 풍 음악을 연주했다. 약 20초쯤 지나자 관중이 웅성거리기 시작했고, 누군가가 소리를 질렀다.

"걔 놔줘!"

가면을 쓴 소년은 몽상에서 갑자기 깨어난 것처럼 흠칫 고개를 들었다. 그는 희생양을 즉시 놓아주고 재빨리 뒤로 팔짝 물러났다. 자원자는 물이 줄줄 떨어지는 고개를 들고 기침을 하고 침을 뱉고서 다급하게 공기를 들이켰다. 눈에서도 물이 줄줄 흘렀고 눈가가 벌겋고 얼굴이 창백했다. 그는 무대 한가운데에서 충격에 빠져 잠깐 동안 몸을 떨고 숨만 헐떡거리며 앉아 있었다.

관중은 침묵 속에 그가 숨을 돌리는 것을 지켜보았다. 그들은 약간 의심스럽게 그의 눈을 쳐다보았고, 모두가 그가 아마 미리 지정해놓았던 조수일 거라고, 금방이라도 벌떡 일어나서 웃으며 그들의 어깨를 두드리고 '속았지'라고 말할 거라고 생각했다. 그들은 의심에 차서 그를 보았다. 하지만 아직은 확신할 수가 없었다. 학생 몇 명은 선생의 동의나 확인을 바라고 주위를 둘러보았지만, 연기과 주임은 없었고 체육관 바닥 한가운데 아무렇게나 모여 앉은 학생 무리뿐이었다.

무대에서 가면 쓴 소년은 다리를 벌리고 손은 뒷짐을 진 채 냉정하게 서 있었다. 그러다가 매끄러운 동작으로 한 팔을 들었고, 가면 쓴 소년 두 명이 앞으로 나와 자원자의 팔을 잡고 일으켜 세웠다. 첫 번째 소년이 앞으로 나왔고, 뭔가 자르는 것 같은 동작을 하는가 싶더니 곧 자원자 소년을 다시 무릎 꿇리고 뺨을 후려쳤다. 그를 잡고 있던 두 소년이 셔츠를 잡아당겼고 스탠리는 소년의 옷이 밑단부터 목깃까지 세로로 죽 찢겼다는 걸 깨달았다. 가면 쓴 소년들은 찢어진 셔츠와 점퍼를 벗겨낸 다음 도로 물러났고, 자원자는 바닥 한가운데 창백한 얼굴로 셔츠도 없이 몸을 떨면서 남겨졌다.

가면 쓴 소년은 이제 도전하듯 관중을 똑바로 쳐다봤다. 1학년생들은 어리둥절한 상태로 그를 보았다.

"너무하잖아."

자원자 소년이 갑자기 찢어진 채 앞에 누더기 더미처럼 놓여 있는 저지와 셔츠를 보면서 말했다. 목소리가 가늘었다.

"내가 제일 좋아하는 셔츠인데."

가면 쓴 소년은 반응하지 않았다. 그는 누군가가 말하길 기다리는 것처럼 계속해서 관중을 보았다. 아무도 말을 하지 않았다. 그가 몸을 앞으로 기울이자 가위가 다시 번뜩였다. 재빠르고 신중한 동작으로 그는 자원자 소년의 머리 위쪽 머리카락을 쥐고서 무거운 철컥 소리를 내며 잘랐다.

바닥에 앉아 있던 학생들이 동시에 헉 하고 숨을 들이켰다. 가면 쓴 소년은 트로피 머리가죽인 것처럼 갈색 머리카락 한 움큼을 들어 올렸다. 아무도 꼼짝하지 않았다. 길고 끔찍한 침묵이 흐르고, 갑자기 자원자 소년이 벌떡 일어나서 뛰어나갔다. 가면을 쓴 소년들이 그를 잡으려고 했지만 너무 늦었다. 놓쳐버렸다. 소년은 무대 가장자리에서 뛰어내려 뒤도 돌아보지 않고 체육관을 뛰쳐나갔다.

가면 쓴 소년은 그가 나가는 걸 보고서 몸을 좀 더 곧게 세웠다.

"이게 잔혹극 연습이야. 우리는 너희들에게 뭔가를 정말로 느낀다는 게 어떤 뜻인지 보여주려고 하는 거야."

그는 기묘하게 살짝 절을 했고 곧 커튼이 내려가며 칼날처럼 날카로운 휙 소리가 났다. 커튼 밑자락이 무대 바닥에 쿵 하고 떨어졌고 곧 1학년생들만이 체육관 안에 남았다. 그들은 커튼 반대편에서 배우들이 흩어지며 내는 미안한 듯 나직한 발소리가 울리는 것을 들을 수 있었고, 마침내 그 소리도 사라졌다.

5월

"날 따라오렴."

스탠리가 찾았을 때 동작과 주임은 그렇게만 말했고, 스탠리는 맨발로 느릿하게 걷는 그를 따라 안뜰에서 위층의 사무실까지 걸었다. 두 사람 다 아무 말도 하지 않았고, 스탠리는 울음을 삼키고 감추느라 조금 뒤처졌다. 그는 자신의 폭력적인 감정에 조금 놀랐다.

"전 불만을 제기하러 왔어요."

그는 마른 무릎을 딱 붙이고 손에 피가 통하지 않을 정도로 꽉 쥐고서 선 채 말했다.

"연기과 선생님을 찾을 수가 없어서요. 전 불만을 제기하고 싶어요."

괴로움 속에서도 스탠리는 동작과 주임의 사무실 문이 잠겨 있고 교무실이 빈 것을 보고 조금 안도했다. 안경 너머로 무덤덤하고 냉정하게 학생들을 쳐다보고, 냉혈한이라 별 상관없는 것처럼 겨울에도 반팔 옷을 입는 나이 든 연기과 주임보다는 동작과 주임 쪽이 훨씬 말을 붙이기가 쉬웠기 때문이다.

조용해진 사무실에서 동작과 주임은 애원하듯이 손바닥을 벌렸다.

"스탠리, 네가 돈을 내고 강간 장면이 있는 연극을 보러 갔는데, 강간 장면에서 폭행범이 정말로 희생자를 강간하면 어떻게 할 것 같니?"

"뭔가 말을 할 거예요."

스탠리의 목소리가 약간 떨렸다. 그는 손을 올려 손바닥 아래쪽으로 뺨을 문질렀다.

"아니, 그러지 않을걸."

동작과 주임이 그렇게 말하고 손가락을 깍지 꼈다.

"넌 의자에서 자세를 바꾸고 이게 끔찍하게 아방가르드적이라고 생각하겠지. 하지만 네 취향은 아니고 모든 게 얼마나 사실적으로 보이는지 감탄할 거야. 그리고 네가 정말로 불편하다면 그냥 주위를 둘러보고 다른 사람들은 어쩌고 있는지를 확인하겠지. 그러고서 정말로 뭔가가 잘못됐다는 생각이 들면, 희생자가 확실하게 도움을 청하거나 관객 모두가 정말로 불편해해야만, 그제야 일어나서 뭔가 소리를 지를지도 몰라. 하지만 거기까지 가는 덴 굉장히 오랜 시간이 걸릴 거야. 아마도 네가 싸울 용기를 끌어모을 무렵이면 그 장면은 이미 끝났을걸."

스탠리는 뭐라고 말해야 할지 알 수가 없었다.

"상상하는 것도 끔찍한 일이라는 건 안단다."

동작과 주임이 말을 이었다.

"하지만 난 핵심을 말하려고 하는 거야. 그저 관객이 꽉 찬 객석 앞에서 무대에 서 있을 때 '진짜'라는 건 아무 쓸모도 없는 말이라는 얘기를 하려는 거지. '진짜'라는 말은 무대에선 아무 의미 없어. 무대에서는 진짜처럼 '보이는' 데에만 신경을 쓰지. 진짜처럼 보이기만 하면 그게 진짜든 아니든 그런 건 중요치 않아. 상관없어. 그게 핵심이야."

"동작 수업에서는 저희한테 그렇게 말씀하지 않으셨잖아요."

스탠리는 점차 화가 났다.

"선생님은 중요한 게 정직함이 아니라 진실이라고 하셨잖아요. 마임에 대해서 말씀하시면서 그러셨잖아요. 전 그걸 '믿었어요.'"

동작과 주임은 한숨을 쉬고 손가락으로 입술을 눌렀다.

"아니야."

그는 잠깐 입을 다물고 고개를 저으면서 생각을 정리했다. 그리고 지친 듯 한숨을 쉬었다.

"아니야. 우린 지금 전혀 다른 두 가지를 이야기하고 있는 거야."

그가 말을 이었다.

"스탠리, 네가 네 캐릭터가 죽는 연극 공연을 했는데, 공연이 끝난 뒤에 모두가 너한테 와서 너를 믿었다고, 네가 정말로, 진짜로 죽었다고 믿었다고 말한다면 네 기분이 어떨지 생각해보렴. 네가 무대에서 죽는 걸 보면서 '맙소사, 저 사람 정말로 죽었어'라고 생각했다고 말을 하는 거야. 넌 아마 좋아서 하늘을 나는 기분일걸. 그건 너한테 할 수 있는 최고의 찬사니까. 네가장이, 다른 사람인 척하는 이 거대한 게임이 진짜처럼 보여서 사람들이 그게 '진짜'라고 믿은 거니까."

"하지만 저는 진짜잖아요."

스탠리는 짜증나게도 다시 눈물이 나올 것 같은 기분으로 말했다.

"제 연기는 가장일지 몰라도, 전 진짜예요."

"바로 그거야."

동작과 주임이 재빨리 말했다.

"네가 훌륭한 배우라면, '네' 감정을 이용하고, '네' 웃음과 '네' 눈물, '네' 성적 매력, '네' 불안을 드러내는 법이야. 공연에는 언제나 이런 이중성이 있지. 너와 네가 연기하는 캐릭터 둘 다 투명해야 해. 한쪽을 꿰뚫고서 다른 한쪽을 볼 수 있어야 하지. 그래서 배우가 된다는 게 그렇게 어려운 일인 거야. 사실 무대에 올라가는 건 너 자신이니까."

"하지만 오늘은 이중성 같은 건 없었어요."

스탠리가 외쳤다. 그의 목소리는 높고 긴장되고 목이 멘 소리였다.

"그냥 그 애뿐이었어요. 그들이 망가뜨린 건 그 애 셔츠였어요. 그 애 호흡이고, 그 애 머리카락이고. 그들은 '그 애'를 다치게 했어요."

"넌 그들이 널 배신했기 때문에 화가 난 거야."

동작과 주임이 간단하게 말했다.

"그들이 네게서 진실되고 사실적인 감정을 끌어냈고, 그런 다음 그걸 네 앞에서 부숴버렸기 때문이지."

"그들은 '그 애'를 배신했어요!"

스탠리가 소리쳤다.

동작과 주임은 한숨을 쉬고 자신의 손을 내려다봤다.

"왜 이게 선생님한테는 문제가 안 되는 거죠? 이런 일이 일어날 수 있다는 게 왜 선생님한테는 괜찮은 건가요?"

잠시 후 스탠리가 여전히 숨을 몰아쉬면서 물었다.

"네 분노는 이해한단다. 그런 식으로 진행될 예정은 아니었다는 걸 믿어주렴. 사실 그 아이들은 자신들이 뭘 하는지 제대로 이해한 것 같지 않아. 잔혹극의 강령은 사실 훨씬 더 복잡하고 흥미롭고 그 이름에 비해 훨씬 더 삶을 긍정하는 그런 거지."

그는 눈을 감고 자신이 아주 좋아하는 구문을 떠올린 다음 말했다.

"그렇기에 나는 '삶'이나 '필요'를 말하는 것과 똑같이 '잔혹'을 말한다. 왜냐하면 거기엔 굳어진 것이 전혀 없으며, 내가 그것을 진정한 행위로, 그리하여 살아 있는 것으로, 마술 같은 것으로 바꿨음을 알리고 싶기 때문이다."

그는 눈을 뜨고 스탠리를 보고서 서글픈 미소를 지었다.

"아르토가 한 말이지."

스탠리는 잠깐 가만히 앉아서 무겁게 숨을 몰아쉬었다. 막다른 곳에 몰린 기분이었다. 그는 동작과 주임을 이 피곤하고 미안해 보이는 무관심에서 끌어내 논쟁을 재개하기 위해서 몇 분 전까지 그들이 무슨 이야기를 했는지 떠올리려 애를 썼다.

"네가 나한테 말하러 올 만큼 용감하다는 게 마음에 드는구나. 그 학생들 한 명 한 명과 아주 진지하게 이야기를 해서 그 애들이 자신들이 한 일의 감정적인 영향력을 제대로 이해하게 하마."

동작과 주임은 스탠리를 보고 눈을 깜박이며 기다렸다. 분침이 엄숙한 째깍 소리를 내며 앞으로 움직였다.

동작과 주임은 더 젊을 때 무료 극단에서 공연을 했었다. 지저분하고 헐벗은 음악가들과 버려진 집이나 주차장에 텐트를 치고 사는 가난한 집시들이 모여 매년 전국을 돌면서 감옥과 시골 학교에서 공연을 하는 집단이었다. 그의 머리 위 벽에는 그 시절에 찍은 사진 몇 장이 붙어 있었다. 분장용 화장품과 길거리 저글링 공연, 기름통의 불길과 긁힌 자국투성이 기타 등이 사진 속에 보였다. 이제 그는 나이가 들어 허리는 굽고 언제나 피곤한 상태로 앉아서 한 손을 들어 주름지고 건조한 손바닥으로 숱 적은 머리카락을 쓸어 넘겼다. 햇빛 아래 너무 오래 놔둔 종잇조각처럼 그의 머리카락은 마르고 회색으로 빛이 바랜 것처럼 보였다.

"선생님도 그런 일을 겪은 적이 있으세요?"

갑자기 스탠리가 물었다.

"강간 같은 거요. 연극을 보러 갔다가 진짜로 무슨 일이 일어났는데 모두가 그저 쳐다만 보면서 그게 연극의 일부라고 생각한 적이 있나요?"

"그래. 아주 오래전에. 어떤 남자가 심장마비로 죽는 걸 봤어. 나이가 많은 사람이었지. 커튼이 내려가고, 그걸로 끝이었어. 우리더러 나가달라고 했고, 모두들 조용히 나왔지."

동작과 주임이 대답했다.

"그 사람은 죽을 때 누구 역을 하고 있었나요?"

"아, 내가 기억하기론 그리 대단치 않은 이름 없는 작은 공연이었어."

동작과 주임은 의자에 기대 기억을 좀 더 상세하게 떠올리기 위해서 천장을 바라보았다. 더 이상 스탠리를 쳐다보지 않아도 된다는 사실에 마음이 놓였다.

"모든 게 약간 우스꽝스러운 방식으로 아름다웠지. 그 사람은 폐막일에 연극 마지막 장면에서 죽었어. 우린 당시엔 그 사람이 죽은 줄 몰랐어. 발작 같은 거라고 생각했지. 내 자리에선 그렇게 치명적으로 보이지 않았거든. 하지만 다음 날에 신문에서 읽게 됐지."

동작과 주임은 이런 식으로 자신의 경험을 떠올려보라는 부탁을 받아본 적이 없는 터라 이 감각을 즐겁게 음미했다.

"그 사람이 연기했던 캐릭터는 다른 사람의 신분을 훔치고, 물건을 위조하고, 거짓말을 해서 부자가 된 인물이었어. 말년에 그는 집으로 돌아와서 가족들이 자신을 전혀 기억하지 못한다는 걸 알게 되지. 마치 그가 진짜 사람으로서 존재하지 않았던 것처럼 말이야. 그게 대략의 줄거리였어."

동작과 주임이 말을 이었다.

"난 그 캐릭터가 어쨌든 죽었을 거라고 생각해. 마지막 몇 페이지에서 말이야. 하지만 물론 난 그 끝을 보지 못했지."

7

토요일
....

색소폰 선생은 콜라 자판기 옆에서 그들을 기다리고 있었다. 처음에 이솔드는 그녀를 알아보지 못했다. 콜라 자판기는 시청 현관 앞에서 유일하게 눈에 띄는 표지라서 친구나 가족을 만나기로 약속한 낯선 사람들이 대체로 우글우글 서 있곤 했다. 사람이 조금 줄자 키가 크고 각진 갈색 가죽 재킷을 입고 손을 앞으로 모은 채 이솔드에게 이젠 아주 익숙해진 그 차분하고 분석적인 눈으로 주위 사람들을 관찰하고 있는 선생의 모습이 보였다.

"안녕, 이솔드."

색소폰 선생이 그녀를 보고 인사를 하고 미소를 지었다.

"어머님이 여기에 데려다주셨니?"

"네."

이솔드는 이상한 기분으로 대답했다. 다락방 스튜디오 밖에서 색소폰 선생을 본 적이 한 번도 없었고, (좀 기묘한 생각이긴 하지만) 밤에 본 적 역시 없었다. 그녀는 공연 프로그램을 받아 들고 실제로 느끼는 것 이상으로 흥미가 있는 척 고개를 숙이고 읽었다.

"저기 있구나!"

색소폰 선생이 사람들 사이로 누군가를 보고 손을 흔들었다.

"이제 세 명이 됐네."

젊은 음악가 한 무리가 서둘러 지나가면서 색소폰 선생과 이솔드 사이를 갈라놓았고, 잠깐 동안 그들은 따로따로 사람들 속에 고립되었다. 음악가들은 담배 연기와 향수 냄새 속에서 흐릿하고 시끄럽게 떠들며 음악가 특유의 가느다란 손가락으로 서로의 팔꿈치를 잡고서 지나갔다.

그때 색소폰 선생이 말했다.

"이솔드, 내가 가르치는 학생 줄리아를 아니? 줄리아는 3년 동안 나한테 배웠단다."

이솔드는 고개를 들었다. 눈이 마주치는 순간 그녀는 상대를 알아보고 배 속이 울렁거리는 것을 느꼈다. 줄리아의 눈이 살짝 커지고 뺨이 발그스름해졌다.

"안녕."

이솔드는 당황스럽고 창피한 감정을 감추려고 노력하며 재빨리 말했고, 줄리아는 잠깐 입을 꾹 다물고 복합적인 미소를 지으며 고개만 끄덕였다.

교복을 안 입으니 줄리아는 더 나이 들어 보였다. 그녀는 검은 카디건에 긴 검은색 치마를 입었고 머리는 가볍게 뒤통수에서 묶어 관자놀이 주변으로 잔머리가 빠져나왔다. 이솔드가 상담실에서 본 시무룩하고 부루퉁하고 제멋대로인 줄리아는 사라지고 없었다. 지금의 그녀는 마치 바꾼 외모가 전에는 보여줄 마음이 없었던 섬세한 부분을 드러내준 것처럼 더 연약해 보였다. 이솔드의 심장박동이 빨라졌다.

"너희 둘이 학교에서 아는 사이니?"

둘이 나란히 서 있어서 각자에게서 전에는 본 적 없는 부분이 보이게 된 것처럼, 색소폰 선생이 새로운 눈으로 그들을 번갈아 쳐다보며 호기심 어린 어조로 물었다.

"약간은요."

줄리아가 재빨리 말했다.

"왔다갔다하면서 널 본 거 같아."

"응. 하지만 언니가 색소폰을 연주하는 줄은 몰랐어."

이솔드가 대답했다. 왠지 모르게 줄리아가 색소폰 선생과 오래 함께한 친한 학생이라는 생각이 그녀에게는 기묘하게 다가왔다. 매주 금요일마다 수업 시간에 경험한 그녀의 자신감과 성공과 실패가 색소폰 선생에게는 매주, 매달, 매년 경험하는 자신감과 성공과 실패라는 사실이 어쩐지 놀라웠다. 그녀가 수많은 학생 중 하나일 뿐이라는 사실이 기묘했다. 이솔드는 줄리아가 색소폰 선생과 단둘이 있을 때 무슨 이야기를 했을까 궁금했다.

"왜 재즈밴드에 안 들어갔어?"

이솔드가 재빨리 물었다. 수줍은 성격 때문에 질문이 마치 비난하는 것처럼 들렸다. 그녀는 색소폰 선생의 눈이 그녀에게서 줄리아에게로 갔다가 다시 돌아오는 것을 알아챘다. 마치 이솔드가 줄리아를 이해하는 마지막 퍼즐 조각이고, 줄리아는 이솔드를 이해하기 위한 마지막 퍼즐 조각인 것 같은 표정이었다. 그 생각에 이솔드는 몸이 달아오르고 불편해졌고, 좌절감에 신발 속에서 발가락을 움츠렸다.

"난 별로 학교 정신 같은 게 없거든. 난 그런 사람이 아닌 것 같아. 좀 더 작고 좀 더 언더그라운드스러운 그런 데가 있으면 시도해볼 수 있을지도 몰라. 내가 밴드를 만들어볼까 생각도 하고 있어."

줄리아가 대답했다.

"아."

이솔드는 뭔가를 잘하지만 학교에서 연주하는 걸로 그것을 증명할 필요는 없다는 이 새로운 개념에 대해 생각에 잠겼다.

"난 대학교 1학년 때 밴드에서 연주했지."

색소폰 선생이 말했다.

"우리 밴드 이름은 꽤 끔찍했어. 지금은 무슨 이름이었는지 기억도 안 나는구나."

"색스 키튼스(Sax Kittens) 같은 거였나요? 아니면 색스, 드럼스 앤 록큰롤(Sax, Drums and Rock'n'Roll)?"

줄리아가 물었다.

"그 정도로 머리를 쓰지도 않았어. 맙소사, 우린 끔찍했지. 매번 공연이 끝날 때마다 아주 쉽지만 언제나 사람들을 끌어들일 수 있는 어떤 걸 하곤 했어. 뭐냐 하면, 내가 테너 색소폰을 연주하는 남자 옆에 서 있고, 노래가 끝날 무렵에 그가 색소폰을 돌려서 내가 그걸 불고 그 사람이 계속 키를 누르는 거야. 그러니까 우리 둘이 하나의 악기를 연주하는 거지. 아마 꽤나 어려워 보였을 거야. 사람들은 우리가 굉장해 보이는 걸 하면 항상 소리를 지르곤 했거든."

줄리아는 이제 씩 웃고 있었다.

"선생님 꽤 어두운 재즈적 과거를 갖고 계시네요. '공연'도 하셨다니 말이에요."

"나도 한창 때에는 여러 가질 했단다."

색소폰 선생이 오만한 척하면서 말했다.

두 사람은 농담을 공유하려는 듯이 이솔드를 돌아보았고, 이솔드는 재빨리 미소를 지었다.

"아, 기억났어. 우린 트라베스티 플레이어스(Travesty players)라는 이름이었어."

색소폰 선생이 말했다.

"트라베스티 플레이어가 무슨 뜻이에요?"

이솔드가 물었다.

"그건 연극에서 쓰는 단어야. 트라베스티라는 건 이성이 연기해야 하는 역할을 말하지. 그러니까 〈햄릿〉 공연이라고 하면, 공연 안내문에 이렇게 쓰는 거야. '이솔드는 햄릿의 트라베스티이다'."

"아."

이솔드가 말했다.

"왜 그걸 밴드 이름으로 고르신 거예요?"

줄리아가 물었다.

"그 시절에 우린 모두 성별에 집착했거든. 네 어머님께 물어보렴."

색소폰 선생이 유쾌하게 말했다.

그녀는 오늘 밤에 굉장히 활기찼지만 이솔드는 이런 친밀한 태도가 억지스럽고 반항적인 것처럼 느껴져서 점점 움츠러들었다. 마치 색소폰 선생이 오늘 밤에만 풀려난 죄수고, 단단하고 반짝이는 펜치로 소녀들을 붙잡아 그녀의 가늘고 외로운 즐거움을 공유하라고 윽박지르는 것만 같았다. 줄리아는 웃으며 색소폰 선생에게 어두운 재즈적 과거를 더 얘기해달라고 조르는 편안한 모습이었고, 이솔드는 질투에 차 그녀를 쳐다봤다.

그녀의 카디건은 금색 돔형 단추로 채워져 있고 밑단에서 살짝 퍼져 가벼운 학구적인 분위기를 선사했지만 그에 반해 이솔드는 어리고 서투르고 순진하게 느껴졌다. 줄리아는 이로 물어뜬은 손톱에 잉크 얼룩이 묻은 손가락에는 터키석이 박힌 은 반지를 꼈고, 치마 아래엔 딱 달라붙는 그물 스타킹을 신었다. 이솔드는 그 모든 걸 바라보고서 이 새롭고 더 복잡한 버전의 줄리아에게, 그냥 사람이라는 개념이 아니라 완전한 사람인 그녀에게 기묘한 실망감을 느꼈다. 마치 줄리아가 이솔드의 경험 너머에서는 존재할 권리조차 없는 것처럼 질투가 나고 혼자만 따돌려진 기분이고 심지어는 배신당한 것 같았다.

이솔드는 공연 프로그램 쪽으로 다시 시선을 돌렸다. 독주자는 외국인이고 흑백 사진 속에서 주먹 위에 턱을 올리고 있었으며 뺨 옆쪽으로는 색소폰이 반짝거렸다. 그는 음울하고 냉혹하고 재능이 넘치는 사람처럼 보였다. 그는 오늘 밤 심포니 오케스트라 앞에서 연주를 할 것이다. 그 맞은편에 있는 사진에는 사용하지 않는 단검처럼 손에 지휘봉을 느슨하게 든 통통하고 행복해 보이는 지휘자가 있었다.

색소폰 선생은 계속해서 말을 하고 있었다.

"훌륭한 독주자는 절대로 공부하고 또 하고 또 하는 완벽한 밀폐 냉동건조 보관식품 같은 사람이 아니야. 위대한 독주자는 언제나 파트너십이나 그룹의 안에서 탄생하지. 위대한 독주자는 언제나 뭔가 빨아먹을 걸 가진 사람이야."

줄리아는 예의 바르게 들었지만 내내 인상을 찌푸리고 있었다. 이솔드는 학교에선 공격성과 불만, 침울함의 지표로 보였던 그녀의 야금야금 자라나는 회의적인 태도가 지금은 뭔가 다른 것, 신중함이나 조심성 같은 더 본능적이고 덜 호전적인 것의 지표로 보였다.

"올해 처음 오는 콘서트지, 안 그러니, 이솔드?"

색소폰 선생이 갑자기 물었고 이솔드는 고개를 끄덕였다.

"이 사람 굉장해."

줄리아가 프로그램을 펼치면서 말했다.

"나 이 사람 음반을 다 갖고 있어. 저기, 클래식 연주자들한 테도 팬클럽이 있을까? 그거 좀 확실히 알아봐야겠어."

그녀는 이솔드에게 상냥하게 대하려고 노력하고 있었지만, 이솔드는 그저 얼굴을 붉히고 미소를 지으며 자신도 알고 싶다고 웅얼거리기만 했다. 그리고 발가락을 꽉 오므렸다.

부드러운 아르페지오의 징 소리가 그들에게 자리를 찾아가야 한다는 사실을 알려주었다. 콜라 자판기 앞의 사람들이 흩어지기 시작했고, 색소폰 선생은 둘을 차례로 보고 미소를 지었다.

"너희가 이걸 보고 배울 게 많았으면 정말 좋겠구나. 이건 나한테도 아주 특별한 밤이란다. 전에 내가 이 구성의 라이브를 들었을 때 난 너희보다 약간 나이가 많았을 뿐이었어. 그리고 이 공연 덕택에 깨어났지."

오케스트라는 매끄러운 나무로 된 무대에서 화려하고 눈부시게 보였다. 발코니 첫 줄 두 학생 사이에 앉은 색소폰 선생은 차분하고 위엄 있고 조용했고, 두 소녀는 그녀의 양옆에 비스듬히 앉아 있어서 세 사람은 옛날 기사의 차림새를 완성시키는 방패 위쪽의 영웅적인 무리, 즉 일종의 가문의 문장을 이루고 있는 것 같았다. 줄리아는 무릎에 손을 올리고 앉아서 번쩍거리는 금색과 은색의 향연을 강렬하지만 멍한 눈으로 쳐다보고 있었다. 그녀의 눈은 마음속으로 꼼짝도 하지 않는 무언가에 몰두하고 있는 것처럼 미동도 없었다. 이솔드는 좀 더 꼼지락댔다. 팔꿈치가 서로 닿지 않도록 일부러 색소폰 선생의 반대쪽으로 몸을 기울이고 생각에 잠긴 거리감 있는 태도로 연주자들을 바라보다가 시선이 무대에서 주변의 웃음기 없는 흐릿한 유령 같은 얼굴들 쪽으로 움직였다.

객석의 창백한 얼굴들을 멍하니 보면서 이솔드는 듣는다는 행위를 보여주는 여러 가지 방법에 대해서 생각했다. 객석의 몇몇 사람들은 눈을 감고 얼굴을 살짝 위로 들어 올리고 피부에 닿는 빗방울 같은 음악을 즐기고 있었다. 몇 명은 천천히, 웅장하게 그들의 앞에 뭔가가 나타나고 있는 것처럼 느릿하게, 의미심장한 방식으로, 대략 네 음절이나 다섯 음절마다 한 번씩 고개를 끄덕거렸다. 옆에 있는 색소폰 선생처럼 어떤 사람들은 그저 가만히 앉아 있었다.

이솔드는 객석의 모든 사람이 음악에 대한 자신만의 은밀한 경험 속에 갇힌 채 자신의 생각 속에, 자신만의 즐거움이나 혐오감 속에 홀로 있다는 게 얼마나 기묘한지 생각했다. 그들은 이 고독이 주는 거대한 친밀감에 몸을 떨면서 빨리 중간 휴식 시간이 오기만을 초조하게 기다리고 있을 것이다. 자신의 경험을 다른 사람들의 것과 비교하고 그들이 똑같다는 안도감을 느끼고 싶을 테니까. 내가 그들과 똑같은 걸 듣고 있을까? 이솔드는 반쯤 건성으로 생각해봤으나 깊이 생각하기도 전에 산만해져서 티슈나 껌을 찾아 시끄럽게 핸드백을 뒤지는 나이 든 여자 쪽으로 시선을 돌렸다.

줄리아는 꿈꾸는 듯이, 졸린 듯이 음악을 듣고 있었다. 음악은 나중에 꿰어 맞춰 하나하나 산술적 의미를 찾을 수 있는 일련의 연속적인 인상이 아니라 느릿하지만 확실한 하나의 인상을 주었다. 그녀는 이솔드를 떠올렸다. 꼼짝도 하지 않는 엄격한 색소폰 선생의 옆모습 때문에 이솔드가 제대로 보이지 않고 다리를 꼴 때 무릎만 슬쩍 보였지만, 그래도 후배가 자리에서 움직일 때마다 왼쪽 눈가의 감각이 대단히 예리하게 그것을 감지했다. 그녀는 상담 시간에 그녀와 이솔드가 서로 오랫동안 쳐다봤던 걸 떠올리며 그 생각을 피가 나는 치아처럼 계속해서 헤집고 또 헤집었다. 전에도 여러 번 생각했듯이 그 눈길이 어디서 나왔던 거고 어디로 이어지게 되었을지 다시금 궁금해졌다.

가끔 생각이 이런 식으로 제자리를 맴돌면 줄리아는 스스로를 괴롭히기 위해서 자신이 입을 열고 생각하던 걸 고스란히 말하는 게 아닐까 하는 비합리적인 두려움에 사로잡히곤 했다. 만약 말을 한다면 어떤 말을 할지 생각해보고 입술을 깨물고 실제로 그 말을 하는 상상이 불러일으키는 차가운 두려움을 억눌렀다.

색소폰 선생은 팻시에 대해 생각하고 있었다. 연기 자욱한 야간 바에서, 여전히 손에는 콘서트 프로그램을 들고서, 와인을 주문하는 팻시를 생각했다. 나중에 팻시의 핸드백에 든 스크류 뚜껑의 와인병을 꺼내 몰래, 유쾌하게 그 잔을 도로 채울 것이다. 그녀는 두 사람이 구석에 앉아서 스카프를 풀고 코트를 벗고 사람들과 공연과 독주자에 대해 이야기하는 걸 상상할 수 있었다.

"무슨 상상 했어?"

팻시는 이렇게 물으며 이미 성급하게 반쯤 웃고 있을 것이다.

"음악이 물처럼 색소폰에서 쏟아져 나오는 걸 상상했어. 벨의 가장자리를 타고 넘쳐서 발치의 바닥에 고이고, 수위가 점점 더 높아지고 파도가 점점 더 강하게 몰아치다가 결국엔 연주자가 살기 위해서 연주를 끝내야 하는 거야. 그러면 우리는 박수를 치고 그는 새 곡을 연주하지. 그가 색소폰에 공기를 불어넣는 게 아니라 색소폰이 그의 호흡을 빨아내고, 마우스피스가 안으로 점점 더 밀고 들어가고, 색소폰은 그를 질식시키려고 필사적으로 노력하고, 그는 살아남기 위해서 계속 연주를 해야만 하는 거지."

팻시는 웃으며 박수를 치고, 그들은 건배를 하고 술을 마신다. 그리고 색소폰 선생이 말할 것이다.

"자기는 무슨 상상을 했어?"

"소음이 심각한 상처를 주고, 심지어는 죽일 힘까지 갖고 있는 상상을 했어. 음악적 기교가 얼마나 뛰어난지에 따라서 말이지. 연주가 우아하면 우아할수록 더 확실하게 죽는 거야. 시청은 뭔가 끔찍한 일을 한 사람을 보내는 원형극장 같은 곳이고, 우리는 객석으로 들어와서 빨간 벨벳 의자에 꼼짝도 할 수 없도록 꽉 묶여. 독주자는 사형 집행인이지. 점점 더 빠르게 연주를 하면서 객석유도등 너머로 축축하고 굶주린 눈으로 우리를 보는 거야."

색소폰 선생은 웃으며 박수를 치고, 그들은 건배를 하고 술을 마신다. 그리고 팻시가 말한다.

"그 콘서트는 나를 완전히 바꿔놨어."

토요일

토요일 밤에 브리짓은 동네 비디오 가게에서 일을 했다. 그녀는 높다란 비닐 의자에 어설프게 앉아서 선반과 선반을 오가며 한쪽 눈으로는 성인용 비디오가 진열된 커튼으로 덮인 구석을 흐릿하게 보여주는 흑백의 보안 화면을 힐끔거리는 외로운 사람들을 지켜봤다. 시계는 9시 반을 가리켰다. 브리짓은 분침이 째깍째깍 회전하는 걸 보면서 축축한 테이프 회수통에 테이프가 쿵 떨어지는 소리에 귀를 기울였다.

"안녕, 브리짓."

누군가가 말했다.

브리짓은 씹던 껌을 입안 구석으로 밀고서 피곤한 고개를 돌려 살라딘 선생이 빳빳한 베이지색 바지에 모직 코트 차림으로 문가에 서 있는 걸 보았다. 그가 그녀를 보고 소년 같은 미소를 지었다.

"안녕하세요, 살라딘 선생님."

브리짓은 확 밝아져서 의자 앞쪽으로 당겨 앉으면서 말했다.

"전에는 여기서 선생님을 뵌 적이 없는데."

"내 조카들이 이 동네에 살거든. 두 블록 아래에."

살라딘 선생이 말했다.

"아."

브리짓은 정말로 놀랐다. 살라딘 선생이 조카가 있을 만한 타입이라고는 생각도 못 해봤던 탓이었다. 그녀가 약간 수줍은 눈으로 그를 보았다.

"어떻게 여기서 일해도 된다는 허락을 받았니? 넌 아직 열여덟 살이 안 됐잖아. 여기 있는 영화 중 절반 정도는 못 볼 나이

일 텐데."

살라딘 선생이 장갑 낀 손을 가슴에 얹으면서 말했다.

"전 그걸 보지 않아요. 그냥 팔 뿐이에요."

브리짓이 대답했다. 살라딘 선생이 낄낄 웃었다.

"난 또 내가 떠난 뒤에 혹시 포르노를 빌리진 않았나 하고 네가 내 기록을 살펴보려고 하는 줄 알았지."

"그럴지도요."

브리짓은 농담의 주인공이 되었다는 사실에 강한 기쁨을 느꼈다.

"그리고 선생님이 정말로 몇 살인지도 알아볼 거예요."

"그건 좀 과하구나. 그건 기밀 정보야. 절대로 그러면 안 돼."

살라딘 선생이 진지한 척하면서 말했다. 브리짓은 키득키득 웃다가 황급히 손으로 입을 덮으며 그 소리를 막았다. 그녀의 뒤로 쌓여 있는 여러 개의 텔레비전 화면에서 소리 없이 은색 차들이 부딪치고 사람들이 때 이른 죽음을 맞는 장면들이 지나갔다.

살라딘 선생이 고개를 흔들며 말했다.

"토요일 밤에 일을 하다니. 술을 마시고 마약을 하고 담배를 피우고 시끄러운 음악을 틀어놓는 건 다 어떻게 된 거니? 내가 너무 늙었나 보구나."

다시금 브리짓의 손이 웃음을 막느라 입으로 올라갔다. 살라딘 선생은 미소를 지었고, 지나가는 화면에 정신이 팔린 듯 그의 시선이 잠깐 위쪽으로 향했다.

시계바늘이 앞으로 움직였다.

바로 이 순간 전까지 브리짓은 시시덕거린다는 말을 잠깐의 말상대나 가벼운 야한 행위를 할 상대를 얻기 위한 자기홍보적 대화의 도구로만 이해했었다. 하지만 지금, 깔끔하게 다린 옷을 입고, 목에 흠잡을 데 없이 스카프를 매고, 우아한 세 줄 장식의 가죽 장갑을 끼고, 바람에 흐트러진 머리를 하고서 차분하게 미소를 지으며 서 있는 살라딘 선생을 보면서 브리짓은 다리 사이를 꽉 조이는 당황스러운 성적 욕망을 느꼈다. 열여섯 살 인생에서 처음으로 그녀는 다른 사람을 망가뜨리기 위한 목적만으로 시시덕거리고 싶은 욕구를 느꼈다. 이것은 최소한 '이 남자'는 그녀를 오로지 성적인 면에서만 본다는 흐릿하면서도 흥분되는 생각으로 인한 무모한 감정에 기인한 것이었다. 그녀는 손을 내밀어 합판으로 된 카운터 가장자리를 엄지와 검지로 꽉 쥐고 유혹적으로 몸을 뒤로 기울이며 자신을 미끼로 내놓았다. 어쩌면 그가 미끼를 물려고 헛되게 애를 쓰는 모습을 보는 즐거움을 누릴 수 있을지도 모르니까.

"지금은 뭘 하세요? 새 일자리는 구하셨어요? 재즈밴드 애들 전부 다 선생님을 그리워해요."

그녀가 말했다.

"지금은 집에 페인트칠을 하는 중이란다. 일자리는 알아보는 중이지. 새 지휘자는 너희를 잘 이끌어주시니?"

"진 크리츨리 선생님이에요. 뭐, 그냥저냥 괜찮아요."

브리짓이 대답했다.

"그 사람에 대해 알지. 연주를 하는 걸 본 적이 있어. 실력이 좋아."

살라딘 선생이 말했다.

"네."

브리짓은 가볍게 대답했다. 살라딘 선생은 미소를 지으며 슬슬 물러나려는 듯 주위를 둘러봤고, 브리짓이 황급히 말했다.

"선생님이 떠나신 뒤로 저흰 상담을 받아야 돼요. 혹시나 상처를 받았을까봐서요. 말도 안 돼요."

살라딘 선생이 눈썹을 치켜 올렸다. 그는 잠깐 동안 아무 말도 하지 않다가 곧 차분하게 대답했다.

"별로 즐거운 일은 아니겠구나."

"완전 말도 안 돼요."

브리짓이 다시 말했다. 그러고는 바보가 된 기분을 약간 느꼈지만, 최소한 '이 남자'는 그녀의 순진함을 이해하고 용서할 거라는 사실을 떠올렸다. 이 남자에게 그녀의 서툰 사춘기적 행동은 단점이 아니라 포상일 것이다. 그녀의 다리 사이가 황급히 닫은 스크루 뚜껑처럼 다시 한 번 꽉 조였다.

"빅토리아는 아직도 학교에 안 돌아왔어요."

살라딘 선생이 다시 말을 하기 전에 그녀가 급히 말했다. 학교의 아름다운 여자애들이 무심하게 말을 하면서 어깨 너머로 머리카락을 넘기고 박람회장의 조랑말처럼 발을 내미는 것처럼, 그녀도 그 어설프고 너저분한 방식으로 무심하게 말하려고 애를 썼다.

"걔가 완전히 학교를 떠난 건가요?"

"아니, 아마 아닐 거다. 시험 기간 전에는 돌아오겠지."

살라딘 선생이 대답했다.

"그거 다행이네요."

브리짓은 자신이 살라딘 선생의 편이라는 사실을 보여주고 싶어서 격려하는 걸로 보이길 바라는 미소를 지었다.

"널 봐서 반가웠단다, 브리짓. 음악 연습 계속하렴. 난 가서 뭐가 있는지 살펴보마."

살라딘 선생은 그녀에게 미소를 짓고서 신작이 있는 네온사인 벽 쪽으로 걸어갔다.

"10달러에 두 개예요."

브리짓이 그의 등에 대고 외쳤다.

그녀는 잠깐 그대로 서 있다가 도로 의자로 돌아왔다. 습관적으로 보안 화면을 확인하고서 어떤 커플이 몰래 성인물 코너로 들어가서 서로를 붙잡고 등뼈를 쓰다듬으며 킬킬거리는 것을 보았다. 여자가 비디오 하나를 골랐고 두 사람은 그 뒷면에 조그맣게 나와 있는 다양한 자세들을 보고 웃음을 터뜨렸다. 남자가 뭔가를 나직하게 말했고, 여자는 격분한 척하며 스카프 끝으로 그를 때렸다. 그리고 다시 웃었다.

살라딘 선생이 떠난 뒤에 브리짓은 그의 대여 기록을 보고
서 포르노가 없다는 사실에 실망했다. 그리고 그는 서른한 살
이었다.

토요일

박수가 끝나고 세 사람은 잠깐 동안 침묵 속에 앉아 있었다.
객석 위에 조명이 켜지고 유령들에게 색깔이 돌아왔다. 그들
주위로 관객들이 움직이고 웃고 떠들고, 마법에서 깨어난 것처
럼 스카프와 프로그램, 클러치 지갑을 찾기 시작했다. 색소폰
선생은 추억에 잠겨 꼼짝도 하지 않았다. 박수를 치느라 손에
는 힘이 없었고, 눈은 커다랗고 공허한 상태로 무대 쪽으로 돌
아갔다. 줄리아는 의자 앞쪽으로 당겨 앉아서 갑자기 이솔드를
돌아보며 말했다.

"집까지 태워다줄까? 차를 가져왔거든. 전혀 귀찮지 않아."

이솔드는 아직 운전을 배우지 않았고, 줄리아의 제안에 글을
못 읽는다든지 아직 어두운 게 무섭다는 사실을 억지로 드러내
야 하는 것처럼 자신이 어리고 경험이 짧고 품위가 없게 느껴
졌다. 화장을 하고 향수를 뿌리고 비밀과 은밀한 웃음으로 가
득하며, 아직 모르는 게 많은 어린 이솔드를 무시하는 빅토리
아의 친구들처럼 연상의 줄리아도 이솔드에게 엄청나게 어른

처럼 느껴졌다.

"고마워."

이솔드는 줄리아에게 그렇게 말하고 재빨리 웃음을 지으며 고개를 숙였다.

"그러면 정말 좋을 거 같아. 난 택시를 타려고 했거든."

"너희 어머님께는 말하지 않을게. 어머님이 너한테 주신 택시비를 돌려드리지 않을 거 아니까."

색소폰 선생이 마침내 추억에서 빠져나와서 이솔드에게 말했다.

"제가 택시비를 대신 받을 거라고는 생각 안 하세요?"

줄리아가 말했다. 색소폰 선생이 웃었다.

"첫째로 난 네 차를 봤단다."

그녀가 대답했다. 그리고 음악에 대해서 잡담을 하기 시작했다. 그녀는 대체로 줄리아를 보고 이야기했다. 이야기하는 동안 커다란 손을 쫙 펴고 물레를 돌리는 도공처럼 콘서트에 대한 감상을 되뇌고 또 되뇌었다.

이솔드는 고개를 끄덕이고 미소를 지었다. 그리고 가끔 줄리아를 힐끗 보면서 줄리아가 어스름한 회색빛 무대 불빛 속에 조용히 앉아 그동안 내내 어떻게 제안을 잘 말할 수 있을까 고민하고 연습을 했을지 생각했다. 집까지 태워다줄까? 차를 가져왔거든. 전혀 귀찮지 않아.

"그건 인기 있는 구성은 아니었어."

색소폰 선생이 말했다. 이솔드는 반쯤은 흥분을, 반쯤은 두려움을 나타내는 아랫배 안쪽이 가라앉는 느낌을 감추려고 노력하며 다 아는 척 고개를 끄덕거렸다. 그 제안은 어떤 의미일까? 이솔드는 연상의 소녀가 기어와 핸드브레이크 위로 몸을 기울여 잉크 얼룩이 있는 반지 낀 손으로 머리카락 한 가닥을 귀 뒤로 넘겨주는 모습을 상상할 수 있었다. 그 장면이 생생히 떠오를 것 같았지만 순간적으로 공포가 치밀어 그녀는 그 생각을 황급히 지웠다.

"굉장히 자극이 되는 공연이었어."

색소폰 선생이 결론을 짓고서 팔걸이를 유쾌하게 두드리고 일어나 나가는 무리에 합류했다.

"굉장히 자극이 되는 공연이었어."

토요일

"콘서트 만세."

줄리아는 객석을 나와 대리석 현관을 지나 추위 속으로 서둘러 나온 다음에 색소폰 선생에게 말했다.

"정말 굉장했어요. 일주일 내내 생각날 것 같아요."

색소폰 선생은 가죽 재킷 벨트를 허리 주위로 더 꼭 조였다.

"그럼 월요일에 보자꾸나."

그녀가 줄리아에게 말했다.

"그리고 넌 금요일에 보고."

그녀가 이솔드에게 말했다. 울퉁불퉁한 시청 계단 양옆으로 쏟아져 나오는 사람들 사이에 뻣뻣하게 서 있는 선생이 갑자기 외로워 보였다. 그녀는 뒤쪽 현관에서 나오는 불그스름한 벨벳 같은 빛을 등지고 있었고, 이솔드는 그녀가 꽤 예쁘다는 사실을 이제야 깨달았다. 그녀는 색소폰 선생이 이제 외부인이라는 사실에 약간의 승리감 같은 걸 느꼈다. 선생은 소녀들을 좀 더 붙잡고 싶지만 어떻게 해야 하는지 모르는 것처럼 머뭇거리는 표정으로 내려다봤다.

"그럴게요."

이솔드는 대답하고 살짝 손을 흔들었다. 줄리아는 미소를 지었고, 두 사람은 선생에게서 몸을 돌려 어둠 속으로 걸어갔다.

일요일

드 그레고리오 부인은 차를 마시면서 다리 위쪽 움푹한 부분으로 지갑을 잡았다. 그녀는 무릎을 붙이고 앉아 있었고, 의자의 가로단에 발뒤꿈치를 댄 채 발가락만 바닥에 대고 있어서 허벅지가 조금 위로 올라왔다. 젖가슴이 거의 무릎에 닿을 정도였고, 앉으면서 그녀는 몸이 구부러지는 고관절 부분에 지갑을 끼웠다. 색소폰 선생은 드 그레고리오 부인이 이렇게 보호하는 태도로 지갑 주위로 몸을 구부리는 게 얼마나 기묘한지 생각했다. 색소폰 선생이 앉아 있는 자리에서는 드 그레고리오 부인의 가슴이 있는 부드러운 아크릴 둔덕 아래로 금색 걸쇠 두 개만이 보였다.

그녀가 미소를 지었다.

"뭘 도와드릴까요, 드 그레고리오 부인?"

"제 딸 때문에 왔어요."

드 그레고리오 부인이 말했고, 언제나처럼 색소폰 선생은 이 여자의 연기에, 모든 엄마를 다 다르게 보여주면서도 각 연기마다 섬세한 진주알의 가는 줄무늬처럼 상냥하고 독특한 면을 부여하는 이 한 명의 여자에게 속으로 감탄했다.

"좀 이상한 행동이라고 보실지도 모르겠네요. 제가 여기 이렇게 와서는 선생님께 이렇게 개인적인 질문을 드리는 게요. 하지만 최근에 집에서 몇 가지 달라진 점을 발견했고……."

드 그레고리오 부인이 무릎을 내려다보고 한숨을 쉬었다.

"그 앤 완전히 '걷잡을 수 없게' 됐어요."

그녀가 마침내 말을 맺었다.

"그럼 처음부터 시작해보죠."

색소폰 선생이 진지하다는 걸 보여주듯 셔츠 자락을 잡아당기고 모직 저지를 매만지며 냉정하게 말했다.

"첫째로 말이죠, 왜 색소폰인가요? 왜 특별히 이 악기를 고르셨죠? 색소폰에는 아시다시피 함축적인 의미가 있어요. 색소폰은 피아노나 플루트가 아니에요. 아주 특별한 타입의 아이들만이 색소폰에 끌리고, 솔직히 그런 아이들은 평화를 유지하는 타입은 절대로 아니에요. 왜 따님을 위해서 색소폰을 선택하셨나요?"

"아, 그건 '그 애'의 선택이었어요."

드 그레고리오 부인이 대답했지만, 색소폰 선생은 고개를 흔들고 재빨리 끼어들었다.

"그런 게임은 하지 말죠, 드 그레고리오 부인. 따님이 부인의 프로젝트라는 걸 우리 둘 다 아니까요. 부인께서 통제하지 못하는 부분은 굉장히 적죠. 부인께서는 고삐를 쥐고 있는 걸 좋아하는 타입이에요. 자식이 자유인이라고 생각하는 타입의 엄마들은 건성인 엄마이고, 제대로 끝마친 일을 알아볼 능력이 없는 허황되고 애정이 부족한 엄마죠. 부인은 그런 타입이 아니시잖아요."

드 그레고리오 부인은 약간 패배한 태도로 고개를 끄덕였다.

"그러니 부인께서 딸에게 이 운명을 선택해주신 거예요. 부인께서 딸을 파멸시킬 악기 쪽으로 몰아붙이신 거죠. 바이올린을 켜고 긴 머리에 괴짜지만 조용한 자신감을 지닌 딸을 가질 수도 있었는데, 부인께서 색소폰을 고르셨어요. 부인이 그런 선택을 하신 거죠."

드 그레고리오 부인이 말을 더듬거리면서 대꾸했다.

"전 그냥 말이죠, 그냥 우리가 확실한 변화를 알아차렸다고, 그냥 그 말을 하고 싶었을 뿐이에요. 그 애는 별로 말을 하지 않아요. 어떤지 아시잖아요. 그래서 그 애가 '선생님'에게 매주 무슨 말을 하는지 묻고 싶었을 뿐이에요. 선생님께서 실마리를 알아채셨든 아니든 말이죠. 남자 친구나 뭐 그런 이야기요. 뭔가 우리가 해결할 수 있고, 이해할 수 있을 만한 거요."

"왜 따님이 '저한테' 사실을 말했을 거라고 생각하시는 거죠?"

색소폰 선생이 물었다.

"그 애 공부라든지, 아니면 학교생활에 관해서요. 남자 친구나 우리가 해결할 수 있고 이해할 수 있을 만한 문제 같은 거요."

드 그레고리오 부인이 힘 빠진 소리로 말했다.

색소폰 선생은 잠깐 동안 말을 하지 않았고, 드 그레고리오 부인은 불편해져서 이렇게 마음껏 말하지 말걸 하고 후회했다. 그때 선생이 말했다.

"하지만 부인이 뭘 아시겠어요?"

그녀는 이제 더 음울하고 덜 퉁명스러웠다.

"부인이 어떻게 그 모든 것의 뒤에 있는 진실의 씨앗을 찾아내실 수 있겠어요? 그 애를 보실 순 있겠지만, 본다는 것에 두 종류가 있다는 걸 기억해야 해요. 그 애가 누가 자길 본다는 걸 알고 있는 경우와 그렇지 않은 경우죠. 누가 자길 본다는 걸 알면 그 애의 태도는 달라지고, 눈앞에 보이는 건 완전히 변화해서 '오로지 관찰용' 태도가 돼요. 그러면 모든 현실은 사라지죠. 누가 자길 본다는 걸 그 애가 모르면, 눈앞에 보이는 건 준비되지 않은 행동, 공연에 어울리지 않는 행동, 생생하고 정제되지 않은 행동이라서 부인께서는 스스로 정제하려고 하실 거예요. 원래 갖고 있지 않은 의미를 부여하려고 하고, 이런 행동을 통해서 딸과 맞지 않는 틀에 그 애를 밀어 넣으려고 하실 테죠. 그러니까 그 어느 쪽도 부인께서 사실이라고 부를 만한 것은 아니에요. 모두 다 왜곡되어 있죠."

"그 애가 뭔가 말을 하긴 했나요? 이게 기묘한 질문이라는 거 알아요. 물어보는 것도 창피해요. 하지만 우리가 알아야 하는 게 혹시 있나요?"

드 그레고리오 부인의 손이 가슴 아래로 들어가서 여전히 널찍한 무릎 핵심부에 놓여 있는 지갑을 더듬었다. 그녀의 손가락이 두툼한 가죽 지갑을 찾아서는 잠깐 더듬었다.

"아, 드 그레고리오 부인. 전 그 애의 음악 선생이랍니다."

색소폰 선생이 말했다. 그리고 탁자 위에 머그컵을 내려놓고 손을 겹쳤다.

"하지만 그럼 전 뭘 해야 하죠? 저한테는 어떤 선택지가 남아 있죠?"

드 그레고리오 부인이 치솟는 공포 속에서 물었다.

"따님에서 물어보시지 그러세요? 딸과 함께 앉아서 그 애와

정말로 이야기를 해보세요. 하지만 그 애가 거짓말을 할 위험
은 언제나 감수하셔야 한답니다."

월요일

"그걸 보는 동안에 어떤 상상을 했니?"

줄리아가 월요일 오후에 수업을 받으러 오자 색소폰 선생이
물었다.

"콘서트에서 말이야."

"전반부보다는 후반부 쪽이 더 좋았어요."

줄리아가 말을 하려고 했지만 색소폰 선생이 성급하게 팔을
젓고서 말했다.

"아니, 그걸 보는 동안에 무슨 생각을 했느냐는 뜻이야. 어떤
종류의 것들에 관해서 생각했니?"

줄리아는 이게 시험이라도 되는 것처럼 호기심 어린 얼굴로
그녀를 보았다.

"왜요?"

"이건 내가 오랜 친구와 하곤 했던 게임이야. 우린 공연이
훌륭하면 훌륭할수록 그 효과가 더욱 강렬해진다는 농담을 하
곤 했지. 공연이 형편없으면 저녁에 뭘 먹을지, 아니면 다음 날
일어나서 뭘 입을지 같은 생각밖에는 안 하게 돼. 하지만 공연

이 아주 훌륭하면 전에는 상상할 용기조차 없었던 것들을 상상하게 되지."

그녀는 어린애처럼 열렬하게 말했다. 줄리아는 색소폰 가방을 열면서 말했다.

"전 그냥 음악에 대해서만 생각했는데요."

"그래, 하지만 그 '주변'에서 말이야. 네 정신이 떠다녔을 때. 그때 뭘 상상했니?"

줄리아는 리드를 그 모양대로 생긴 플라스틱 케이스에서 빼서 잠깐 동안 들고 있었다.

"전 어떤 일이 생길지 상상했어요. 그러니까, 제가 이솔드를 집에 데려다줄 때요."

조명이 바뀌었다. 머리 위의 조명과 창문으로 들어오는 밝은 조명이 꺼졌다. 유일한 투광조명등 앞에 가리개가 자리를 잡고 부착물이 돌아가기 시작하자 노란색 불빛이 가늘게 줄무늬를 만들고 계속해서 바뀌어 움직이는 차 안의 대시보드 위로 지나가는 가로등 불빛이 비치는 것 같은 분위기를 조성했다. 줄리아는 앉아 있었다. 가로등 불빛이 그녀의 무릎 위를 훑고 어깨 위로 휘어졌다 사라졌고, 잠깐 동안 어둠 속에 있다가 그다음 가로등 불빛이 첫 번째 불빛이 지나간 자리에 나타났다. 그리고 다음, 그다음, 노란 불빛이 지나가서 구부러지고 사라졌다.

줄리아가 말했다.

"전 집에 가는 길에 우리가 콘서트에 대해서, 콘서트가 어땠었는지, 그리고 학교에서 공통으로 아는 선생님들에 대해서 이야기할 거라고 상상했어요. 그리고 계속 '색소폰 선생님' 이야기가 나오고, 선생님에 관해 이야기하는 걸 생각했어요. 왜냐하면 선생님이 우리 사이를 이어주는 유일한 연결고리니까요. 우린 번갈아 가며 잠깐 동안 선생님에 대해서 이야기하지만, 별로 솔직하지는 않을 거예요. 가장 중요한 건 우리 자신에 대해 매력적인 인상을 주는 거고, 우리가 정말로 어떻게 생각하는지는 별로 중요하지 않으니까요. 우린 우리가 멋져 보일 만한 이야기들만 골라서 할 거예요. 거짓말을 하겠죠. 집에 가는 내내 우린 서로에게 번갈아가며 거짓말을 할 거예요."

색소폰 선생은 움직이지 않았다. 그녀는 눈으로만 줄리아를 위아래로 훑어보았다. 그녀의 얼굴은 가면 같았다.

"그러고 나서, 시동을 끈 다음에 거기 잠깐 동안 앉아 있을 거예요. 서로를 쳐다보지 않고, 이솔드의 불이 꺼진 집의 어둠만을 쳐다보면서요. 제 열쇠고리는 여전히 점화장치에서 흔들거리고, 우린 이파리를 흔드는 바람 소리에 귀를 기울이겠죠. 제 입은 바싹 마를 거고요."

돌아가는 가리개가 멈추고 줄리아의 무릎은 차창으로 들어와 허벅지를 가로지르는 네모난 빛에 젖는다. 그녀의 얼굴은 그림자에 잠겨 있다. 그녀는 이제 한쪽 다리를 브레이크를 밟고 있는 것처럼 앞으로 뻗어 살짝 구부리고서 뻣뻣하게 앉아 있었다. 색소폰은 옆의 소파에 놓여 있었고, 줄리아가 그걸 왼

손으로 가볍게 잡고 위쪽 끝을 살짝 들어 올려서 마치 핸드브레이크를 쥔 것처럼 보였다. 손가락 관절은 손잡이 부분의 가는 플라스틱 아래쪽으로 향했고 손목은 살짝 휘어졌다. 다른 손은 보이지 않는 안전벨트 끈을 잡아당겼다가 가슴 위로 도로 놓아서 강도를 시험하는 것처럼 복부에서 앞뒤로 잡아당기는 시늉을 했다.

"그리고 제가 말하죠. '다들 나에 관해서 뭐라고 하는지 알지? 학교뿐 아니라 모든 곳에서. 그건 사실이 아니야.'"

줄리아가 혀로 입술을 적셨다. 그녀는 이솔드를 보지 않았다. 한 손으로 여전히 끈을 잡아당기면서 창문으로 사이드미러의 어두운 은빛만 내다봤다.

"이솔드가 대답하죠. '알아.' 그 애는 굉장히 빠르게 말했다가 다시 한 번 말해요. '알아'라고요. 그 애는 절 보지 않아요. 앞쪽으로, 집 위쪽을 바라보면서 손은 목까지 올려서 목걸이를 비틀고 또 비틀어서 손끝에 피가 안 통할 정도죠. 손가락 끝이 회색빛이 돼요."

줄리아는 이솔드를 다시, 재빨리 돌아보고 핸드브레이크를 꽉 쥐었다.

"그리고 제가 말해요. '네가 전혀 예상조차 안 할 때 내가 너한테 달려들거나 덮치거나 뭐 그럴 거라고 생각할까봐 난 좀 걱정했어. 네가 그렇게 생각할까봐 걱정했어.'"

그녀는 고개를 돌리고 다시 사이드미러 쪽을 쳐다봤다.

"이솔드가 말해요. '그런 생각 안 해.' 제가 말하죠. '다행이야.' 그리고 우린 잠깐 동안 이솔드의 불 꺼진 집을 바라보면서 서로의 숨소리를 들어요. 그러다가 제가 말해요. '그게 전부야. 그게 내가 하고 싶은 말 전부였어.'"

조명이 색소폰 선생까지 비출 만큼 약간 살아나 그녀를 장면에 끌어들인다. 그녀는 자세를 바꾸고 다리를 꼬았다. 선생은 불편해 보였다.

"학교에서 모두가 너에 대해서 하는 이야기가 뭔데?"

그녀가 마지못해 물었다. 가끔 줄리아는 그녀를 궁지에 몰린 기분으로 만들었고, 지금 그런 궁지에 몰린 기분이었다.

"모두들 내가 여자애를 좋아한다고 생각해요."

줄리아가 대답했다.

"그렇구나."

색소폰 선생이 말했다. 조명이 다시 어두워지면서 사라지고 가로등 하나만이 줄리아의 무릎 위로 그 네모난 빛을 드리웠다. 색소폰 선생은 다시 어둠 속으로 사라졌다.

"우린 차를 세우고 거기 잠깐 앉아 있었어요. 우리가 이야기하던 내용은 물처럼 흘러가서 사라지고 결국에 아무것도 남지 않았어요. 우린 그냥 앉아서 무슨 일이 일어나길 기다렸죠. 제 입은 말랐어요. 그때 이솔드가 말했어요. '잠깐 이 차에 앉아서 기다려도 왜? 엄마는 빅토리아 언니가 나랑 같이 콘서트에 갔다고 생각하시고, 엄마가 아직 깨어 계실지도 모르니까 같이

들어가야 되거든.'

그 애가 그 말을 하고 있는데 차가 다가와 우리가 있는 곳에서 몇 집 앞에 멈췄고, 차의 미등 불빛이 우리 둘을 빨갛게 비췄어요. 그러다 불이 꺼졌지만 아무도 내리지 않았죠. 우리는 계속 쳐다봤지만 차는 그냥 거기 서 있을 뿐이었어요. 그리고 이솔드가 말했죠. '언닌 우리가 여기 있는 거 몰라. 우릴 못 봤어.' 이솔드는 완전히 긴장된 것 같은 표정으로 차를 봤고 전혹시 잘못된 말을 할까봐 아무 말도 하고 싶지 않았어요. 그때 그 애가 말했죠. '우린 다 계획을 세워뒀어. 엄마가 우리 둘을 콘서트장에 내려주시고, 난 언니네들을 만나러 가고 빅토리아 언니는 그 사람을 만나러 갔어. 그게 언니가 그 사람을 계속볼 수 있는 유일한 방법이거든. 언닌 거의 매일 외출금지고, 이제는 언니 친구들이 변명거리를 만들어주지 못하니까. 난 신경안 써.'"

색소폰 선생은 어둠 속에서 몸을 앞으로 기울였다. 그녀는인상을 찌푸리고 있었다.

"그리고 이솔드가 말했어요. '나 가야겠어. 여기 더 앉아 있으면 이상할 거야. 나 갈게.'"

줄리아는 무릎을 손으로 쓰다듬고 안전벨트를 다시 잡아당기면서 고개를 끄덕였다.

"하지만 그 애는 가지 않았어요. 조금 더 차에 앉아 있었고, 앞차 뒷창문으로 빅토리아가 몸을 기울여 살라딘 선생님의 어깨에 머리를 기대는 게 보였어요. 기어를 넘어 공간이 한참 있는데 그렇게 몸을 뻗는 건 어색해 보였죠. 그리고 선생님이 팔을 들어 그 애 머리를 쓰다듬었어요. 선생님이 뭔가 말씀하셨지만 우린 두 사람의 형체밖에는 볼 수가 없었죠. 그건 마치 그림자놀이 같았고, 갑자기 심장이 쿵쿵거려서 전 이솔드를 봤어요. 그 애도 절 재빨리 힐끔거렸다 다시 보고선 '제발 아무한테도 말하지 마'라고 했고, 전 알았다고 했어요."

줄리아의 목소리가 목이 멘 듯 갈라졌고 그녀의 혀가 계속해서 입술을 적셨다. 양뺨 위쪽으로 새빨갛게 홍조가 나타났다.

"그리고 그 애는 내렸어요. 그리고 그림자들이 몸을 돌려 그 애를 봤고, 빅토리아는 살라딘 선생님에게 작별 키스를 했어요. 입에는 아니었고요. 선생님이 고개를 옆으로 돌려서 그 애가 뺨에 키스하게 해줬고, 두 사람은 미소를 짓고 소리 내서 웃기까지 했어요. 그게 농담인 것처럼요. 그러고 나서 빨간 미등이 살아나고 살라딘 선생님의 차가 가버렸고, 빅토리아와 이솔드는 함께 집으로 들어갔어요. 문 자물쇠를 연 건 이솔드였고, 그 애가 문을 열 동안 빅토리아는 불빛 아래로 들어가서 절 봤어요. 저를 진짜로 한참 쳐다보고는 마음에 안 든다는 듯이 이솔드에게 나지막하게 뭐라고 했죠. 그리고 둘 다 사라졌어요."

줄리아는 갑자기 말을 맺고 처음으로 색소폰 선생을 보았다. 이 연기가 잊어버리고 싶은 불쾌한 감각을 되살린 것처럼 그녀는 입가를 비틀고 불퉁한 표정을 짓고 있었다.

"정말로 그런 일이 있었던 거니?"

조명이 원래대로 돌아오고 줄리아가 색소폰을 집으려고 손을 내밀 때 색소폰 선생이 말했다.

"차 안에 있었던 사람이 정말 살라딘 선생님이었니, 줄리아? 확실해?"

"전 제가 상상한 걸 말씀드렸을 뿐이에요."

줄리아가 갑자기 퉁명스럽고 내향적인 태도로 색소폰 선생이 적이라도 되는 양 의심스럽게 노려보면서 말했다. 그리고 덧붙였다.

"주위가 어두웠어요."

그녀는 색소폰의 키 하나를 누르고 달칵거리는 소리를 냈다.

"이건 아주 중요한 일일 수 있어."

색소폰 선생이 말했다.

"그건 제가 상상한 거예요."

줄리아가 좀 더 물러나는 태도로 말했다. 그리고 몸을 돌려 연습용으로 아르페지오를 연주했다.

"줄리아, 네가 본 걸 말해보렴."

색소폰 선생의 눈이 반짝거렸다.

"아무것도요."

줄리아가 대답했다. 아이는 퉁명스럽고 내성적이었지만 색소폰 선생은 줄리아가 그녀를 어딘가 동떨어진 위험한 곳으로 끌어들였다 내버리고 온 것처럼 승리감 비슷한 것에 젖어 있음을 느꼈다.

"전 그 애를 집에 데려다줬어요. 그 앤 작별 인사를 하고 내려서 차문을 닫았어요. 아무 일도 없었어요."

토요일

"네 순수함을 잃었던 때를 기억해, 팻시?"

색소폰 선생이 물었다.

그들은 야간 바에 있었다. 팻시는 부스에서 몸을 옆으로 돌리고 앉아서 다리를 쭉 뻗어 갈색 부츠 발목에서 발을 꼬고 있었다. 그들 사이엔 술병과 잔 두 개가 있었다. 잔에는 태두리 바로 아래 지문처럼 여자의 아랫입술이, 키스한 창백한 회색 자국이 찍혀 있었다.

"특별한 사건을 말하는 거야? 실제로 그걸 잃은 때 말이야."

"그래."

"내 처녀성을 잃은 때?"

"꼭 그래야 할 필요는 없어. 네가 순결한 존재인 걸 그만둔 때가 있었냐고 묻는 거야. 네가 타락하던 순간. 네가 타락하던 때를 기억해?"

팻시는 조용히 잠시 생각에 잠겼다. 색소폰 선생은 와인잔을 입술로 들어 올려 마셨다. 팻시는 오늘 밤 아름다웠다. 머리카락은 뒤로 넘겨 목덜미에서 구불구불하게 하나로 묶었고, 눈은 맑고 반짝거렸다. 그녀는 브라이언이 선물한 묵직한 청동 로켓을 걸고 있었다. 로켓은 골동품으로 과하게 눈에 띄는 장식이었지만, 그녀의 벌어진 가슴과 부드러운 쇄골의 움푹한 부분에 잘 어울렸다. 그녀에게 완벽하게 어울렸다. 팻시는 항상 자신의 옷에, 복장에 잘 어울렸다. 그녀의 이미지는 언제나 완전하다고 색소폰 선생은 생각했다. 그녀를 축소시키거나, 옷을 벗기거나, 뭔가를 빼내는 건 불가능했다. 색소폰 선생은 머릿속으로조차 목걸이가 없는 그녀를 상상할 수가 없었다. 팻시가 옷을 안 입었다든지, 머리를 안 빗었거나 흐트러진 모습을 상상조차 할 수 없었다. 그만큼 그녀는 완전하게 존재했다.

팻시가 손가락 사이에서 와인잔 다리를 굴렸다.

"내가 어릴 때도 아무도 나한테 사실을 감추거나 속이지 않았어."

그녀가 천천히 말했다.

"그러니까 산타클로스나 부활절 토끼, 다리 밑에서 주워온 아이라든지 완곡한 표현 같은 것조차 들어보지 못했지. 어떤 환상도 생각나지 않아. 사실을 '몰랐던' 시절이 있었는지도 기억이 안 나. 섹스도 딱히 신비로운 게 아니었어. 그리고 우리 집에선 신을 믿지 않았으니 거기에도 신비감 같은 건 없었지. 물론 다른 사람들처럼 나한테도 첫 경험은 있고, 다른 사람들처럼 실수도 저지르고, 다른 사람들처럼 자신을 고치고 재창조하기도 했어. 하지만 정말로 '타락'했던 때는 기억나지 않아. 내가 순수했던 때가 '있었는지'조차 기억이 안 나. 난 옛날에 대한 향수 같은 게 없어."

그녀가 시선을 들어 색소폰 선생을 보았다.

"정말 끔찍하게 슬프지 않아?"

그녀는 그렇게 말하고 웃었다.

색소폰 선생은 미소를 지으며 침묵을 지켰고, 두 사람은 잠시 조용히 앉아서 손끝으로 와인잔을 만지며 먼 곳을 쳐다보았다.

잠시 후 팻시가 말했다.

"모든 일엔 선례가 있어. 내가 했던 모든 일에 본보기가, 공식이, 견본이, 공개적이고 보기 쉽고 '잘 알려진' 그런 게 있었지. 난 내가 만난 모든 것의 형체를 만나기 전부터 이미 알고 있었어. 본보기란 항상 현실이나 경험, 개인적인 진실보다 앞서는 법이야. 난 영화에서, 텔레비전에서, 무대에서 사랑을 배웠지. 공식을 배우고 그다음에 적용했어. 나한텐 그런 식이었어. 인생 전체가."

그녀는 다시금 살짝 웃음을 터뜨렸다.

"끔찍하게 슬프지 않아? 굉장히 슬프지 않아?"

그녀가 두 번째로 말했다.

피아노 옆의 작은 단상에서 더블베이스 주자가 몸을 앞으로 기울이고 마이크에 대고 말했다.

"마지막 곡입니다, 여러분. 마지막 곡을 들려드리죠."

8

5월

잔혹극 수업 다음 날에 스탠리는 중앙 계단에서 연습의 희
생양과 마주쳤다. 소년은 고개를 숙이고 한 번에 두 계단씩 서
둘러 걷고 있었다. 가면 쓴 소년이 잘라낸 정수리 머리에 맞추
느라 머리카락을 두개골에 거의 닿을 정도로 짧게 잘랐다. 짧
은 머리는 그에게 어울리지 않았다. 짧아진 머리카락 아래서
귀와 이마가 지나치게 툭 튀어나와서 약간 겁을 먹은 것 같은
모습이었다. 그리고 새 셔츠를 입고 있었다.

"안녕."

스탠리가 그를 붙잡으려고 한 손을 내밀면서 말했다.

소년은 죄책감 어린 눈을 들어 그를 보고서 수줍게 목례를
했다.

"내가 가서 불만을 제기했다는 말을 하고 싶어서."

스탠리의 목소리는 계단통에서 커다랗게 들렸다. 목소리는 위층으로 빙빙 돌며 올라가 낭랑한 종소리처럼 수직의 통로에서 맑고 공허하게 울렸다.

"그 일에 대해서 말이야. 동작과 주임 선생님한테 가서 불만을 제기했어."

"고마워. 하지만 이제 괜찮아. 그냥 멍청한 짓이었을 뿐이야."

소년이 조용히 말했다. 그가 도로 계단을 내려가려는 것처럼 움직이자 스탠리는 그에게 더 가까이 다가가서 난간 쪽으로 바싹 몰아 꼼짝도 못 하게 막았다.

"난 연기과 주임 선생님한테도 말씀드릴 거야. 다른 사람이 이 일에 대해 아무것도 안 한다는 걸 믿을 수가 없어. 혐오스러워. 걔네들이 너한테 한 짓은 혐오스러운 짓이야. 그런데 아무도 신경을 안 쓰잖아."

소년은 뜻 모를 얼굴로 잠깐 동안 스탠리를 쳐다봤다. 그가 양손을 등 뒤로 돌려 난간 쪽으로 뻗고서는 손잡이를 살짝 잡아당기며 그대로 잠시 서 있다가 말했다.

"난 미리 짜둔 상대였어."

"뭐?"

"미리 짜놓은 상대였다고. 주인공, 그 가면 쓴 애 닉이 나한테 미리 물어보고 짜냈던 거야. 난 걔네가 날 고를 걸 알았고, 무슨 일이 일어날지도 대충 알았어. 물에 대해서도 알았고, 걔네가 날 때릴 거라는 얘기도 들었어. 난 그게 재미있을 거라고 생각했어. 그냥 웃자고 하는 거라고."

스탠리는 인상을 찌푸렸다.

"하지만 넌 도망쳤잖아."

"난 걔네가 그렇게까지 할 줄은 몰랐거든. 내 셔츠랑 그런 것들. 머리를 자른 것도. 걘 나한테 물통에 대해서만 말했었어. 난 그 정도는 괜찮을 거라고 생각했지. 내가 걔네들을 도와주는 거랄까, 그 비슷하게 생각했어. 그래서 좋다고 했지."

"늘 미리 사람을 골라두는 거야? 매년?"

스탠리가 물었다.

"아마도."

소년은 시선을 홱 돌려 스탠리의 어깨 너머와 계단 아래를 보고서 말을 이었다.

"안 그러면 절대로 그냥 넘어가지 못할 테니까."

"그냥 넘어가게 놔두면 안 돼."

"뭐 어때. 그냥 연습이었을 뿐인데. 그냥 핵심을 보여주기 위한 거였을 뿐이야."

소년이 어깨를 으쓱이고서 말했다.

"하지만 왜?"

스탠리가 물었다. 의도했던 것보다 더 사납게 말이 나왔다. 동작과 주임의 사무실에서 느꼈던 것과 똑같은 무력한 기분이 느껴지기 시작했다. 혼란 속에서 그는 소년을 노려봤고, 이제는 소년도 그를 노려봤다.

"난 그냥 걔네를 도와줬을 뿐이야. 걔네 프로젝트에 사람이 필요했으니까. 별일 아니라고."

"네 셔츠는? 네 셔츠는 중요했잖아."

스탠리가 말했다. 소년은 난간을 더 꼭 잡았다. 소년의 얼굴이 달아올랐고, 턱에 힘이 들어갔다. 반짝이는 금발이 두피 뒤쪽으로 홱 밀렸다.

"저기 말이야, 네 걱정은 고맙게 생각하는데, 난 네가 앞장서서 싸워줘야 하는 어떤 목표 같은 것도 아니고, 무슨 표어 같은 것도 아니야. 그건 내 잘못이었어. 내가 걔네한테 뭘 할 계획인지 물어봤어야 했어. 별일 아니라고. 불만을 제기할 필요 없어."

"걔넨 널 다치게 했어!"

스탠리가 소리쳤다.

"그래, 그리고 나중에 날 찾아왔지. 가면을 벗고 다 끝난 다음에 나한테 와서 우린 얘기를 했고, 전부 다 해결했어. 이건 네 문제가 아니야. 넌 거기 없었잖아."

소년도 큰 소리로 말했다.

스탠리는 잠깐 동안 소년을 쳐다보다가 그가 지나갈 수 있게 옆으로 비켜섰다. 소년은 고개를 숙이고 중얼거렸다.

"어쨌든 고마워."

그가 스탠리를 지나쳐 계단을 뛰어 내려가서 사라졌다.

스탠리는 고개를 들어 계단을 비추는 문설주 달린 창문을 쳐다보고 무겁게 한숨을 쉬었다. 주먹을 꽉 쥐고 있었고 뭔가를 치고 싶은 기분이었지만, 뭘 치고 싶은지, 심지어는 왜 그런지조차 알 수가 없었다. 2학년 배우들이 계단으로 우르르 내려오자 그는 뒤로 물러났고, 학생들이 줄어들자 그 뒤로 연기과 주임이 차분하게 내려오는 게 보였다. 선생은 팔 아래를 누덕누덕 기우고 너덜너덜하고 가장자리에는 녹슨 축범삭 구멍이 있는 주돛을 둘둘 말아 끼고 있었다. 다른 데 정신이 팔린 것 같았다.

"스탠리, 네가 날 보자고 했던가? 맞지?"

그가 다가오며 물었다.

"괜찮아요. 동작과 주임 선생님이랑 다 해결했어요."

스탠리는 정중하게 옆으로 물러나면서 말했다.

"전부 다 해결했어요."

5월

"이건 통제와 의사소통에 관한 연습이야."

동작과 주임이 말했다.

"너희들 모두 둘씩 짝을 지어 서로를 보고 서렴. 손바닥을 서로 대고 발은 정면으로 보게 서서 서로가 거울을 마주 보는 것처럼 똑같이 움직이는 거야. 네가 원하는 대로 어떻게 움직여도 상관없지만, 내가 너희들 사이를 지나갈 때 누가 먼저 움직이고 누가 따라가는지 알 수 없도록 움직여야 해."

학생들이 우르르 움직였고 스탠리는 바로 옆에 앉아 있던 여자아이와 짝이 되었다. 그들은 서로를 보고 재빨리 미소를 지으며 마주 섰고, 스탠리는 심장이 펄쩍 뛰는 것을 느꼈다. 자기혐오감이 약간 들자 그는 인상을 찌푸리고 그 감정을 억눌렀다. 그리고 눈을 가늘게 뜨며 동작과 주임을 돌아보았다. 자신이 열심히 귀 기울이고 있다는 걸 보여주기 위해서, 이 수업을 굉장히 진지하게 받고 있으며 여자아이가 무슨 기대를 하고 있든 간에 그는 그녀의 성별에 완전히 무관심하다는 걸 보여주기 위해서였다. 눈가로 여자아이가 한참 그를 쳐다보다가 고개를 돌려 동작과 주임을 쳐다보는 게 희미하게 보였다.

동작과 주임이 말을 이었다.

"너희 둘 중에서 먼저 움직일 리더를 한 명 정해. 리더를 바꾸는 걸 서로 알릴 육체적인 신호도 정해야 돼. 너희가 원하는 만큼 여러 번 서로서로 리더를 바꿔도 좋아. 시선을 맞추는 건 필수야. 이 연습은 말을 하지 않고서 할 거다."

짝을 지은 학생들은 서로 상의하기 위해서 몸을 기울이고 속삭였다. 동작과 주임은 몸을 돌리고 스테레오 서라운드 시스템의 버튼을 누른 다음 디스크가 돌아가기를 기다리며 손가락으로 튀어나온 가장자리의 먼지를 닦았다. 두꺼운 먼지는 은회색이었고, 부드러운 웨이퍼처럼 그의 손끝에 묻어났다. 그는 그것을 공처럼 뭉쳐서 퉁겨버렸다. 디스크가 돌아가기 시작했고, 그는 볼륨 조절 장치를 천천히 돌리고 또 돌려서 음악이 점점 커져 체육관을 완전히 채우게 만들었다. 그는 과도하게 감정을 자극하는 악기 연주로 된 영화음악을 골랐다.

"자리를 잡고 시작하렴."

그가 전주 속에서 외쳤다.

"음악은 너희의 맥박이야. 여기서 영감을 얻어야 돼. 자신을 분리시키고 정신을 나눠서 파트너를 쳐다보면서 이 고동에 귀를 기울여. 그러면 정신이 예민하면서도 평화로울 거다. 이제 시작해라."

스탠리는 파트너를 쳐다보고 그녀가 맞댈 수 있도록 손바닥을 들어 올렸다. 그들은 서로를 똑바로 쳐다봤고, 처음에 스탠리는 그녀가 그 맑고 정직한 눈으로 그에게서 뭘 볼지 몰라서 움찔거리며 인상을 찌푸렸다. 그녀는 그에 비해 약간 작았고, 그와 시선을 맞추기 위해 턱을 위로 조금 들고 있었다. 그녀는 고집스러운 회색 눈에 가는 일자형 입술을 지니고 있었다. 가까이 서 있어 비스듬한 빛 속에서 부드러운 분홍색으로 빛나는 뺨의 솜털과 콧등에 있는 옅은 갈색 주근깨까지 볼 수 있었다.

무거운 악기 소리가 잦아들고 현악기의 소리가 조용하지만 빠르게 커지기 시작했다. 스탠리는 오른손을 여자아이의 손에서 떼어내고 그녀도 천천히, 신중하게, 대략 0.2초 정도 느리게 똑같은 동작을 하는 걸 느꼈다. 그녀는 살짝 인상을 찌푸리고 있었지만, 그는 그것이 자신의 표정을 따라 하려는 것임을 깨달을 수 있었다. 그가 긴장을 풀고 좀 더 평범한 표정을 짓자 여자아이도 똑같이 했고, 그의 동작이 섬세하고 여성적인 형태로 그에게 메아리처럼 되돌아왔다. 마치 자신의 목소리를 더 가느다란 여자 목소리로 반사하는 동굴 같았다. 그는 주먹을 쥐고 그걸 자신의 턱 아래 댔다. 여자아이가 동작의 각도를 완벽하게 보면서 동시에 따라할 수 있도록 그는 천천히, 신중하게 움직이려고 노력했다. 여자아이는 그의 손의 움직임이 아니라 그의 눈을 보고 있었다. 두 사람 다 말없이 소통하느라 긴장해서 눈을 커다랗게 뜨고 있었다. 그들 주위로 다른 커플들 역시 비슷하게 손을 천천히, 침착하게 흔들며 움직였다. 손가락을 벌리고 메아리 소녀의 차갑고 가는 손가락과 깍지를 끼면서 스탠리는 위에서 보면 반 전체가 바람에 흔들리는 작물처럼 보일 거라고 생각했다. 흙에서 솟아올라 계속 바뀌는 세찬 바람 속에서 끊임없이 바들바들 떨리는 이파리처럼 그들이 오르락내리락 움직이고 있으니까.

무대에서 동작과 주임은 침묵 속에 손가락은 여전히 스테레오와 그 위에 덮인 회색 먼지에 댄 채 그들을 바라봤다. 시선이 그들을 훑고 지나갔다가 가장자리에 서서 파트너의 목을 검지로 건드리려고 하는 한 소년에게로 돌아왔다. 동작과 주임은 서로를 따라하는 커플이 서로의 목을 따라 쇄골 가운데 움푹한 부분까지 보이지 않는 선을 내리긋는 것을 보면서 생각했다. 남자아이가 리더로군. 그는 언제나 구분할 수 있었다.

남자아이가 턱을 높이 들고 다리를 벌리고 심각하고 열띤 표정을 하고 서 있어서 동작과 주임은 웃음이 터질 뻔했다. 잔혹극 연습 이후 그의 사무실에서 울음을 터뜨린 이래 그 소년의 반 수업을 하는 건 처음이었고, 그날 아침 체육관으로 들어와 아이들을 주목시키면서 그는 즉시 눈가로 스탠리가 그의 눈에 띄려고 초조하게 들썩거리는 걸 발견했다. 동작과 주임은 시선을 돌렸었다. 그 아이가 자식이라도 되는 양 그의 주의와 인정을, 시간을 요구하며 그에게 집착하는 건 바라지 않기 때문이었다. 그 모든 떨리는 첫 경험과 그에게 엄청난 영향을 미치는 깨달음들이 동작과 주임에게는 똑같은 기나긴 행렬에 가장 최근에 합류한 학생 한 명일 뿐이라는 걸 그 아이는 모르니까.

매년 최소한 한 명의 학생이 잔혹극 연습에 관해 불만을 제기하곤 했다. 수업은 연기과 주임의 영역이었고 대체로는 괴로워하는 학생을 사무실로 불러 상처를 달래주는 것도 그의 역할이었다. 하지만 올해처럼 가끔은 마지막 순간에 이유를 만들어 교실을 나가서는 뒤쪽 계단을 통해 체육관 위쪽의 조명 부스로 가 어두운 유리 뒤에서 학생들을 보곤 했다. 그 광경은 항상 달랐다. 어느 해에는 희생양 학생이 손을 뿌리치고 마주 싸웠고, 무대의 학생 몇 명이 심각하게 다친 적도 있었다. 또 다른 해에는 보고 있던 학생들이 우르르 무대 위로 뛰어 올라가 희생양을 구출했다. 하지만 해가 지날수록 점차 연기하는 학생들이 뭔가를 잃어갔다. 연기를 하려는 준비 자세라고 그는 생각했다. 비꼬려는 말이 아니었다. 올해를 보라. 셔츠, 머리카락 한 줌, 물통, 그리고 그 고통으로 나중에 소매에 얼굴을 묻고 우는 학생 한 명.

가끔 동작과 주임은 그 애들을 후려치고 싶었다. 체육관 바닥으로 뛰어 내려가서 아이들을 내리치고 그 애들이 정신을 차리고 깨어나 싸울 때까지 흔들고 싶었다. 가끔은 수축 포장해서 상표를 찍고 대량생산하는 인형처럼 그들을 꽉 채우고 칭칭둘러싸고 숨을 틀어막는 이 얇은 무관심의 막 때문에 미쳐버릴 것만 같았다.

그는 고개를 뒤로 젖혔다. 그들은 보호막에 싸여 있을 뿐이다. 그들을 깨워야 했다.

바닥에서 스탠리는 보이지 않게 파트너에게 리더 자리를 넘겼고, 여자아이는 이제 그에게서 떨어져서 몸을 쭉 폈다. 나무 바닥 위에서 검은 티셔츠 차림의 두 사람은 오래된 카드에 묻은 대칭형 잉크 자국처럼 보였다. 하지만 완전히 대칭은 아니었다. 남자의 동작은 절대로 여자의 동작을 따라가지 못했고, 그 반대도 마찬가지였다. 언제나 뭔가 빠진 부분이, 속임수를 드러내는 밝은 부분이 있다. 동작과 주임은 한숨을 쉬고 모두를 쭉 둘러봤다. 반 친구가 옷을 빼앗기고 머리카락을 잘리고 거의 익사할 뻔하는 것을 보고도 아무것도 하지 않은 무관심한 몽유병자 무리들을. 내가 이 애들을 어떻게 깨울 수 있을까? 그는 그렇게 생각하다가 문득 또 다른 생각을 떠올렸다. 누가 날 깨워줄까?

6월

"너희들에게 연말 창작 공연 프로젝트에 대해서 말하려고
한다."

연기과 주임이 힘차게 말했다.

"이건 1학년 일정에서 가장 중요한 행사지."

연기과 주임이 말을 할 때면 언제나 학생들은 두려움에 차
서 꼼짝 않고 침묵했다. 그가 목소리를 높일 필요도 없었다.

"첫 번째로 너희가 완전히 너희끼리만 해야 한다는 걸 강조
하겠다. 선생님들은 리허설이나 대본, 조명 기구, 의상 디자인
이나 콘셉트 상의 같은 걸 감독해주지 않을 거야. 이건 너희 프
로젝트니까. 10월 1일 저녁 8시에 우리는 강당에 도착해서 깜
짝 놀라고 싶어. 충격을 받고. 오디션을 본 2백 명의 지원자 중
에서 우리가 왜 '너희들'을 뽑았는지 그 이유를 눈으로 보고 싶
어. 우리 자신의 훌륭한 감식력에 자부심을 느끼며 떠나고 싶
단다.

이 프로젝트가 학교의 위대한 유산이라는 것도 덧붙여야겠
구나. 이 프로젝트의 일부로 생각했던 작업들을 나중에 더 큰
제작사에서 재작업을 한 경우가 많았고, 몇 개는 해외에서 공

258

연되기도 했어. 너희에겐 엄청난 선례가 있는 거야."

연기과 주임은 옛날 학생들에 대해 말할 때면 늘 밝아지는 것처럼 지금도 표정이 환해졌다. 오로지 과거를 돌아볼 때에만 그는 감탄하고 인정을 했고, 1학년생들은 아직 이 사실을 몰랐다. 무지 속에서 그들은 열렬하게 선생을 쳐다보며 자신들을 증명할 수 있는 이 새롭고 반짝이는 기회를 덥석 잡았다.

"학교의 전통이 있는데, 폐막일 밤에 배우들이 극에서 하나의 소도구를 골라서 제출하지. 그들이 고른 소도구는 다음 해 공연에서 강력한 자극제 역할을 해. 〈아름다운 기계〉라는 제목의 작년 공연에서는 그 전해 학생들로부터 커다란 철제 바퀴를 받았어. 원래 공연에서 그 바퀴는 움직이는 인력거의 일부분이었지. 〈아름다운 기계〉에서 그 바퀴는 운명의 바퀴로 재창조되어 아름다운 기계 그 자체의 시각적 중심 부속이 되었지."

남자아이 한 명이 자신이 〈아름다운 기계〉 공연을 봤고 그 바퀴를 아주 잘 기억한다는 걸 보여주기 위해서 열심히 고개를 끄덕였다. 연기과 주임은 희미하게 미소를 짓고 말했다.

"〈아름다운 기계〉의 배우들, 그러니까 작년의 1학년생들이 너희들의 중심이 될 소도구를 자신들의 공연에서 골랐어. 내 주머니 속에 있지."

그는 긴장감을 즐기면서 한참 동안 침묵을 지켰다.

"너희들이 첫 번째 모임을 갖도록 내가 나가기 전에 뭔가 질문 있니?"

그가 물었다. 아무도 질문할 거리를 떠올리지 못했다. 연기과 주임은 주머니에 손을 넣어 트럼프 카드 한 장을 꺼냈다. 평범한 덱에서 나온 카드로 안쪽에 가는 줄이 있고 분홍빛에 가장자리는 둥그스름했다. 그는 학생들 모두가 볼 수 있게 그것을 들어 올리고 손가락으로 뒤집어서 다이아몬드 킹을 보여주었다. 왕은 수염이 나고 가느다란 입술에 생각에 잠긴 표정이었고, 두툼한 손으로 도끼를 머리 뒤쪽으로 들고 있었다. 연기과 주임이 카드를 바닥에 던지고 고개를 우아하게 끄덕인 뒤 체육관을 나갔다.

체육관 문이 그의 뒤로 부드럽게 닫히며 다이아몬드 킹이 옆으로 미끄러졌다. 카드는 살짝 휘어져서 바다에서 방향을 잃은 돛대 없는 조그만 배처럼 동그란 등 부분을 바다에 댄 채 바르르 떨렸다. 잠깐 동안 침묵만 흘렀다. 그러다가 여자아이 한 명이 주저하며 말했다.

"다이아몬드 킹은 슈사이드 킹(Suicide king) 중 하나야. 혹시 모르는 사람이 있을까봐."

그녀는 침묵을 깨고 먼저 말을 한 데 대한 변명을 하는 것처럼 사과하는 어조로 말했다.

"하트의 킹은 칼을 들고 있는데 그게 옆머리를 찌르고 있는 것처럼 보이고, 다이아몬드 킹은 도끼날을 자기 쪽으로 향하고 있어. 모든 카드가 다 그래. 그래서 레드 킹 두 장은 항상 슈사이드 킹이라고 해."

여자아이는 손으로 동작을 해보이며 말했다. 모두들 고개를 빼고 쳐다봤고, 그녀의 말이 옳았다. 다시 침묵이 흘렀다. 이번에는 다른 종류의 침묵, 마지막 말만이 울리는 그런 침묵이었다. '슈사이드 킹.' 첫 번째 아이디어가 제시되면 언제나 다른 종류의 침묵이 흐르는 법이라고 스탠리는 생각했다.

몇 분이 지나자 전체적인 집중력이 깨졌다. 그들은 고개를 들고 어색하게 웃고, 소리 내서 웃거나 몸을 쭉 펴고 자세를 바꾸고 잡담을 하기 시작했다. 그리고 거기서부터 그들을 이끌 수 있는 리더를 찾아 주위를 둘러봤다.

7월

"우리가 선생으로서 무대를 잘 감상할 수 있을 거라고 생각하십니까?"

동작과 주임이 말했다.

"우리에게 정말로 영향을 미치는 유일한 학생들은 젊은 시절의 우리 자신을 가장 많이 연상시키는 애들뿐인데 말이죠."

연기과 주임이 웃음을 터뜨렸다.

"그리고 항상 굉장히 미화된 버전이지. 활기 넘치고 이상을 꿈꾸고. 그리고 몸도 말이야. 우리가 예전에, 다른 모든 일들이 일어나기 전에 갖고 있었다고 상상하는 그 탄탄하고 유연한 젊은 몸."

연기과 주임은 동작과 주임보다 열 살쯤 나이가 많았고, 나이를 곱게 먹지 못했다. 창백한 눈 주위에 축축한 분홍색 피부가 늘어져서 언제나 좀 아파 보였다.

"제 경우는 그게 슬프게도 사실입니다."

동작과 주임이 말했다.

"올해는 연기과 학생이 한 명 있는데요, 남자애죠. 그 애는 제 젊을 때랑 굉장히 닮았어요. 제가 상상하는 제 젊은 시절하고 말이죠. 그 반을 가르칠 때면 전 그러니까…… 그야말로 모든 것에 대한 의심을 잊게 됩니다. 그 애를 빤히 보고 그 애의 발전에 정말로, 그러니까 진심으로 기쁨을 느껴 계속해서 그 애를 찾게 되고, 그 애가 조금씩 변화하는 것을 보고, 선생이 느껴야 하는 흥분과 관대함, 그 모든 것을 느끼곤 해요."

선생으로서 연기과 주임은 항상 학생들과 일부러 거리를 유지했지만, 그의 몇 걸음 떨어진 냉정한 태도는 기묘하게도 학생들에게 그에 대한 존경심을 더욱 불러일으켰다. 학생들이 가장 깊은 인상을 주고 싶어 하는 대상도 연기과 주임이었고, 그들 대부분이 이후 수년 동안 기억하는 사람도 연기과 주임이었다. 그의 냉정함과 무심함은 마치 채찍을 든 주인에게 끌리는 강아지처럼 그들을 매료시켰다. 동작과 주임은 그런 무관심이라는 재능을 갖지 못했다고 연기과 주임은 생각했다. 그는 자신을 너무 드러내고, 자신의 본모습을 너무 빤히 보여줬다. 그리고 학생들이 자신을 실망시키면 지나치게 그들을 경멸했다.

연기과 주임은 바로 오늘 아침에 2학년생들에게 이런 이야기를 했다.

"캐릭터의 깊이에 대한 환상을 만들려면 그저 관객에게 정보를 감추면 돼. 캐릭터는 우리가 그 이유를 '모를' 때에만 복잡하고 흥미진진하게 보이는 거야."

동작과 주임은 손끝으로 손가락 관절을 쓰다듬고서 고개를 저었다.

"그리고 전 계속해서 이게 그저 '허영'일 가능성이 높다는 걸 상기하곤 하죠. 나 자신의 젊을 때 모습을 찾아서 마법에 홀린 동화 캐릭터처럼 게걸스럽게 바라보는 거요. 슬픈 일이에요. 제가 다른 학생들과 그런 식으로 연결될 수 있을 것 같진 않아요. 그냥……."

그는 양팔을 벌리고 어깨를 으쓱였다.

"그냥 그만큼 관심이 안 가요. 그들을 서로 다르게 만드는 게 뭔지 관심이 안 가요. 그 애들은 절대로 모르겠죠. 전 그 애들 앞에 서서 가르치고 있지만 무대에서의 연기 같은 거예요. 역할을 속속들이 알고 나가서 그걸 하죠. 하지만 사실 그건 그저 연기일 뿐이에요."

"자네가 자신을 너무 엄격하게 대하고 있는 걸 수도 있어. 실제로 관심을 가져야 한다고 자신에게 너무 과한 요구를 하는 거야. 꼭 관심을 가져야 할 필요는 없어. 관심을 갖지 않아도 훌륭한 선생이 될 수 있다고."

"그럴 수도 있긴 하죠."

동작과 주임이 대답했다.

"자네를 사로잡은 학생이 누구지? 자네의 젊은 시절 말이야."

연기과 주임이 물었다.

동작과 주임은 머뭇거리며 연기과 주임의 머리 위에 매달린 조명등을 힐끗 보았다.

"말씀드리지 않으렵니다."

아직 아무에게도 짝사랑 상대를 말하지 못한 소년처럼 그가 약간 수줍게 대답했다.

"알겠네. 하지만 솔직히 누군지 감이 오는군."

연기과 주임이 말했다.

4월

"우리 아빠는 이런 이론을 갖고 계셔. 학교가 죽을 가능성이 높아 보이는 학생들을 상대로 보험을 들어놔야 한다는 거야."

스탠리가 말했다.

침묵이 흘렀고, 여섯 명 모두가 포크를 내려놓고 스탠리를 똑바로 쳐다봤다.

"뭐?"

"왜냐하면 항상 죽는 애가 한 명은 있거든. 어떤 고등학교에 든 말이야, 안 그래? 고등학교 다닐 때, 너희가 어느 학교를 나왔든 늘 죽은 애 한 명은 기억할걸."

그의 미소가 흔들렸다. 그는 가볍게, 유쾌하게, 약간은 충격적으로 말을 할 생각이었는데 그의 친구들은 구역질 나고 혼란스럽다는 표정이었다. 그는 놀라고 실망스러운 표정을 슬쩍 지으려고 노력했다. 마치 듣고 있는 아이들이 그가 바랐던 것만큼 당당하고 별나지 못하다고, 그 찡그린 새침한 표정으로, 농담이나 스캔들을 받아들일 여지가 없는 그 퇴보적이고 촌스러운 생각의 폭으로 그를 실망시켰다고 말하려는 것처럼 말이다. 그는 눈썹을 가운데로 모으고 살짝 우울한 미소를 지으려고, 경멸과 유쾌함과 무관심함이 섞인 세련된 표정을 지으려고 노력했다. 그리고 그들의 태도에 신경 쓰지 않으려고 노력했다.

"완전 덜떨어진 소리 같아."

여자아이 한 명이 말했다.

스탠리는 더 활짝 웃었다. 이제 와서는 물러설 수 없었다. 그는 자신의 것이 아닌 관점을 이야기했고, 그렇기 때문에 어느 정도 거기에 책임이 있었다. 덫에 걸린 기분이 들어서 그는 아버지가 그러듯 유쾌하고 매력적으로 행동하고, 그 아이디어가 마치 진짜 자기 생각인 것처럼 느껴질 때까지 자신의 소유권을, 자신의 역할을 더 확대해서 상황을 만회하려 노력했다.

"대충 1년에 2백 정도 하는 보험에 가입할 수가 있어. 아이들에 대한 보험료는 굉장히, 굉장히 낮거든. 돈을 벌려면 어떤 일이 일어나기 전에 그게 일어날 거라는 걸 미리 알아야 돼, 안 그래? 그래서 그걸 알아채고 그걸 유익하게 활용하는 거지. 가장 죽을 가능성이 높아 보이는 애를 고를 수만 있으면…….”

그는 양손을 벌리고 논리가 자명하다는 듯 어깨를 으쓱였다.

“그러니까 넌 누가 됐든 보험을 든 사람한테 돈이 갈 거라고 생각하는 거야? 말하자면 죽을 것 같은 아이를 골라낸 영리한 학교 측에 그게 보상으로 가야 한다는 것처럼?”

남자아이가 말했다.

“‘가장 죽을 가능성이 높다’는 게 무슨 뜻이야? 완전 덜떨어진 소리야. 사람이 죽을 가능성이 높은지 어떤지 어떻게 알아?”

스탠리는 이제 온몸이 달아오르는 느낌이었다. 화가 나기 시작했지만 아버지에 대해서는 아니었다. 본능적으로 아버지에 대해선 보호 욕구가 느껴졌다. 그가 화가 난 상대는 그가 정말로 끔찍한 이야기를 했다는 듯이 거울처럼 매끄러운 리놀륨 식탁 너머로 그를 노려보는 이 구역질 나는 관객들이었다. 그는 아버지의 보험 아이디어에 자신도 비슷하게 구역질이 났었다는 사실을 잊었다. 아버지가 일부러 그를 자극할 때마다 가슴이 조여들고 이후 며칠, 몇 주씩 분노가 치민다는 사실도 잊었다. 그는 여섯 명을 마주 노려보면서 말했다.

“죽음에서 좋은 걸 얻을 수 없다고 누가 그래? 죽음처럼 끔찍한 것에서 좋은 걸 얻는 건 잘못된 일이라고 누가 그래? 그런 일이 일어나기 전에 미리 알고 기회를 잡는 게 뭐 어때서?"

그는 불완전하게 말을 인용했고, 그 말은 그의 입에서 기울어지고 기묘하게 느껴졌다.

"좋은 거라. 학교에서 집에 가는 길에 스케이트보드에서 떨어진 어떤 애를 통해서 백만 달러를 버는 것처럼?"

"그럴지도. 그래, 그런 거야."

스탠리가 대답했다.

"그거 내가 들어본 중에서 가장 멍청한 생각이야. 생명보험은 네가 의지하고 있는 사람이 죽을 경우에 대비한 지원금 같은 거야. 예를 들어 우리 아빠가 돌아가시면 우리 엄마는 끝장이야. 아빠 월급으로 먹고살고, 집 대출금을 갚고, 청구서들을 처리하셔야 하니까. 그래서 아빠가 돌아가시면 엄마가 다른 사람을 찾을 때까지 몇 년 동안 끝장나지 않도록 생명보험이 나오는 거라고. 왜 그쪽에서 네가 애한테 생명보험을 드는 걸 받아주겠어? 그건 아예 말이 안 돼. 네가 뭔가 계획을 꾸미고 있다는 걸 그쪽도 알걸."

"난 그냥 가능성에 대해서 말하는 거야."

스탠리는 아이디어의 소유권자 입장에 서서 말했다.

"그러니까 그 아이디어가 가능하다는 뜻이라고. 생각해볼 여지가 있다는 거지. 그걸 해낼 수만 있다면."

갑자기 그는 두 레스토랑 전에, 라 비스타에서 젖빛 유리와 담쟁이덩굴, 절대로 멈추지 않고 계속해서 물이 떨어지는 예술적인 분수가 있는 벽에 두 사람의 모습이 비치던 장면을 떠올렸다. 아버지는 리넨을 뭉쳐서 입을 닦고서 말했다.

"내 평생 최악의 야한 농담 한번 들어보겠니? 다른 데서는 절대로 들어본 적 없을 거다."

레스토랑은 조용했다. 맞은편의 커플은 음식을 씹으며 창밖을 보고 있었다. 스탠리는 입가를 닦고서 대답했다.

"네."

"내가 경고하는데, 정말로 형편없어. 얘기해도 될까?"

"네."

"좋아. 여섯 살배기에게 피넛버터를 바르면 뭐가 될까?"

"모르겠는데요."

스탠리가 말했다.

"흥분이 되지."

긴 침묵이 흘렀고, 스탠리의 아버지는 눈썹을 위로 올린 채 광대처럼 꼼짝도 않고서 씩 웃었다. 맞은편의 여자가 스탠리를 무심하게 쳐다봤다. 그와 시선이 마주쳤다가 여자는 천천히 눈길을 돌리고 다시 말없이 음식을 잘랐다. 그는 여자가 이야기를 들은 건지 알 수가 없었다. 씩 웃으며 기대에 찬 표정을 하고 있는 아버지를 다시 보고서 그는 미소를 지었다. 그 자신의 미소는 마치 입가를 빨래집게나 낚싯바늘로 집어놓은 것처럼 끔찍하게 가짜처럼 느껴졌고, 잠깐 동안 두 사람은 씩 웃는 상태로, 둘 다 꼼짝도 하지 않고, 둘 다 침묵 속에 앉아 있었다. 마침내 스탠리가 고개를 끄덕였고, 아버지가 말했다.

"꽤 엉뚱하지. 안 그러니?"

"네."

"네가 들어본 중에서 최악이지?"

아버지는 쾌활하게 고개를 옆으로 기울이고선 즐거운 듯이 의자에서 몸을 흔들었다.

"아마도요. 아마 최악인 것 같아요."

기억이 스탠리의 머릿속에 예고도 없이 떠올랐고 그는 방금 배신당한 듯한 기분으로 인상을 더욱 찌푸렸다. 청중들은 그들의 모습을 작고 하얗게 비추는 거울 같은 식탁 너머에서 그를 마주 노려보고 있었다.

"아무도 네가 어떤 애의 죽음으로 이득을 보게 놔두진 않을 거야. 그런 일은 일어날 수가 없어. 아무도 그런 일은 허용하지 않을걸."

한 명이 말했다.

스탠리는 어깨를 으쓱이고 고개를 돌려 대화는 끝났고 그는 상관하지 않는다는 듯이 식당 안의 다른 자리들을 둘러봤다.

"너흰 이걸 잘못 받아들이고 있어."

그는 그들 누구도 쳐다보지 않은 채 말했다. 그가 무심하게 뺨을 긁으면서 눈으로는 식당 안을 살폈다. 입은 꾹 다물고 건방진 어린애처럼 조롱조의 웃음을 희미하게 띠고 있었다.

"너흰 이걸 지나치게 문자 그대로 받아들이고 있어. 그건 그냥 농담이었을 뿐이야."

7월

"금기라는 게 뭘까?"

연기과 주임이 물었다. 그의 목소리가 커다란 체육관에 울려 퍼졌다. 아이들은 책상다리를 하고 원형으로 둘러앉아서 하얀 먼지가 묻은 차가운 발가락을 쥐고 있었다. 분산된 빛 속에서 아이들의 얼굴은 회색빛 유령 같았다.

누군가가 말했다.

"금기란 누군가가 원하지만 가질 수 없는 것입니다."

"금기란 역겨운 짓이라 금지된 것을 말해요."

"아니면 성스럽기 때문에 금지됐든지요."

"금기란 이야기해서는 안 되는 것을 뜻해요."

"금기란 사람들을 불편하게 만드는 일이에요."

"금기란 우리가 준비가 되지 않은 일입니다."

이 마지막 대답은 연기과 주임의 오른편에 앉아 있는 여자아이가 한 거였다. 여자아이가 말하자 선생은 깜짝 놀라서 맑고 옅은 눈으로 그녀를 쳐다보았고, 잠시 뒤에 뜻밖에도 아주 드물게 미소를 지었다.

"우리가 준비가 되지 않은 일이라. 훌륭해."

그들은 몇 분 동안 마법과 의식과 희생에 대해서 이야기했고, 그다음에 연기과 주임이 물었다.

"죽음은 금기일까?"

그가 학생들 하나하나에게서 답을 찾는 것처럼 그들을 차례로 쳐다봤다.

"옛날 한때는 죽음이 엄청난 금기였지. 아직도 그럴까?"

스탠리는 앉아서 바닥을 보고 인상을 찌푸렸다. 연기과 주임의 창백하고 찌르는 듯한 눈길이 그를 긴장하게 만들었다. 선생은 제기한 문제의 중대함을 강조하고 그들 누구도 적절한 대답을 할 능력이 없다는 걸 상기시키려는 듯 당당하고 예리하며 의심 어린 어조로 모든 질문을 던졌다. 연기과 주임의 그 차갑고 단조로운 어조는 스탠리의 아랫배 안쪽을 살짝 떨리게 만들었다. 마치 선생의 거리감 있는 태도로 금지되었다는 사실 자체가 더욱 강조되는 것만 같았다. 그러니까 타락 전문가가 어린아이에게 담배를 권하면서 그 아이가 얼굴을 붉히고, 어깨를 으쓱이고, 말을 더듬는 걸 알아채지 못한 척하듯 연기과 주임도 일부러 무심한 척하는 것처럼 보인다고 스탠리는 생각했다.

금기 그 자체가 금지된 주제라도 되는 것처럼 이 모든 대화엔 굉장히 기묘한 구석이 있었다. 스탠리는 그들이 유혹을 당하고 있지만, 아무도 왜 그런지 제대로 이해하지 못하는 것 같다는 느낌을 받았다. 그는 움찔거리며 배 속의 떨림이 지나가기만을 기다렸다. 학생들 대부분이 그와 마찬가지로 불편한 얼굴로 시선을 내리깔고 선생이 달려들기만 기다렸다.

"스탠리, 죽음이 엄청난 금기일까?"

선생이 달려들었다.

스탠리는 주먹을 꽉 쥐고 손가락 관절로 마룻바닥을 누르며 생각에 잠겼다.

"아뇨. 더 이상은 아닙니다."

그가 마침내 대답했다.

"왜지?"

"왜냐하면 사람들은 항상 죽은 척하니까요. 전 텔레비전을 켤 때마다 매번 사람들이 죽은 척하는 걸 봐요."

"그래서?"

연기과 주임은 열성적으로 보였다. 그의 입술이 위로 말려 올라갔다.

"죽음이 엄청난 금기라면, 죽은 척했다가는 문제가 생길 거예요."

연기과 주임은 만족스럽게 고개를 끄덕이고서 아이들에게로 시선을 돌렸다. 스탠리는 숨을 들이켰다. 진땀이 났다.

"우리 아버지의 죽음에 대해서 얘기를 해주마. 아버지께선 자신의 침대에서 돌아가셨고, 돌아가신 뒤 우리 가족은 아버지의 시체를 실어 나가기 전에 하룻밤을 시체와 함께 보냈어. 난 사후경직에 대해서 들어봤고, 그게 굉장히 흥미로운 개념이라고 생각했지만 더 이상은 일어나지 않는 케케묵은 옛날이야기처럼 느껴져서 좀 의심스러웠지.

난 아버지의 침대 옆에 앉아서 아버지를 바라봤어. 한 시간에 한 번쯤 몸을 앞으로 기울여 피부가 처지고 부드러워진 광대뼈 아래쪽의 주름을 검지로 살짝 찔러봤어. 이런 식으로 규칙적으로 아버지의 뺨을 만지면서 경직되기를 기다렸지. 잠시 시간이 지나니까 그렇게 되더구나. 몸을 기울여서 아버지의 뺨을 찔렀는데 나무판자처럼 딱딱했어.

내가 무시무시하게 느꼈던 건 그 지연이야. 아버지의 몸은 굉장히 오랫동안 부드러웠고, 그러다가 누가 스위치를 켠 것처럼 바뀌었지. 그 지연이 날 두렵게 만들었어. 죽음의 두 가지 증상, 즉 사후경직과 심장이 멎는 것 사이의 시간 차 말이야. 갑자기 난 죽음을 단독적이고 최종적인 것이 아니라 증상이 천천히 축적되고 점진적으로 물러나는 그런 점증적인 절차라고 여기게 됐어."

그들은 이제 신중한 눈으로 그를 보고 있었다.

"이건 나한테 굉장히 사적인 추억이지. 왜냐하면 난 늘 아버지가 돌아가실 때면 굉장한 슬픔을, 심지어는 히스테리를 느낄 거라고 생각했어. 내 누이들이 울었던 것처럼 울고 또 울고, 대체할 수 없는 아버지의 것들 때문에 깊은 갈망을 느끼게 될 거고, 내 인생을 정상으로 되돌리기 위해서 노력해야 할 거라고 생각했지. 아버지가 돌아가시고 나면 나 자신의 유한함에 대해서 생각하게 되고, 삶의 간결함을 새롭게 인지하고 숭배하게 될 거라고 생각했어."

연기과 주임의 목소리는 차분했지만 굉장히 부드러웠고, 마치 가스레인지의 불꽃을 낮추면 강렬하고 깨끗한 파란 빛을 내는 것처럼 그 조용함으로 인해 더욱 강렬해졌다.

"하지만 그런 일은 일어나지 않았어. 난 울지 않았지. 엄청난 슬픔을 느끼지도 않았고, 내게 필요했던 아버지에 관한 모든 걸 금방 대체했어. 나 자신의 유한함은 예전과 똑같았지. 그뿐이었어. 난 아버지의 죽음에 어떻게 반응할지 안다고 생각했는데, 내가 틀렸던 거야."

연기과 주임이 새롭고 더 빠른 기어를 넣은 것처럼 말을 이었다.

"스탠리처럼, 너희들 모두 텔레비전을 켜면 누군가가 죽는 척하는 걸 볼 수 있어. 너희 모두가 죽음이 '아니라' 사람들이 가장했을 뿐인 죽음을 수천 번쯤 봤을 거야. 지금 내가 '넌 총에 맞았어!'라고 하면 너희는 바닥을 구르고 배를 움켜쥐고서 몸을 꼬고 신음을 흘리겠지. 하지만 너희들이 하는 건, 너희들이 하는 모든 건 복제를 다시 복제하는 거야.

내가 너희들에게 내주는 숙제는 죽는 연기를 준비해 오라는 게 아니야. 너희들 대부분은 누군가가 정말로 죽는다는 게 어떤 건지 직접적인 지식이 없을 테니까. 대신에 너희들 각자 가장 내밀한 경험에 관한 연기를 준비해 와라. 다른 아이들에게 이 내밀한 순간을 보여줌으로서 이 경험이 너희를 좌지우지하게 되는 거야. 이 연습의 목적은 끔찍하게 개인적인 경험을 우리가 이해하지 못하는 장면이나 상황을 연기할 때 감정적인 대체제로 사용하는 방법을 익히는 거야."

마지못한 침묵이 흘렀다. 모두가 다른 사람을 쳐다보지 않으려고 노력했다. 그들은 재빨리 다른 아이들 앞에서 재현할 수 있고 자신의 삶에서 가장 내밀한 경험인 척할 수 있는 비교적 고통스럽지 않은 추억을 떠올리려고 머릿속을 뒤졌다.

연기과 주임은 잠깐 동안 침묵을 그냥 둔 채로 느긋하게 생각했다. 아이들 중 한 명이 내 수업에서 있었던 장면을 연기한다면 어떨까? 이 아이들 중 한 명의 삶에서 가장 내밀한 순간이 '나'와의 결합, '나'와의 어떤 귀중한 순간이고 그걸 다른 아이들 앞에서 재현할 만한 배짱이 있다면 과연 어떨까? 그는 입술을 오므리고 그 가능성에 대해서 생각해봤다. 그리고 결론을 내렸다. 그런 일은 없을 거야. 아무한테도 그럴 용기는 없어.

"난 내 연기 경력에서 수도 없이 아버지의 죽음에 대한 추억을 이용했지."

연기과 주임이 마침내 말했다.

"그걸 상기하고, 다시 상상하고, 그 추억에서 유용한 핵심을 모두 빨아내고 뭔가를 '배울' 때까지 계속 반복했어. 난 그걸 러브보르크 역에 사용했고, 켄트 역에도 사용했어. 믿을지 모르겠지만 트래지디언 장군 역에도 썼지. 앨지 역에도 썼고."

바닥에서 스탠리는 자신의 아버지를 떠올렸다. 아버지가 지금 그들과 함께 있는 것을, 난간에 기대 주머니에 손을 꽂고 체육관 바닥에서 끄덕거리는 고개의 바다 너머로 스탠리와 눈을 마주치고는 진지하게 윙크를 하는 모습을 그려봤다. 아버지는 연기과 주임 선생을 싫어했을 거라고 스탠리는 생각했다. 그리고 아버지가 지금 뭐라고 하실지 상상해봤다. '맞아, 너를 부술 것들을 숭배하렴. 죽음과 이혼을 숭배하고, 다른 소음들 속에서 너 자신의 고통에 귀 기울이는 법을 배우렴. 그러면 모든 게 너에 대한 훌륭하고 건전한 관점으로 축약될 테니까. 그게 딱이야.' 스탠리는 아버지가 고개를 젓고 그 혐오스럽지만 어찌할 수 없는 방식으로 웃음을 터뜨리며 진료실에서 고객을 만날 때 항상 입는 보풀이 인 회색 스포츠 재킷 아래로 어깨를 으쓱이는 모습을 상상했다.

하지만 어쩌면 그러지 않을지도 모른다. 어쩌면 아버지는 연기과 주임 쪽을 엄지손가락으로 가리키며 이렇게 말할지도 모른다. '저 친구한테 다 맡겨야겠어. 나 같은 사람들에게 일거리를 주는 게 바로 저 친구 같은 사람들이거든. 저 친구가 너희들 모두를 천천히, 확실하게 망가뜨리게 놔둬야겠다. 너희들이 너희들 인생에서 자발적이고 훌륭한 것을 모두 빼앗기고 나면, 그러고 나면 난 고쳐야 하는 새 고객 스무 명을 얻게 되겠지. 그러니까 계속하렴. 난 네 바로 뒤에 있단다, 아들아. 너희들 바로 뒤에 있어. 땅 좀 더 파지 그러니.'

연기과 주임의 목소리는 이제 사랑스러운 대본에서 인용하는 것처럼 낭랑했다.

"만약에 추억이 죄악에 대한 거라면, 그 뒤에 너희들은 그 죄에서 해방될 거다. 그건 일종의 구원이 될 거야."

스탠리는 자신이 살면서 구원받아야 할 만한 일을 한 적이 있나 고민했다. 그리고 아무것도 떠오르지 않자 창피해졌다. 그에게도 비밀이, 곱씹고 머릿속 한구석으로 치우고 싶은 검게 퍼지는 잉크 얼룩 같은 비밀이 있기를 바랐다.

마침내, 분침이 12에 도달하자 연기과 주임이 말했다.

"수업을 마치기 전에 마지막 질문이 있단다. 최후의 금기는 뭘까? 다른 어떤 것보다도 중대하고 더욱 신성한 금기는?"

"섹스요."

누군가가 말했다. 대답이 너무 하찮게 느껴져서 학생들 몇 명이 인상을 찌푸리고 자세를 바꾸고 바닥을 내려다보며 열심히 머리를 굴렸다. 스탠리는 다리 사이가 다시 움찔거리는 걸 느끼고 체육관을 나가서 숨고 싶은 강렬한 충동에 몸이 뻣뻣하게 굳었다. 그때 연기과 주임의 오른편에 있는 여자아이가 고개를 들고 말했다.

"근친상간이 최후의 금기예요."

종이 울렸다. 연기과 주임이 말했다.

"가도 좋아."

스무 명의 학생들이 인생에서 가장 내밀한 장면을 재현하느라 오전 시간 거의 대부분이 지나갔다. 학생들 대다수는 부모님의 이혼에서 핵심적인 순간을 골랐다. 몇 명은 성적인 만남이나 공개적으로 창피를 당한 일 등을 골랐다. 여자아이 한 명은 무대에 피자 상자 한 더미를 가져와서 한 조각 한 조각 씹어 곤죽으로 만든 다음 팔 아래 끼고 있던 하얀 그릇에 뱉었다. 여자아이는 울고 또 울면서 차갑게 식은 피자 세 판을 중간중간 씹었고, 마침내 연기과 주임이 박수를 치면서 말했다.

"훌륭해. 수고했다. 그 정도면 괜찮겠어."

오전이 흘러가면서 교실엔 적막이 내려앉았다. 스탠리는 마지막에 연기하는 학생 중 한 명이었고, 소도구인 조그만 종이봉투를 껴안고서 연기하는 학생들이 차례차례 바뀌는 걸 지켜봤다. 모두들 울고 소리치고 떨리는 손등으로 보이지 않는 연인을 쓰다듬었다.

무대 위의 여자아이가 말했다.

"열여섯 살 때 전 수학 프로젝트 때문에 나침반을 찾아 아빠의 책상 서랍을 뒤졌어요. 그러다가 아빠가 어린애랑 같이 욕조에 있는 사진을 발견했어요. 그 애도, 욕조도 처음 보는 거였어요. 사진을 뒤집어봤지만 거기엔 아무것도 쓰여 있지 않았어요. 전 그걸 엄마한테 보여드렸죠."

여자아이는 받침대 없는 화이트보드 위에 고정되어 있던 오래된 두루마리 지도의 손잡이를 잡아당겼다. 지도가 펼쳐졌다. 여자아이는 사진을 그린 커다란 그림을 지도에 붙였다 그녀의 아버지는 수염이 나고 고개를 뒤로 젖혀 목 안쪽의 자줏빛이 드러나도록 웃고 있었다. 여자아이는 지도 손잡이를 화이트보드 아래쪽 고리에 걸어 고정시키고서 물러섰다.

"아빠한텐 가족이 둘이었던 거예요. 사진을 통해서 우린 알게 됐죠. 아빤 이 여자랑 오래전에 관계를 가졌고, 여자가 임신을 했고, 그리고 여자는 또, 또다시 임신을 했고, 갑자기 아빠한테는 가족도 둘, 애들도 두 무리가 된 거예요. 아빤 둘 사이에서 시간을 쪼개 쓰고 계셨던 거 같아요. 우리가 이걸 알게 됐을 때 아빤 해명이나 뭐 그런 걸 하려고도 하지 않으셨어요. 그냥 일어나서 나가셨죠. 그 이래로 전 아빨 본 적이 없어요. 보고 싶지도 않고요. 엄마가 사진을 없애서서 전 사본을 만들어야 했어요. 그래서 이게 아빠가 새 가족의 셋째 아이와 함께 있는 장면이에요."

스탠리는 욕조 안에 있는 커다란 아버지를 보았다. 혐오스러울 정도로 비율이 안 맞고, 다리 사이의 허연 비누 거품 속에서 웃고 있는 조그만 어린아이를 감싼 손가락은 두껍고 분홍빛이었다. 연기과 주임은 고개를 끄덕이고 수첩에 뭔가를 열심히 적었다. 스탠리는 여자아이가 커다란 그림을 말아 넣고 조용히 무대에서 내려오는 것을 보았다.

남자아이는 부모님이 벌였던 최악의 싸움에 대해서 이야기하기 시작했다. 그는 이 반의 코미디언 중 한 명으로 유쾌한 자기비하와 재치로 여자아이들 사이에서 인기가 있었기 때문에 그가 이야기하는 동안 동급생들은 눈에 띄게 긴장을 풀고 밝아져서 관대하게 웃을 준비를 하고 몸을 조금 세웠다. 연기과 주임은 새 종이로 넘기고 안경 너머로 남자아이를 보면서 손가락을 앞에 있는 책상 위에 쫙 펼치고 고개를 기울였다.

"그리고 이게 핵심이었어요. 아빠는 이러셨죠. '당신은 신경과민에 강박증이고 조만간 당신도 그 사실을 받아들이게 될 거야.' 아빠 정말로 그렇게 소리를 지르셨고, 잠깐 동안은 진짜로 무서웠어요. 아빠 굉장히 조용하고 인내심 있는 타입이셨거든요. 그 이후로는 뭔가가 그냥 부서져버린 것 같았어요. 엄마는 정말로 아빠한테서 도망을 쳐서 복도를 달려가 서재로 들어가서 문을 쾅 닫으셨죠. 우린 싸움이 끝났다고 생각했는데 10분 후쯤 엄마가 도로 문을 열고 이렇게 고개를 빳빳이 들고 당당하게……."

그는 발레리나처럼 팔을 들어 올리며 흉내를 냈다.

"품에는 종이를 한 뭉치 안고 나오셨어요. 엄만 그 문장을 전부 다, 글자크기 36으로 타이핑을 해서 50장쯤 뽑으셨던 거예요. 그걸 사방에 붙이셨죠. 아빠 서류가방에, 모든 옷의 주머니에 다 넣으셨고요. 부엌의 알림판에도 붙이셨어요. 집안 사방팔방이 '당신은 신경과민에 강박증이고 조만간 당신도 그 사실을 받아들이게 될 거야'라는 문장으로 도배가 됐어요."

모두가 웃었다. 남자아이는 그들에게 엄지손가락을 들어 보인 다음 바닥의 자기 자리로 돌아가려는 듯 움직였다.

"거기 잠깐 있어라, 올리버."

연기과 주임이 말했다. 그는 웃고 있지 않았다.

"왜 이걸 네 가장 내밀한 추억으로 골랐지?"

남자아이는 어깨를 으쓱이고 주머니에 손을 밀어 넣었다.

"그날 복수에 대해서 배웠기 때문인 것 같아요."

그의 말에 모두가 다시 웃었다.

"정말로? 너한테 세상에서 제일 쉬운 일이 모두를 웃기는 거라서는 아니고? 실제로 성실하고 진실하게 너 자신을 보여주는 대신에 쉬운 선택을, 쉽게 빠져나갈 길을 고른 건 아니고?"

교실이 조용해졌다. 모두들 손톱으로 마룻바닥을 뜯으며 여전히 주머니에 손을 꽂고 구두 밑창으로 무대 바닥을 긁으며 서 있는 코미디언 올리버에게서 눈길을 피했다. 스탠리는 올리버의 입가에 불꽃처럼 방어적인 미소가 번뜩이는 걸 볼 수 있었다.

"여기 있는 다른 모든 학생은 정말로 뭔가를 나눴어."

연기과 주임이 말했다.

"그들은 기꺼이 자신의 가장 약한 면을 보여줬어. 인생에서 가장 고통스럽고 가장 성스러운 순간을 재연하고, 우리 모두에게 보여줬어. 그건 아주 용감한 행동이야. 오늘 아침에 이 교실엔 굉장히 신뢰가 넘치고 있어. 그런데 너한테서는 별로 신뢰가 보이지 않는구나, 올리버. 네 강점을 이용하는 건 용감한 게 아니야. 너도 다들 웃을 거라는 걸 알고 있었잖니. 그게 뭐 대단한 일이지?"

올리버는 이제 눈에 띄게 긴장해서 후회하는 표정으로 고개를 끄덕이고 무대를 내려와 자신의 수치를 홀로 곱씹기 위해 앉아 있는 친구들 뒤쪽으로 사라졌다. 그도 이렇게 될 줄 알고 있었을 것이다. 모든 1학년생들은 더 다재다능한 자신을 재구성하기 위해서 자존심의 틀을 공개적으로, 강제로 깨뜨리는 이런 종류의 노출을 겪었다. 지금까지 1학년생의 절반이 표적이 되었고, 나머지는 침울하게 앉아서 자신들의 차례를 기다리고 있었다.

"여자 친구가 있니, 올리버?"

연기과 주임이 물었다.

"네."

그녀는 1학년생 중 한 명이었고 그의 눈이 잠깐 친구들 속에서 그녀를 찾았다.

"여자 친구와의 관계 중에서 다른 아이들에게 드러내고 싶지 않은 그런 부분이 있니?"

남자아이는 고개를 돌려 연기과 주임을 보았다. 그는 머뭇거리다가 잠시 의심스러운 눈빛으로 선생을 보았다.

"네."

그가 다시 대답했지만, 스탠리는 그가 감히 아니라고 말할 수 없었을 거라고 생각했다. 여자아이는 자신을 비하하거나 망가뜨릴 만한 내용이 강제로 공개될지도 모른다고 생각하는 것처럼 살짝 긴장한 모습이었으나 한편으로는 남자 친구의 대답에 굉장히 기쁜 듯 미소를 지으려다 혹시 친구들이 질투하는지 주위를 재빨리 둘러보았다.

"그게 바로 내밀하다는 말의 의미야. 내밀하다는 건 네가 공개하고 싶지 않은 모든 순간을 말하는 거지."

연기과 주임은 올리버를 쳐다보고 못마땅한 태도로 만년필을 책상에 툭툭 두드렸다.

"앉아도 좋다. 하지만 아직 너하고는 다 끝나지 않았다는 거 명심해라."

연기과 주임이 마침내 말했다. 그는 학생들 뒤쪽에, 조그만 책상 뒤에 몸을 옆으로 돌리고 앉아서 긴 다리를 구부리고 한 손으로 멍하니 종아리를 쓰다듬으며 뭔가를 적었다. 그는 창피한 얼굴의 올리버가 여자 친구 옆자리로 돌아가는 걸 본 다음에 펜 뚜껑을 찰칵 하고 덮었다.

"스탠리, 올라가라."

9

금요일

줄리아의 큐 카드는 손에 난 땀 때문에 가장자리가 부풀어 있었다.

"여자아이들은 활인화*의 밀랍인형들 같았어요. 항상 같은 장면이고, 항상 똑같은 배열로 있어요."

그녀가 말했다.

"가장 성적 매력이 강한 사람이 덫 역할을 해요. 덫은 항상 가운데죠. 가장자리로 치우치면 안 돼요. 그러면 쉬운 목표물이 되니까요."

또렷한 스포트라이트가 줄리아의 모습을 벽 쪽으로 비췄다.

"덫은 꼭 가장 아름다워야 할 필요는 없어요. 하지만 언제나

---

* 살아 있는 사람들이 분장해서 정지된 모습으로 명화나 역사적 장면을 연출하는 것.

가장 유혹적이어야 해요. 가끔 덫은 다른 인물들을 당황스럽게 하거나 창피하게 할 만한 일을 해요. 대체로는 생각 없이, 또는 일부러 충격적인 자세를 취하는 거죠. 그게 그녀의 일반적인 역할이에요.

가장 아름다운 여자아이는 덫의 옆에 앉아요. 그녀는 포상이라고 해요. 포상은 그 손댈 수 없는 분위기가 특징이죠. 종종 활인화에서 안정적으로 장기적인 관계를 지속하는 유일한 인물이에요. 이 관계의 목적은 언제나 그녀의 손댈 수 없는 분위기를 강조하는 데 있어요. 일반적으로 포상은 깨끗하고 성공적이고 수수께끼 같아요.

덫과 포상의 뒤에 서 있는 건 매니저죠. 매니저는 활인화 내에서 모든 동작을 지휘해요. 매니저는 종종 알아채기가 어려워요. 관리 방식이 집단마다 당연히 다 다르기 때문이죠. 일반적으로 쓰이는 은밀한 관리 방식 몇 가지를 들자면 재치를 발휘하거나 잔인하게 굴거나, 가끔은 모성애 넘치는 방식으로 행동하는 거예요.

활인화의 다른 모든 인물은 이 주요 삼인방을 동경하는 하인들이에요. 그들은 시녀나 희생양, 웃음소리를 내는 관객으로 사용되죠."

줄리아는 다른 사람이 억지로 읽으라고 시킨 것에 대한 은밀한 혐오감을 또렷하게 드러내고 싶은 것처럼 가끔 대사를 묘하게 덤덤하게 말하곤 했다.

그녀가 결론을 말했다.

"이 활인화의 우울한 불변성은 왜 여자아이들이 무엇보다도 환생과 재창조를 귀하게 여기는지를 우리에게 확실하게 보여 줘요."

월요일

브리짓의 죽음에 관해서는 상담 수업이 열리지 않았다. 스포츠 우승컵을 진열하는 선반에서 깃발을 꺼내 다림질을 하고 조기로 게양해서 음울한 한 주 동안 깃발이 녹슨 깃대에서 펄럭거렸다. 여자아이들은 교내를 유령처럼 어슬렁거리며 돌아다녔다. 그들은 자신들이 아무것도 느끼지 못한다는 사실이 부끄러웠고, 그래서 굉장히 많은 것을 느끼는 척했다. 그들은 유리창을 타고 흐르는 빗방울을 바라보며 남들을 의식하고서 자신의 유한함에 대해서 고뇌했다. 그들은 한숨을 쉬고 지나치게 오래 화장실 칸막이 안에서 시간을 보내며 서로에게 이렇게 말했다.

"나 잠깐 좀 혼자 있고 싶어."

줄리아는 매점에서 줄을 서서 기다리면서 어떤 여자아이가 친구에게 말하는 것을 들었다.

"그건 사소한 것들이야. 네가 기억하게 되는 거, 그건 사소한 것들이야."

아이들을 모아놓고 상담 선생은 이렇게 말했다.

"브리짓은 아주 특별한 학생이었습니다."

그는 '중요하다'는 말을 할 때와 똑같은 식으로 '특별하다'는 말을 했다. 도토리라도 빨아먹는 것처럼 입술을 동그랗게 오므리고 자신도 모르게 거기에 정반대의 의미를 부여하는 것처럼. 강당에서 브리짓을 전혀 몰랐던 여자아이들은 찬성하듯 고개를 빠르게 끄덕거리고 지지를 바라며 옆 친구의 소매를 잡아당겼다.

교무실에서 선생들은 브리짓을 위한 추모식에 대해 의논했다. 누군가는 벽화를 제안했다. 누군가는 음악동 복도에 그 아이가 재즈밴드에서 기여한 것을 기려 기념패를 걸자고 제안했다. 그렇게 몇 주가 흘렀다.

그사이에 이솔드의 언니 빅토리아가 학교에 돌아왔다.

금요일

"너랑 줄리아는 굉장히 잘 지내는 것 같더구나."

이솔드가 들어와서 스카프를 풀고 장갑을 벗고 나자 색소폰 선생이 말했다.

"네."

이솔드는 대답하고서 팔을 펄럭거렸다.

"맙소사, 진짜 추워요!"

"학교에서 그 애를 자주 보니?"

"아마도요. 7학년생들은 자기네 휴게실이랑 자기네 독서실 그런 게 따로 있어요. 저희는 들어갈 수 없어요. 아, 저희가 봤던 그 사람의 음반 몇 개를 찾았어요. 도서관에 왕창 있더라고요."

"잘됐구나. 그래서?"

색소폰 선생이 물었다.

"굉장해요. 저도 다른 사람들이랑 연주를 하고 싶어졌어요. 제대로요."

"줄리아의 언더그라운드 밴드에 들어가면 되겠구나."

"그 언니는 저보다 훨씬 잘하잖아요. 벌써 몇 년이나 배우지 않았나요?"

이솔드가 말했다.

"그 애도 올해부터 배우기 시작했단다. 너희 둘이 그렇게 친해져서 난 정말 기쁘구나. 그 애가 학교에서 네 언니와 친구였니?"

색소폰 선생이 물었다.

"맙소사, 아뇨."

이솔드가 코웃음을 치며 말을 이었다.

"빅토리아 언니 친구들은…… 뇌세포가 다 죽었다고 하고 싶어요. 아뇨. 그 언니들은 그냥…… 훨씬 여자다워요."

"줄리아는 여자답지 않고?"

"전혀요."

"여자다운 것의 반대는 뭐지?"

색소폰 선생은 속으로 사회적 계급이나 낙인만이 학생들에게 이런 확신을 주는 법이라고 생각하며 물었다.

이솔드는 목걸이를 손가락으로 꼬면서 잠깐 생각에 잠겼다.

"하드코어적이에요."

그 애가 마침내 다른 모든 선택지를 거부하는 것처럼 단어를 강하게 발음하며 대답했다.

"그러니까 줄리아는 하드코어한 거구나."

색소폰 선생이 말했다.

"저기, 제가 찾은 앨범 중 하나에 관해서 여쭤볼 게 있는데요. 여기 갖고 왔어요."

이솔드가 가방을 뒤지면서 말했다.

색소폰 선생은 인상을 찌푸렸다. 그녀는 연기를 원했다. 조명이 살라딘 선생의 차에서 비추는 빨간 미등으로 바뀌고, 잠시 빨간색 불빛을 뒤집어썼다가 살라딘 선생이 시동을 끄면서 사라지고, 이솔드가 어두컴컴한 차에서 가로등의 흐린 불빛 속에 앉아 있는 걸 보고 싶었다. 이솔드가 이야기하는 걸 듣고 싶었다.

"바로 이 곡에 있는 보이싱* 때문에요."

이솔드가 음반을 꺼내고 뒤집어서 곡의 제목을 찾았다.

"이거 틀어도 되나요?"

"물론이지. 틀어보렴."

색소폰 선생은 우아하게 앉아서 이솔드가 스테레오를 누르고 음반을 집어넣는 걸 보았다. 선생은 실망감을 감추고 보온 찻잔을 들고서 이솔드가 눈이 안 보이는 것처럼 앞에 달린 스테레오 다이얼들을 손끝으로 가볍게 더듬어 전원 버튼을 찾는 것을 바라봤다.

이솔드가 볼륨 조절 장치를 돌리자 음악이 나오기 시작했고, 그러면서 조명이 바뀌었다. 색소폰 소리가 점차 커지는 것에 맞춰 머리 위 전구가 어두워졌다. 두 사람은 잠깐 동안 완벽한 어둠 속에 있었고, 곧 조명이 다시 천천히 들어왔다. 구석진 바의 부스와 탁자를 비추는 드문드문 놓인 램프 불빛처럼 불그스름하고 따스하고, 갓으로 가려놓은 듯 흐릿한 빛이었다. 음악은 느리고 반음계에 낮았다. 색소폰 선생은 만족스럽게 한숨을 살짝 쉬고 의자에 몸을 기댄 채 바라봤다.

이솔드가 말했다.

"선생님이랑 헤어진 다음에 시청 옆 골목에 있는 작고 어두컴컴한 야간 바 한곳에서 나오는 이 곡을 들었어요. 어디서 공

---

* 화음을 배치하는 방법을 뜻하는 용어.

290

연을 하고 있었어요. 모두들 힘찬 동작으로 흥겹게 연주하는 그런 열렬한 공연이 아니라 3인조 밴드가 조용한 바에서 몇 시간 때우는 그런 거였죠. 줄리아 언니가 절 보고 말했어요. '한 잔 마실래?' 전 아마 고개를 끄덕였던가 봐요. 어느새 우린 안개로 흐릿한 문을 열고 따스한 야밤의 카페로 들어갔어요."

이솔드는 볼륨 스위치를 좀 더 올렸고, 마치 문이 열린 것처럼 음악이 커졌다.

"그리고 그 사람들은 드럼과 더블베이스와 키보드를 연주하고 있었어요. 다들 맨발에 행복해 보였고, 드러머는 연주를 하면서 몸을 기울여 바에 있는 남자에게 이야기를 하고 있었죠."

색소폰 선생은 머릿속으로 바를 그려보며 고개를 끄덕였다. 그녀도 그런 곳을 잘 알고 있었다. 얼룩진 다이아몬드 무늬 벽지, 어깨 높이에서 우아한 테두리 장식으로 끝나는 어두운 색깔의 벽판, 벽에 매달린 불그스름한 황동 램프와 내리비추는 빛 속에서 예술적으로 흘러내린 녹 자국까지. 그런 곳은 팻시가 술 마시길 좋아하는 장소였고 색소폰 선생은 몇 년 동안 그런 끈끈하고 그림자 진 구석에서 많은 시간을 보냈다. 금박이 일어나고 벗겨진 바 뒤쪽 거울의 화려한 테두리 장식, 세월의 흐름에 군데군데 회색으로 바랜 화장실의 황동 명패가 눈앞에 훤히 보였다.

이솔드가 말했다.

"우린 안으로 들어갔어요. 줄리아 언니가 앉자고 했죠. 언니가 우리 둘이 마실 음료를 주문할 거라서 전 구석 부스에 들어가 앉아 코트랑 스카프를 벗고 문 옆의 어두운 창문 유리로 제 모습을 확인했어요. 언니가 바 위로 몸을 기울이고 바텐더에게 뭔가 말을 하는 게 보였고, 언니가 거스름돈이랑 잔 두 개를 집었고 바텐더는 반으로 자른 레몬을 언니 쪽으로 흔들면서 '이쪽으로 오지 마!'라고 했어요. 그러고 둘이 함께 웃었죠. 언니는 부스로 와서 말했어요. '미안, 물어보지도 않았네. 레드 와인 괜찮아?' 전 대체로 술맛을 감추려고 과일 시럽을 섞은 보드카나 럼을 마시고, 레드 와인은 니콜라네 엄마의 와인을 훔쳐서 어른들에게 들키지 않으려고 반쯤 빈 콜라병에 옮겨 담아 마셔본 적밖에 없다는 얘기는 하고 싶지 않았어요."

이솔드의 입이 말랐다. 그녀가 입술을 적셨다.

"전 한 모금 마셨고, 그건 콜라랑 섞어서 럭비 경기장 관람석 아래서 마셨던 것보다 훨씬 더 끔찍했어요. 전 줄리아 언니에게 열여덟 살이 됐느냐고 물었고, 언니는 그런 얘기는 하기 싫은 것처럼 짜증난 표정을 짓고 지난주에 됐다고 대답했어요. 지난주가 생일이었다고요. 전 와인이 맛있다고 했죠. 그러고서 우린 선생님에 대해서 이야기했어요. 선생님을 어떻게 생각하는지요. 아마도 선생님이 우릴 연결해주는 유일한 진짜 연결고리였기 때문이었겠죠."

음악은 감상적이고 단조롭게 흘렀다. 색소폰 선생은 그 장면을 볼 수 있었다. 나이 들고 유쾌한 3인조 밴드가 노란 전기 연장선 위로 맨발을 구르고, 더블베이스 주자는 다리가 하나뿐인 여자 모습을 한 악기의 매끄러운 목재 몸통 너머로 고개를 끄덕거리며 미소를 짓고, 피아니스트는 빛 안팎으로 몸을 기울이고, 드러머는 몇 소절 동안 한 손으로 박자를 맞추며 술 달린 램프 아래서 금색으로 빛나고 물방울이 맺힌 맥주잔을 집어들 것이다.

이솔드가 말했다.

"그 뒤에, 술을 다 마시고 나서 우린 길을 따라 언니 차로 걸어왔고 전 약간 현기증이 났어요. 너무 많이 웃어댔죠. 그때 언니가 그랬어요. '학교 애들은 대부분 날 약간 무서워해. 네가 겁을 먹지 않아서 다행이야.'"

이솔드는 걸음을 멈췄다. 그녀는 이제 노란 가로등 불빛 아래서 눈을 커다랗게 뜨고, 숨을 빠르게 몰아쉬며, 경련하듯이 손가락으로 저지 소매를 움켜쥐고 서 있었다. 음악이 다시 빠른 악장으로 들어가서 더 강렬한 불협화음으로 변했다. 이솔드의 몸이 굳었다.

"전 언니를 보고 말했어요. '나도 약간 그래. 나도 약간 두려워. 하지만 내가 두려워하지 않았다면 이럴 필요도 없었을걸.'"

이솔드는 나중에 색소폰 선생의 기억에 유일하게 남을 작은 비명을, 억누르지 못해 나직이 흐느끼는 소리를 냈다.

"그리고 줄리아 언니는 저를 봤어요. 저를 보고, 제 코트 소매를 정말로 꽉 쥐고서 저를 언니 쪽으로 정말로 세게 끌어당겼어요. 우리가 하나가 되기 전에 아주 잠깐의 순간이 있었던 것 같아요. 마치 마지막 한순간에 우리가 머뭇거렸던 것처럼요. 그러고서 언니의 숨결이 달콤하고 뜨겁고 굉장히 옅게 제 윗입술에 느껴졌어요. 우리 사이의 조그만 공간에서 와인의 짙은 스파이스 향이 났고, 그리고 언니가 저한테 키스했어요."

이솔드는 색소폰 선생을 쳐다보지 않았다. 그녀는 바깥을, 이끼 덮인 지붕과 옹기종기 모인 안테나, 하늘에서 빙빙 맴돌고 있는 비둘기들 너머를 바라보고 있었다.

"하지만 그건 제가 상상했던 키스가 아니었어요. 언니는 제 아랫입술을 자기 입술로 사로잡고, 절 깨물었어요. 제 아랫입술을 깨물었는데, 아플 정도는 아니고 그냥 아주 부드럽게 이로 잡아당기는 정도였어요. 전 고개를 약간 뒤로 빼고서 헉 하는 소리를 내면서 입을 조금 벌렸고, 언니는 여전히 제 아랫입술을 잇새에 아프지 않게, 진짜 부드럽게 물고 있었어요. 마치 그걸 사로잡고서 놓아주고 싶지 않은 것처럼요."

그녀가 말을 이었다.

"그리고 우린 벽에 기대섰어요. 전 눈을 감고 머리 위 벽에 대고 주먹을 꽉 쥐었고, 줄리아 언니는 제 몸을 누르면서 손을 점퍼 밑단 안으로 넣어 피부가 나올 때까지 계속해서 밀어 올렸어요. 그리고 마침내 차가운 손을 제 등에 대고 짭짤하고도 뜨겁게 제 귀에 대고 속삭였어요. '이런 일이 일어나고 있는 걸 믿을 수가 없어. 믿을 수가 없어. 이게 내 환상인지 네 환상인지 모르겠어.'"

조명이 다시 원래대로 돌아오고 음반의 음악도 마무리 화음에 도달했다. 이솔드는 스테레오로 가서 다음 곡이 시작되기 전에 음반을 꺼냈다. 색소폰 선생은 손으로 얼굴을 문지르다 턱 위로 내려 당겨서 부드러운 뺨의 피부가 잠깐 동안 슬픈 광대처럼 아래쪽으로 늘어졌다.

화요일

"이건 절대로 미리 마음의 준비를 할 수 있을 만한 일이 아니라는 거 압니다."

색소폰 선생이 브리짓의 엄마에게 말했다.

"저도 충격을 받았답니다. 어느 정도는 브리짓이 굉장히 따분한 아이였기 때문일 겁니다. 전 항상 죽는 아이들은 흥미로운 아이들이나 학대받은 아이들, 비극적인 아이들, 죽어서 참으로 참으로 아까운 아이들일 거라고 생각했거든요. 전 항상 죽음은 비극일 거라고 생각했어요. 그런데 브리짓의 죽음은 그런 틀에 별로 맞지 않아요."

브리짓의 엄마는 쿠션에 달린 단추를 만지작거렸다. 얼굴이 잿빛이었다. 부은 왼손 약지에는 보석이 여러 개 박힌 금반지가 부푼 손가락 관절 사이에 끼어 문신이나 낙인처럼 손가락

안으로 파고들어 있었다. 그녀는 초조하게 쿠션을 무릎에서 밀어내고 절망적으로 고개를 저었다.

"그 애가 좀 더 창의적이었다면 차라리 더 쉬웠을 거예요. 그 애가 좀 더 창의적이었다면, 우리도 그 애가 언젠가 자살을 시도할 수도 있겠다고 걱정을 했겠죠. 그러면 최소한 그 애의 죽음에 대해 생각해봤을 거고요. 상상하는 것만으로도 그런 가능성에 마음의 준비를 할 수가 있어요. 하지만 브리짓처럼 창의적이지 못한 아이는 절대로 자살에 대해서 생각하지 않아요. 그 애는 그런 선택지를 고려해볼 정도로 영리하지가 않다고요."

브리짓의 엄마가 말했다.

"네, 저도 이해해요. 브리짓은 절망을 느낄 수 있을 정도로 영리한 애가 아니었죠."

색소폰 선생이 말했다. 그리고 두 사람은 잠시 조용히 앉아 있었다. 마당 안쪽에서 비둘기들이 싸웠다.

"그리고 사고에 대해 어떻게 마음의 준비를 하죠? 어둠 속에서 달려오는 차에 어떻게 마음의 준비를 해요?"

브리짓의 엄마가 기운 없이, 혼잣말이라도 하듯이 말했다.

잠시 후에 색소폰 선생이 물었다.

"다른 자녀가 있으신가요?"

"아, 남자아이 하나요. 더 나이가 많아요. 그 앤 이미 독립했어요."

브리짓의 엄마가 대답했다.

"아드님한테는 전화로 연락하셨겠군요."

"네."

"아마 장례식에 참석하러 오겠네요."

"아, 장례식요."

브리짓의 엄마가 다시 침묵에 잠겼다가 대답했다.

"이런 일이 일어날 거라고는 생각조차 못 했어요. 전 준비가 안 됐어요. 지금도 여전히 준비가 안 됐고요. 이건 불공평해요."

금요일

팻시가 탁자 앞에서 주먹으로 턱을 받치고 몸을 살짝 흔들며 꿈꾸는 듯한 목소리로 말했다.

"내가 브라이언에게 가장 정직하지 않을 때가 보통 그이는 내가 가장 내밀한 모습을 보여준다고 생각하는 때라는 거 알아?"

"무슨 뜻이야?"

색소폰 선생이 물었다. 그녀는 색소폰을 무릎 위에 세워 잡고서 몸을 꼿꼿하게 펴고 앉아 있었다. 오래전의 일이었다. 그녀는 여전히 악기를 양손으로 숭배하듯이, 아주 조심조심 잡았다. 마치 아직 지문이 묻지 않은 굉장히 귀한 새 아내인 것처럼 대했다.

"내가 거기 앉아서 그이가 얼마나 짜증나는지에 대해서 생각하고 있다고 해보자고."

팻시가 말했다.

"그이가 책을 읽으면서 반 페이지에 한 번씩, 계속해서 코를 훌쩍거린다고 해봐. 그때 그이가 고개를 들어 나를 보고 미소를 짓고, 난 내가 생각하던 게 혹시라도 그이의 눈에 보일까봐 뭔가 말을 해야겠다는 압박감을 느껴. 그래서 당황한 나머지 죄책감을 느끼면서 이렇게 말해. '우리가 여기 조용히 앉아서 이런 식으로 책을 읽는 거 정말 근사하지 않아? 굉장히 평화로워. 난 자기랑 이러는 게 좋아.' 그건 내가 실제로 생각하던 거랑은 정반대지. 그런 일이 굉장히 자주 일어나. 난 그이가 점점 뚱뚱해진다고 생각하고, 그런 비열한 생각을 했다는 데 죄책감을 느끼고 당황해서는 '사랑해'라고 말해. 난 늘 굉장히 이상한 이유 때문에 행동하곤 해."

"하지만 넌 브라이언을 사랑하잖아."

색소폰 선생이 말했다. 사실 그렇게 말해야 할 것 같은 의무감 때문이었다. 그녀는 브라이언을 오래된 대학 예배당에서 열린 연주회에서 딱 한 번 만났다. 그는 그녀와 악수를 나누고, 그녀의 연주를 칭찬하고, 리노베이션부터 태피스트리 장식과 벽의 패널에 이르기까지 이것저것에 대해 커다란 목소리로 말했다. 그리고 그녀가 별로 흥미가 없는 걸 즐기는 것처럼 큰 키로 그녀를 내려다보며 눈을 반짝였다. 팻시는 오락가락하면서 그를 찰싹 때리고 몇 번이나 반복해서 말했다.

"그만 좀 해, 곰탱이. 애는 그런 얘기 안 듣고 싶을 거야."

팻시가 현실에서 말했다.

"아, 물론이지. 그이를 사랑해. 거의 항상. 어쨌든 꽤 높은 퍼센티지로. 나로서는 아직까지 최대의 퍼센티지야."

그녀는 웃으면서 가볍게 어깨를 으쓱였고, 색소폰 선생에게도 함께 자신의 바보스러움을, 진심과는 반대되는 내용만을 말하는 모든 이중적인 여자의 바보스러움을 보고 웃으라고 부추겼다. 색소폰 선생은 입을 꼭 다문 채 웃으면서 팻시의 웃음이 잦아들고 그녀가 고개를 저으며 한숨을 쉬는 것을 보았다. 팻시의 입에 키스하고 싶었다. 그녀가 놀라서 잠깐 몸을 뒤로 빼고, 이게 얼마나 기묘하고 금지된 일인지 생각하고 움찔했다가 갑자기 순식간에, 자신의 의지에 반해 반응을 보이는 걸 보고 싶었다. 특히 자신의 의지에 반대되는 행동을 하는 걸 보고 싶었다.

브라이언이 없었으면, 색소폰 선생의 생각은 종종 이런 식으로 시작되었다. 브라이언이 없었으면 어땠을까? 브라이언은 그냥 한 사람의 남자, 상황적에 따른 부수적인 한 명의 남자일 뿐인 걸까, 아니면 브라이언이 모든 남자를 대표하는 걸까? 그가 일반적인 취향, 일반적인 경향의 표상일 뿐이고, 브라이언이 없다면 미키나 해미쉬나 밥 같은 다른 남자가 있었을까? 가끔 브라이언의 견고함과 물리적인 존재가 수년 동안 팻시의 존재 자체를 바꿔놓은 건 아닌가 두려웠다. 그녀를 접고 구부려서 그저 남자를 둘러싸는 부정적인 공간이 되도록, 서로가 서로를 규정하도록 만든 건 아닌가 하는 생각이 들었다. 팻시가 브라이언이 있든 없든 이제 항상 남자 주위에서, 오로지 남자 옆에서만 자신을 규정하도록 휘어진 채 존재하는 게 아닐까 걱정스러웠다. 한 팔은 항상 안으로 굽고 다른 팔은 밖으로 휜 채 영원히 자신에게 대위되는 양을 찾는 음으로서 말이다.

팻시는 자신의 어리석음을 믿을 수 없다는 듯이 다시 고개를 저으며 손바닥 아래쪽을 관자놀이에 대고 나이를 먹어가는 얼굴에서 머리카락을 쓸어 넘겼다. 그녀의 손목은 섬세했다. 색소폰 선생은 눈으로 그 동작을 좇았다.

수요일

"걔 프로작 먹는다더라."

두 번째 주에는 다들 이런 이야기를 했다. 아니면,

"걔에 관한 일이 밝혀진 뒤에 걔한테 리탈린을 먹여야 했대. 그 정도로 통제불능이었다더라."

빅토리아는 이제 정반대 방향으로 나뉜 극단적인 운명 중 하나를 받아들여야만 하는 낙인찍힌 몸이었다.

여자아이들은 이렇게 속삭였다.

"걘 남은 평생 완전히 난잡하게 살게 되고, 걔 몸은 유일하게 사용 가능하면서도 어떻게 다뤄야 하는지 모르는 그런 무기가 될 거야. 아니면 감정의 껍데기가 돼서 텅 비고 무기력하고 공허하게 살게 되겠지. 둘 중 하나야. 두고 보라고. 걘 이제 완전히 망했어. 둘 중 하나라니까."

그들은 그녀가 어느 길을 택할지 탐욕스럽게 바라보았다. 그녀가 교실에 들어올 때마다 목을 길게 빼고 쳐다보다가 그녀가 도로 나가면 실망감과 안도감에 어깨를 축 늘어뜨렸다.

빅토리아는 그 어느 길도 택할 징후를 보이지 않았다. 그녀는 눈을 내리깔고 모든 선생에게 예의 바르게 행동했고, 운동장에서는 그녀의 배신으로 완전히 망가져버린 우정을 복구하는 데 약간의 성공을 거뒀다. 여자아이들은, 특히 한때 빅토리아와 가장 친했던 아이들, 그녀가 비밀을 털어놓았어야 했지만 그러지 않았던 아이들은 불신의 눈으로 그녀를 보았다. 그녀는 자신이 빠진 몇 달 동안의 일들을 상냥하게 물었고, 여자애들은 솔직하게 대답을 해주면서도 빅토리아가 아직 갈 길이 멀었다는 듯 동정심과 혐오 사이쯤 되는 눈으로 바라봤다.

"너희 부모님이 살라딘 선생님이랑 만난 적 있어?"

여자아이 한 명이 점심시간에 물었다.

"그러니까 네가 학교를 떠난 뒤에 말이야. 무슨 회의 같은 걸 했니?"

"응. 우리 넷이 다 함께 모여서."

빅토리아가 대답했다.

갑자기 그 얘기에 사로잡힌 아이들이 숨을 죽였다. 모든 여자아이가 하던 일을 멈추고 그녀를 쳐다보았다.

"선생님은 우리 아빠보다 한참 젊으셔. 그러니까 어쨌든 우리 대 부모님의 대결인 셈이지."

빅토리아는 그 이상은 말하지 않았다. 사과를 마저 먹고 안뜰을 가로질러 가서 쓰레기통에 사과 심을 버렸다. 그녀가 돌아올 무렵 종이 울렸고, 여자아이들은 도시락통을 가방 안에 넣으면서 동경하는 눈으로 그녀를 쳐다보며 제각기 흩어졌다.

"너 이 배신을 벌충하는 유일한 방법은 우리한테 전부 다 말하는 거라는 거 알지? 작은 거 하나도 빼놓지 말고."

여자아이들은 이렇게 말하고 싶었다.

"넌 우리 사이에서 유명인사가 될 거야. 우리한테 모든 걸다 털어놓고, 전부 다 이야기하고, 우리를 끼워주기만 한다면말이지."

이렇게 말하고 싶었다.

"네가 우리보다 이런 유리한 점을 갖고 있다는 건 불공평해.그렇게 귀중하고 위험한 지식을 너 혼자만 가진다는 건 이기적인 행동이라고."

그 아이들은 이렇게 말하고 싶었다.

그리고 몇 주가 흘러갔다.

월요일

"지난주 네 연기는 참 재밌었단다."

줄리아가 도착하자 색소폰 선생이 말했다.

"콘서트가 끝나고 너희 둘이 함께 차에 타고 집으로 돌아가던 연기 말이야. 네가 느낀 것과 네가 본 것들. 참 재미있었어."

"고맙습니다."

줄리아가 말했다.

"연습을 했니? 내가 말했던 것처럼?"

색소폰 선생이 열의를 담아 물었다.

"약간요."

"어디에 초점을 맞추고 연습했니?"

"전체적인 면이었던 것 같아요. 어떻게 여자애가 다른 여자애를 유혹하게 되는지요."

줄리아가 대답했다.

"그럼 전체적인 것부터 시작하자꾸나."

색소폰 선생은 그렇게 말하고 줄리아에게 시작하라는 뜻에서 손바닥으로 손짓을 했다.

"전 유혹의 일반적인 핵심 행동들을 전부 다 봤어요."

줄리아가 말했다.

"입술을 깨물고 1초쯤 늦게 시선을 돌린다든지, 많이 웃고 몸을 만질 만한 갖가지 이유를 찾는다든지요. 웃음을 더욱 강

리허설 **303**

조하기 위해서 팔이나 허벅지를 손으로 살짝 건드리는 것처럼 요. 이런 행동들, 이런 교과서적인 방법들이 얼마나 마음 편한 것들인지에 관해서 생각을 해봤어요. 왜냐하면 여기엔 해석이나 해독이 필요하지 않으니까요. 옛날에는 입술을 깨물면 그게 '난 당신에 대한 욕망에 완전히 넘어가기 직전이에요'라는 뜻이었어요. 그런데 지금 입술을 깨무는 건 '내가 당신에 대한 욕망에 완전히 넘어가기 직전이라는 걸 알아주길 바라요. 그래서 당신에게 보여주기 위해서 가장 명확하고 가장 보편적으로 인정받는 신호를 사용하는 거예요'라는 뜻이죠. 그러니까 우리 둘 다 내가 입술을 깨무는 것의 의미와 내가 말하려고 하는 바를 안다는 뜻이에요. 우리 둘 다 우리가 발명한 게 아니고, 우리에게만 특별한 게 아닌 언어를 사용해요. 다른 사람의 대사를 말하는 거죠. 그건 위안이 돼요."

줄리아의 색소폰은 크림색 안락의자 앞쪽에 비스듬하게 누워 있었다. 마우스피스는 팔에 가볍게 닿고, 벨의 곡선 부분은 의자 쿠션과 천으로 된 가파른 측면 곡선이 만나는 부분의 틈새에 끼어 있었다. 악기의 자세는 여자아이가 무릎을 가슴 쪽으로 웅크리고 고개를 팔에 묻은 채 어둠 속에서 혼자 텔레비전을 보는 모습 같다고 색소폰 선생은 생각했다.

"전 그 애를 어떻게 유혹하는지 몰랐어요."

줄리아가 말했다. 그녀의 눈 역시 색소폰으로 향해 몸통을 위아래로 훑었다.

"제가 그 애를 보고 미소를 짓고 입술을 깨물거나 눈을 내려 뜨면, 제가 연약하고 수줍은 것처럼 보이려고 하면, 그건 그 애 자신이 만든 마법으로 그 애를 사로잡으려고 하는 것과 비슷한 게 아닐까 하는 생각이 가끔 들어요. 그게 효과가 있긴 할까요? 그 생각만으로도 무력해지고 진땀이 나고 용기가 사라져요. 하지만 달리 대안이 뭐가 있겠어요? 제가 남자애 같은 역할을 하고, 그 애가 남자애한테 원할 만한 행동을 할까요? 그런 식으로 해야 하는 거예요?"

줄리아는 수사학적으로, 혼자만의 생각에 잠겨서 중얼거렸다. 그녀는 여전히 의자에 옆으로 놓여 있는 색소폰만 보고 있었다.

"커다란 가장극처럼요? 연극처럼요? 그건 마치 서로 사랑에 빠진 남자애와 여자애가 나오는 이인극 같을 거예요. 배우가 둘 다 여자인데 이 연극에는 오로지 두 역할밖에 없어서 한 명이 다른 성별로 가장을 해야 하는 거죠. 한 명이 콧수염을 붙이고 가슴을 납작하게 누르고 팔자걸음을 걸으면서 남자 역할을 해야 하는 거예요.

의상이랑 대본이랑 커튼이랑 조명, 모든 기계적인 것만 보면 그냥 남자애랑 여자애가 사랑하는 내용이죠. 하지만 그 아래 배우들을 보면, 사물의 겉모습에 속아 넘어가지 않으면, 그러면 실은 그게 여자애 둘이라는 걸 알게 될 거예요. 그게 여자애 둘이 함께할 때 언제나 일어나는 일일 수도 있어요. 한 명이 항상 남자애 역할을 하지만, 사실 가장하고 있는 건 둘 다인 거예요."

"오, 하지만 왜 여자애 둘이서 자신들에 관한 이인극을 하면 안 되는 거니? 여자애 둘이 주인공으로 말이야."

색소폰 선생은 즐거운 기분으로 물었다.

"그런 건 없으니까요. 여자애 둘에 관한 연극은 없어요. 그런 역할도 전혀 없고요. 그래서 가장을 해야만 하는 거예요."

"설마 네가 착각한 거겠지, 줄리아. 설마 그럴 리가 없잖니."

색소폰 선생이 말했다.

줄리아는 어깨를 으쓱이고 시선을 돌려 윤기 나는 피아노와 거기 반사된 자신의 흐릿한 이미지를 보았다. 그리고 말했다.

"이 모든 것에도 불구하고 저한테 해당되는 게 하나 있어요. 위험요. 그것도 꽤 유혹적이죠. 그게 제가 내놓아야 하는 카드라고 생각해요. 그게 얼마나 금지된 건지, 얼마나 즉흥적이고 전례 없는 건지, 그 위험성을 강조해야 할 것 같아요.

위험이라는 요소는 그 애의 가슴속에 있는 모든 행복한 떨림을 강하게 쿵쾅거리는 두려움으로 바꿔놓죠. 그게 바로 제가 가진 거예요. 마침내 그 애가 항복하고 반응을 하게 될 때 느낄 그 강렬한 감정, 두려움의 거대한 해방요. 만약에 항복을 한다면 말이죠. 그 애가 결국에 어떤 감정을 느끼게 되든, 그건 최소한 양면적이진 않을 거예요. 그건 댐이 무너지는 것처럼 거대하고 폭발적인, 공포로 얼룩진 금지된 욕망의 출렁거림이거나 그 애의 혐오감, 반감, 저에 대한 거부를 다 합쳐놓은 커다

306

란 반발이겠죠. 어느 쪽이든 전 그 애한테 뭔가를 느끼게 만들었어요. 그 애는 뭔가 느껴야만 해요. 그 뒤에 어떤 일이 일어나든 간에요."

금요일

애비 그레인지의 여자아이들은 상냥하게, 사납게, 가끔은 악의적으로 서로를 규정한다. 그것은 5학년 말과 마지막 학년 때 칼날처럼 날카롭게 갈고닦는 기술이다. 각각의 아이들이 나머지 아이들의 이미지를 만들거나 부술 수 있기에 그건 그들의 기술 중에서 가장 어둡고 치명적이다.

그들은 묻는다. '누가 가장 먼저 결혼할 것 같아?', '누가 가장 많은 남자애들이랑 사귈 것 같아?', '누가 가장 바람을 피울 것 같아?' 또는 '누가 침대에서 제일 잘할 것 같아?' 그리고 당연한 질문이지만, '우리 학년 여자애들 중에서 누가 가장 레즈비언일 것 같아?'

마지막 질문을 던지면 언제나 비명을 지르고 서로를 찰싹찰싹 때리고 즐겁게 숨을 헉 들이켜곤 했다. 그들은 머릿속으로 가장 남자를 사귀어본 적이 없고, 지금 현재 자기들이 별로 좋아하지 않으며, 나머지 애들보다 약간 좀 매력이 떨어지는 여자애를 찾는다. 인기 없고, 조용하고, 책을 좋아하는 내향적인 성격이고, 무리의 자취를 따르려 하지 않는 것, 여자아이들은 진단을 하기 위해 모여서는 이 모든 것이 조짐이라는 데 동의한다. 그들은 이름을 외치고 끔찍한 운명을 선고하는 들뜬 마녀의 무리처럼 웃고 또 웃는다.

하지만 줄리아의 이름이 나오면 인상을 찌푸리고 손을 흔들며 말한다.

"그래, 하지만 줄리아 빼고."

줄리아는 진단해도 재미가 없었다. 그녀는 여자애들이 자신도 모르는 새 이름이 꼽히고, 유죄 판결을 받고, 비난을 당하는 사회적, 성적 임명식이라는 이 숨 가쁘고 요란한 세계에 존재하지 않았다. 여자애들은 '난 줄리아가 가장 동성애자일 것 같아'라고 말함으로서 줄리아의 운명을 바꿀 수가 없었다. 그들의 힘은 그녀에게는 아무 의미도 없으니까. 그녀는 그들의 장난감 상자의 플라스틱 라이플과 플라스틱 리볼버, 장난감 대포, 종이 화약들 사이에 반쯤 묻혀 있는 장전된 총 같은 존재였다. 그들은 그녀의 모습이 언뜻이라도 보이는 걸 두려워했다.

몇 명은 세인트 실베스터 남자아이들을 만족시키기 위해서, 또는 스포츠카를 얻어 타고 동네를 한 바퀴 돌려고, 또는 훔친 술이나 맥주와 교환하는 조건으로 서로에게 키스를 하기도 했다. 몇 명은 파티 때 친구네 집 거실에서, 친구들이 화분을 붙들고 토하고 있는 동안에 서로 키스했다. 열정적으로는 아니라는 게 그들의 변명이었다. 그냥 가볍게, 시험적으로, 애정이

나 미래에 대한 약속 같은 것 없이 했을 뿐이다. 이것은 로맨스가 아니라 나중에 자신들의 진보주의와 세련되고 자유로운 사고방식을 증명하는 데 사용하기 위한 이기적인 기록일 뿐이었다. 키스는 보험이자 나중에 '그럼, 여자하고도 키스해봤지'라고 말하기 위한 증거였다.

줄리아에 대해 말하지 않음으로서 여자아이들은 은근한 이점을 얻을 수 있었다. 위협을 아무것도 아닌 걸로 축소할 수 있는 것이다. 그래서 복도에서 그녀와 마주치면 그들은 고개를 돌리고 그저 지나쳐버렸다.

금요일

줄리아의 수업을 끝내고 나오니 색소폰 선생의 전화 자동응답기에 메시지가 남겨져 있었다. 전화를 건 사람은 자신이 독창적인 구석이 없는 엄마들 중 한 사람, 아이들의 목줄을 길게 늘여서 아이들이 멀리 가도록 놔두는 대신 풍만한 가슴으로 딸들을 질식시키고, 딸들의 얼굴을 자신의 가슴에 꽉 눌러 숨이 막혀 헐떡거리게 하는 그런 지겨운 치맛바람 엄마 중 한 명이라고 빠르고 우아하게 자신을 밝혔다.

색소폰 선생은 손톱 끝으로 기계를 중단시키고 다이얼에 손가락을 올린 채 잠시 그대로 서 있었다.

"엄마들은 항상 내가 자기네 편에 설 거라고 생각하지."

그녀가 소리 내 말했다.

"우리 모두 어른이라는 사실이 어린애인 딸을 상대로 우리들을 단결시켜줄 거라고 말이야. 그들은 딸이 우리를 한데 묶어주는 취미이자 우리가 공유하는 활동, 매월 모이는 북클럽이나 테니스 경기 같은 거라고 생각해. 딸이 우리 우정의 매개체, 우리가 함께할 수 있는 기회, 우리가 탐색하고 어른인 우리 자신을 회고할 수 있는 공통의 주제인 거지.

엄마들은 내가 딸에 맞서는 자신들의 동지라고 생각하고, 자기들도 내 동맹자라고 생각해. 내가 아이와 친해지기 위해서 자기들만큼 열심히 노력을 해야 한다고 여기며, 내 쪽으로 눈을 굴리고 고개를 젓고 딸애가 정말 까다롭다는 듯이, 우리 둘다 그 사실을 안다는 듯이 웃지. 그들은 내가 아이에게 상냥하게 행동하고, 아이 때문에 좌절하고, 심지어는 체념하길 바라고, 무엇보다도 그 애를 물건으로, 어른 대 어른, 동류끼리의 상호 결합의 기회로만 대하길 바라."

그녀는 말을 멈추고 다시 응답기를 틀었다. 목소리가 흘러나오며 여자가 방 안으로 침범했다.

"그러니까 연락 좀 해주세요."

녹음된 여자가 말을 이었다.

"스텔라는 열네 살이고, 3년 가까이 클라리넷을 배웠고, 그 전에는 거의 6년 동안 피아노를 배웠어요. 그 애는 정말로 색소폰으로 넘어가고 싶어 해요. 클라리넷은 좀 촌스럽고 유행에 떨어지는 그런 게 있잖아요. 그 애는 좀 더 섹시한 걸로 옮겨가고 싶은 모양이에요. 좀 더 자극적이고, 매력적으로 보일 만한 걸로요. 사실 꽤 환영할 만한 결정이죠. 우린 한동안 그 애가 그런 종류의 일에 별로 관심이 없고, 별로 신경도 안 쓰는 것 같아서 걱정했거든요. 남자애들이랑 멋진 옷이랑 뭐 그런 것들요. 한동안 좀 걱정이 됐다고 솔직하게 말씀을 드려야겠어요. 그렇다고 그 애가 친구를 못 사귀거나 하는 건 아니에요. 오히려 그 반대로 친구들끼리 너무 가까워요. 그 애들을 떼어놓을 수가 없다니까요. 누가 됐든 지금의 절친이랑 딱 붙어 다녀요. 항상 바뀌지만, 언제나 그때의 절친과 모든 걸 같이 해요. 전 그 애들을 영화관이랑 그런 데에 실어다주고 데려오곤 하는데, 늘 뒷자리에 함께 앉아서 오래된 러그를 머리 위에 뒤집어쓰고 저한테는 보이지 않게 자기들끼리 작은 소리로 이야기를 하죠. 제가 백미러로 보면 너덜너덜한 타탄 천 아래로 머리 두 개가 붙어서 속삭이고 있는 게 보여요. 꼭 둘이 키스하고 있는 것 같죠. 그걸 보면 영 불안해져요. 선생님께 솔직하게 다 말씀드리고 싶네요.

이 번호로 연락 좀 주세요."

여자는 그렇게 마무리했고 메시지가 끝났다는 삑 소리가 조그맣게 울렸다.

브리짓이 죽기 35분 전, 그녀는 비디오 가게의 높은 천 의자에 앉아 있었다. 금전등록기의 현금은 다 정리해서 카운터 아래 지저분한 천 가방에 넣어놓았다. 바깥의 주차장은 텅 비어 있었고 어둠 속으로 쭉 이어지는 노란 가로등들이 보였다.

브리짓은 한동안 섹스에 관한 사실을 모으는 데 집착했던 초등학교 시절 여자애 두 명을 떠올렸다. 그 애들은 항상 섹스를 '그거'라고 말했고, 몇 시간씩 함께 앉아서 진지하고 의무적으로 토론을 벌였다. 그들은 그 주제에 대해 자신들의 지식을 수정해가며 더 늘렸고, 가끔 기나긴 공포에 잠겨 눈을 감고 '둘이 한 명한테 그걸 하다니. 완전 구역질 나' 같은 말을 했다. 그들은 대단히 비밀스럽고 방어적이고 자신들의 지식을 나누려 하지 않았다. 마치 다른 사람들은 이해하려는 마음조차 갖기 어려운 세상으로 향하는 문을 지키는 거만하고 지친 스핑크스 같았다.

브리짓은 이 시기의 어느 체육수업을 떠올렸다. 두 여자아이가 가볍게 팔짱을 끼고 함께 서서 '그거'에 관한 연구와 어울리는 인내심 어린 근엄한 표정으로 체육 선생을 보았다. 체육 선생이 말했다.

"오늘 우리는 바닥에 웅크린 자세에서 달리기를 시작하는 연습을 할 거다."

그리고 더 작은 여자아이가 속삭였다.

"바닥에 웅크린 자세에서 그거 하기."

그들은 머릿속에 떠오른 이미지가 고통스러운 것처럼 진지하고 혐오스러운 표정을 교환했다. 브리짓은 이 두 여자아이가 공통의 경건한 혐오를 나누는 것을 보며 약간 질투심을 느꼈다. 더 작은 여자아이의 고의적인 혐오에 마음이 끌렸다.

"바닥에 웅크린 자세에서 그거 하기."

그녀가 말했다. 그 주제는 그 이상 말을 하기엔 너무 고통스러웠다. 키 큰 여자아이가 공감하는 표정으로 내려다보고 그 모든 문제가 얼마나 역겨우면서도 벗어날 수 없는지 인정하는 것처럼 고개를 저었다. 그건 사방에 있으니까.

여덟 살의 브리짓은 이 체육 수업과 '그거'의 끔찍한 연결 관계를 이해할 수 없었고, 지금 그 장면을 회상하면서 자신이 여전히 웅크린 자세로 그거 하기가 뭔지도 모르고 할 줄도 모른다는 것을 깨달았다. 그런 게 있기는 한가? 그녀는 스스로에게 의심스럽게 물었지만 곧 이 열 살짜리 여자아이의 침착함과 완벽한 자신감을 떠올렸다. 지금은 열여섯 살이 되었을 거고 아마 브리짓은 상상도 못 할 정도로 그 분야를 철저하게 익혔으리라. 브리짓은 자신이 아는 게 얼마나 적은지 생각했다. 빗방울이 창틀에 내려앉아 바르르 떨렸다. 그녀는 부끄러워졌다.

색소폰 선생은 신문을 매끈하게 펴고 기사를 다시 봤다. 신문은 이제 오래됐고, 첫 번째 기사를 보완하는 부수적인 기사들이 더 나왔다. 목격자들에게 질문을 하고 캐묻고 누구 책임인지 이야기하는 내용이었다. 하지만 이 신문은 8분의 1로 접혀서 오래된 기사 특유의 처량하게 늘어지고 색이 바랜 채로 남았다. 기사 머리에는 〈소녀의 죽음 '끔찍한 낭비'〉라고 되어 있고, 내용은 짧았다. 브리짓의 이름이 나오지 않은 건 그 애한테 잘 어울리는 일이라고 색소폰 선생은 생각했다. 브리짓은 대단히 기억에 안 남는 아이였기 때문이다. 색소폰 선생은 기사를 또다시 읽었다. 익명의 소녀는 일하던 가게에서 집으로 자전거를 타고 가던 중이었고, 비디오 가게 주차장에서 우회전을 하다 빨간색 세단에 치였다. 차는 그대로 도주했다.

색소폰 선생은 생각에 잠겼다. 그 애는 그날 밤에 우리 셋과 함께 콘서트장에 있을 수도 있었어. 내가 그 애를 초대할 만큼 좋아했다면 말이야. 그 생각이, 그 가능성이 새 셔츠를 입어볼까 말까 망설일 때처럼 잠시 그녀를 좀먹었다. 마침내 그녀는 어깨를 으쓱이고 생각을 지웠다. 바깥의 마당에서 연기 학교 학생들 한 무리가 노래를 부르며 발을 구르는 소리가 들렸다. 그녀는 신문을 밀어놓고 창가로 다가가서 바라봤다.

은행나무 둥치 근처에서 학생 여섯 명이 얇은 사각형 고무

매트 위에서 인간 피라미드를 만들고, 그 앞엔 더 많은 아이들이 앞뒤로 서성거리고 있었다. 그들은 학교의 검은색 교복을 입고 포장바닥 위에서 창백한 맨발로 서 있어서 들썩거리는 까마귀 무리처럼 보였다. 색소폰 선생이 서 있는 자리에서 피라미드가 카드로 만든 성처럼 살짝 흔들거리는 게 보였으나 피라미드는 단단히 버텼다. 앞쪽의 드라마에서 벗어나 더 많은 배우들이 몸으로 탑을 쌓으면서 피라미드는 점점 더 넓고 높아졌다.

색소폰 선생은 앞쪽의 검게 들썩거리는 무리를 한동안 바라봤다. 그리고 은행나무 밑둥에 있는 단단한 인간 피라미드를 돌아봤다가 누가 자신을 보고 있다는 걸 깨닫고 깜짝 놀랐다. 앞줄에서 아스팔트 바닥에 무릎을 꿇고 팔을 양옆으로 단단하게 벌리고 있는 남자아이 한 명이 그녀를 올려다보고 있었다. 고개를 뒤로 젖혔는데 셔츠 목깃이 열려 있어서 하얀 목이 드러났다. 색소폰 선생은 창문에서 물러나고 싶은 충동을 느꼈지만 그냥 머물렀고, 남자아이가 그녀를 보고 미소를 지은 것 같았다. 그녀는 시선을 돌렸다.

리허설이 거의 끝나갔다. 앞쪽에 있던 여자아이 한 명이 갑자기 일어나서 안뜰을 가득 채울 정도로 풍부하고 명료한 목소리로 외쳤다.

"나는 사람들을 볼 때면 상상을 하지."

그녀가 말을 하는 동안, 그녀의 근사한 목소리가 울려 퍼지는 동안 발 구르는 소리와 쿵쿵대는 소리가 갑자기 순식간에 멈추고 안뜰에 갑작스러운 물줄기가 흘러들어오는 것처럼 침묵이 가득 찼다. 그리고 그녀가 말을 하는 동안에 뒤에 있는 카드로 만든 성이 무너지기 시작했다. 성은 웅장한 안무에 따르는 것처럼 차례차례 무너지고, 슬로모션으로 움직였다. 배우들이 발뒤꿈치와 무릎을 고무 매트에 대고서 가볍게 뛰어내리고 재빨리 뒤로 물러났고, 피라미드는 완전히 사라져서 검은 무(無)의 웅덩이처럼 녹아버렸다. 배우들은 전부 다 앉은 자리에서 꼼짝도 하지 않고 소리도 내지 않았다.

앞쪽의 여자아이만이 이제 유일하게 서 있는 사람이었다. 여자아이가 양팔을 벌리고 말했다.

"나는 상상을 해."

아주 잠깐 정적이 흘렀다. 여자아이는 팔을 벌린 채 갈비뼈가 부풀어 터질 정도로 숨을 참고 있었다. 그러다가 마법이 깨진 것처럼, 보이지 않는 커튼이 내려가고 보이지 않는 어둠이 무대를 채운 것처럼, 앉아 있던 모든 사람이 움직이기 시작했다. 그들은 벌떡 일어나서 몸을 털고 이야기를 나누기 시작했고, 색소폰 선생의 귀에 "무너지는 건 지난번이 훨씬 나았어. 너 딱 정확한 타이밍에 내려왔다고"라든지 "우리 좀 더 빼곡하게 서야 돼", "위에서부터 해" 같은 이야기가 들렸다.

6월

"그러니까 우린 성적 취향이 우리 모두가 관심을 갖고 있는 문제라는 덴 최소한 동의한 거야."

1학년생들이 창작 연극 프로젝트와 다이아몬드 킹 카드에 대해서 의논하기 위해 처음으로 모인 자리에서 펠릭스가 큰 소리로 말했다. 펠릭스는 나서기 좋아하고 당돌하며 자신이 방금 한 말이 얼마나 웃긴지 이해하지 못했다. 그래서 가장자리에서 낮게 킬킬거리는 남자애들 두어 명을 보고 인상을 찌푸렸다.

"난 이미 알려진 이야기를 쓰자는 아이디어가 좋아."

여자아이 한 명이 말했다.

"미디어랑 우리 주변이랑 뭐 그런 데서 이야기를 얻어서 그걸 공연용으로 만드는 거. 그 아이디어 괜찮은 것 같아."

"좋아."

펠릭스는 관대하게 말하고서 두툼한 펠트 펜으로 '성적 취향'이라는 단어 주위로 구름 모양을 그렸다. 다른 아이들은 보기만 했다. 학기가 시작되고 초반에 펠릭스는 동급생들 중에서 체계적인 타입으로 자리를 잡으려고 노력했고, 그가 뭔가를 쓰며 혀를 살짝 내미는 걸 볼 때마다 자신이 더 잘할 수 있을 것 같다고 생각하는 대다수 학생들의 짜증을 샀다.

"그럼 그레이스가 알아온 이야기는 어떨까?"

펠릭스가 구름무늬를 다 그린 다음에 말했다.

"스캐비 애비의 선생-학생 사건 말이야."

그는 자신이 일을 이끌고 있다고는 해도 선생 같은 존재로 여기거나 화를 낼 이유는 없다는 걸 보여주기 위해서 별명을 사용했다.

남자아이 한 명이 말했다.

"내 여동생이 애비 그레인지에 다녀. 6학년이야. 걘 사람들이 아직 그 일의 반도 모른다고 생각해. 그 여자애의 친구들이 일을 알게 되고 나서 선생이 그 애들한테 뇌물을 주고 몇 달이나 조용히 시켰다나봐. 대체로는 술을 사준 거지."

"하지만 그 여자애는 7학년 아니었어? 그러니까 걔 친구들은 어차피 대부분 열여덟 살일 거 아냐?"

"나도 그렇게 들었어."

남자아이가 어깨를 으쓱였다.

"어떻게 들킨 거래?"

누군가가 물었다.

"다른 선생님이 알아냈다나봐. 그 선생이 직원 중 다른 사람과 데이트를 했고, 그러다 헤어졌는데 그 여자가 그 선생이랑 여자애가 있는 걸 발견했대. 폴리가 그랬어."

"난 그 여자애 친구들일 거라고 생각했는데. 걔네가 보고서 교장한테 가서 일러바쳤을 거라고."

여자애 한 명이 말했다.

"일을 당한 사람이 여자애 한 명이 아니라고 들었어. 여러 명이었대. 선생이 걔네들 전부를 동시에 갖고 놀았대. 그 여자애 한 명만 들킨 것뿐이라고."

누군가가 말했다.

"진짜로 그런 일이 있긴 했던 거 맞아? 그 여자애랑 선생 사이에 사실은 아무 일도 없었으면 어떡해?"

여자애 한 명이 끼어들어 물었다.

"증거가 있대. 그 선생 집에 그 여자애 옷이 있다던가. 칫솔도 있고."

"칫솔이 '강간'을 뜻하는 건 아니잖아."

여자애가 날카롭게 웃으면서 말했다.

"칫솔은 강간과는 정반대야. 그건 심지어 하룻밤 관계도 아니라고. 칫솔이 있다는 건 미래를 예상했다는 거라고. 그건 그 선생 집에서 '잠옷'을, 여자애들용 구름무늬 분홍색 면 잠옷을 찾은 거나 다름없어. 그건 '증거'가 아니야. 투자지. 칫솔은 투자야."

모두들 이 새로운 개념을 생각하느라 침묵이 흘렀다.

그러다가 남자아이 한 명이 말했다.

"그 사람 예순 살쯤 되지 않았어?"

"그렇게 늙지 않았어. 지난주 신문에 사진이 나왔어. 갈색 머리던데."

"그럼 우린 별로 아는 게 없는 거네."

펠릭스가 부루퉁하게 말하며 앞머리를 쓸어 넘겼다. 그는 자신의 능력에 비해 너무 크고 독창적인 집단을 통제하려고 하는 으스대는 사람 특유의 무력한 짜증을 느끼고 있었다. 그가 펜 뚜껑을 열고 크래프트 종이 제일 위에 '주제'라고 썼다.

"카드 자체도 진짜 멋있게 써야 돼. 트럼프 카드가 적당히 끼워 넣은 부산물 같은 게 아니라 공연에서 필수적인 부분이 되어야 해."

여자애 한 명이 말했다.

"그건 당연한 거지. 자, 그럼 카드랑 카드를 사용할 수 있는 여러 가지 방법에 대해서 얘기해보자."

펠릭스가 '주제'라는 단어에 밑줄을 긋고 신중하게 펜 뚜껑을 닫은 다음 기대하는 얼굴로 모두를 쳐다봤다.

"카드 한 장만, 아니면 한 벌 전부?"

"난 한 벌 전부가 좋을 것 같아. 의상에 진짜 근사한 미학적 특징을 선사할 거야. 그걸로 극의 틀을 잡을 수도 있을 거야. 그러니까, 네 막짜리 공연이라면 각각에 슈트 이름*을 붙인다든지, 열세 장이면 특정 슈트의 카드 이름을 각각에 붙이는 거지."

"그거 좋은 생각이다."

"그래! 우리가 그림 카드처럼 옷을 입고 무기도 들고 나오는 거야. 그림엔 다 무기가 있지?"

"게임을 만들면 어떨까? 극의 핵심으로 사용할 만한 카드 게임을 만드는 거야. 빨간색 카드를 뽑으면 여자에게 매력을 느끼는 거야. 검은색 카드를 뽑으면 남자에게 끌리는 거지."

"그래, 그리고 각각의 카드는 뭔가 특정한 걸 상징하는 거지, 뭔지는 잘 모르겠지만. 뭔가 어떤 습관이나 특성 같은 거. 성적 취향과 관계된 그런 거."

"'귀족나리(His Nob)'를 뽑으면 아침이 오기 전에 떠난다든지?"

남자애 한 명이 말했고, 모두가 웃었다.

"귀족나리가 뭐야?"

"크리비지 게임에서 잭 중의 하나야."

"잠깐만. 너무 빨리 가고 있는 거 같은데."

펠릭스가 받아 적으면서 말했다.

"우린 잘하고 있어. 네가 너무 느리게 적는 거야."

남자애 한 명이 말했다.

---

* 카드의 상징. 스페이드, 하트, 다이아몬드, 클럽을 말한다.

펠릭스는 자신의 권위가 사라져가는 걸 느꼈다. 그는 인상을 찌푸리고 서기를 임명해둘걸 하고 생각했다.

"연극을 일종의 판타지물로 만들면 어떨까? 특정 나이가 되면 카드를 뽑아야 하는 그런 판타지 세계처럼 말이야."

"점쟁이나 뭐 그런 사람한테 가야 하는 거지."

"타로 카드 점술사라든지."

"맞아! 성년식 같은 그런 거. 통과의례."

"카드는 정체성 카드 같은 게 되는 거지. 그걸 항상 갖고 다녀야 돼."

"다른 사람에게 보여주면 안 되고."

"그러니까 퀸은 여장 같은 거야. 그래서 퀸을 뽑으면 여장을 해야 하는 거지."

"퀸이니까, 드래그 퀸(Drag queen)처럼 말이지!"

"내 말이 바로 그거야."

"하지만 우리 진짜로 그렇게 믿는 거야?"

스탠리가 물었다.

"정말로 정체성이라는 게 어느 정도 자랐을 때 자신에게 주어지는 거고, 그때부터는 그게 자신의, 자신의 중심 사상 같은 게 된다고 믿는 거야? 배지처럼?"

"그럼. 넌 그렇게 안 믿어?"

첫 번째 남자애가 말했다.

스탠리는 입을 벌렸다가 도로 다물었다. 확신이 서지 않았다.

"하지만 그럼 남은 평생 카드 하나만 갖고 살아야 한다는 뜻이잖아?"

누군가가 물었고, 공감하는 남자아이가 대답했다.

"그렇지. 그걸 도박에 걸지 않는다면 말이야. 그건 위험도가 아주 높은 운에 거는 게임이지. 지하세계의 바에서, 가진 걸 모두 잃게 될 위험을 무릅쓰고 해야 하는 치명적인 운수 게임."

"우리 진짜 잘할 것 같아."

"굉장히 극적인 내용이 될 거야."

"진짜 스팀펑크스럽고."

"난 찬성해."

하지만 여자애 한 명이 날카롭게 말했다.

"어쨌든 우리가 실제로 뭘 믿는지는 중요하지 않잖아. 그건 근사한 아이디어야. 연기과 주임 선생님이 완전 환장하실걸. 딱 그 선생님이 좋아하는 크로스오버 스타일이잖아."

"크로스오버라는 게 무슨 뜻이야?"

"선생-학생 사건 말이야. 미디어에 나온 이야기를 사용하는 거. 몇 년 전에 마녀사냥에 대한 공연 본 사람 없어? 배우들을 일반인처럼 분장시켜서 객석에 배치해놨었잖아."

"맞아, 그거 봤어."

"누가 연기자고 누가 아닌지 모르는 상태로 에워싸여 있는 거야. 그거 정말로 굉장히 무서워. 그 공연은 완전 매진이었어. 일주일이나 연장했지."

모두들 자신들의 첫 공연이 일주일이나 연장되는 상상에 잠겨 잠깐 침묵이 흘렀다. 펠릭스는 적던 것을 멈추고 펜을 느슨하게 쥔 채 주위를 둘러봤다.

"애비 그레인지 아이디어 괜찮은 것 같아."

누군가가 말했다.

"나도 그래."

"하지만 뭐부터 시작하지? 지방신문에 실린 기사 몇 개? 그 결론 부족하잖아."

"조사를 해야 돼. 더 알아내야지."

"마지막에는 모든 게 무너질 테니까."

여자애 한 명이 말했다.

"폭행을 당한 피해자, 그 여자애의 경우에 말이야. 그 애 주위로 카드로 지은 성처럼 모든 게 무너질 거야."

7월

스탠리와 여자아이가 의상을 들고 미술부로 가는 동안 복도쪽 블라인드가 열려 있었다. 소음이 들려서 두 사람은 고개를 돌렸고, 곧 멈춰서 유리창 앞으로 다가가 쳐다봤다.

남자아이는 다리 사이를 손으로 움켜쥐고 몸을 거의 반으로 접은 채 비명을 지르며 움찔거리고 있었다. 발성과 주임은 그의 위로 몸을 굽혀 양발을 벌리고 단단히 서서 그에게 뺨을 대고 통통한 팔로 그를 감싸 꼭 끌어안고 있었다. 그가 비명을 지르는 동안 선생이 귀에 다급하게, 들리지 않게 뭔가를 속삭였다. 그의 비명은 억눌린 상태로 불규칙적이고 계속해서 변해 목 안에서 부글거리며 끓는 소리에 가까워졌다. 심지어는 너무 높아서 속삭임처럼 들리는 박쥐 울음소리 같았다. 그는 발성과 주임의 팔에서 벗어나려고 하는 것 같았지만 그녀가 그의 등을 꽉 안고 있어서 몸부림을 치는 것밖에는 할 수가 없었다. 남자아이는 눈을 질끈 감고 있었다.

"무슨 일이지?"

스탠리가 속삭였다.

"교정 발성 수업이야. 쟨 어릴 때 여러 가지 일을 겪었던 게 분명해. 마음 깊은 곳에 가둬놓은 끔찍한 일들을."

여자아이가 마주 속삭였다.

남자아이의 얼굴에서 힘이 빠지고 입이 벌어져 표정은 전혀 고통스러워 보이지 않았지만, 그가 내는 소리는 생생하고 야만적이고 상처로 가득했다. 남자애의 차분하고 평온한 목에서 나오는 이 끔찍한 소리는 무시무시했다. 그의 목젖이 움직이지만 않았어도 스탠리는 그게 녹음된 소리라고 생각했을 것이다.

"정말 끔찍해."

스탠리가 말했다. 여자아이는 그가 전혀 이해를 못하기라도 하듯 무시하는 눈길로 쳐다봤다.

"다른 방식으로 해방시키는 것보다 나아. 고양이를 전자렌지 같은 데 집어넣는 식으로 말이야."

"그게 쟤가 하고 있는 거야? 해방시키는 거?"

"당연하지."

여자아이는 그렇게 대답하고 머리를 뒤로 홱 젖혔다.

"그게 저 선생님 특기야. 발성과 주임 선생님. 학교 밖에서도 사람들이 선생님을 고용해. 그 사람들 개인 집으로 가서 하는 거지. 저건 특별한 종류의 치료 같은 거야. 저 선생님은 진짜 뛰어나."

그들은 남자애가 발성과 주임의 무게에 짓눌린 채 몸부림을 치며 잠깐 동안 소리를 지르는 걸 봤다. 그의 표정이 바뀌었다. 그가 입술을 뒤로 말아 이를 전부 드러내고 코를 찡그리고 으르렁거렸다. 입안에서 혀가 뻣뻣하게 튀어나와 떨렸다. 그는 입을 꾹 다물었다가 기침처럼 목 안쪽으로 짧게 짖는 듯한 소리를 몇 번 토했다. 발성과 주임이 이제 그의 귀에 노래를 불러주기 시작했다. 격한 울부짖음 아래로 나직하고 상냥한 자장가가 퍼지면서 남자애가 몸을 움츠리고 숨을 헐떡였다. 스탠리는 갑자기 부끄러워졌다.

"서둘러. 우린 가야지."

그가 시선을 떼어내며 말했다. 하지만 여자아이는 이미 가버린 뒤였다.

9월

봄날의 어느 토요일 오후에 스탠리는 텅 빈 미술부의 큐비클 안에 웅크리고 앉아 재봉틀의 실패를 풀려고 하고 있었지만 아무 소용이 없었다. 그의 몸을 더욱 네모나게 보이도록 만들어줄 커다랗고 말랑말랑한 판지에 가슴 부분에는 무늬가 있는 스페이드 퀸 의상은 거의 완성된 상태였다. 아침 내내 그는 이마에 쓸 철사로 된 후광을 만드느라 노력 중이었다. 머리장식은 그의 머리 위쪽으로 기하학적인 머리가리개를 받치기 위해 철사로 된 살이 여러 개 뻗어 나온 모양이었다. 다섯 시간 동안 이음매를 노려보고 철사의 거친 끝부분을 휘게 하느라 손끝이 벗겨진 끝에 마침내 꽤 그럴듯한 분위기로 완성되었다며 그는 만족했다. 그는 이제 머리가리개를 쓴 채로 재봉틀 위로 몸을 구부리고 있었다. 방 안엔 미술부로 가져와서 색칠하고 주말 동안 칠이 마르도록 내버려둔 식민지 시대풍의 가구들이 가득했다. 그의 주위로 아크릴 물감의 달콤한 냄새가 풍겼고, 학교에서 언제나 공연이 끝나면 칠을 쉽게 제거하기 위해 사용하는 세제 냄새도 풍겼다.

스탠리는 의상 위로 몸을 구부렸다. 공연을 위해 조사를 하면서 그는 자신의 카드를 굉장히 잘 알게 되었다. 전통적인 프랑스식 트럼프 카드에서 스페이드 퀸은 잔다르크를 의미하고, 하트 게임에서 스페이드 퀸은 굉장히 불운하기 때문에 '검은

암캐(Black bitch)'라고 불렸다. 스페이드 퀸은 데이지 꽃과 홀을 갖고 있는 유일한 여왕이기에 가끔씩은 '침대 기둥의 여왕(Bedpost queen)'이라고도 했다. 집에서 그림 카드들을 하도 오래 들여다봐서 밤에 눈을 감으면 빨간색과 검은색 이미지들이 눈앞에 어른거릴 정도였다. 마침내 그는 발아래 뒤엉킨 실 더미에서 실패를 풀어내고 꼬인 실들을 잘라냈다. 그리고 실패의 실 끝을 손가락으로 잡아 실패걸이의 실 거는 부분에 걸자 실이 말끔하게 돌아가는 소리가 들렸다.

문이 열리고 학생들 한 무리가 토요일 재즈 수업을 받고 있는 현관 근처 댄스홀에서 희미하게 음악 소리가 들려왔다.

"그럼 여기로 하지. 여기라면 아무도 우리를 방해하지 않을 거다. 그 애들이 교무실을 쓰는 건 정말 망할 노릇이야. 마음에 드는 데 앉아."

누군가가 말했다. 동작과 주임의 목소리였다. 스탠리는 여전히 실 끝을 입에 물고 실패를 재봉틀 아래쪽에 있는 조그만 공간에 집어넣느라 열중하고 있어서 금방 자신이 있다는 걸 밝히지 못했다. 재봉틀 옆쪽의 바퀴를 돌려 바늘이 위아래로 움직이게 해 실패의 실을 잡아당기고 조그만 보라색 고리를 만들자 그는 가위 끝으로 그걸 잡고 조심스럽게 바깥쪽으로 당겼다. 그가 이 일에 하도 열중하고 있어서 일을 마칠 무렵엔 동작과 주임과 그의 손님이 이미 한창 대화를 나누는 중이었다. 단둘이 이야기할 시간만 기다렸던 것처럼 그들은 굉장히 안도하

328

며 신나게 이야기를 하고 있었다.

"다들 그걸 원하지. 1학년생뿐만이 아니야. 모두들, 여기서 떠나는 날까지 그래."

동작과 주임이 말했다.

"그럼 왜 학교에서 그런 종류의 것들을 제공하지 않는 거죠? 일대일 개별지도라든지 그런 거요. 학생들이 원하는 게 그거라면 말이죠."

가능한 한 천천히 스탠리는 몸을 큐비클 가장자리로 기울이고 거꾸로 뒤집힌 안락의자와 탁자 사이의 조그만 틈새로 잔혹극 연습의 주인공이던 가면을 썼던 2학년생 소년을 봤다. 무대에서 희생양을 때리고, 옷을 찢고, 거의 익사시키려 했던 그 소년이었다. 이제 가면을 쓰지 않았고, 동작과 주임의 말을 듣는 동안 열심히 집중하느라 주름이 생긴 얼굴을 스탠리는 잠깐 동안 살펴보았다.

동작과 주임이 말했다.

"네 경우엔 이 학교가 여러 가지 측면에서 부족할 거다. 그게 내가 어제 이야기하고 싶었던 거란다. 대학원 과정이나 아니면 인턴 같은 걸 해보는 게 어떻겠니? 마임 학교라든지. 내년 말이면 넌 미완의 상태가 될 거야. 미완에 굶주린 상태가 되겠지."

동작과 주임은 열렬하지만 딱 부러지지 않는, 그의 특징인 능숙한 스타일로 말을 했다. 스탠리는 질투심을 느끼며 틈새로 두 사람을 보았다. 소년은 무릎을 세우고 손가락으로 낡은 소파를 쓰다듬으며 앉아서 동작과 주임의 말에 신중하게 고개를 끄덕거렸고, 스탠리는 문득 이 상황이 굉장히 기묘하다는 걸 깨달았다. 두 사람은 친했던 거야, 그는 놀라움 속에서 생각했다.

"전 선생님 의견을 굉장히 중요하게 여겨요."

가면을 쓰지 않은 소년이 몸을 앞으로 기울이며 말했고, 그 순간 스탠리는 요리 잡지 사진용으로 광택제를 뿌린 가짜 음식처럼 매끄럽고 반짝거리던 기대주 소년을 떠올렸다. 기대주는 빛이 났었고, 이 소년도 지금 빛이 났다.

스탠리는 목 안쪽으로 씁쓸한 부당함을 느끼며 침을 삼켰다. 동작과 주임의 사무실에서 불만을 제기하며 눈물을 참던 자신의 모습이 떠올랐다. 지금도 잔혹극 연습에 자신이 그렇게 폭력적으로 반응을 했다는 사실에 가끔 자책을 하곤 했다. 그런데 왜 동작과 주임은 감명받지 않았던 걸까? 왜 선생은 자신의 연약함을 고백하는 스탠리의 가녀린 솔직함에 감동해서 마음을 터놓고 그와 친해지지 않았던 걸까? 왜 이 소년, 다른 애들보다 더 낫거나 나쁠 것도 없는 매끈한 얼굴의 가면을 벗은 소년을 고른 거지?

"참 재미있구나. 여러 가지 면에서 넌 정말…… 잘했어. 내게 활력을 불어넣었달까."

동작과 주임이 말했다.

"나의 성장은 그에게 투영되니…… 그에게서 발견되는 것이다."

가면을 안 쓴 소년이 인용했고, 비밀스러운 틈새로 스탠리는 두 사람이 미소 짓는 것을 보았다.

동작과 주임이 말했다.

"공동의 탄생 혹은 이중의 탄생이 되노니. 학생에게 내리는 지시가 아니라 다른 사람에게 완전하게 마음을 여는 것이다."

그는 잠깐 동안 침묵을 지키고 있다가 덧붙였다.

"잘 기억했구나."

그들은 그대로 앉아서 방 안의 얕은 침묵을 즐기며 신발만 내려다보고 있었다. 재봉틀의 색 바랜 옆구리 너머로 스탠리는 그 모습을 보며 씁쓸한 기분을 느꼈다. 소년과 동작과 주임이 마침내 대화를 끝내고 방을 나갈 때까지, 그는 양쪽 무릎이 다 저리고 배가 끔찍하게 고파서 속이 비틀리는 상태로 두 시간을 기다렸다.

7월

"즉흥적으로 해보자."

1학년생 남자애 중 한 명이 제안했다.

"지난주에 했던 것부터 시작해서 어떻게 흘러가는지 보는 거야. 난 두 캐릭터가 상대가 제대로 듣지 않는데 계속 말을 하던 그게 참 좋았거든. 둘 다 상대방에게 별로 존재감이 없는 것처럼 말이야."

여자아이 한 명이 말했다.

"그냥 한번 시작해보자. 우선 살라딘 선생, 그다음에 여자애 순으로 번갈아가면서. 아무나 아무 때나 일어나도 돼. 아무나 둘 중 한 사람을 연기해도 되고, 누구든 상관없어. 그냥 장면을 한번 진행해보고서 어떻게 되는지 보자고."

"진짜 대화를 진행시켜야 돼."

"맞아."

모두들 상황을 이해하느라 잠깐 침묵이 흘렀고, 다들 나중에 말할 것을 재빨리 머릿속으로 생각하기 시작했다. 그러다가 남자아이 한 명이 일어섰다. 그는 일어서면서 한때 남자아이였던 하얀 잿더미에서 솟아오른 불사조처럼 전혀 다른 사람, 성인 남자로 변했다. 그가 허리에 양손을 올리고 턱을 뒤로 당기고 맨발을 양옆으로 벌려 바닥에 단단히 짚고 서자 그가 누구로 변신한 건지 모르는 사람은 아무도 없었다.

남자가 말했다.

"여자아이들은 그것에 관해 이야기를 할 때면 '끝까지 가요'라고 하지. 그 과정이 어떤 통로라든지 항해, 지도가 없는 바다를 처음 건너는 일종의 의식이라도 되는 것처럼. 빅토리아도 나에게 그렇게 말했어. '끝까지 가요.' 그 애는 질문을 했지. '저랑 끝까지 가고 싶으세요?' 마치 출발이 이미 예정되어 있고,

정박용 밧줄을 벌써 풀었고, 난 거기 그 애와 함께 올라타고 떠나갈지 말지만 결정하면 되는 것처럼 말이야. '끝까지 가요'라고 그 애는 그랬지. 완전히 저 끝까지. 바람이 불고 짠 바닷물이 출렁거리는 길의 마지막까지. 끝까지 전부 다."

그가 자리에 앉았다. 아주 잠깐 침묵이 흘렀고, 곧 스탠리가 일어섰다. 그는 여자애처럼 한쪽 다리에 무게를 싣고, 한 팔을 가슴 위로 가로질러 골반을 잡고, 다른 팔은 팔꿈치를 구부리고 손바닥을 펴서 손짓을 했다.

"선생님은 질문에 한참 걸려서 대답을 했어요."

스탠리가 말했다.

"처음에는 이렇게 짧게 웃음을 터뜨리고 날 끌어안고 머리 위에 키스를 했어요. 가끔 선생님은 나한테 키스할 때 목 안쪽으로 날카로운 소리를 내요. 꼭 강아지처럼, 가슴속 깊은 곳에서 느끼는 감정이 물속에서 유령처럼 울리는 것처럼요. 내 겨드랑이의 보풀이 인 파란 모직 옷에 얼굴을 묻고 크게 신음하면서 선생님이 그러셨죠. '난 정말 축복받은 기분이야, 빅토리아. 정말 엄청나게, 엄청나게 축복받은 기분이야.' 우린 선생님의 집 거실의 크림색 가죽 소파에 앉아 있었고, 제가 말했어요. '저랑 끝까지 가고 싶으세요?' 선생님이 그러셨어요. '오, 내 소중하고 소중한 꼬마 아가씨. 아직은 아니야. 아직은 안 돼. 잠깐 동안 이 순수함을 즐기자꾸나. 이게 녹아버리고 다시 돌이킬 수 없을 때까지는. 아직도 얼마나 많은 것들이 일어날 수 있는

지를 생각하며 이 순간을 즐기자꾸나."

스탠리가 앉았다. 그의 주위로 모든 학생이 엄격하고 초점이 흐린 눈을 하고 있었다. 그들은 그의 연기에 반쯤만 관심을 기울였을 뿐이었다. 다들 속으로 자신이 다른 아이들 앞에 섰을 때 뭐라고 할지, 그리고 그 대사들이 즉흥적이고 전혀 연습을 하지 않은 순수한 것인 척하려면 어떻게 해야 할지 고민하느라 바빴기 때문이다.

여자아이 한 명이 일어섰다. 성인 남자를 연기하는 여자애들이 흔히 그러듯 그녀의 연기는 약간 균형이 안 맞고 조금 당황스러웠다. 그녀는 목소리를 낮추고 발을 양쪽으로 벌리고 과하게 무뚝뚝한 태도로 턱을 들어 올리고 말했다.

"이 아이가 용기를 내지 못했다면 다른 아이들 중 한 명일 수도 있었을까? 그 애의 오른쪽이나 왼쪽에 있는 여자애, 재즈 밴드 앞줄에 있는 다른 색소폰 주자, 가슴이 더 작고 눈길이 더 예리하고 손톱이 더 네모지고, 어쩌면 몸매가 더 나쁘고, 저지 밑단의 올이 풀린 그런 여자애일 수도 있었을까? 그 애들 모두가 나를 보고 미소 짓고, 나를 빤히 쳐다보고, 나와 함께 웃었어. 고등학교 재즈 페스티벌에서 우리가 상을 받았을 때 몇 명은 심지어 나를 끌어안았지. 그들 중 한 명이었다면 뭔가 달랐을까?"

이 살라딘 선생이 바닥의 자기 자리로 돌아가자 다른 여자아이가 일어섰다. 새로운 여자아이는 양손을 벌리고서 말했다.

"내가 선생님이 깨어나는 걸 한 번도 못 봤다는 사실이 좀 웃겨요. 난 몸을 돌려 선생님이 여전히 자는 걸 본 적도, 선생님의 눈꺼풀이 창백한 아침 햇살 속에서 늘어지고 꼼짝하지 않는 걸 본 적도 없고, 침대의 달콤하고 뜨거운 숨결 속에 몸을 묻고 선생님이 몸을 떨면서 잠에 취한 팔을 들어 나를 안는 걸 느껴본 적도 없어요. 우리한테는 다음 날 아침 같은 게 없었죠. 우리한테는 밤도 없었어요. 자고 자고 또 잘 수 있는 누구의 방해도 없는 기나긴 밤 같은 건 없었죠. 침묵도 없었어요. 함께 아침을 먹은 적도 없어요. 함께 수영을 한 적도, 함께 쇼핑을 한 적도, 함께 영화관까지 걸어간 적도 없어요. 선생님이 집에 몇 시에 오는지 알아보기 위해서 직장으로 전화를 해본 적도 없어요. 빨랫줄에 선생님의 빨래를 널어본 적도 없고, 선생님의 어머니나 조카나 선생님의 삶에 관해서 전혀 몰라요.

이 모든 건 어른의 일이고, 제가 선생님과 전혀 해보지 못한 것들이에요. 사람들은 제가 어른의 역할에 잘못 밀려들어간 어린애라고들 그러죠. 사람들은 이게 불법적이고 시기에 안 맞게 일렀던 어른의 관계라고 그래요. 하지만 사실은 그 반대예요. 살라딘 선생님이 청소년의 연애를 했던 거예요. 자동차 뒷자리에서의 속삭임과 문가에서의 어설픈 애무, 자정 전에 집에 들어가기, 부모님이 주무시거나 외출하시길 기다리는 것, 암호로 은밀하게 메시지를 보내는 것. 내가 어른 역할을 한 게 아니에요. 살라딘 선생님이 아이 역할을 했던 거죠."

개막일이 점점 더 가까이 다가왔다. 중심 대본이 없는 창작 연기는 완성 단계에 전혀 다가가지 못하고 그저 억지로 공기를 도로 채워 넣은 오래되고 구깃구깃한 파티용 풍선처럼 기묘한 부분이 튀어나오고 부푸는 것 같았다. 학생들은 극도로 예민해지고, 불만에 젖은 학생들이 학교 문가 여기저기에 모여서 반항적인 이야기를 속삭이면서 성격이 가장 강한 아이들 사이에서 균열이 일어나기 시작했다.

"앤디가 그 의상을 입고 그런 식으로 거들먹거리며 돌아다니는 꼴을 보면 구역질이 나."

속삭임은 이렇게 시작됐다.

"걘 자기가 신이 무대에 내린 선물이라고 생각해. 매번 개가 지나갈 때마다 난 다리를 걸어서 넘어뜨리고 싶어."

"에스더가 근처에 있으면 올리버랑 연기를 하는 게 얼마나 힘든지 알아? 오늘 걔는 완전히 올리버 다리에 대고 발정난 개처럼 헐떡거리더라니까."

"펠릭스가 한 번만 더 그런 식으로 목을 가다듬으면 맹세컨대 개 목을 졸라버릴 거야."

"이 공연은 대체 뭐야? 한 명을 위한 두 시간짜리 헌정 공연이야? 왜 샘이 무대에 그렇게 오래 있는 건데? 걔가 제일 잘하는 애도 아니잖아."

하지만 진짜 위험한 건 이 불만에 찬 학생들, 자신의 역할이 상대적으로 미미한 것에 화가 나고 다른 아이들이 거들먹거리며 잘난 척하는 데 질린 숙덕거리는 아이들이 공연으로부터 완전히 마음이 떠나 개막일에 일부러 형편없이 공연해서 과장된 연기로써 배우와 배역 사이의 거리에 사람들의 시선을 끌어들일 가능성이 있다는 거였다. 이것은 무언의 위협이 되어 그들 주위를 떠다녔고, 배우들은 경계심과 불신으로 가득 차 부서진 껍데기 같은 자존심을 손으로 꽉 붙들어 하나로 잡아두려는 것처럼 의상을 가슴에 꼭 끌어안고 다녔다.

어느 날 리허설이 끝나고 학교를 나온 스탠리는 집에 가져갈 소품 봉투를 팔 아래 낀 채 고개를 뒤로 젖히고 잠시 옅은 오후의 햇살을 즐겼다. 그는 의자를 쌓고 다음 날 아침을 위해 리허설장을 치우면서 여전히 논쟁을 하는 그늘진 눈에 험악한 인상을 띤 친구들을 피해 백스테이지 공간에서 뒷골목으로 이어지는 배우용 문으로 조용히 나왔다.

모퉁이를 돌아 북쪽 안뜰로 나왔다가 그는 놀랍게도 강당 무대의 날개공간에 기묘하고 갑작스럽게 나타난 여자아이, 전에 벨벳 같은 어둠 속에서 그와 부딪혔던 눈을 커다랗게 뜬 여학생과 마주쳤다. 그는 그 아이를 알아보고 잠깐 멈췄다. 어둠 속에서 아주 짧던 충돌이, 그가 넘어지자 헉 하고 숨을 들이켜고 괴로운 표정으로 말없이 사과의 눈으로 그를 내려다보던 여자아이가 떠올랐다.

자신의 장면이 끝나고 나서 그는 날개공간으로 돌아와 그녀를 찾았지만, 여자아이는 사라지고 없었다.

"누가 보고 있었어."

그는 나중에 탈의실에서 의상을 힘겹게 벗고 가발을 화장대 위에 줄지어 선 얼굴 없는 폴리스티렌 두상에 씌워놓으면서 펠릭스에게 말했다.

"날개공간에. 배우용 문으로 들어왔나봐. 문이 열려 있었던 모양이야."

"나가라고 했어?"

펠릭스는 별 흥미 없이 말했다. 그는 거칠게 상의 끈을 풀었고, 낡고 더러운 레이스가 찢어지는 소리가 들렸다.

"사라졌어."

스탠리는 펠릭스가 자신의 실수를 보고서 욕설을 내뱉는 것을 보았다.

"사람들이 날개공간에서 보고 있는데 우리가 모르는 게 좀 기묘한 것 같아서. 그건 불공평한 이득 같아. 누가 현관으로 몰래 들어와서 객석에서 본다면 별로 신경 쓰지 않을 것 같은데."

이솔드는 은행나무 아래 나무 벤치에 앉아 있었다. 그녀는 애비 그레인지 교복을 입고 다리를 살짝 흔들며 책장이 너덜너덜한 소설책을 넘겼다. 책 위로 몸을 구부리고 있어서 머리카락이 얼굴 위로 흘러내렸다. 가까이 다가가자 이제 통통한 뺨에 도톰한 입술, 살짝 위로 들린 가느다란 코를 가진 여자아이가 얼마나 예쁜지 확실하게 알 수 있었다. 여자아이는 책을 읽으며 손가락으로 멍하니 코를 문질렀다. 스탠리가 다가가자 그녀는 고개를 들고 의아한 표정을 짓다가 그를 알아보았다.

"너구나. 날개공간에 있던."

스탠리가 말했다.

"아, 응."

여자아이는 앞니로 아랫입술을 깨물었다. 그리고 혼나기를 기다리는 강아지처럼 자신 없는 표정으로 그를 올려다보았다.

"너 때문에 내 큐 사인을 놓쳤어."

스탠리는 그렇게 말했고, 그의 무례한 말에 두 사람 다 얼굴을 붉혔다.

"미안해. 북소리가 들려서 그냥 소리를 따라갔을 뿐이야. 어쩌다 거기까지 들어갔나봐."

잠깐 침묵이 흘렀다.

"그냥 리허설일 뿐이었어."

스탠리가 마침내 말했다. 그녀는 얌전히 고개를 끄덕이고 입술을 꼭 다물고 사과의 미소를 지었다. 스탠리는 주제를 바꾸려고 그녀의 악기 케이스를 가리켰다.

"뭐 연주해?"

"알토 색소폰. 선생님 스튜디오가 저기 위거든."

"여기 스튜디오를 갖고 있다니 되게 부자인가 보네. 임대료가 완전 미쳤거든. 연기 학교에서 지금보다 더 많은 건물을 사려고 했는데 엄청나게 비쌌다고 하더라고."

스탠리는 이제 당황해서 온몸이 달아오르고 있었다. 불편한 기분이 자주색 잉크 얼룩처럼 가슴 위로 퍼져서 목의 움푹한 부분까지 번지는 것 같았다. 셔츠의 열린 목깃 위로 구식 주름 장식처럼 턱까지 퍼진 홍조가 뚜렷하게 보일 것이다. 이 여자애한테 다가오지 말고, 말도 걸지 말고, 그냥 차분하게, 수수께끼처럼 고개만 끄덕이고 지나갈 걸 그랬다고 그는 생각했다.

"선생님이 부자인지는 잘 모르겠어."

이솔드가 말했다.

"너 잘하니?"

스탠리가 물었다.

그 말을 하자마자 이 동그란 얼굴에 눈을 깜박이는 소녀에게 대답할 수 없는 질문을 던졌다는 사실이 부끄러워졌다. 그는 그녀가 그에게 똑같은 질문을 던지지 않기만을 바랐지만, 이솔드는 그저 이렇게 말했다.

"지금 8급이야."

그리고 어깨를 으쓱여 그 질문이 그녀에게 별로 중요하지 않다는 걸 드러냈다.

"가끔 너희들이 연주하는 걸 들었어. 음, 아마 너는 아니겠지만, 우리가 있는 데까지 음악이 들리거든."

"응, 나도 가끔 오빠들 소리를 들었어. 대부분 북소리랑 소리 지르는 거지만."

이솔드도 이제 왠지 모르게 얼굴을 붉히고 있었다.

"그리고 아마 꽥꽥거리는 것도 들렸겠지."

스탠리는 농담을 하려고 해봤지만 이솔드는 그저 미소를 지으며 대답했다.

"아니, 꽥꽥거리는 건 못 들었어."

"그렇구나."

스탠리가 팔을 흔들며 말을 이었다.

"음, 그럼 다음에 또 기회 되면 보자."

그는 무심한 듯이 말하려 했지만, 마치 그가 다시 만날 기회를 바라는 것처럼 기대하는 어조로 나왔다. 그는 자신이 상관하지 않는다는 걸 보여주려고 그녀에게서 시선을 돌려 자갈밭 위의 비둘기들과 마당 가장자리에 빙 둘러 쌓인 은색과 하얀색 쓰레기들을 쳐다봤다.

"그래."

이솔드는 그에게 호기심 어린 시선을 던졌다. 그녀는 도로 소설을 펼치려 하지 않고 그가 휘청거리면서 자신을 떠나 팔 아래로 미끄러지는 소품 가방을 붙잡고 안뜰을 가로질러 가는 것을 눈으로 좇았다.

6월

"스탠리, 네 아버지가 되어보렴."

연기과 주임이 말했다.

스탠리는 주저하며 고개를 끄덕였다. 그는 다리를 살짝 벌리고 뒷짐을 지고 서 있었다. 다른 학생들은 전부 바닥에 앉아서 갈비뼈 앞으로 무릎을 꼭 껴안고 그를 올려다보았다.

"이건 질문과 대답 수업이야."

연기과 주임은 앞에 있는 페이지를 손바닥으로 차분하게 누르면서 말했다. 그는 무릎을 꼰 채 몸을 옆으로 돌리고 책상 앞에 앉아 있었다. 하얀 맨발 하나가 천천히 원을 그리며 발목 관절을 풀었다.

"우린 네가 정말로 네 아버지인 것처럼 직접적으로 지칭하면서 너에 관한 질문을 할 거야. 앞으로 30분 동안 그 캐릭터를 유지하렴. 네가 받은 질문에 대한 진짜 답을 모르면 그냥 지어내도 돼. 거짓말을 하는 건 상관없어. 캐릭터를 벗어나지만 마."

스탠리는 다시 고개를 끄덕였다. 그는 잠깐 고개를 숙이고 숨을 들이켠 다음 고개를 들고 아버지 특유의 찡그린 미소를 지었다. 그리고 양손을 벌리고 말했다.

"해봐요."

즉시 그는 죄책감 없고 미안한 것도 없는 장난기 넘치는 사람으로 변했다.

"당신 아들 스탠리에 대해 얼마나 잘 압니까?"

연기과 주임이 먼저 물었다.

스탠리는 눈썹을 치켜 올리고 미소를 지었다.

"그 애는 착한 애죠. 우린 야한 농담을 주고받아요. 그게 우리 취미죠. 우린 잘 지냅니다."

"어떤 야한 농담입니까?"

"오, 우린 서로 주고받으면서 서로에게 충격을 주려고 하죠. 그냥 우리가 하는 게임이에요."

스탠리는 다시 웃음을 지으며 연기과 주임을 냉정하게 쳐다보았다. 마치 그를 꿰뚫어볼 수 있다는 듯이, 연기과 주임의 모든 욕망과 두려움과 희망과 잘못이 눈앞에 훤히 보인다는 듯이 말이다. 연기과 주임은 무심하게 마주 보았다.

"아들에게 한 농담을 하나 말해줄 수 있습니까?"

"미성년자와 자는 최대의 이점이 뭘까요?"

"모르겠군요."

연기과 주임이 차분하게 말했다.

"아이를 봐줬으니까 시급 8달러를 받을 수 있다는 거죠."

바닥에 있던 학생 한 명이 소리를 죽이고 킬킬 웃었다. 스탠리는 그를 쳐다보고 씩 웃었다.

"재미있지, 음?"

그는 아버지가 종종 그러듯이 양쪽 손목을 비틀어 소맷자락을 털었다.

"하지만 점점 창의적인 걸 생각해내는 게 어려워지고 있어요. 내 비서에게 나 대신 좀 찾아보라고 시켰죠. 비서는 자기가 해본 일 중 최고라고 생각하더군요."

바닥에서 다시 웃음소리가 울렸다. 스탠리는 씩 웃고 몸을 좀 더 곧추세우고 양손을 배 위에 올리고 셔츠를 아래로, 아래로 쓰다듬었다. 그는 그것이 무의식적으로 하는 동작처럼 보이도록 노력했다.

"스탠리가 해준 농담을 하나 말해줄 수 있을까요?"

연기과 주임이 말했다.

스탠리는 잠깐 생각에 잠겼다.

"기억이 안 나는군요. 미안합니다."

그가 마침내 말했다.

"스탠리와의 관계가 좋다고 하겠습니까?"

"우린 자주 만나지는 못합니다. 하지만 그 애는 착한 애죠. 유머 감각이 있어요. 약간 예민하긴 하지만, 거기에 사로잡히지는 않아요. 우린 잘 지냅니다."

"아들이 뭘 잘합니까?"

"스탠리요?"

스탠리는 아버지가 시간을 벌 때와 똑같은 방식으로 시간을 벌었다.

"그 애는 어딜 가든 사람들의 호감을 사는 편이에요. 연기 학교에도 무사히 들어갔고요. 그 애가 좋은 배우인지는 잘 모르겠군요. 아마 댁이 말해줄 수 있겠죠."

"그럼 그 애가 뭘 잘한다고 하겠습니까?"

"예술요."

스탠리는 의심 어린 어조로 말하며 열심히 생각했다.

"그 애는 낭만적이죠. 날 닮은 겁니다. 그걸 로저한테서 배우진 않았겠죠."

"로저가 그 애의 양아버지입니까?"

"그래요."

"어떤 사람이죠?"

"온순해요. 재미있다고 생각하지 않아도 웃어주는 사람이죠. 할 말이 다 떨어지면 겁에 질린 표정으로 달아나려고 하고요. 그래도 좋은 사람일 겁니다. 나라면 그 사람과 결혼하진 않겠지만요. 그래도 좋은 사람입니다."

"그 사람이 당신 아들에게 좋은 아버지인가요?"

"내 아들에게 좋은 양아버지죠."

"그렇군요."

연기과 주임이 스탠리의 발치에 웅크리고 앉아 있는 나머지 아이들 쪽을 쳐다보았다.

"이제 너희들도 말을 해볼까? 아무나 스탠리의 아버지에게 질문을 해보렴. 뭐든 괜찮아."

"스탠리에게서 자신이 보이나요?"

앞줄의 여자아이가 물었다.

"그 애는 내가 그 나이 때였을보다 좀 더 신중한 것 같아. 순진한 아이지. 난 그 애만큼 순진하진 않았거든."

"그 애가 아직 숫총각이라고 생각하나요?"

뒤쪽에 있던 머리가 헝클어진 남자아이가 말했다. 연기과 주임이 날카롭게 둘러봤지만 스탠리는 움찔하지 않았다. 그저 어깨를 으쓱이고 미소를 지었다.

"그 애한테는 어떤 태도가 있어. 뭔가 망가지지 않은 게 있지. 뭐라고 말할 수가 없구나. 말하고 싶지도 않고."

"그 애한테 최악의 부분이 뭐죠? 그 애의 최악의 실수요."

스탠리는 바닥을 내려다보고 생각에 잠겨 잇새로 입술을 빨았다.

"사람을 너무 잘 믿는 거. 믿을 가치가 없는 사람을 믿는 거지."

그가 마침내 말했다.

"선생님이 그렇게 생각한다는 이야기를 그 애한테 하셨나요?"

"아니."

스탠리가 짜증스럽게 한 팔을 흔들었다.

"그럴 필요가 뭐가 있지? 그 애도 실수를 해봐야 해. 안 그러면 발전할 수가 없으니까. 그리고 난 그런 타입의 아버지가 아니라네."

그는 고개를 홱 젖히고서 다시 소매를 비틀었다.

"스탠리가 선생님을 어떻게 생각한다고 보세요?"

"난 마음 깊은 곳에서는 그 애가 나한테 실망했다고 생각해. 그 애는 실망했고 또 화가 나 있지. 어떤 면에서 그 애는 정말로 나한테 반항하고 싶어 하거든. 내가 상징하는 모든 것을 망가뜨리고, 내가 어떤 사람인지 스스로 보게 만들고 싶은데 그럴 수가 없는 거야. 난 그 애 인생에서 그런 대상이 아니거든. 그 애는 나한테 반항할 필요가 없어. 내가 규칙을 만드는 사람이 아니니까. 난 가끔씩 등장하는 외부인일 뿐이야. 그 애가 나에게 정말로 반항하려고 한다면 난 그냥 웃어버리겠지. 그것 때문에 그 애가 나한테 화가 나 있다고 생각해. 그게 그 애한테는 실망스러운 거야."

"그걸 전부 다 이해하시는 건가요?"

바닥에 있는 남자아이 한 명이 마치 스탠리가 이 연습의 규칙을 기억하지 못한다고 말하려는 것처럼 회의적인 어조로 물었다. 연기과 주임은 팔짱을 끼고 뒤로 기대 앉아 가는 눈으로 스탠리를 빤히 쳐다봤다.

"그럼."

스탠리가 간단히 말하고 다시 양손을 벌렸다.

"난 심리학자야. 그런 걸 이해하는 게 내 일이지."

"정보가 생겼어!"

스탠리가 리허설장으로 들어와 바닥에 앉는데 마커스가 외쳤다.

"폴리 친구가 피해자 여자애의 절친이랑 친구래. 걘 그야말로 모든 걸 다 안대. 우리가 그 애를 만나서 모든 걸 다 적어왔어!"

그가 자신의 성공에 흥분해서 허공에 대고 조그만 공책을 흔들었다.

"어떤 내용이야?"

누군가가 물었다.

"예를 들어, 그 선생이 그 애의 음악 선생이었대."

마커스는 흥분해서 공책을 넘기면서 말했다.

"그리고 그 애는 그 선생한테 알토 색소폰을 위한 목관악기 개인수업을 받았대. 그리고 둘이서 차로 어딜 갈 때면 그 여자애는 뒷자리 바닥에 누워서 러그를 뒤집어쓰고 있었대. 그리고 여가시간에 그 선생은 취미로 유화를 그렸는데, 그 애 그림은 증거가 될까봐 한 번도 그리지 않았대. 그렇게 멍청하진 않았던 거지. 하지만 그러고 싶었다고, 진짜 그러고 싶었다고 말했대. 그 애가 절정에 오르면 복부랑 목에 있는 파란 혈관이 전부 도드라져서 순간적으로 피부 표면으로 떠오르고, 그 순간의 그 애를 그릴 수만 있다면 자기가 한 일 중 세계 최고가 됐을 거라고 항상 말했대. 본능적으로 알았던 거야. 그 선생이 연작을 그려서 전시회를 할 수도 있었을 거라고 걔네들은 농담을 한대. 절정에 올랐을 때 그 짧은 시간 사이에 그렇게 많이 변하는 사람은 한 번도 본 적이 없다고 그 선생이 그랬대. 그게 그 사람이 그 애한테서 가장 좋아하는 부분이었대."

마커스는 공책의 페이지를 빠르게 넘겼다.

"아, 내용이 진짜 많아."

그가 제자리에서 콩콩 뛰면서 말했다.

"이거 전부 다 쓸 수 있을 거야. 진짜 훌륭하고, 진짜 많아. 이 여자애한테 고맙다고 선물이라도 사줘야겠어. 폴리는 오케스트라에서 걜 알았대."

"그 애한테 감사의 인사로 개막일 초청권을 꼭 보내주자."

펠릭스는 이미 자신의 수첩 귀퉁이에 메모를 하면서 말했다.

"그리고 간식 쿠폰도 주고."

"나머지 읽어봐."

누군가가 소리쳤다.

"전부 다 읽어봐."

8월

1학년 일정 말쯤에 단순하게 '출전'이라고만 쓰고 밑줄을 쳐놓은 행사가 있었다. 1학년, 2학년, 3학년 배우들이 모두 다 함께 참여할 수 있도록 신중하게 날짜를 정한 행사였다. 배우들은 전부 다 체육관에 모이고, 2학년생과 3학년생들은 이전에 해봤다는 안도감으로 무심한 듯 잘난 척하는 표정을 지었다.

연기과 주임은 60명가량의 학생들에게 연극의 배역을 각각 지정해주었다. 그는 학생들과 자신이 아주 잘 아는 캐릭터들의 성격이나 외모의 유사성에 따라서 신중하게 배역을 정했고, 공책에 적어놓은 긴 목록에서 이름을 하나하나 읽으며 미소를 지었다.

"헨리, 넌 토발드 역을 하면 좋겠구나. 네 토발드 연기가 굉장히 기대가 된단다. 굉장히 흥미로운 배합일 거라고 생각해.

그는 헨리와 토발드가 투명하게 서로 겹쳐져서 하나의 혼합물이 되어 소년이나 캐릭터 어느 한쪽보다 더욱 훌륭하고 생생하면서 더 새롭고 밝은 이미지를 만들어내기라도 하는 것처럼 말했다.

"클레어."

그는 이제 학생들 가장자리에 앉아 있는 3학년생 한 명을 쳐다보고 말했다.

"너한테는 〈렌즈콩 사이의 침대(Bed among the lentils)〉의 수

잔 역을 주마. 여러 나이대를 연기해야 하지만, 너라면 근사하게 해낼 거라고 생각한다."

연습의 규칙은 비교적 간단했다. 학생들은 학교 부지를 나가서 학교를 둘러싸고 있는 네 블록으로 흩어진다. 그들은 두 시간 동안 캐릭터를 유지해야 하고, 사흘의 기간 동안 한 그룹이 돌아오면 다음 그룹이 나가는 식으로 소규모 무리로 시차를 두고 나간다. 선생과 비번인 배우들은 도시를 돌아다니면서 쇼핑을 하거나 커피를 사거나 조깅을 하거나 길거리에서 서로를 만나 이야기를 나누는 것처럼 평범하게 행동하는 척하며 연기하는 배우들을 관찰한다.

도라. 셉티무스. 마사. 보. 목록이 계속되었다. 스탠리는 창밖을 쳐다보며 멍하니 몽상에 잠겨 있다가 자신이 캐릭터의 이름과 그 캐릭터를 연기할 학생들의 이름을 구분하지 못하고 있음을 깨달았다.

"스탠리."

연기과 주임이 부르자 그는 몽상에서 번쩍 깨어났다. 그가 고개를 들었지만 연기과 주임은 그를 이야기하는 게 아니었다.

"〈욕망이라는 이름의 전차〉의 스탠리."

그는 그렇게 말했고, 바닥의 학생은 열심히 고개를 끄덕이고 자신의 연습장 여백에 역할 이름을 썼다. 스탠리는 한숨을 쉬고 자신의 손을 내려다봤다.

"이 역할들 중 몇 개는 다른 것보다 더 쉽다는 거 안다. 그리고 이 캐릭터 중 몇은 연극이라는 배경 바깥에서는 상상하기가 어렵다는 것도 알아. 하지만 모든 연기가 해석이라는 걸 기억해라. 너희가 원하는 만큼 상상력을 발휘해. 뭘 입을지, 사투리를 쓸지 어떨지, 역할에 더 어울리게 외모를 바꿀지 말지는 전부 다 너희한테 달렸다."

연기과 주임이 말했다.

스탠리의 시선이 옆으로 움직여 연기과 주임의 뒤에 얌전한 그림자처럼 서 있는 동작과 주임에게로 향했다. 그는 발목을 꼬고 발뒤꿈치는 벽에 대고 서서 희미하게 미소를 띠고 고개를 끄덕이고 있었지만, 그 동작은 유리판 뒤에서 성실하게 시간을 측정하는 무게추처럼 자동적이었다. 그는 동작과 주임이 바닥의 학생 한 명에게 윙크하는 것을 보고 재빨리 고개를 돌려 윙크를 받은 사람을 찾았다. 하지만 누군지 찾기에는 너무 늦었다. 그는 다시 동작과 주임을 보았고 그가 미소를 지으며 신중하게 바닥을 내려다보는 걸 알아챘다.

연기과 주임이 1학년생 그룹으로 왔고, 그의 주위로 동급생들에게 차례차례 낙인이 찍혔다. 해리 베이글리. 조지 모스. 아이린.

스탠리는 조 피트 역을 받았다.

"극본을 먼저 읽어라."

연기과 주임이 충고하고서 살짝 미소를 지은 뒤 다시 목록으로 돌아갔다. 아이들 중 누군가가 낮게 웃었고 스탠리는 조 피트가 어떤 사람일까 생각하며 얼굴을 붉혔다. 그는 그 이름을 자신의 수첩의 새 페이지에 적고 수첩을 가방 안에 도로 집어넣었다.

8월

"이 도시에 얼마나 계실 거예요?"

주문을 하고 나서 스탠리가 물었다. 아버지는 전자수첩에 뭔가를 적느라 바빠서 즉시 대답하지 않았다. 화면을 쿡쿡 찌르고, 수첩을 덮은 다음 그는 소매를 털었다.

"미안하구나, 아들. 뭐라고 했니?"

"여기 얼마나 계실 거예요?"

"주말 동안만. 내일 회의에서 연설을 한 다음에 떠날 거야. 너한테 해줄 농담이 있단다. 여드름이랑 카톨릭 사제의 차이점이 뭘까?"

"모르겠는데요."

스탠리가 말했다.

"여드름은 사춘기 '이후'에 얼굴에 뿌려지지."

"아빠, 그건 혐오스러워요."

스탠리가 말했다. 그리고 생각했다. 금기란 성스럽기 때문에 금지된 것이지.

아버지는 양손을 항복하듯이 들어 올렸다.

"좀 지나쳤니?"

"네."

스탠리가 말했다. 아니면 혐오스러워서였는지도 모른다. 그는 자신도 모르게 인상을 찌푸리고 물을 마셨다.

"그럼 네 이야기를 해보렴. 연기 학교에 대해서 말해봐. 오! 내가 잊었구나. 너한테 줄 게 있단다. 오늘 아침에 신문에서 잘라낸 거야."

그가 서류 가방을 뒤져서 8분의 1 크기로 접은 신문 조각을 꺼냈다. 그는 탁자 위로 그것을 스탠리에게 건네고서 스탠리가 읽는 동안 흥겹게 허밍을 했다.

표제는 〈소녀의 죽음 '끔찍한 낭비'〉였다. 기사는 짧았다.

"그 아이를 아니?"

그가 다 읽고 나자 아버지가 물었다. 기대하는 얼굴이었다. 학교 현관에서 웃고 있는 희극 가면처럼 눈이 즐거운 반달 모양이었다.

스탠리는 기사를 다시 보고 침을 삼켰다.

"이게 백만 달러의 소녀라고 저한테 그러시려는 거죠?"

아버지가 웃었다.

"스탠리, 이게 백만 달러의 소녀야. 그 애를 알았니?"

"제가 알았다면요? 제가 그 애를 알고 지냈는데 지금 이런 식으로 그 애의 죽음을 알게 됐다면, 아빠는 우리 둘 모두에게 끔찍히 둔감하게 행동하신 거라고요."

스탠리의 아버지는 그의 손에서 신문을 홱 낚아챘다.

"그냥 재미있자고 한 이야기야."

그는 신문을 도로 서류가방에 집어넣었다.

"난 네가 웃을 줄 알았다. 그런 식으로 날 보지 마라."

그는 스탠리에게 장난스럽게 손가락을 흔들고서 텀블러를 집었다.

"어쨌든, 네가 '정말로' 그 애를 알았다면, 축하의 말을 해야 겠구나. 네가 처음부터 그 애를 찍었고, 보험에 들어놨을 수도 있으니까."

"그 여자애는 진짜 사람이에요."

스탠리가 말했다.

"그 여자애는 시체야."

아버지가 정정했다. 그는 스탠리에게 대단히 실망했고 처음 으로 그를 제대로 본다는 듯이 엄격하고 비판적인 눈길을 던졌 다. 그리고 말했다.

"난 정말로 네가 웃을 줄 알았어."

II

월요일

애비 그레인지의 학군은 넓고 경제적으로 다양했다. 부유한 지역 일부가 포함될 정도로 도시 중심과 가까웠고, 중급 정도의 교외 지역 여러 곳과 널따란 홈통과 손질 안 된 잔디밭이 딸린 넓고 구불구불한 길이 있는 확실한 달동네 지역 일부까지 아울렀다.

패스트푸드점과 옷가게에서 아르바이트를 하는 가난한 아이들은 부모님에게 용돈을 받기 때문에 일을 할 필요가 없는 아이들에 비해 도덕적 승리감을 느끼곤 했다. 좀 더 가난한 아이들이 하얗고 반짝이는 부잣집에 갈 때면 언제나 자신에게는 그럴 자격이 있다고 생각하며 당당하게 냉장고를 열어보고, 채널을 바꾸고, 아침에는 길고 근사한 샤워를 즐겼다. 그들은 절대로 죄책감을 느끼지 않았고 심지어는 세상의 끔찍한 불공평을 바로잡는다는 숭고한 기분까지 느꼈다. 크롬 가로대에 달린 삐딱한 할로겐 조명이 켜지는 찬장을 가진 여자애한테서 감자칩 반 봉지를 뜯어내거나 훔치는 건 고귀한 일이나 다름없었다. 이건 강도질이 아니라 공정한 재분배, 일종의 균형을 되찾는 행위였다. 그래서 더 가난한 여자아이들은 소금 묻은 손으로 과자를 먹으면서 오늘 밤에 사탕 가게에서 야간 아르바이트를 해야 할 차례라고 큰 소리로 말하곤 했다.

더 부유한 여자아이들은 이런 미묘한 간계 덕택에 부모님의 부를 부끄러워하게 되고, 그래서 자신의 삶에 존재하는 부유한 사치품들을 정당화하기 위해서 과하게 노력하고, 사치품들이 꼭 필요한 것이라고 변명했다.

"엄마의 식이조절 계획 때문에 신선한 과일을 꼭 사야 했어."

또는 이렇게 말했다.

"아빠가 사업상 자주 집을 비우시기 때문에 내 차가 있어야만 해."

"아빠가 허리가 안 좋으셔서 우리가 스파를 받으러 가는 거야."

반복적인 증거 제시는 그들의 입버릇이 되었고, 곧 부유한 여자아이들은 자신이 창피하게 느끼게 된 것들을 말하는 대로 믿기 시작했다. 그들은 튀김가게 앞에 줄을 서 있다가 집까지 기름이 흐르는 봉투를 들고 가는 여자애들에게 필요한 것보다 자신들이 필요로 하는 것들이 더 절실하고, 더욱 특별하고, 더 다급하다고 믿게 되었다. 그들은 자신들이 특권층이고 행운아라고 생각하지 않았다. 그들은 자신들이 필요로 하는 걸 적절하게, 당연하게 갖게 된 사람들이라고 생각했고, 누군가가 그들을 부자라고 부르면 눈썹을 치켜 올리고 눈을 깜박거리다가 이렇게 말했다.

"음, 우리가 뭐 밥을 굶거나 그런 건 아니지만, 절대로 '부자'는 아니야."

공격과 방어가 반복되는 이런 고집스러운 자격의 춤은 고등학교 시절 내내 변하지 않는 단일 그룹으로 유지되는 애비 그레인지 여자아이들의 집단의식 속에서 진정한 두려움으로 자리를 잡았다. 그들은 항상 그들 중 한 명이 갑자기 튀어나와 나머지 애들을 가려버리고, 그룹이 갑자기, 회복 불가능하게 그 애의 그림자 속으로 잠기고, 그들 모두를 사로잡고 있던 공정함과 평등함이라는 무언의 약속이 완전히 사라져버릴지도 모른다고 두려워했다. 그룹 안에서 그들의 경제적 차이는 고르게 평균적이 되고, 집단의 평범함은 권력 같은 것이 되었다. 그들 한 명 한 명이 전체 안에서 자신의 영역을 규정하는 특별한 기능을 하기 때문이다. 하지만 그중 한 명이 독보적으로 반짝이면, 나머지 여자아이들은 시들어버릴 것이다. 그들은 이런 위협에 유의하고, 서로의 팔꿈치를 잡고 복도에서 꼭 달라붙어서 독립을 위협하는 여자아이, 언젠가 나머지 애들이 필요치 않아 무리에서 빠져나갈 것 같은 여자아이를 단속했다.

빅토리아가 이기적이고 은밀한 방식으로 연애를 추구하러 빠져나오느라 망가지고 부서진 것이 바로 그런 그룹이었다. 일반적으로 남자아이들은 은밀하게 만나서 놀아야 하지만, 언제나 그룹의 집단재여야 했다. 다시 말해서 나중에 절친 한 명에게만 이야기를 하든, 아니면 친밀도와 불화라는 자신의 인맥에 따라 친한 몇 명에게 얘기를 하든 간에 '누군가'에게 이야기를 해야만 했다. 그래서 남자아이는 그룹의 수많은 비밀을 넘어서는 물건, 의논은 할 수 있지만 고백을 하거나 믿을 수는 없는 그런 존재로 남아야 했다. 빅토리아는 이런 규칙을 완전히, 철저하게 깨뜨렸다. 연애를 완전히 비밀로 유지하고, 몰래 만날 약속을 하고, 무엇보다도 함께라는 사실에 전적으로 의존하는 이 소수 집단의 여자아이들보다 살라딘 선생을 더욱 신뢰했다는 이런 배신 행위는 집단의 핵심을 약화시키고, 즐거움과 의미를 완전히 빨아먹고, 단합과 힘이라는 환상을 전부 터뜨려버렸다. 여자아이들은 서로에게서 물러나기 시작했다. 심지어는 세인트 실베스터의 남자아이들이 종이칼을 휘두르는 병사놀이를 하는 어린애들처럼 유약하고 멍청하게 보였다.

"이건 불공평해."

빅토리아의 어두운 그림자 속에 쭈그리고 앉아 가려진 여자아이들은 이렇게 생각하며 분노했다.

"걔가 우리한테서 다 훔쳐갔어. 이건 불공평해."

월요일

이솔드는 자신이 느끼는 게 한때 빅토리아와 그녀의 잘난 척하는 친구들 무리에게서 느꼈던 것처럼 나이 많은 선배 언니들에 대한 일종의 숭배와 존경심 같은 것인지 고민에 빠졌다. 항상 그들을 기쁘게 해주고 싶어서 안달하고, 짧은 오후의 그림자처럼 그들의 뒤를 따라다니고, 그들이 언젠가 '그녀'를 자신들의 친구로 끼워줄지도 모른다는 불가능한 희망에 숨을 헐떡이는 그런 것 말이다. 줄리아가 정말로 그저 이솔드가 동경하는 이상형, 세상을 잘 알고, 연상이고, 음울하고, 멋있는 그런 사람인 걸까? 그녀가 끌리는 이유가 그저 자기애적인 자축이고, 다른 여자아이의 이미지에 사로잡힌 여자아이일 뿐인 걸까? 줄리아와 사랑에 빠지는 건 이솔드에게 어떤 면에서 자기 자신을 사랑하게 되는 것과 같은 걸까?

그녀에게 있는 거라고는 객석에서와 차에서의 확신 없는 하루 저녁, 그러고서 점진적인 고요뿐이었다. 그녀의 심장을 쿵쿵 뛰게 만들고 가슴뼈 위의 얇은 피부로 혈액을 달음박질치게 만드는 밝은 감각의 솟구침, 그 뒤로 며칠, 몇 주 동안의 외로운 회상뿐이었다. 그녀의 확신 없는 마음속의 백미러로 점차 멀어지는 불가능함, 괴짜, 몽상 같은 존재로서 줄리아를 축소시키는 자기 의심의 꼼짝할 수 없는 림보에 갇힌 것 같았다.

그녀는 멍하니 박해를 받는 게 얼마나 좋을까 생각했다. 두 사람이 반항적으로 부모님 앞에 손을 잡고 나서는 모습을 상상해봤다. 아빠가 손가락으로 빨간 목을 쿡쿡 찌르며 고개를 흔들며 '이솔드, 네 선택권을 없애지 마라, 얘야. 그게 그냥 거치는 단계일지도 모르잖니'라고 말하는 걸 상상했다. 엄마가 어깨를 으쓱이고 조심스럽게 미소를 짓는 모습도 그려봤다. 그리고 입을 다물고 그들을 번갈아 보는 언니도 떠올렸다. 언니는 줄리아를 굉장히 경계하듯 쳐다볼 것이다. 자신과 동등하고, 동급생이고, 한때 네트볼 시합에서 무시했었고, 한때 뒤에서 '쟨 우리가 자길 어떻게 생각하는지 모르나? 당연히 알겠지?'라고 숙덕거렸던 상대인 줄리아.

자신이 창조한 이미지가 현실이 되는 건 정말 근사할 거라고 이솔드는 생각했다. 음울하고 사악하게 행동할 이유가 있다면 정말 멋질 것이다.

이솔드의 선택은 전부 다 한 가지 질문의 변주이자 가장이었다. 바로 '난 뭐지?'라는 질문이었다.

앞으로도 몇 년이나 그럴 것이다.

화요일

가끔 줄리아는 풍만한 자신의 엉덩이 곡선, 차갑고 주근깨 있는 젖가슴, 둘로 접힌 안주머니처럼 생긴 자궁 같은 자신의 몸에 일종의 분노를 느꼈다. 자신이 남과 다르기를 바라는 것도, 남자 성기나 콧수염, 거칠고 뭉툭한 손톱이 있고 핏줄이 불거진 커다란 손이 갖고 싶은 것도 아니었다. 그저 자신의 해부학적인 기관들이 대단히 부적당하고 쓸모없는 것들이라는 사실에 좌절감을 느낄 따름이었다. 만약 상대방의 흥분하고 머뭇거리는 성향이 다른 것을 향한 거라면, 이솔드가 자신을 반영하는 연인을 찾는 게 아니라 정반대의 연인, 반대로 보완되는 연인을 원하는 거라면 줄리아는 끝이었다.

줄리아는 생각했다. 이솔드를 유혹하려면 가능한 한 매력적이고 유혹적으로 행동해서는 안 돼, 그러면 이솔드는 싫어할 거야. 만약에 남자아이를 유혹해야 하는 상황이라면 그런 간단한 공식이 잘 먹혔을 것이다. 줄리아의 해부학적인 부분만으로 충분했을 테니까. 그녀 자체가, 그녀의 몸이, 그녀 전체가 유혹이었을 것이다. 하지만 이솔드를 유혹하려면 그 어린 후배가 자신을 새로운 방식으로 생각하게 해야 했다. 이솔드가 자신을 소중하게 여기고, 그녀의 여성적인 부분을 오목한 음으로 여겨야만 줄리아에게 희망이 생기는 거였다. 이솔드가 무엇보다도 먼저 자신을 소중하게 여겨야만 했다. 유혹은 그녀의 생각을 점차 사로잡는 설득의 형태로 이루어져야 했다.

줄리아는 교실로 보내는 꽃이나 한밤중에 창문에 던지는 돌, 그녀와 천천히 집까지 걸어가기 위해서 자전거를 옆에 두고 교문 앞에서 인내심 있게 기다리는 것 같은 일반적인 교제 행위를 떠올렸다. 그 모든 것이 불쾌하게 느껴졌다. 그녀는 이솔드에게 교실로 꽃을 보내는 걸 상상해봤다. 하지만 눈앞에 보이는 건 그 아이가 붉은 티슈 종이들 틈새를 보고서 겁에 질린 표정을 짓고, 당황해서 카드를 후딱 꺼내 구겨버리는 모습뿐이었다. 꽃다발이 너무 크고 연약해서 이솔드의 가방 안에 들어가지 않고, 아름다운 여자아이들이 웃으면서 '그 남자애 이름이 뭐야?'라고 소리를 질러대는 걸 상상했다.

줄리아는 이제 우울한 기분에 완전히 사로잡혀서 펜으로 거칠게 숙제 종이 여백에 선을 그었고, 종이가 찢어졌다. 그럴 가능성이 얼마나 되겠어? 내 심장을 빨리 뛰게 만드는 단 한 명의 여자아이가 나를 원하는 유일한 여자아이일 가능성 말이야. 내가 끌린다는 우연한 사건이 그 애의 우연한 사건과 일치할 확률이 얼마나 되겠냐고. 어떤 화학물질이, 어떤 냄새나 페로몬이 내 몸을 움직여서 그 애를 스쳐가다가 키스하게 만들 수도 있을까?

줄리아는 이 화학물질이라는 걸, 그녀의 해변 전체를 쓸어버리는 보이지 않는 역조(逆潮)라는 걸 신뢰하지 않았다. 화학물질에 의지할 수는 없어, 그 애가 끌린다는 우연한 사건 같은 데 의지할 수는 없다고. 난 그 애를 유혹하고, 적극적으로 쫓아다니고 설득해야 돼. 자기 혼자서 아직 제대로 생각하지 못하는 10대 여자아이의 의심스러운 자율성에 호소해야만 해.

"야, 이졸드. 같이 놀래?"

누군가가 소리쳤고 이졸드는 고개를 들었다. 그녀는 매점에서 양손에 갈색 종이봉투를 사서 걸어가는 중이었다. 아이싱이 종이를 천천히 물들여 종이를 기름투성이 회색으로 만들었다.

"아니, 됐어."

이졸드는 변명으로 종이봉투를 들어 보였다.

질문을 했던 여자아이는 미소를 지으며 놀이로 되돌아갔다. 이졸드는 지나가면서 그들을 보았다. 네다섯 명이 밑창이 두꺼운 학교 지정 신발과 느슨한 회색 양말 차림으로 교복 치마를 양손으로 잡아 들고 보조개가 있는 새하얀 무릎을 드러낸 채 조그만 공을 떨어뜨리지 않고 차는 놀이를 하고 있었다. 그녀는 학교 도서관 모퉁이를 돌아서 계속 걸었다.

이졸드는 학교 마당에 아무도 들어오지 못하게 원형으로 둘러앉아 있는 여자아이들 무리 사이를 지나가다가 놀랍게도 줄리아가 포장도로 맞은편에 해가 비치는 아주 작은 공간에 앉아 있는 것을 발견했다. 그녀는 헤드폰을 쓰고 약간 눈을 가늘게 뜨고 소설책을 보고 있었다. 이졸드는 수줍게 그녀 쪽으로 다가갔다. 심장이 쿵쿵 뛰기 시작했다.

줄리아가 고개를 들고 그녀가 다가오는 것을 보더니 귀에서 헤드폰을 벗었다.

"헤이, 안녕."

그녀가 말했고 이솔드가 종이봉투를 흔들며 답했다.

"안녕."

"그건 뭐야?"

줄리아가 물었다.

"그냥 빵이랑 도넛이야."

"괜찮으면 여기 앉아."

이솔드는 책상다리를 하고 앉는 연습을 오랫동안 해본 여자애들 특유의 가위질하는 듯한 매끄러운 동작으로 자리에 앉았다. 한 손으로는 은색 교복 치마 고정핀 아래 두 겹으로 된 주름을 잡아서 무릎이 드러나지 않게 했다. 줄리아는 발목을 움직여 공간을 만들어주었다. 이솔드의 속 채운 빵에 세로로 난 긴 칼자국은 비트에서 나온 분홍색으로 물들어 있었다. 이솔드는 손가락으로 틈새의 마요네즈를 닦아낸 다음 조심스럽게 그것을 핥았다.

"내가 개떡 같다고 생각하는 게 뭔지 알아?"

줄리아가 갑자기 등을 구부려 땅에 난 풀을 뽑아 잘게 찢으면서 말했다.

"자기방어니 선생들의 성적 학대니 뭐니 하는 상담 시간에 강제로 참석시키는 거."

"하지만 거기서 난 되게 많은 걸 배웠는데. 내 몸은 성전이다 같은 거. 그리고 우리 모두 아마 어릴 때 학대를 받았을 거라는 거. 아주 열심히 노력하면 그걸 기억해낼 수도 있을 거라는 것도."

이솔드가 눈을 깜박이며 말했다. 줄리아는 웃음을 터뜨리고서 풀잎을 더 잘게 찢었다.

"하지만 언닌 진짜 굉장해. 그런 식으로 선생님한테 맞서다니. 전에 그랬던 것처럼 말이야."

"그 사람은 이제 날 무서워 해."

"모두가 그래. 언니가 그런 말을 한 이래로."

이솔드는 농담으로 말한 거였지만 줄리아는 인상을 찌푸리고 고개를 저었다.

"난 문장만 좀 바꿨을 뿐이야, 어차피. 내가 만들어낸 말도 아닌데. 멍청한 것들. 너 말고."

"아, 응."

이솔드가 재빨리 대답했다. 긴장했던 기분이 일종의 흥분과 무모하게 짜릿한 감각으로 바뀌었다. 줄리아가 옆에 있다는 사실에, 얼굴 주변으로 머리카락이 흘러내리고 잔디밭의 벗겨진 노란 부분을 잡아뜯느라 손이 움직일 때마다 심장이 목에서 뛰는 것 같고 시야가 날카로워졌다. 줄리아의 손은 가늘고 불그스름했고, 물어뜯어서 평평한 손톱 중앙에 짙은 매니큐어가 부분 부분 남아 있었다. 그녀는 마른 손목 주위로 지저분한 끈을 몇 번 감아 맸고, 손등에는 파란색 잉크로 적어놓은 메모가 있었다. 이제 며칠 됐는지 잉크는 흐려져 피부 위에 가느다란 주름처럼 갈라져 있었다. 이솔드는 줄리아의 손만 봐도 참을 수 없을 정도로 감각적으로 느껴져 재빨리 시선을 마당 쪽으로 돌려 여자애들 무리가 학교 댄스 콘테스트 연습을 하느라 리듬에 맞춰 박수를 치는 걸 보았다.

"우리가 힘을 가진 쪽이야. 그게 살라던 선생님 사건이 가르쳐주는 진짜 교훈이야. 그 사람들이 우리가 배우기를 원치 않는 교훈."

"아."

이솔드는 그렇게 말하며 다시 줄리아의 손을 보았다.

"힘의 사슬에서 우리가 있는 위치 때문에 그런 거야. 우리는 상처를 입을 수 있지만, 다른 사람들에게 상처를 줄 순 없어. 음, 우리가 서로에게 상처를 줄 수 있긴 하지만, 선생님이나 부모님이나 뭐 그런 사람들에게 상처를 입힐 순 없다는 말이야. '그 사람들'만이 '우리'한테 상처를 입힐 수 있지. 그 말은 우리한테 실권이 있다는 뜻이야."

"실권이 있는 게 무슨 뜻이야?"

이솔드가 물었다.

줄리아는 음울하게 머리를 홱 젖혔다.

"모두가 희생자를 숭배해. 그게 내가 여기서 배운 전부야. 희생자 숭배. 4학년 때 난 전국 경기에서 조정 4인조팀으로 나갔어. 우린 갑자기 나타난 팀이었고 참가자 중에서 제일 못하는 팀이었지. 제대로 된 장비도 없었고, 배는 진짜 낡고 무거웠고,

훈련도 충분히 받지 못했거든. 하지만 우리가 약팀이었기 때문에 우린 정말로 우리가 이길 거라고 믿었어. 마지막 10초 동안 약팀이 따라잡아서 아슬아슬하게 이기는 거지. 악을 무찌르고 승리를 거머쥐는 거야. 돈은 중요하지 않았어. 난 레이스가 시작되기 전에 노를 들고 보트에 앉아서 신호가 울리기를 기다리면서 우리가 정말로 이겨서 모두에게 본때를 보여줘야겠다고 생각했었어."

"하지만 이기지 못했구나."

"당연하지. 멋진 유리섬유 보트를 가지고 나온 어떤 부자 학교가 1.5킬로미터쯤 앞서서 이겼어. 우린 최소한 45초쯤 늦게 결승선에 들어온 꼴찌팀이었지. 하지만 난 그저 희생자에 관해서 이야기하려는 거야. 네가 희생자라면 넌 정말로 네가 승리하게 될 거라고 믿게 돼. 그게 우리가 여기서 배우는 거야. 희생자 숭배. 패배자가 이긴다는 거."

이솔드는 어리둥절한 얼굴이었다. 그녀는 줄리아가 눈을 반짝이고 고개를 옆으로 기울이고서 자신의 의견을 별다른 연습도 없이 쏟아내는 데 조금 경탄했다. 그녀의 의견은 어떤 관점이라기보다는 도전에 더 가까웠다.

줄리아가 말했다.

"있잖아, 옛날에는 학교에 반에서 가장 영리한 애가 앉는 특별한 자리가 있었대. 하지만 가장 영리한 애는 더 이상 눈에 띄지 않아. 대신에 우리한테는 교정반이랑 특수교육반, 그리고 직업 및 상담 건물이 있지. 걔네들이 나머지 애들보다 눈에 띄는 아이들이지."

이솔드가 말했다.

"언니는 사람들이 우리 언니를 숭배한다고 생각하는구나."

"그래, 맞아."

이솔드는 곁눈질로 선배를 보고서 할 말이 없다는 걸 깨달았다. 그녀는 손가락으로 빵에서 허연 햄 조각을 잡아당겨 조심스럽게 깨물었다.

"그래서 어때? 빅토리아 말이야."

줄리아가 물었다. 그녀는 시리얼 바의 포장을 뜯어서 엄지와 검지로 끈끈한 조각을 떼어내 손가락 사이에서 굴리고는 미끌미끌한 공처럼 만들어 천천히 먹었다. 여자아이들은 긴장되는 상대와 있을 때면 종종 이렇게 얌전한 척 먹곤 했다.

"무슨 뜻이야?"

이솔드가 물었다.

"내 말은, 걘 네 언니잖아. 나중에 그 일에 대해서 얘기를 했어? 그 일이 일어나는 동안 넌 짐작을 했었니? 걔가 괜찮을 것 같아?"

줄리아의 심장이 빠르게 뛰었다. 그녀의 본능은 자신이 느끼는 것보다 강하게 행동하라고, 물러서지 말라고, 후배가 경탄해서 그녀를 올려다볼 만한 강력한 의견을 무모하고 대담하게, 성급하고 당당하게 주장해서 이솔드를 유혹하라고 말했다.

동시에 줄리아는 외로운 연약함을, 상대방이 쓰다듬어주고 상대의 품에 안겨 키스를 받고 달래는 말을 듣고 싶은 단순한 어린애 같은 욕망을 가슴 깊이 묻느라 애를 썼다. 공격적으로 말을 하면서도, 누가 뭐라든 상관없다는 듯이 자신의 의견을 말하고 어깨를 으쓱이고 인상을 찌푸리면서도 그녀의 일부는 상대방에게 자신이 속으로는 부드러울 수 있다는 걸 보여주려고 했다. 자신도 상냥하고 섬세하고 갈망을 느낄 수 있다고, 그녀의 여성적인 본성이라는 동물적 계율이 완전히 사라진 건 아니라고 말하고 싶었다. 냉정한 모습과 부드러운 모습, 그 두 가지 사이에서 균형을 맞추는 건 꽤 기묘한 일이었다. 줄리아는 그런 노력 때문에 자신이 피폐해지는 기분이었다. 지금 당장, 여기 풀밭에 앉은 채로 금방이라도 울음을 터뜨릴 것만 같았다.

이솔드는 손가락으로 반원형 오이를 집어내 축축한 가장자리를 핥으며 질문을 생각했다. 그녀가 막 대답하려고 하는데 두 사람 위로 그림자가 드리웠다. 그들은 위를 쳐다봤다.

아름다운 여자아이들이 온통 웃으면서 서 있었다. 입을 꼭 다문 채 짓는 가느다란 초승달 같은 미소는 평소 부루퉁하게 처져 있던 입술을 잔인하게 뒤집어놓은 것 같았다.

"마침내 애인이 생긴 거야, 줄리아?"

제일 아름다운 여자애가 말했다.

"걜 집에 데려가서 너네 엄마한테 보여드릴 거니?"

줄리아는 그녀를 쳐다보며 아무 말도 하지 않았다. 이솔드는 한 명 한 명을 쳐다보며 자신도 조금이라도 미소를 지어야 할까 고민했다.

"걔가 거미줄을 좀 털어내주려나? 널 좀 깨끗하게 만들어주고? 그러려는 거야?"

아름다운 여자애가 다시 말했다. 그리고 여자아이들이 키득키득 웃었다. 이솔드의 미소 비슷한 표정이 조금 사라졌다.

"걔한테 전화를 걸어서 불렀니? 걔랑 하려고 돈이라도 쥐어준 거야?"

"아, 제기랄, 너 열두 살이야?"

줄리아가 쏘아붙였다. 그리고 헤드폰과 소설책을 집어 들고 짐을 챙겨 자리를 뜨려고 했다.

"아니."

아름다운 여자애의 시녀가 앞으로 나와 드물게 영광의 순간을 누리며 말했다.

"하지만 '쟤'는 그렇겠지. 안 그래?"

그 애가 이솔드를 가리켰고, 이솔드는 얼굴이 새빨개지는 걸 느꼈다. 자신이 사실 열다섯 살이라고 말을 해야 할지, 아니면 그래봤자 그들이 웃음거리로 삼을 또 다른 무기만 주는 셈일지 잠깐 고민스러웠다. 아름다운 여자애들 전부가 웃었다. 줄리아는 자신의 실수에 완전히 짜증이 난 얼굴로 계속해서 남은 점심을 가방에 밀어 넣었다.

"네 나이대에선 너만큼 잘난 애를 못 찾은 모양이지?"

시녀가 말했다.

"꺼져, 티파니. 네가 뭘 하고 싶은지 모르겠지만 제대로 못하고 있거든. 꺼지라고."

아름다운 여자애가 이번에는 이솔드를 보면서 말했다.

"쟤가 터프한 쪽이면, 넌 뭐가 되는 거니? 여성적인 쪽? 그런 식으로 돌아가는 거 아니야? 항상 남자역이랑 여자역이 있잖아. 누구누구인 척하기 게임처럼 말이야."

자신이 아직 이해하지 못하는 걸 공개적으로 부인하거나 공개적으로 변호하는 입장 사이에서 긴장한 이솔드는 그저 미소를 지으려고 했다. 긴장해서 입을 꼭 다문 채 짓는 미소를 보고 아름다운 여자애들은 놀리는 것을 받아들인다고 생각한 모양이었다. 리더 역의 여자애가 뭔가 더 말할 거리를 찾다가 결국에는 이 상황을 강조하는 방편으로 "동성애자들!" 하고 소리치고는 잘난 척하며 시녀들을 데리고 걸어갔다. 여자애들 무리는 머리는 밝고 아름답지만 멀어질수록 점점 흐려지고 평범하게 보이는 조그만 파란색 혜성처럼 안뜰을 가로질러 사라졌다.

"망할 년들."

줄리아는 나직히 말하고 책가방 지퍼를 거칠게 잡아당겼다.

"미안."

이솔드가 말했다.

"미안."

줄리아가 말했다.

첫 번째 종이 울렸지만 줄리아와 이솔드는 일어나려고 하지 않았다. 그들은 풀밭 가장자리에 나란히 앉아서 그저 풀만 잡아뜯었다.

"그 언니 코 성형했다는 얘길 들었어. 가운데 언니 말이야. 작년에."

이솔드가 말했다.

"나 네 도넛 한 입만 먹어도 돼?"

줄리아가 말했다. 뭐가 어쨌든 일반적인 도둑질의 규칙은 여전히 적용되기 때문이었다.

화요일

블라이 부인 역할에는 뚱뚱해 보이는 특수 의상과 턱살을 두툼하게 만들기 위해 양뺨에 붙이는 특수 라텍스 주머니가 필요했다. 뚱뚱해 보이는 특수 의상은 완벽했다. 대부분 실리콘으로 되어 있고 딱 여자 몸매로 조형된 데다가 걸을 때면 뒤뚱거려야 할 만큼 무거웠다. 그녀는 앞에서 단추를 채우는 딱 붙는 청치마를 입고 가느다란 금장식이 달린 금 사슬 목걸이를 걸고, 뚱뚱한 뺨을 발갛게 칠하고 향기 나는 스프레이를 머리에 뿌렸다. 그녀는 우아하게 방 안으로 들어와서 안락의자에 앉아 한숨을 내쉬고 인공적으로 뚱뚱하게 만든 종아리를 문질렀다. 그게 특수 의상이라는 걸 알아볼 수조차 없었다. 색소폰 선생은 그 효과에 감탄해서 거의 말문을 잃을 정도였다.

"같은 동네 엄마가 저한테 선생님을 추천했어요. 자기 딸이 학교의 그 스캔들 이후에 선생님한테로 수업을 바꿨는데, 아이가 굉장히 기뻐한다고 하더군요."

블라이 부인이 말했다.

"저도 기쁘군요. 네, 올해 애비 그레인지에서 꽤 많은 학생들이 저한테 왔답니다."

색소폰 선생이 말했다.

"모든 일이 정말 끔찍하지 않나요?"

블라이 부인이 그렇게 말하며 입술을 오므리고 눈을 가늘게 뜨고 즐거운 듯 킥킥 웃었다.

"기폭제가 됐죠."

색소폰 선생은 동의하는 척하며 말하고 블라이 부인이 머뭇거리지 않고 즉시 대꾸할 거라고 추측했다. 과연 그랬다.

"정말 끔찍해요. 그 애는 완전히 파멸한 거예요. 이젠 하자품이죠. 다른 여자애들도 당연히 전부 거리를 둘 거고요."

부인이 다시금 말했다.

"물론 그래야겠죠."

"그런 건 바이러스처럼 퍼지니까요. 우리 애들한테 제가 그랬어요."

블라이 부인은 무릎 위로 널따란 청치마를 잡아당기고 입술

374

을 오므려 입술을 중심핵으로 모든 주름이 모이는 쭈글쭈글한 미소를 지었다.

"그런 종류의 얼룩은 씻어도 빠지지 않아요."

색소폰 선생은 갑자기 피곤해져서 자리에 앉았다.

"블라이 부인, 따님의 삶에서 지금 이 시기는 나중에 올 모든 것에 대한 리허설일 뿐이라는 걸 기억하세요. 모든 것이 잘못되는 게 그 애한테는 가장 좋은 일이라는 것도 기억하시고요. 천에 덮인 가구와 얼굴 없는 폴리스티렌 두상들과 금이 가고 먼지 낀 거울이 있고 바닥에 오래된 종이들이 흩어져 있는 이 배우 대기실에 안전하게 있는 '지금' 실수를 하는 게 그 애한테는 가장 좋은 일이에요. 그 애가 하얗고 잔인한 투광조명 아래, 모두가 볼 수 있는 곳에 나갈 때까지 기다리지 마세요. 안전한 곳에서, 헬멧을 쓰고 무릎보호대를 차고 점심 도시락을 싸 다닐 때, 기나긴 밤 동안 누가 울지는 않는지 어둠 속에 부인이 복도 끝에서 문을 살짝 열고 내다볼 수 있을 때 그 애가 모든 걸 연습해보게 하세요."

블라이 부인의 뚱뚱한 입술 주위로 거미줄처럼 퍼져 있던 주름이 살짝 느슨해졌다.

색소폰 선생이 이제 자신의 다이어리를 내려다보며 사무적으로 말했다.

"좋은 소식은 제가 수요일 오후에 시간이 있다는 거예요. 따님의 일정과 맞다면 말이죠. 제 학생 한 명이 차에 치였거든요."

"어머, 그거 위험하죠. 전 레베카에게 자전거를 못 타게 해요. 자전거로 어딜 가는 걸 딱 잘라 못하게 했어요. 수요일 오후라니 완벽하군요."

"4시에요."

"4시요."

블라이 부인이 다시 킥킥 웃었다.

"그 애가 아주 기뻐할 거예요. 그 애는 클라리넷을 만족스럽게 불려고 굉장히 열심히 연습했고, 정말 잘하고 싶어 해요. 그 애 인생에서 평생 처음으로 뭔가가 피어나기 시작한 것 같아요."

금요일

"넌 아마 브리짓을 모르지?"

어느 날 오후에 색소폰 선생이 이솔드에게 말했다.

"죽은 사람요? 저보다 한 학년 위인 6학년이었어요."

"그 앤 내 학생이었단다."

"아, 네. 아뇨, 전 그 사람은 몰랐어요."

이솔드는 잠깐 머뭇거리며 어설픈 동작으로 몸을 앞뒤로 흔들었다.

"선생님은 괜찮으세요?"

그녀가 마침내 약간 걱정스러운 표정으로 물었다.

"엄청난 충격이었지."

색소폰 선생이 말했다.

"네."

"모두들 굉장히 슬펐겠지. 너희 학교 사람들이랑 그 밖에 말이야."

"아, 네. 조례도 했어요."

"조례만 했니?"

"그리고 조기도 게양했어요."

"모두들 여전히 굉장히 슬퍼하고 있겠지. 수업을 빼먹고, 울고, 브리짓에 대해 대체할 수 없는 모든 것을 떠올리겠지."

색소폰 선생이 말했다.

"아마 그럴 거예요. 그 사람은 한 학년 위라서요. 전 그 사람을 잘 아는 사람은 잘 몰라요."

이솔드는 죽음에 관해 애도나 조언을 해야 하지만 마땅한 대비가 되지 않은 사람 특유의 괴로운 표정을 짓고 있었다. 그녀가 불편하게 발을 움찔거리고 바닥을 내려다봤다.

색소폰 선생이 갑자기 이야기의 방향을 바꿨다.

"브리짓은 내가 가장 신경을 안 쓰던 학생이었지. 브리짓은 연주를 할 때 골반을 흔들고 뒤로 빼는 습관이 있었는데 난 속으로 그게 좀 혐오스러웠어. 브리짓은 무릎을 살짝 구부리고 몸을 뒤로 젖힌 채 눈을 감고 몸을 굳히고 몸무게를 발 앞볼에

실을 것처럼 하고서 색소폰을 금방이라도 부딪쳐 깨질 것 같은 금빛 포말처럼 들어 올리고 연주했지. 턱 근육은 팽팽했고. 난 그 애를 보지 않으려고 공책 위로 몸을 구부리고 여백에 연습할 때 기억하라고 짧게 화살표 표시를 해줬어. 장2도, 그리고 그 아래에는 '쾌활하게'라고 썼지."

수줍게, 공손함에 가깝게 이솔드는 자신을 버리고 브리짓이 되었다. 진짜 브리짓이 아니라 색소폰 선생이 바라볼 수 있고 지칭할 수 있는 대리였다. 그녀는 방 한 가운데에 색소폰을 엉덩이 옆에 붙이고 머리카락을 얼굴 앞으로 내리고 처량하게 섰다. 말은 하지 않았다.

"이게 내가 브리짓을 마지막으로 본 때였어."

색소폰 선생이 말을 이었다.

"그 애는 '오래된 성'을 끝까지 불고서 색소폰을 입에서 떼고 틀니를 제자리에 맞추는 것처럼 아래턱을 앞뒤로 몇 번 움직였지. 그 애는 연습을 했어. 항상 연습을 하고 왔지. 그게 내가 브리짓에게서 굉장히 싫어했던 점 중 하나였어. 난 그 애한테 오늘 상담 시간엔 뭘 배웠냐고 물었어. 그리고 브리짓이 대답했지. '이번 주에는 죄책감에 대해서 이야기했어요. 죄책감이 얼마나 교훈적일 수 있는지에 대해서요. 우린 죄책감에 관한 아이디어들을 갖고서 롤플레이를 했어요.'"

선생이 계속해서 말했다.

"내가 '죄책감?'이라고 말하자 브리짓은 자신이 스포트라이트를 받는다는 사실에, 자신이 사용하는 목소리가 이번만큼은 자신의 것이고 들을 가치가 있다는 사실에 드물게 기쁜 표정을 지으면서 대답했어. '죄책감은 정말로 중요해요. 그건 더 나은 것으로 향하는 첫걸음이에요.'"

이솔드의 발가락이 아주 살짝 안으로 접히고 무릎이 안쪽으로 움직이고 엉덩이는 어색하게 앞으로 나왔다. 그녀는 색소폰 벨을 손가락으로 문지르며 색소폰 선생의 신발을 쳐다봤다.

"그래서 내가 그랬어. '브리짓, 네가 속은 것 같구나. 죄책감이란 주로 주의를 다른 곳으로 돌리는 존재야. 죄책감은 우리를 더 깊고 진정한 감정으로부터 눈을 돌리게 만드는 방해물이지. 내가 예를 들어줄게. 너한테 금지된 사람에게 마음이 끌리면 넌 죄책감을 느끼게 될 거야. 마음이 끌리는 걸 느끼고, 그러다가 그 사람에게 끌리면 안 된다는 걸 떠올리고 죄책감을 느끼게 되지. 이 끌림과 죄책감 둘 중에서 뭐가 더 주된 감정일 것 같니?'

브리짓은 '전 끌림일 것 같아요. 그게 먼저 느껴지니까요'라고 말했어.

'맞아. 죄책감은 두 번째야. 죄책감은 표면적 감정이지.' 난 그렇게 대답했지."

이솔드는 살짝 고개를 끄덕여 듣고 있다는 표시를 했다. 색소폰 선생은 양쪽 눈 위로 반짝이는 폭포가 흘러내리는 것처럼 추억으로 시야가 가득 차서 멍한 눈빛이었다.

"난 그렇게 말했어. 왜냐하면 브리짓은 내가 가장 좋아하지 않는 학생이었으니까. 난 브리짓에게 전혀 신경을 쓰지 않았기 때문에 그렇게 말했지."

추억이 흩어지고 그녀의 눈빛이 다시금 예리해졌다.

"'너'는 상담 시간에 뭘 배웠니?"

그녀가 이솔드를 가느다란 눈으로 맹렬하게 쳐다보며 물었다. 아이는 눈을 깜박이고 몸을 펴고 슬그머니 자신으로 되돌아왔다.

이솔드는 뭐라고 대답해야 할지 알 수가 없었다. 머뭇거리면서 불편하게 목에 건 색소폰을 만지작거리며 그녀는 여자아이에 대해서, 한 번의 조례와 한 번의 조기, 그녀의 죽음에 대해서 상담 수업을 하지 않는 것, 30분 정도 자유시간을 얻고 양호실에 마음대로 가기 위해서 선배 여자애들이 일주일 정도 편리하게 써먹은 얄팍한 슬픔에 대해서 생각했다.

색소폰 선생은 여전히 대답을 기다리면서 이솔드를 빤히 보았다.

이솔드는 조용히, 수치심으로 가득 차서 대답했다.

"상담 시간에 우린 모두 우리 언니에 관해 돌이킬 수 없는 것들을 애도했어요. 우린 빅토리아 언니가 이제 잃은 모든 것에 대해서 슬퍼했어요."

월요일

줄리아는 방과 후에 학교에 남는 벌을 받고 곧장 수업을 받으러 왔다. 아슬아슬하게 늦지 않았지만 색소폰 선생이 문을 열었을 때 줄리아는 여전히 새빨간 얼굴로 땀을 흘리고 있었고, 자전거 헬멧이 손목에 매달려 있었다.

"우리 담임은 정말 재수 없어요."

안으로 들어온 다음 그녀가 요약해서 말했다.

"폴 선생님인데, 진짜 재수 없어요. 선생님들은 왜 벌을 받는지 그 이유를 써주는데, 제가 '모두가 생각하고 있는 걸 소리내서 말했다, 라고 쓰지 그러세요?'라고 했다고 벌 받는 시간을 두 배로 늘렸어요. 고등학교는 병신 같아요. 고등학교의 모든 게 다 질색이에요."

"애초에 왜 벌을 받은 거니?"

색소폰 선생이 감탄조로 물었지만 줄리아는 그저 고개를 흔들고 인상을 찌푸렸다. 그녀는 잠시 케이스를 열고 악기를 꺼냈고, 색소폰 선생은 차를 저으며 고개를 기울이고 기다렸다.

"네가 떠나게 되면 이 모든 것도 끝날 거야."

색소폰 선생이 말했다.

"넌 남은 평생 딱 한 명의 학교 선생님을 기억하게 될 거야. 네 인생을 '바꿔준' 선생님을."

"안 그럴 거예요. 그런 선생님은 한 명도 없는걸요."

"만나게 될 거야. 몇 년 지나서 명확하게 돌이켜볼 수 있게 되면 말이지. 해먼드 선생님, 질레스피 선생님, 뭐 그런 선생님이 있을 거야. 다른 사람들보다 먼저 기억나는 선생님, 그들 중에서 가장 눈에 띄는 선생님이 말이야."

줄리아는 여전히 회의적인 얼굴이었다. 색소폰 선생이 팔을 흔들고서 말을 이었다.

"하지만 자신의 인생을 바꾸는 한 명의 '학생'을 만날 만큼 운 좋은 선생님은 몇이나 될까? 그들을 정말로 '바꾸는' 학생을 만나는 사람이 얼마나 있을까? 내가 하나 말해줄게. 그런 경우는 없어. 영감이라는 건 한 방향으로만 흐른단다. 언제나 한쪽 방향으로만 흐르지. 우리는 선생들이 가르치는 걸 좋아하고, 자신들은 영감을 얻거나 깨달음을 얻을 거라는 기대 없이 오로지 영감을 주고 깨달음을 주기만을 바라지. 선생들에게 가장 크고 아마도 유일하게 바랄 수 있는 기쁨은 10년이나 20년쯤 뒤 어느 날 아침에 학생이 찾아와서 자기가 얼마나 큰 영향을 받았는지 이야기하고 그들의 성공적인 삶 속으로 되돌아가는 걸 보는 것뿐일 거야. 그게 전부야. 우린 선생들이 매년 새롭게 시작하기를, 1년간의 발전을 잘라내고 연결고리를 만들기를, 자신들이 쌓아 올린 모든 것을 도로 흩어버리고 새로운 어린애를 상대로 처음부터 '다시' 시작하기를 바라. 매년 선생들은 절대로 수확할 수 없는 고마운 줄 모르는 새로운 작물들의 씨를 뿌리고 보살피지."

382

"전 어린애가 아니에요."

줄리아가 말했다.

"청소년이라고 하든지. 네가 좋을 대로 하렴."

색소폰 선생이 말했다.

"전 어떤 영감도, 열정도 받지 못했어요."

"하지만 내 말의 핵심은 알겠지?"

"아뇨, 몰라요. 선생님은 돈을 받잖아요. 다른 직업들이랑 똑같다고요."

색소폰 선생은 몸을 앞으로 기울이고 무릎 위에서 다리를 꼬았다.

"네 어머니는 발전 정도에 대한 보고를 받고 싶어 하시지. 내가 너한테 어떻게 영감을 줬고, 어떻게 너를 일깨웠고, 어떻게 너를 우수함과 근면, 가치를 향한 영광의 길로 이끄는지 이야기해주길 바라셔. 그리고 '네가' 나한테 얼마나 영감을 줬는지도 얘기해주길 은밀하게 바라시지. 직접적으로는 아니고 우회적으로, 은근한 방식으로. 마치 내가 무안한 것처럼 약간 취약한 입장인 것처럼, 우리가 굉장한 금기를 이야기하는 것처럼. 네 어머니는 내가 약간 거짓말을 하길 바라셔."

"그럼 거짓말을 하세요."

색소폰 선생이 말을 이었다.

"네 어머니는 모든 엄마가 원하는 걸 원하시는 거야. 너와 내가 특별한 관계를 갖고 있다는, 네가 나한테 다른 사람에게는 얘기하지 않는 것을 말한다는 이야기를 듣고 싶으신 거지. 내가 '너한테서' 몇 년이나 보지 못했던 뭔가를 봤다고 말해주길 바라시는 거란다, 줄리아. 우리 관계가 우리 두 사람 모두에게 공동의 탄생, 또는 이중의 탄생이 되었다고 말해주길 바라시는 거야. 단순히 학생을 가르치는 게 아니라 한 사람이 다른 사람을 완전히 여는 일이 되길 바라시지."

"그럼 엄마가 원하는 걸 드리세요."

줄리아가 말했다. 그 애는 오늘 고집스럽고 까다로웠고, 여전히 두 배의 벌을 받은 불공평함을 얼굴에 토라진 베일처럼 두르고 있었다. 그녀는 색소폰을 목에 걸고서 연주할 준비를 마쳤다.

"좋아, 시작해보자."

색소폰 선생은 전혀 짜증나지 않은 표정으로 말했다.

"뭔가 요란한 걸 연주해주렴."

목요일

"내 학생 두 명이 연애를 하고 있는 것 같아."

팻시가 여기 있었다면 색소폰 선생은 그렇게 말했을 것이다. 팻시와 만날 때면 언제나 그렇듯이 브런치 시간이었을 거고, 목요일이었으리라. 태양은 높다란 창문에서 비스듬하게 빛을 비추어 아파트를 나른하고 흐릿한 빛으로 가득 채웠을 것이다.

"서로 말이야?"

팻시는 몸을 앞으로 기울여 양쪽 팔꿈치를 탁자에 대고 손으로 턱을 받치고서 말할 것이다.

"그래. 내가 콘서트에서 그 애들을 소개해줬어. 그 애들은 학교 친구야. 음, 한 명이 두 살 더 많지만, 어쨌든 같은 학교에 다녀."

색소폰 선생이 대답한다.

"아, 그렇지. 언제나 처음에는 나이차가 있는 법이야. 동성 간의 관계에서는. 그게 시작의 의례야. 경험의 불평등이 존재하지 않으면 어떤 진전도 이룰 수가 없어."

"그래?"

"그럼. 의지할 수 있는 성 역할이 있는 게 아니라면 어떤 식으로든 체계화할 수 있는 힘이 필요해. 구조가 필요하지. 선생과 학생. 포식자와 피식자. 뭐 그런 식으로."

팻시가 고개를 뒤로 젖히고 갑자기 웃는다. 맑고 경쾌한 웃음소리가 조그만 아파트에 종소리처럼 울려 퍼진다.

"네가 웃을 줄 알았어."

색소폰 선생이 말한다. 그녀는 오늘 퉁명스러웠고, 팻시가 어깨 너머로 머리카락을 넘기고 검지에 묻은 버터를 빨아먹으며 다른 사람이 자신을 갈망하는 걸 철저하게 즐기는 사람처럼 행동하고 있는 게 못마땅했다.

"걔네들이 너한테 뭔가 말을 했어?"

팻시가 묻는다.

"직접적으로는 아니지만, 음, 너도 알잖아."

"모든 징조를 보인다고?"

"그래, 맞아."

팻시는 만족스러운 태도로 잠깐 이 말을 생각해본 다음에 묻는다.

"걔가 혹시 신문에 나온 여자애의 자매야?"

"맞아. 동생인 이솔드야. 그 애 언니가 성폭력 피해자지."

"그럼 더더욱 그럴듯하네."

"그래?"

"그럼. 온갖 이유가 다 있잖아."

두 사람은 잠깐 동안 침묵 속에 머문다. 아침 식사 위로 신문이 펼쳐져 있어서 잼병과 시럽병이 살짝 보이고, 신문은 구깃구깃하고 마멀레이드와 오일 얼룩이 여기저기 번져 있다. 얇은 플라스틱 과일 그릇 바닥에 딸기 한 알이 있다. 차가운 끌의 끝부분처럼 가장자리가 납작하고 덜 익어서 하얗다.

"난 그 아래 있는 진실을 알고 싶을 뿐이야. 단지 그거야. 모든 것의 뒤에 감추어진 핵심적인 진실을."

색소폰 선생은 갑자기 허공을 향해서 그렇게 말한다.

금요일

"아빠가 자꾸 친해지려고 해요."

이솔드는 부모님이 친해지려고 애를 쓸 때를 위해 아껴두었던 특별한 지친 어조로 말했다.

"그게 아빠의 재건 방식이에요. 우리에 대해서 더 알고 싶어 하시는 거죠. 우리 둘 다에 대해서요."

"그래서 좋았니?"

색소폰 선생이 물었다.

"어젯밤에는 제가 TV를 보고 있는데 들어와서 그러시는 거예요. '어이, 이솔드. 너 남자 친구가 있니?'"

이솔드는 냉담하게 픽 웃었다.

"전 웃었어요. 아빠가 '어이'라고 해서요. 엄청 유쾌하고 가볍게, 마치 거울을 보고 연습이라도 하신 것처럼요. 제가 '네'라고 하니까 아빠는 손뼉을 치고서 그러셨어요. '그거 잘됐구나. 저녁 식사 같이하게 그 남자애를 데려오렴.'"

"'네'라고 대답했다고?"

색소폰 선생이 놀란 강아지의 캐리커처처럼 몸을 굳히고 고개를 들어 올려 이솔드를 보았다. 한 손은 손목에서 느슨하게 기울어져 있었다.

"네."

이솔드는 의심스러운 어조로 말하면서 머리카락을 귀 뒤로 넘겼다.

"몇 주밖에 안 됐지만, 어쨌든 있어요."

색소폰 선생은 손을 살짝 비트는 동작으로 이솔드에게 계속 말하라는 신호를 보냈다. 이솔드는 혀로 아랫입술을 핥고서 색소폰 선생을 잠시 더 쳐다보다가 말을 이었다.

"이제 모든 게 함께 식사하는 데 집중됐어요. 가족으로서 함께 식사를 하면 모든 게 해결되는 것처럼요. 우린 그걸 의식처럼 해요. 모두가 자리에 앉을 때까지 아무도 음식에 손을 대면 안 되고, 다 앉은 뒤에 엄마한테 감사 인사를 한 다음 소스랑 뭐 그런 걸 서로 건네요. 아빠는 함께 식사하는 게 해답이래요. 처음부터 같이 밥을 먹었다면 빅토리아 언니가 복도에서 살라딘 선생님과 우연인 척 일부러 부딪쳐서 0.5초 동안 젖가슴을 선생님 가슴에 문지르고서 물러서서 '어머 죄송해요, 전 정말 칠칠맞지 못하다니까요'라고 말할 일이 없었을 거라는 거예요. 우리가 처음부터 함께 밥을 먹었다면 빅토리아 언니가 쳐다볼 때마다 살라딘 선생님이 80년대부터 써먹었지만 여전히 매력을 발휘하는 수줍은 남학생같이 입술을 깨물고 고개를 숙이는 행동을 하지 않았을 거라는 거죠. 우리가 함께 밥을 먹었다면 빅토리아 언니가 선생님의 손가락을 빨고 혀로 엄지와 검지 사이의 V자 부분을 핥고 선생님이 숨을 헐떡이게 만들지 않았을 거라는 거죠. 그런 일이 전혀 일어나지 않았을 거라고요."

"너한테 남자 친구가 있는 줄 몰랐구나."

색소폰 선생이 말했다.

"그리고 우리 전부 다 식탁에서 할 이야기가 전혀 없어요."

이솔드가 말을 이었다.

"아빠까지도요. 아빤 그냥 일에 관한 이야기를 떠벌떠벌 하시고 다들 입 다물고 가능한 한 빨리 식사를 끝내려고 하죠."

"걔를 어떻게 만났니?"

색소폰 선생이 물었다.

"우연히요. 그냥 돌아다니다가요."

이솔드가 대답했다.

"다음 달 연주회에 오라고 해."

색소폰 선생은 냉정해진 표정으로 이솔드를 여전히 쳐다보면서 말했다.

"와서 네가 연주하는 걸 보라고 하렴."

"네."

이솔드는 하모니카를 빨아서 내는 소리처럼 억양을 늘어뜨려 무심하고 냉담한 어조로 대꾸했다.

"너랑 학교에서 동년배니?"

"아뇨."

이솔드가 잘난 척하는 어조로 말했다.

"그 사람은 학교를 떠났어요. 배우예요. 연기 학교에서요."

그러고는 마당 맞은편에 있는 건물이 보이는 커튼을 친 창문 쪽으로 손을 흔들었다.

갑자기 조명이 바뀌었고 색소폰 선생은 흐리고 흑회색으로 줄이 간 누군가의 홈비디오가 눈앞에서 상영되는 것처럼 그 모습을 훤히 볼 수 있었다.

"걔는 배우란 말이지."

이솔드의 아빠가 말한다.

"제가 그렇게 말했잖아요."

이솔드가 말한다.

"걔는 연기 학교에 다니고."

"제가 그렇게 말했잖아요."

"몇 살이니?"

"아직 1학년이에요, 아빠."

이솔드는 매력적으로 보이려고 노력하면서 말한다.

"걔가 네가 자기랑 섹스를 할 거라고 생각하지 않으면 정말 좋겠구나."

"아빠."

"넌 열다섯 살밖에 안 됐잖니."

이솔드의 아빠는 이솔드가 귀가 좀 먹기라도 한 것처럼 큰 소리로 똑똑하게 말한다.

"네가 걔와 자면 그건 범죄야."

"아빠!"

"지금 너한테 물어보마."

이솔드의 아빠가 눈을 커다랗게 뜨고 말한다.

"지금 너한테 물어볼 거야. 똑바로 대답해야 한다. 걔랑 잤니?"

"아빠, 그만하세요. 완전 역겨워요."

이솔드는 드물게 천재적인 생각을 떠올리고서 말을 한다.

"마치 아빠는 빅토리아 언니한테 했던 것처럼 나한테 해서 모든 걸 균등하게, 공평하게 만들려고 하시는 거 같아요. 범죄에는 범죄로요. 그만하세요."

"왜 넌 아빠 질문을 피하는 거니?"

"왜 저한테 그런 식으로 말씀하시는 거예요? 저 엄마랑 얘기하면 안 돼요?"

"너 걔랑 잤구나."

"대단해. 아빠 맘대로 결정하시네요. 이젠 제가 뭐라고 하든 안 믿으실 거잖아요."

"넌 겨우 열다섯 살이야."

"저 엄마랑 얘기해도 돼요?"

"이솔드, 난 여동생이 없었단다. 아빨 좀 도와주렴."

이솔드의 아빠가 슬픈 얼굴로 말한다.

조명이 평범하게 바뀌고, 오후의 노르스름한 빛이 다시 스튜디오를 비췄다. 색소폰 선생은 잠에서 깬 듯 눈을 깜박였다.

"그 학교는 아마도 들어가기가 굉장히 힘든 곳이지, 안 그러니? 그 애는 꽤 잘하는 모양이구나."

그녀가 말했다.

9월

그가 먼저 그녀의 옷을 벗겨야 하는 걸까, 아니면 그녀가 그의 옷을 벗기기를 기다려야 하는 걸까? 그는 먼저 그녀의 옷을 벗긴다는 생각이 별로였다. 그건 너무 탐욕스러운 느낌이었고, 그녀의 옷을 벗기고 있으면서 그는 옷을 계속 입고 있는 걸 생각하니 불안해졌다. 누가 들어와서 그들을 보면 뭐라고 생각하겠는가? 그러면 정중한 대결처럼 하나씩 차례차례 진행되어야 하나? 그녀의 셔츠를 벗기고 그다음에 그의 셔츠를 벗고, 그녀의 브라가 떨어진 다음에 그가 러닝셔츠를 벗고, 그런 식으로? 아니면 각자 자기 옷을 벗은 다음에 둘 다 알몸이 되어서 다시 합류하면 되나? 그녀를 침대로 데려가서 가장자리에 앉아 동시에 신발을 벗고 옆으로 몸을 돌려 서로를 껴안고 침대에 눕는 동안 스탠리의 심장은 쿵쿵 뛰었다.

이 순간을 전에 수도 없이 상상해봤지만, 이제야 자신이 그 장면을 대체로 클로즈업으로, 몸을 휘고 젖히고 숨을 헐떡이고 피부가 맞닿는 정도만 상상했었음을 깨달았다. 이제 무슨 일이 벌어져야 하는 거지? 그는 그녀의 다리 사이를 무릎으로 치지 않고서 그녀의 위로 올라가려고 애를 썼다. 감독의 지시에 따르거나 큐 사인에 반응하는 사람처럼 몸이 뻣뻣했다. 그는 당황해서 몸무게를 한쪽 옆으로 실었다 다시 반대편으로 기울였다. 갑자기 무릎을 꿇은 채 한 팔을 등 뒤로 돌리고 더듬더듬 미끄러지는 이불을 잡아 어깨 위로 올려 외풍을 막는 자신의 모습을 위에서 내려다본 장면이 선명하게 떠올랐다. 자신의 무능함에 화가 솟구쳐 그는 자신이 이 일을 할 수 있다는 걸 증명하기 위해 포악할 정도로 그녀의 셔츠 안으로 한 손을 밀어넣었다. 그녀의 갈비뼈가 그의 손길 아래서 솟아오르는 게 느껴졌다.

스탠리는 자신이 훨씬 더 나이가 들었더라면 하고 생각했다. 그가 소년이 아니라 성인 남자였다면, 자기 자신에게 익숙하고 여자의 옷을 벗기며 웃을 수 있고 자신이 하는 일이 맞다는 걸 알고 있다면 좋았을 거라고 생각했다. 이 여자아이의 입술에 손가락을 올리고서 '이제 너한테 절정을 느끼게 해줄게'라고 말할 수 있는 성인 남자였다면 좋았을 텐데. 자신이 '보지'라는 단어를 큰 소리로, 편하게 말할 수 있는 성인 남자라면 좋았을 텐데. 그러면 여자아이가 그를 존경하고 숭배했을 수도 있다.

그가 성인의 몸을 가진 성인 남자이고, 소년이 아니라 성인 남자로서 '넌 아름다워'라고 말하고, 그렇기에 그 말이 진심이라는 걸 안다면 좋았을 것이다.

스탠리는 그녀의 배 위로 손을 미끄러뜨리고 살짝 팬 배꼽을 지나갔다. 여자아이가 머리 위로 팔을 들어 올리느라 피부가 수축해서 배꼽이 조그만 펜촉처럼 움푹 들어가 있었다. 여자아이는 그의 머리를 자신에게로 끌어내리고 고개를 들어 그의 입에 키스했다. 그의 손이 그녀의 지퍼 단추를 더듬거렸다. 이렇게 빠르게 움직인 자신이 좀 부끄러웠지만, 한편으로는 이상황이 자신이 없어도 저절로 진행되어 자신은 물러설 수 있기를 바라는 마음에, 무아지경에 빠지길 바라는 마음에 움직여야만 했다. 그녀의 골반뼈 위로 청바지가 팽팽하게 당겨졌고, 그는 단추를 풀기 위해서 단춧구멍을 잔인하게 옆으로 당겨야만 했다. 그는 지퍼를 내리고 손가락으로 그녀의 얇은 면 팬티를 쓰다듬다가 그녀의 음모 한 움큼이 느껴지자 짜릿하게 달아올랐다. 놀라웠다. 그는 그녀가 인형처럼 매끈할 거라고 생각했던 걸까?

여자아이가 숨을 더 가쁘게 쉬었다. 그는 손을 그녀의 팬티 안으로 넣고 그녀의 치골 위 둔덕을 손바닥으로 감싸고 그녀의 청바지 허리를 느슨하게 만들기 위해서 손목을 휘었다. 그런 다음 신중하게 그녀의 틈새를 벌렸다. 차가운 그의 손가락에 뜨거운 것이 닿았다. 그는 뭔가 말하고 싶었다. 어설픈 그의 손놀림으로 인한 바스락거리는 소리와 방 안을 채우는 끔찍하게 어색한 빠른 숨소리 섞인 침묵을 깰 만한 뭔가를 속삭이고 싶었다.

스탠리는 자신이 카메라 위치에서 이 모습을 바라보고 있다는 것을 깨닫자, 위에서, 혹은 옆에서 자신이 어떻게 보일지 지나치게 신경이 쓰이기 시작했다. 그는 더 능숙하게, 허우적거리지 않는 것처럼 보이고 싶었다. 영화에서 수없이 본 것처럼 여자아이의 얼굴에서 머리카락을 부드럽게 넘겨주고 손가락으로 턱선을 쓰다듬고 솜털이 난 부드러운 귓불을 만지고 싶었다. 하지만 별로 소용이 없는 것 같았다.

"나 팔이 저려. 미안."

여자아이가 사과하듯이 속삭이고 팔을 흔들어 풀었다.

"제길."

스탠리가 말했다.

"왜 그래?"

여자아이가 놀라서 말하며 이불을 끌어당겨 몸을 가리고 조심스럽게 팔 아래 낀 채 물러났다.

"나 좀 잘……."

"뭘 해야 하는지 모르겠어?"

"아냐!"

스탠리는 약간 지나칠 정도로 거칠게 말했다.

"아니야, 뭘 해야 하는지는 알아."

"상관없어."

여자아이는 거친 손바닥 아래쪽으로 그의 얼굴에서 머리카락을 쓸어 넘겨주었다. 그 행동은 야하면서도 동시에 상냥했고, 스탠리는 자신에게는 그렇게 어려운 행동을 그녀가 쉽게 해내는 것을 보며 겸손해졌다.

"그냥 날 안아줘. 이리 와."

그는 침대를 가로질러 갔고 그녀는 이불을 들어 올려 그가 들어오게 해주었다. 그들은 그대로 잠시 누워 있었다. 스탠리의 심장이 쿵쿵거렸고 여자아이의 손이 그의 어깨뼈 곡선의 위아래로 움직이다가 목덜미의 가는 머리카락을 쓰다듬었다.

"이런 식일 거라고는 생각 못 했어."

스탠리가 자신도 모르게 말했다.

여자아이가 팔꿈치를 대고 몸을 일으켰다.

"뭐?"

스탠리는 자신이 무례하게 말했다는 걸 깨닫고 재빨리 덧붙였다.

"내 말은, 나 말이야. 내가 이런 식일 거라고는 생각도 못 했어."

그 말은 더 안 좋게 들렸고, 잠시 좌절감과 자기혐오가 타올랐다. 그가 말하고 싶었던 건 그가 지금껏 보았고 이 순간에 대비시켜주었던 영화와 텔레비전 프로그램들이 그를 외부인의 입장으로, 자신이 주인공일 때를 '상상'할 수는 있어도 실제로 행동을 해야 할 필요는 없는 편안하고 자신감 넘치는 관음증 환자로 만들었다는 거였다. 그런데 이제는 대본도 없이 혼자 남은 기분이었고, 여자아이가 먼저 행동해서 자신은 뭔가 결정해야 하는 책임감 없이 따라가기만 하면 되기를 절실하게 바라고 있었다.

"너 처음이구나."

그녀의 말투가 바뀌었다. 더 부드럽고, 심지어는 모성애가 넘치는 것 같았다. 그녀가 그를 꼭 끌어안았고 그는 그녀에게 얼굴을 묻었다.

"바보같이 굴기는."

여자아이는 그렇게 말하고 손가락 관절로 그의 머리 위를 문질렀다.

"넌 잘할 거야."

그들은 잠시 그렇게 누워서 아이스크림 트럭이 길로 들어서서 아이들을 향해 광고 음악을 트는 소리에 귀를 기울였다. 트럭이 길을 따라 지나가자 소리가 점점 줄어들다가 다시 조용해졌다.

"이게 바로 그거였어."

스탠리가 처음으로 고개를 들어 조명을 쳐다보며 말했다.

"그게 뭔데, 스탠리?"

여자아이가 몸을 굴려 그의 등 아래쪽 곡선을 손끝으로 살짝 건드리며 물었다.

"그게 뭔데?"

"이게 내 인생에서 가장 내밀한 장면이었어. 방금 전 바로 그 순간이. 이게 그거였어."

스탠리가 말했다.

8월

"살라딘 선생 큐 사인이야!"

학생 한 명이 소리쳤다.

"스페이드 킹! 도대체 어디 있는 거야, 코너?"

날개공간에서는 보이지 않게 소동이 일었고, 곧 스페이드 킹이 나타났다. 새빨간 얼굴로 달려오는 그는 갈라진 천 사이에서 하도 빠르게 튀어나와서 마치 로켓으로 쏘아낸 것 같았다.

"미안."

그는 오케스트라 방향으로 다급하게 말했다. 그리고 만화 속의 밴드에이드처럼 하얀 X자로 두 줄의 테이프를 붙여놓은 바닥의 자기 자리를 서둘러 찾았다.

"빨리 제자리에 가서 서라고."

누군가가 소리쳤다.

그들은 혐오와 만족 속에 스페이드 킹이 자기 표시를 찾아서 몸을 곧추세우고 숨을 들이켜는 걸 보았다. 그의 매끄럽고 딱딱한 의상 가슴판은 한쪽 어깨 부분의 끈이 풀려서 가슴 위에 기묘한 각도로 매달려 있었다. 그는 장갑과 칼도 잊었지만, 이제는 너무 늦었다.

무대 위의 학생들은 한숨을 쉬고 왔던 길로 되돌아가며 소년에게 다시 큐 사인을 주었다.

"하지만 그걸 다른 관점으로 봐봐. 그 애는 처녀성을 잃었고, 그게 낡은 잠옷처럼 촌스럽게 달라붙기 전에, 딱 적절한 시기였어. 그 애는 나이 많은 남자를 유혹했지. 유명세를 얻었어. 그리고 이제는 모두가 알고 싶어 하는 비밀을 갖게 됐지. 성적인 비밀, 가장 멋진 종류의 비밀, 그 애의 가장자리에서 빙빙 돌면서 그 애가 결코 '거기'에 도달하지 못하게 만드는 소용돌이치는 비밀을. 아, 빅토리아를 동정하지 마. 젊음과 순수함으로 잘 익은 화사한 과일을 맛보고 이제 아무것도 할 수 없게 된 외롭고 불쌍한 살라딘 선생을 동정해."

오케스트라 피트에서 케틀드럼의 소리가 박자에 맞춰 울렸다. 그 소리가 스페이드 킹에게 미친 영향은 대단히 훌륭했다. 그는 어깨뼈 사이를 얻어맞은 것처럼 몸을 웅크렸고, 순식간에 다리를 저는 연약한 늙은이로 변했다. 그가 말을 시작하자 엑스트라 캐릭터들은 아이들로 변해 그의 무릎 주위로 몰려들었고, 객석의 남자아이 한 명이 몸을 기울여 속삭였다.

"쟤 아직도 웃기려고 하는데. 웃기려고 연기하면 아무 소용도 없을 거야."

스페이드 킹이 말했다.

"제일 처음부터 굉장히 사랑스러운 부분들이 있었어. 그 애가 행동하는 방식, 교과서에 없는 그런 행동이며 커다랗고 멍한 눈, 열린 목깃, 위로 올려서 무릎이 드러나 보이는 치마. 그건 감동적일 만큼 아마추어스러웠지. 불완전하고 부조화스럽고 형편없는 데다가 칭찬해달라고 소리치는 어린애의 그림 같았어. 벽이나 냉장고에 붙여놓고, 칭찬을 받고 잘했다는 소리를 듣고 귀여움을 받고 싶은 그런 어린애의 그림."

그는 한쪽 발을 끌면서 바닥을 내려다보고 마치 굉장히 사적인 것을 떠올린 것처럼 은밀하게 혼자 미소를 지었다. 오케스트라 피트의 밴드가 재즈풍으로 음악을 바꾸었다. 드럼과 더블베이스, 테너 색소폰의 그르렁거리는 소리가 울렸다.

"10년 안에 그 애는 냉정하게 남자를 보면서 '우린 잘 맞을 거야'라고 생각하게 될 거야. '네 관대한 영혼, 나에게 내가 필요로 하는 감정적인 은신처를 제공해줄 수 있는 능력, 네 씁쓸하고 자기비하적인 유머감각, 무성영화에 대한 관심, 요리를 좋아한다는 사실, 현학적인 경향, 그리고 네가 시간을 보내기 위해 하는 일들, 이 모든 것을 볼 때 우리가 잘 맞을 거라는 결론을 내릴 수 있어'라고 생각하겠지. 살면서 그 애는 점차 이 음울한 필수품 목록을 만들게 될 거야. 해마다 그 애는 자신의 뻥 뚫린 욕망의 구렁을 건물 청소부나 수위, 아니면 할 일 없는 아무나를 구하는 것처럼 옹졸한 일로 축소시킬 거야. 광고에는

'구인'이라고만 쓰여 있겠지. 그게 끝이야."

스페이드 킹이 어깨를 으쓱였다.

"하지만 내 경우엔 그런 공식을 적용하지 않았어. 그 애는 자신의 취향을 몰랐고, 목덜미의 자줏빛 공간에서 뛰고 또 뛰는 맥박도 인지하지 못했지. 매번 우리가 서로 만질 때마다 그 애는 새로운 걸 알아냈어. 나에 관해서가 아니라 그 애 자신에 관해서, 자신의 감정과 그 대가에 관해서, 자신의 반응과 자신의 가슴속에 끝내지 못했거나 완성하지 못한 뭔가처럼 항상 지니고 다닌 텅 빈 화병 같은 공허함을 알게 됐지."

그의 뒤로 그림자 같은 형체가 문설주가 있는 스크린 뒤에서 몸을 휘고 판을 할퀴었다. 그들은 밝은 빛을 받아 하얀 천 위에 새카맣게 그림자 형태로 보였고, 전부 다 그 젓가락 같은 몸매와 옆모습 때문에 뽑힌 1학년생들이었다. 아이들이 서로의 몸이 오로지 몸매의 굴곡만 보일 때까지 눈을 가늘게 뜨고 쳐다보다가 그 형태만을 갖고 이들을 골라 뽑았다.

재즈밴드는 이제 주제곡을 연주하기 시작했다. 공연에서 반복되는 모티프였다. 무대 위의 들뜬 관객들은 또 다른 형태로, 또 다른 장면으로 변신했다. 조명이 바뀌고 음악이 바뀌었고, 스페이드 킹은 군중 사이로 사라졌다.

"너 좀 빼먹었잖아."

스페이드 킹이 마침내 퇴장 사인을 알아듣고 무대 오른쪽으로 빠져나오자 무대 감독 한 명이 말했다. 그는 집게로 고정시킨 종이뭉치를 들고 있었고, 스페이드 킹의 그림자 진 얼굴 위로 그 종이를 흔들었다.

"너 대사 한 줄을 통째로 빼먹었다고. '내가 이 여자애들을 어떻게 보호하는 동시에 흥분시킬 수가 있지?' 이 부분."

9월

"혹시 뭔가 잘못된 적은 없었어?"

스탠리가 물었다.

"창작 공연에서 말이야. 예를 들어 권총이 장전되어 있었는데 아무도 그게 진짜라는 걸 몰랐다든지. 아니면 공중에 띄우는 벨트의 고정장치가 빠져 있었다든지, 누군가가 무대장치 조작대에서 떨어져서 공연 도중에 무대 한가운데로 떨어졌다든지. 기억도 안 날 만큼 오래전에 일어난 비극적인 얘기 같은 거."

"너 긴장했구나."

올리버가 맞은편 자리에 앉으면서 말했다. 그는 가방에서 사과를 꺼내서 양손으로 이리저리 주고받기 시작했다.

"마음대로 하게 해주는 건 좀 무서운 것 같아. 선생님들이 감독을 하시지 않고 몇 달이나 계속 우리끼리만 했잖아. 그래서 뭔가가 끔찍하게 잘못되지 않을까 하는 생각이 들어. 〈파리대왕〉 같은 식으로 말이야."

스탠리가 말했다.

"네 머리가리개가 막대기에 꽂히게 될까봐 걱정되는 거구나."

올리버는 신나게 사과를 한 입 깨물고 씹으면서 스탠리를 보고 씩 웃었다.

"그 커다란 검은 드레스에 질식할까봐. 습관으로 인해 죽을까봐."

"그럼 뭔가 잘못된 적이 한 번도 없었어?"

"음, 만약 그렇다면 올해야말로 그럴 수도 있겠지."

올리버는 스탠리가 인상을 찌푸리고 고민하는 걸 잠깐 더 즐기다가 손을 뻗어 그의 팔을 두드렸다.

"어이 친구, 넌 그 역할 진짜 잘하잖아. 네가 교실에서 나가면 다들 그렇게 말해."

"난 그런 말이 아니었어."

스탠리가 말했다. 그리고 탁자 위를 손으로 두드리며 한숨을 쉬었다.

8월

스탠리는 긴 모직 트렌치코트를 여미면서 빠른 걸음으로 학교 건물을 나왔다. 그는 정장에 넥타이 차림이었고, 구두는 반짝거리는 검은색이었다. 그는 한 번에 두 개씩 계단을 내려와서 나머지 아이들에게서 떨어져 나와 고개를 약간 숙이고 어깨를 웅크리고 손은 코트 주머니 안에서 주먹을 쥔 채 안뜰을 가로질렀다. 그는 빠르게 걸었고, 다른 아이들에게서 멀어지자마자 대로를 따라 혼자 걸었다.

그의 뒤로 테네시 윌리엄스, 스티븐 버코프, 이오네스코, 데이비드 헤어가 만든 갖가지 캐릭터들이 우르르 나와서는 비슷하게 냉담한 모습으로 사방으로 흩어졌다. 여자아이 한 명은 무릎 위에서 끝나는 태피터 드레스를 입고 있었고, 오후의 냉기 속에 불편하고 옷을 덜 입은 것처럼 보였다. 맨다리엔 피가 몰려 얼룩덜룩하고 팔에는 털이 곤두섰다.

스탠리는 공원을 한 바퀴 돌 생각이었다. 아이들 놀이터를 피하기 위해서 빙 돌았다가 호수 주위를 조심스럽게 빙 돌고 반대편에서 학교 건물로 돌아오는 계획이었다. 그는 셔츠 목깃에 목을 더 깊이 묻고 보폭을 넓혔다. 누군가가 아마도 따라오고 있을 것이다. 연기과 주임, 동작과 주임, 즉흥연기 주임과 발성과 주임 모두가 도시 여기저기에 흩어지려고 아침에 학교를 나섰던 것이다.

"정해진 경계를 넘어가서는 안 돼."

연기과 주임은 검지로 밝게 칠해놓은 구역을 두드리며 프로젝터의 강철 팔 너머로 넘겨다보며 자리에서 긴장하고 있는 수많은 학생들에게 몇 번이나 말했다. 그는 면바지에 셔츠를 입고 목깃은 열어놓아서 평소보다 약간 멋을 부린 것 같았지만, 어쨌든 학생들과 똑같이 가장극의 흥분에 영향을 받은 것 같았다. 학생들 중 몇 명은 직접 만든 의상을 입고 구식 머리 모양을 해서 알아보기도 힘들 정도였다.

스탠리는 대로에서 벗어나서 식물원으로 이어지는 끝이 뭉툭한 쇠기둥으로 된 대문을 통과했다. 정장을 입은 남자가 자갈길에서 그를 지나치면서 한참 쳐다보았다. 스탠리는 눈길을 돌릴 뻔했지만, 재빨리 자신이 조 피트라는 걸 떠올리고 남자를 똑바로 노려보며 지나가는 내내 최대한 오래 눈길을 떼지 않았다. 남자가 온실 모퉁이를 지나 사라질 때까지 계속 속였다는 사실에 불쾌한 죄책감이 지워지지 않았다. 그때 눈가로 즉흥연기 주임이 무릎에 신문을 얹고 햇살이 비치는 공원 벤치에 앉아 있는 게 보인 것 같았다. 그는 코트를 더욱 여미고서 계속 걸었다.

다른 사람인 척하고 있자니 기묘한 혼자만의 자유가 느껴졌다. 그의 얼굴과 손동작, 자세의 각도를 통해서 그가 보여주고 싶은 만큼만 드러나는 내면의 생각과 캐릭터의 행동이 진짜 스탠리 자신의 생각을 대기처럼 둘러싸고 진정한 그를 조 피트의 내면과 외면이라는 두 겹의 포장지로 감춰줬다. 아무도 자신의 이중 가면 아래로 진정한 자신을 볼 수 없다는 사실에 안심이 되고, 껍데기 안에 꼭 맞게 들어가 웅크리고 있는 것처럼 편안한 기분이 들었다.

"안녕."

낮은 목소리가 들리고, 갑자기 날개공간에서 만난 여자아이가 거기 서 있었다. 음악 수업을 듣는다는 여자아이는 색소폰 케이스를 화살통처럼 어깨에 메고서 그를 향해 걸어왔다. 여자아이는 웃고 있었다. 그가 그 아이의 얼굴에서 처음으로 보는, 전혀 억누르지 않은 제대로 된 웃음이었다.

"날 따라다니는 거야?"

"내가 널 따라가는 거라면 네 뒤에서 걷고 있지 않았을까?"

스탠리가 대답했다.

"내 말은 스토킹하느냐는 거였어."

여자아이는 여전히 웃으면서 이제는 스탠리의 오버코트를 위아래로 살폈다. 코트는 그에게 약간 컸고, 소매는 아빠 옷을 입은 어린애처럼 손끝까지 내려왔다.

"아. 난 연기 학교에서 연기 연습을 하는 중이야."

스탠리는 별 생각 없이 말했다. 하지만 말을 하자마자 배 속이 가라앉는 느낌이 들기를 기다렸다. 그는 연습에 실패했다. 누군가가 분명히 이걸 보고 적고 있을 것이다.

"'누구한테라도' 어떤 식으로든 네가 연습을 하고 있다거나 학교에 관해서, 또는 네 일에 관해서 이야기를 하면, 말할 필요도 없겠지만 자동적으로 실패하는 거다."

연기과 주임은 그렇게 말했다.

"난 아침 내내 캐릭터를 유지해야 돼. 그게 규칙이야."

스탠리가 다급하게 말했다. 하지만 배 속이 가라앉는 느낌은 들지 않았다. 여기 공원에 그를 쳐다보는 이 귀여운 여자아이와 함께 서 있으니 기묘하게도 마음이 가벼워져서 그는 커다란 코트를 펄럭거리고서 웃음을 터뜨렸다.

"나중에 커피 함께 마실래? 내가 조 피트 역을 다 하고 나면."

그가 물었다.

"좋아. 그런데 조 피트가 누구야?"

이솔드가 수줍은 어조로 말했다.

"음, 그 사람은 이런 식으로 옷을 입어. 그거 말고는 나도 사실 잘 몰라."

"그럼 오빠도 그 사람 역을 그렇게 잘하고 있는 건 아니네."

"아마 그렇겠지."

스탠리는 가벼운 기분의 근원을 찾아보았다. 몇 달 만에 그는 가장 '진짜' 같은, 정말로 진짜 같은 기분이었다.

"오빠가 지금 연기 중이 아니라는 걸 내가 어떻게 알아?"

이솔드가 물었다. 그것은 굉장히 상투적인 질문에 가까웠지만 그는 그녀를 용서했다. 가벼운 기분 때문에, 그리고 그녀의 분홍빛 귀와 모직 코트, 추위에 꼭 맞잡은 벙어리 장갑 낀 손이 정말로 귀여웠으니까.

"'네가' 연기를 하는 게 아니라는 건 어떻게 알아?"

스탠리가 물었다.

이솔드는 미소를 지으며 손바닥을 뒤집고 발뒤꿈치를 들고서 온몸으로 잘 모르겠다는 우스꽝스러운 몸짓을 했다. 스탠리는 파도처럼 행복이 자신을 덮치는 기분이었다.

"그럼 그건 우리가 감수해야 할 위험이라고 봐야겠는걸."

그가 말했다.

눈가로 그는 즉흥연기 선생이 다가오는 것을 보았다.

"난 가서 산책을 마쳐야겠어. 하지만 은행나무 아래서 기다리고 있을게."

그가 말했다.

"난 5시에 끝나."

이솔드가 말했다.

"알아. 계속 보고 있었으니까."

스탠리가 대답했다.

7월

"끝까지 연기를 이어가야 돼."

동작과 주임이 짜증스럽게 말했다. 그는 피곤한 손으로 정수리의 머리카락을 여러 차례 계속해서 넘겼다.

"지금은 너희 둘 다 이 장면이 어떻게 끝나는지 안다는 게 빤히 보여. 그래서 조명이 꺼지기도 전에 긴장을 풀지. 0.1초 정도밖에 안 되긴 하지만, 그것도 중요한 부분이야. 장면이 커튼 뒤에서도 계속 이어진다는 환상을 줘야 돼. 끝까지 연기를 이어가야 한다고. 다시."

스탠리와 여자아이는 다시 자세를 잡았다. 스탠리는 여자아이의 뺨을 손바닥으로 감싸고 검지를 그녀의 조그만 귓구멍에 집어넣고 섰다. 그들은 다시 대사를 말하면서 장면이 보이지 않는 끝을 향해 가는 동안 몸이 늘어지거나 긴장이 빠지지 않도록 노력했다.

"그게 내가 원하는 거야. 그게 내가 원하는 거라고."

이게 스탠리의 마지막 대사였고 그는 강조하기 위해서 그녀의 턱을 쥐고서 살짝 흔들었다. 여자아이가 그를 올려다봤다. 장면이 끝났다.

스탠리의 얼굴은 여자아이의 얼굴 바로 앞에 있었고 그의 손은 그녀의 뺨을 감싸고 있었다. 그는 연기를 이어갔다. 고개를 숙여 여자아이에게 진심인 것처럼 키스한 것이다.

"오, 이런 젠장맞을!"

동작과 주임이 폭발했고 둘은 황급히 떨어졌다.

"내가 언제 그 애한테 키스하라고 했나? 내가 말한 건 끝까지 연기를 이어가라는 거였잖아."

"전 이게 선생님이 뜻하시는 거라고 생각했어요."

스탠리는 당황해서 새빨개진 채로 조명 너머만 쳐다보았다. 여자아이는 입을 닦고 바닥을 내려다봤다.

"너희 둘이 한 쌍의 어린애들처럼 서로 더듬어대라고 커튼을 내리는 게 아니야!"

동작과 주임이 소리를 질렀다.

"장면을 생각하라고, 이 친구야!"

동작과 주임은 대체로 소리를 지르지 않았다. 그는 보통 연기과 주임보다 덜 사납고, 학생에게 창피를 주거나 망가뜨리지 않는 편이었고, 짜증을 폭발시키거나 차가운 경멸을 드러내는 경우도 별로 없었다. 하지만 오늘 그는 까칠하고 퉁명스럽고 숨이라도 막히는 것처럼 가슴이 답답한 기색이었다. 객석의 자리에 앉아서 두 사람을 노려보며 분노와 비난의 거대한 장갑에 칭칭 둘러싸여 있는 것 같았다.

"대체 뭐지? 그냥 기회를 낚아채기라도 한 건가? 뭐야?"

소년은 상처받은 표정이었다. 그는 그 장면에 대한 실제적인 헌신, 예술이라는 이름 아래 기꺼이 개인적인 사고를 젖혀놓으려는 태도에 칭찬을, 혹은 축하를 받을 거라고 생각했으리라. 하지만 그는 창피를 당했고, 그것도 여자아이 앞에서 창피를 당했다. 동작과 주임은 그들이 얼굴을 붉히며 펄쩍 떨어질 정도로 공개적으로 창피를 주어서 둘 사이에 관계가 이루어질 가능성을 완전히 부숴놓았다. 선생도 그걸 알았지만, 상관하지 않았다. 그는 갑자기 두 사람 모두에게 굉장히 짜증이 났다. 밝은색 속눈썹에 연약하게 입술을 내민 남자아이, 연습으로 만든 긴장된 순수함이 엷어지고 있는 여자아이 모두에게.

"전 그게 선생님이 뜻하시는 거라고 생각했어요. 죄송해요."

스탠리가 다시 말했다.

동작과 주임은 잠깐 동안 아무 말도 하지 않았다. 그들은 이제 10대 아이들이 욕망이라는 걸 전혀 느낄 수 없다고 생각되는 성인을 볼 때처럼 엷은 동정의 빛을 띠고 그를 쳐다보고 있었다. 그들은 커튼 틈새로 벌어진 그들의 매력 없는 어설픈 애무가 그를 질투하게 만들었다고 생각하는 것 같은 표정이었다. 마치 그들의 키스가 잃어버린 젊은 시절의 자연스러운 애무를 갈망하게 만들고, 그가 소리를 지른 건 그저 자신의 엄청난 손실을 인지하고 불만을 표현한 것뿐이라고 생각하는 것 같았다. 동작과 주임은 혐오감을 느꼈다. 고개를 돌리고 바닥에 침을 뱉고 싶었다. 무대로 향하는 일곱 개의 계단을 내려가서 자기몰두와 속임수의 허영 속에서 그들을 끌어내고 싶었다. 그가 질투하는 게 아니라고, 어울리지 않는 두 건방진 애들의 애처로운 조명 아래서의 키스 따위에 질투할 일은 없다고, 그가 느낀 건 강제로 봐야만 한 장면으로 인한 욕지기뿐이라고 고함을 지르면서 알려주고 싶었다.

"다시."

동작과 주임은 불쾌하게 말하고는 다시 의자에 몸을 묻었다.

9월

이솔드가 수업을 마치고 나오니 스탠리는 은행나무 아래서 그녀를 기다리고 있었다. 그녀는 움푹한 돌계단을 내려와서 마당을 가로질러 가서 그를 껴안고 입에 가볍게 키스했다.

"이거 보게, 조그만 집시 같으니."

스탠리가 옆으로 물러서며 말했다.

"온갖 가방을 짊어지고 있잖아."

"금요일은 정말 끔찍해. 색소폰이랑 체육이랑 미술 수업이 같은 날 오후에 전부 들어 있어."

이솔드가 말했다.

"집시 소녀구나."

이솔드는 숨을 내쉬고 팔을 퍼덕거리다가 스탠리를 보고 활짝 웃었다. 온 얼굴이 환해지는 커다랗고 솔직한 웃음이었다. 그것은 살라딘 선생이 빅토리아에게 끌렸던 것과 똑같은, 전혀 부끄러움 없는 솔직함이었다. 다만 이번엔 그것이 그녀의 동생에게서 다른 얼굴에 똑같은 미소로 나타난 것뿐이었다. 스탠리는 몸을 앞으로 구부려 그녀의 코에 키스했다.

"그래서 난 언제 네가 연주하는 걸 들을 수 있어?"

그가 물었다.

"여기 안뜰에서 들을 수 있을 것 같은데."

"하지만 그러면 어떤 색소폰이 네 소리고 어떤 게 네 선생님

소리인지 모르잖아. 네가 실제보다 훨씬 잘한다고 생각하게 될
수도 있다고."

스탠리가 히죽 웃으며 말했다.

"우리 색소폰은 사실 굉장히 다른 소리를 내. 오빠가 그런
종류의 소리에 귀를 기울일 줄 안다면 말이야. 내 마우스피스
는 경화 처리된 거고 선생님 건 금속이거든. 금속은 굉장히 다
른 소리를 내."

이솔드가 설명했다.

"사람들 목소리가 서로 다른 것처럼 말이지?"

"응. 맞아. 성인 여자랑 여자애랑 다른 것처럼."

그들 뒤의 석조 건물은 이제 어두웠다. 커튼이 전부 닫히고
조명도 다 꺼졌다. 안에서는 밤에 대비해서 사무실 문을 잠갔
고 몰려드는 어둠으로 방은 싸늘해졌다. 다락층에 있는 색소폰
선생 방의 창문은 어두웠다. 마치 이솔드가 떠난 뒤 선생도 스
튜디오를 잠그고 퇴근한 것 같았지만, 은행나무 가지 사이로
잘 올려다보면 커튼 옆에 어두운 그림자가 서서 안뜰의 은행
나무 아래 함께 있는 두 사람을 내려다보고 있는 게 보였을 것
이다. 하지만 스탠리와 이솔드는 올려다보지 않았다. 스탠리는
이솔드를 한 팔로 꼭 안았고 두 사람은 고개를 맞대고 나직하
게 이야기를 하며 걸어갔다. 그들의 모습은 회랑에, 나뭇가지
에 가려지고 곧 완전히 사라졌다.

9월

"네가 왜 여기 왔는지 아니?"

스탠리가 자리에 앉자 동작과 주임이 말했다.

"아마도 제 외출 수업 때문일 것 같은데요."

스탠리는 대강 추측해서 대답했다.

동작과 주임은 눈썹을 치켜 올리고 턱을 움찔했다.

"네 외출 수업?"

"제가 연습에 통과하지 못해서겠죠."

스탠리는 갑자기 조심해야 한다는 걸 깨닫고 조금 더 순진하고 당황한 것처럼 보이려고 노력했다.

"그건 아닐 것 같은데."

동작과 주임이 말했다.

"즉흥연기과 선생님에게서 네 보고서를 받았는데 굉장히 감탄했다고 하시더라. 넌 조 피트였지?"

"네."

"보고서는 굉장히 칭찬 일색이었어."

"아."

스탠리는 어깨를 으쓱이고 미소를 지으려고 했지만, 그가 한 것은 몸을 부르르 떨고 인상을 찡그리는 거였다.

"낙제했을 거라고 생각했니?"

동작과 주임이 그를 빤히 쳐다보며 물었다.

"아뇨."

스탠리는 재빨리 말했다.

"그럼 전 왜 여기 왔는지 잘 모르겠는데요."

동작과 주임은 의자에 몸을 기대고 앞에 있는 책상을 손바닥으로 짚었다. 그는 오랫동안 연습한 굉장히 실망스러운 표정을 하고 있었고, 스탠리의 심장이 쿵쿵 뛰기 시작했다. 동작과 주임이 말했다.

"누가 너에 대한 불만을 제기했단다. 너에 대해서 굉장히 심각한 불만을 제기했지. 뭐에 관한 건지 알겠니?"

스탠리는 어리둥절했다.

"아뇨. 누구죠? 뭐에 관한 건가요?"

동작과 주임은 즉시 대답하지 않았다. 그는 동정과 혐오 사이의 표정으로 스탠리를 쳐다보았고 스탠리는 위축되는 기분이었다.

"북쪽 부지의 스튜디오에서 가르치고 있는 음악 선생이야. 네가 자기 학생들을 괴롭힌다고 항의하더구나."

"네?"

바라던 바는 아니지만 스탠리의 얼굴이 저절로 달아올랐다.

"자기 학생들을 괴롭힌다고."

동작과 주임이 말을 이었다.

"특히 5학년인 여자아이를 말이야. 뭔가 생각나는 거라도 있니?"

스탠리는 잠깐 아무 말 없이 앉아 있었다.

"아무것도 없어?"

동작과 주임이 물었다.

그는 신중하게 숨을 고르는 것처럼 둘 사이의 침묵을 연장했다. 배 속에서 끔찍하게 가라앉는 느낌이 들었다. 그는 가만히 앉아서 동작과 주임의 손 아래 있는 매끄러운 책상을 쳐다보며 아무 말도 하지 않았다.

"일반적으로 우린 이런 종류의 사건에는 끼어들지 않아. 일반적으로 우린 너희를 성인으로 취급하고 이런 문제는 알아서 해결하길 바라지. 하지만 이 음악 선생이 우리에게 직접 이 문제를 제기했다는 사실 때문에 말이다, 우리가 의무적으로 너에게 이걸 물어봐야 한다는 거 이해하겠지? 너도 이해할 거야."

"네."

스탠리는 자동적으로 대답하고 고개를 끄덕였다.

"음악 선생은 자기 스튜디오와 이 학교가 가깝다보니 자기 학생들의 안전을 굉장히 걱정하더구나."

동작과 주임이 말했다. 스탠리는 다시 고개를 끄덕였다.

"무슨 일이 있었던 거지, 스탠리? 뭐 때문에 이런 얘기가 나온 거냐?"

스탠리는 고개를 들어 동작과 주임의 시선을 아주 잠깐 마주 보았다가 고개를 돌려 파일 캐비닛 위에 있는 포스터 액자와 공연 프로그램들을 보았다. 그것들은 동작과 주임의 인생에 대한 간결한 레시피처럼, 지금 텅 빈 책상에서 맨발로 인상을 찌푸리고 있는 이 자리까지 이어지는 길을 보여주듯이 연도순으로 정렬되어 있었다.

"잘 모르겠어요."

스탠리가 마침내 대답했다.

"전 색소폰 선생님에 관해서는 아무것도 몰라요."

"난 음악 선생이라고 했는데."

스탠리는 숨을 날카롭게 들이켜고 다시 동작과 주임을 쳐다봤다. 선생의 초췌한 얼굴이 굉장히 뜨겁거나 엄청나게 밝아서 오래 쳐다볼 수 없는 것처럼 이번에는 더욱 짧았다.

"그 선생님이 색소폰을 연주한다는 건 알고 있어서요."

그는 조용히 말했다. 그 말은 죄를 인정하는 끔찍한 진술처럼 들렸다. 목 안쪽에서 기침이 나와서 색소폰이라는 단어가 두 단어처럼 끊겨서 들렸다.

"네가 잘못했다는 사실이 드러날까봐 침묵을 지킨다는 생각이 드는구나."

잠깐 고통스러운 침묵이 흐른 뒤에 동작과 주임이 차갑게 말했다.

"전 그냥……."

사실 스탠리는 그저 할 말이 없었다. 그래서 거만해서가 아니라 할 말이 없다는 의미로 어깨를 으쓱였지만, 동작과 주임의 눈이 번뜩이는 걸 보고서 스탠리는 그 동작에 그가 화가 났음을 알아챘다. 동작과 주임의 냉정한 태도는 이제 더욱 뚜렷해졌고, 그는 책상에 손바닥을 평평하게 꾹 눌렀다.

"문제의 여자아이가 5학년이기 때문에 그렇지. 너도 그 애가 아직 열여섯 살이 되지 않았다는 걸 이해할 테지."

동작과 주임이 말했다. 스탠리는 여전히 고개만 끄덕였다.

"그 애가 아직 열여섯 살이 되지 않았기 때문에 그런 거야."

동작과 주임이 말을 이었다.

"성인이 이 여자아이와 어떤 형태로든 성적인 관계를 가지려고 하거나 가졌다면 범죄라는 걸 너도 알 테지. 난 네 선생으로서 말하고 있는 거다."

스탠리는 다시 고개를 끄덕였다. 그는 자신의 얼굴이 하얗게 질렸고 구토의 전조 증상으로 혀가 말리고 입안에 침이 고이기 시작하고 있음을 멍하니 의식했다. 속이 뒤집히고 갑자기 후각이 굉장히 날카로워졌다. 문 뒤에 걸린 선생의 재킷에서 풍기는 젖은 모직 냄새, 선반에 놓인 비틀린 땅콩 껍데기, 차가운 머그컵 바닥에 고인 식은 커피 냄새. 머리가 핑 돌았다.

동작과 주임은 잠깐 동안 그를 지켜봤다. 그는 최악의 이야기는 아직 안 했다는 듯이 눈을 커다랗게 뜨고 부담스러운 표정을 짓고 있었다. 그가 몸을 앞으로 기울이고 신중하게 단어를 고르는 동안 허공에 키스하듯이 입술을 살짝 오므렸다.

"스탠리, 네가 뭘 좀 신중하게 생각해봤으면 좋겠구나. 답을 할 필요는 없고, 그냥 네가 생각을 해봤으면 한다. 이 여자아이의 부모님이 네가 이번 주말에 1학년 공연을 할 때 '관객으로' 오게 된다면, 뭔가가 달라지겠니? 그분들이 거기 오신다면 말이다."

기묘한 질문이었고 스탠리는 이해할 수가 없었다. 그는 동작과 주임을 멍하니 쳐다보다가 말했다.

"무슨 말씀인지 잘 모르겠는데요."

"네가 만나는 이 여자아이가……."

"이솔드요."

"그래. 그 애한테 언니가 있지, 안 그러니?"

"모르겠는데요. 왜요?"

동작과 주임은 이제 혐오감을 드러낸 채 그를 보았다.

"이런, 스탠리, 이런 식으로 밀고 당기는 짓은 하지 말자. 우스꽝스러운 짓이야."

스탠리는 침을 삼키고 윗입술에서 진땀을 닦았다.

"죄송해요. 제가 뭔가 놓치고 있는 것 같은데요."

"이솔드의 언니 이름은 빅토리아지. 이러면 뭔가 좀 알겠니?"

동작과 주임이 쏘아붙였다.

스탠리는 0.5초 정도 그를 쳐다보다가 순식간에 깨달았다. 그리고 그 깨달음은 단두대에서 칼날이 떨어지는 것처럼 끔찍하게 내려앉았다. 빅토리아, 그는 속으로 소리를 질렀다. 빅토리아, 그들 공연의 핵심인 유명인. 신문에서 칼럼을 잘라내고 정보를 낚아채고 훔치고, 모든 포스터에 검은색과 빨간색으로 〈침대기둥의 여왕(Bedpost Queen)〉이라고 써놓은 주인공. '빅토리아'의 부모님이 거기 오신다면 뭔가가 달라질까? 동작과 주임의 질문은 바로 그거였다.

그리고 처음보다 더욱 끔찍한 두 번째 깨달음의 칼날이 뚝 떨어졌다. 그들은 이솔드가 이용당했다고, 내가 공연을 위해 그 애한테 정보를 얻으려고 이용했다고 생각할 거야. 내 장기 말이라고 생각할 거야.

"물론 난 1학년 창작 연극 공연 내용에 대해서는 아무것도 몰라야 하는 거긴 하지."

동작과 주임이 말을 이었다.

"그리고 너희들이 연습하고 작업하는 것에 대해서 난 정말로 별로 아는 바가 없어. 하지만 가끔 열린 문 앞을 지나간다든지 복도에서 대화의 일부를 듣게 되는 건 어쩔 수가 없지. 너도 알겠지?"

스탠리는 축축한 의자에 웅크리고 앉아서 목 뒤쪽에 단단한 돌처럼 걸린 욕지기를 삼키려고 힘들게 노력했다.

"이솔드도 아나요?"

그가 멍청하게 물었다.

"뭘 말이냐?"

"공연에 대해서요. 그게 어떤 내용이고 우리가 뭘 하는지요."

"난 모르겠구나. 난 색소폰 선생하고만 이야기를 했을 뿐이야. 우린 상황을 논의했고, 선생은 그 가족이 큰딸의 강간을 둘러싼 스캔들 때문에 힘든 한 해를 보냈다고 설명했어. 이름을 듣고서 내가 연결을 시킨 거야."

스탠리는 이솔드와 나눴던 모든 대화를 다급하게 돌이켜봤다. 그가 말을 한 적이 있었나? 그가 빅토리아의 이름을 얘기한 적이 한 번이라도 있던가?

"그분들한테 말씀드리실 건가요? 부모님께 연락을 드리실 거예요?"

그가 물었다.

"그건 네가 생각해봐야 하는 일인 것 같구나, 스탠리. 내가 말했듯이 넌 성인이고 이 일을 너 혼자 처리할 수 있을 거다."

"음악 선생님은요? 그분이 이미 전화를 드렸으면 어떡해요?"

그는 이솔드의 색소폰 선생을 본 적이 한 번도 없지만 사악하고 악랄한 그림자가 커튼 옆에 서서 가지 사이로 아래 있는 안뜰을 내려다보는 모습을 상상할 수 있었다.

"난 모르겠구나."

동작과 선생은 이제 묘한 표정으로 스탠리를 보고 있었다.

"그러니까 넌 몰랐다고 말하는 거니? 언니에 대해서 말이다."

"네."

스탠리는 더욱 몸이 쪼그라드는 기분이었다. 그가 얼마나 멍청했던 걸까? 그는 이 여자아이의 성조차 물어본 적이 없었다. 가족이나 집에서의 생활, 아침에 일어나서 샤워를 하고 밥을 먹고 바닥에 지저분하게 악보를 늘어놓고 색소폰 연습을 하는 집에 관해서 한 번도 물어보지 않았다. 이런 장면들을 상상조차 해본 적이 없었다. 그와 함께 지내는 시간 외에는 이 여자아이가 뭘 하는지 한 번도 상상해보지 않았다. 그 애는 그저, 뭐랄까? 그 자신을 위해 기능하는 거였다. 단지 그를 위한 배역일 뿐이었다.

동작과 주임이 말했다.

"하지만 넌 이 '어린'아이와 관계를 맺었지."

그는 단어를 손가락으로 꾹 찍는 것처럼 '어린'이라는 부분을 신중하게, 약간 강조해서 말했다.

"아니…… 그러니까 제 말은…… 그런 게 아니라…… 그 애도 동의했어요."

스탠리가 말했다.

"네, 저흰 관계를 맺었어요."

"그 애가 열여섯 살이 되기 전까지 그 애의 동의는 별로 쓸모가 없어, 스탠리."

동작과 주임은 이 모든 일에서 손을 떼고 싶다는 듯이 조금 물러나서 코끝으로 스탠리를 내려다봤다.

"그분들은 오시면 안 돼요. 부모님요. 거기 오시면 안 돼요. 이 일에 관해서 아셔서도 안 돼요."

스탠리가 말했다.

"그래, 그러면 안 되지."

"우리가 어떻게 해야 되죠? 공연을 취소해야 하나요?"

스탠리가 물었다.

"공연은 내 책임이 아니야. 표 판매도 내 책임이 아니고, 이 여자아이도 내 책임은 아니지. 내가 할 일은 그저 네가 알아야 하는 것들을 알려주는 것뿐이야. 난 사람들이 어떤 선택을 하든 상관하지 않아. 네가 이 여자아이와 뭘 했는지 알고 싶지도 않고. 하지만 이 일이 어떤 식으로든 학교에 해가 된다면, 그러면 나도 행동을 하는 수밖에 없지."

스탠리는 멍하니 고개를 끄덕였다.

"정말이지, 스탠리."

동작과 주임이 조그만 방에서 자신의 앞에 앉은 이 창백하고 움찔거리는 희생양을 향해서 처음으로 진짜 좌절감을 드러내며 말했다.

"어떻게 누가 널 쳐다보고 있다는 사실을 모를 수가 있지? 맙소사. 누가 내내 쳐다보고 있었다면 넌 정말이지 부주의했던 게야."

9월

"스탠리 오빠, 나하고 끝까지 가고 싶어? 언젠가는?"

이솔드가 말했다.

스탠리는 그녀의 뺨을 손가락으로 쓰다듬었다. 가슴 깊은 곳에서는 그녀가 그 미래에 형태를, 목소리를 부여했다는 데, 그걸 말로 꺼냈다는 데 짜증이 났다. 그것은 외설적인 행동 같았다. 그 행위가 끝날 때까지 말하지 않고 남겨두는 편이 더 좋았을 텐데. 전혀 말을 하지 않고, 입으로 그녀의 입을 막고, 그녀의 소매와 허리띠를 잡아당겨 잘 익은 과일처럼 그녀를 재빨리 벗기는 편이 더 좋았을 것이다. 그녀의 질문은 논리적이고, 조직적이고, 환원적이었다. 그라면 물어보지 않았을 것이다. 그는 낭만적이니까.

"우리가 준비가 됐다고 생각해?"

스탠리는 그녀의 질문에 교활하게 질문으로 답했지만, 이렇게 음울하고 미안해하는 듯한 표정으로 바라보면 그녀는 그가 정말로 이 문제에 대해서 생각하고 있다고 속을 것이다.

"응."

이솔드는 대답을 다 하기도 전부터 미소를 지었고, 그 역시 그녀를 보고 미소를 지으며 그녀에게 키스를 하고 함께 웃었다. 그녀의 입술에 대고, 그녀와 이를 맞댄 채 웃었다.

"나도 그래. 우리가 준비가 된 것 같아."

스탠리가 말했다.

"하고 싶어?"

이솔드가 수줍게 물었다.

"물론 하고 싶지. 난 네가 확신을 가질 때까지 기다리고 있었던 거야. 너한테 압박을 주고 싶진 않았어. 네가 먼저 물어보길 바랐어."

정말로 그런 건 아니었지만, 그는 이 말이 풍기는 느낌이 대단히 마음에 들었다.

10월

동작과 주임의 사무실 문은 열려 있었고, 스탠리는 노크를 하지 않았다. 그저 문틀 쪽으로 다가가서 잠시 머뭇거리다가 입을 열었다.

"전 낙제했어야 했어요. 그 말씀을 드리고 싶었어요. 전 외출 수업에서 낙제했어야 했어요. 다른 사람에게 제가 연습을 하는 중이라고 대놓고 말을 했어요. 심지어는 제가 조 피트 역을 하고 있다고까지 말했어요."

동작과 주임이 고개를 들고 그를 보았다. 책상 램프 불빛에 그의 눈과 입가로 그림자가 드리웠다.

"왜지?"

그가 스탠리에게 들어오라고 손짓을 하지 않았기 때문에 스탠리는 가방 끈에 손을 건 채 이 발 저 발로 무게를 옮기며 문가에 그냥 서 있었다.

"왜냐하면 그렇게 말하지 않았으면 그 애가 조 피트가 정말

저라고 생각했을 것 같아서요. 그 애가 그렇게 생각하길 바라지 않았거든요."

동작과 주임은 한숨을 쉬고 손으로 얼굴을 문질렀다.

"스탠리, 왜 나한테 이런 이야기를 하는 거지? 네 성적표에 낙제점을 남기고 싶지는 않을 텐데. 그건 너한테 안 좋은 기록이 될 거야. 네 양심에 걸려서 그러는 거라면 왜 그냥 다음번에 더 잘하겠다고 다짐하고 끝내지 않은 거지? 왜 너 자신에게 해가 되는 일을 하는 건데?"

"선생님께서 절 존중하셨으면 해서요."

스탠리가 대답했다.

"내가 널 존중했으면 한단 말이지."

스탠리가 빠르게 숨을 들이켰다.

"선생님께서 절 보셨으면 해요. 저를 볼 때 정말로 제 자신을 봐주셨으면 해요."

동작과 주임은 남자아이를 보면서 이 애를 불쌍하게 여겨야 하나 고민했다. 스탠리는 목 멘 소리를 내고 말을 할 때 몸을 떨었지만, 그런 긴장된 태도 아래에는 심지어 지금도 끈질긴 자축의 기색이 있었다. 동작과 주임은 언뜻 화가 치밀었다. 지금도 그런단 말이지, 라고 생각했다. 지금도 이 아이는 연기를 하면서 자기 연기에 감탄하고, 자기 자신에게 감탄하고 있다.

"매년 너 같은 애가 있지, 스탠리."

그가 말했다.

"그리고 너 같은 애는 앞으로도 나타나서 네가 졸업하고 나가도 그 자리를 채울 거야. 네 입에서 나오는 모든 말은, 그건 그저 '대사'야. 네가 아주 신중하게, 굉장히 신중하게 익혀서 자기 거라고 확신하게 될 정도지만, 결국에는 그저 대사일 뿐이야. 내가 전에 수도 없이 들어본 대사지."

동작과 주임이 갑자기 고개를 홱 젖히고서 쏘아붙였다.

"왜 너희는 나를 볼 때 '나 자신'을 보지 않는 거지? 난 내 모든 학생에게 그런 질문을 할 수 있어. 매년 고인 물이 출렁거리듯이 나타났다 사라지는 천편일률적인 이기적인 학생들 모두에게 말이지."

"선생님이 미술부에서 함께 있었던 걔는요? 걔도 그런 천편일률적인 학생인가요?"

스탠리가 앵돌아진 어조로 물었다.

잠깐 침묵이 흘렀다. 동작과 주임이 눈썹을 치켜 올렸다.

"내가 미술부에서 함께 있었던 아이?"

"잔혹극에서 가면을 썼던 남자애요. 닉."

스탠리가 웅얼거렸다.

"닉에 관해서 뭘 알고 싶은 거냐?"

"걔도 천편일률적인 학생인가요?"

스탠리는 이제 뼛속까지 부끄러웠다.

선생은 그를 위아래로 보고서 웃음을 터뜨릴 뻔했다.

"그럴 수도 있지. 하지만 그 애는 나 같아. 예전의 나 같지.

그 애가 말하는 걸 듣고, 그 애가 움직이는 걸 보면 마치 새로 태어나는 것 같은 기분이야. 그 애를 통해서 나 자신이 되살아나는 거지. 그저 보는 것만으로도 새로워질 수가 있어."

스탠리는 바닥을 보면서 아무 말도 하지 않았다.

"오늘 나한테 와줘서 고맙구나."

잠시 후에 동작과 주임이 말했다. 목소리는 차갑고 얼굴은 무표정했다.

"네가 낙제점을 받도록 기록을 고치도록 하마."

I3

금요일

"넌 네 언니와 친한 사이니, 이솔드?"

색소폰 선생이 어느 날 오후에 이솔드의 수업이 끝나고 아이가 악기를 케이스에 넣을 때 부드럽게 물었다.

"별로요."

이솔드가 대답했다.

"학교에서 네 언니와 자주 어울리니?"

"아뇨. 후배들이 선배들이랑 어울리는 건 이상해요. 그리고 언니는 자기 학년에 친구들이 있어요. 그 언니들은 제가 옆에 있는 걸 싫어해요."

"너한테 누군가 말할 상대가 필요할 때 네 언니에게 말을 하니?"

이솔드는 즉시 얼굴을 새빨갛게 붉혔다. 그녀는 색소폰 선생에게서 등을 돌리고 몸을 구부리고 가방 걸쇠를 만지작거렸다.

"별로요."

"그렇구나."

색소폰 선생은 그녀를 바라보며 상냥하게 말했다.

"누구한테 말해야 할지 잘 모르겠어요."

이솔드가 중얼거렸다.

"친구들한테는 안 하니?"

"네."

이솔드가 가방에 악보와 짐을 넣는 동안 색소폰 선생은 그저 기다렸다.

"사실 빅토리아 언니가 그렇게 인기가 많은 건 좀 이상해요."

이솔드는 다시 차분해져서 말했다.

"언니는 몰락했었거든요. 3년 전에, 4학년 때요. 언니 친구들이 언니를 별로 좋아하지 않는다는 결론을 내리고 언니를 어떻게 할지 회의를 했어요. 결국에 그 사람들은 어느 날 점심 때 모여서 언니는 더 이상 자기네들하고 같이 앉아서도 안 되고 말도 걸어서는 안 된다고 말했어요. 그러고 나서 다들 떠나버렸죠."

"네 언니는 그걸 극복하고 새 친구들을 찾은 모양이구나."

색소폰 선생이 말했다.

"사실 그럴 수가 없어요. 한 그룹에서 쫓겨난 뒤에는 그게 안 돼요. 다른 그룹에서 의심을 품거든요. 그러고 나면 도서관에서 시간을 보내다가 혼자 앉아서 기다릴 필요가 없게 수업 시작하기 직전에나 들어오는 수밖에 없어요."

이솔드가 말을 이었다.

"대부분의 여자아이들은 안전을 위해서 절친이 있어요. 그렇게 하면 언제나 동맹자가 생기는 거고, 쫓겨날 가능성도 적어지니까요."

"그럼 네 언니는 자기 자리까지 다시 올라간 거니? 네가 말한 것처럼 정말로 몰락했었다면 말이야."

색소폰 선생이 물었다.

"언니는 남자애들 쪽으로 넘어갔어요. 점심 때 길을 건너서 강가에 있는 세인트 실베스터의 남자애들이랑 어울렸죠. 언니 한 명이랑 남자애들 여럿이랑요. 그건 언니의 무기 같은 거였어요. 그 뒤로 여자애들이 언니한테로 돌아오기 시작했죠."

"너도 쫓겨나본 적이 있니? 그룹에서 말이야."

색소폰 선생이 말했다.

"아뇨."

이솔드는 스카프를 두르고 코트를 입고서 이제 이야기를 끝내자는 뜻으로 무력한 태도로 어깨를 으쓱였다.

"다음 주에 보자꾸나."

그렇게 말하고 잠깐 동안 색소폰 선생은 슬픔 비슷한 날카로운 감정을 느꼈다. 이솔드에게 좀 더 있으라고 말하고 싶었다. 이솔드의 삶을 매주 이렇게 30분씩 찔끔찔끔 얻어 듣는 건 색소폰 선생에게 어두운 길거리에서 불이 밝혀진 네모난 부엌 창문을 보는 것과 같았다. 집 안으로 이어지는 노란 빛을 힐끗 보는 정도밖에는 되지 않는 것이다.

수업이 끝났으니 이솔드는 악기 케이스를 손에 들고 이미 문가에 서서 예의 바르고 거리감 있는 표정을 짓고 있었다. 수업의 귀중하고 빠른 친밀감은 이제 사라졌고, 색소폰 선생은 그저 미소를 지으며 가보라고 손을 흔들고 말했다.

"월요일에 보자, 이솔드. 잘 지내렴."

목요일

팻시는 크루아상과 햄, 버터 나이프의 뭉툭한 날에 눌린 부드러운 노란색 치즈를 가져왔다. 그들은 이미 한 시간 가까이 이야기를 했고 색소폰 선생은 덫에 걸린 사슴처럼 긴장되고 상처 입은, 금방 폭발할 것 같은 절망적인 표정으로 팻시를 보았다. 그녀는 금방 울음을 터뜨릴 것 같은 얼굴이었다. 하지만 팻시는 알아챈 것 같지 않았다.

"팻시."

색소폰 선생이 마침내 말했다.

"그거 아니? 내가 혼자고 다른 사람과 친밀할 때, 내 마음이 편안할 때, 또는 누군가를 웃게 했거나 누구에게 키스할 때, 누군가를 정말로 기분 좋게 했을 때, 다시 말해서 내가 연인으로서 정말로 '훌륭하게' 해냈고 '올바르게' 해냈다는 기분이 들 때, 그런 순간에 내 일부는 네가 나를 보면 좋을 텐데 하고 생각해."

"그거 참 기묘한 말이네."

팻시는 의문에 차서 반쯤 찡그린 얼굴로 색소폰 선생을 쳐다봤다. 그녀는 이미 물러나서 몸을 의자에 기대고 손바닥 아래쪽으로 뺨에서 머리카락 한 가닥을 쓸어 넘긴 다음 색소폰 선생이 그다음에 무슨 말을 하든 오해할 준비가 되어 있다는 듯이 금세 불가사의한 모습으로 변했다. 순식간에 그녀는 냉랭하고 소원해졌다.

"네가 거기 있길 바란다는 뜻은 아니야."

색소폰 선생이 말을 이었다.

"내 말은 내가 다른 사람들에게 하는 모든 일이 일종의 증거가 된다는 거지. 내가 너한테 보이지 않게 뭔가를 증명하려는 것처럼. 마치 내가 그러는 내내 너한테 '이게 네가 나한테서 보지 못했던 거야. 이게 네가 가질 수도 있었던 거야. 이게 네가 놓치고 있었던 거야'라고 말하는 것처럼."

"내가 질투하기를 바라는 거구나."

팻시가 말했다.

"아니. 네가 질투하기를 바라서 그러는 게 아니야. 난 그저 네가 내 최상의 모습을 봐주길 바라. 가끔 난 그저 나 자신에게 증명하기 위해서 네가 정말 보고 있는 것처럼 행동하곤 해. 가끔 마주하고 있는 사람에게는 이해조차 되지 않는 가장 내밀한 것들을 이야기하지. 그건 너한테만 이해가 될 이야기야. 네가 보고 있다면 말이지."

"자기야."

팻시가 조용하게 말했다.

잠깐 침묵이 흘렀다.

"물론 난 이 모든 것을 거울을 보고 연습할 거야."

색소폰 선생이 마침내 말했다.

"너한테 말하기 전에. 연습하고 또 할 거야. 너한테 이걸 말로 꺼낼 수 있을 만큼 자신감이 생길 때까지."

월요일

"이솔드 이야기를 해보렴."

줄리아가 월요일 오후에 수업을 받으러 왔을 때 색소폰 선생이 대뜸 말했다.

줄리아는 눈썹을 치켜 올리고 파카를 꼼지락거리며 벗어서 안락의자 등받이에 걸쳐놓았다. 줄리아는 방 안으로 몰고 들어온 차가운 겨울 공기를 여전히 뿜어내고 있었고, 색소폰 선생은 그 잠깐의 공기를 마치 낯선 향기를 맡는 것처럼 들이켰다.

"팻시에 대해서 이야기해주세요."

줄리아가 말했다.

"누구?"

색소폰 선생은 팔을 옆구리로 내리고서 멍하니 말했다. 그러다가 짜증이 나서 소매를 걷어올리면서 대꾸했다.

"그러니까, 팻시가 누군지는 나도 알아. 왜냐는 거지."

줄리아는 어깨를 으쓱였다.

"저희 교실에 급훈이 있어요. 거기에 '이 교실에서 질문하는 사람은 누구인가?'라고 쓰여 있어요."

색소폰 선생이 눈을 가늘게 떴다.

"팻시가 누군지 네가 어떻게 아니?"

"선생님 편지는 전부 다 팻시 앞으로 오잖아요. 선생님 애인인가요?"

줄리아가 물었다. 색소폰 선생의 얼굴이 순간 새빨갛게 달아올랐다.

"여기가 팻시의 스튜디오야."

그녀가 위엄 있는 목소리로 말했다. 그녀의 턱이 살짝 경련을 일으켰다.

"팻시가 나한테 스튜디오를 남겼지."

"유언으로요?"

"아니, 팻시는 죽지 않았어. 여전히 법적으로는 그녀의 소유야. 그래서 편지가 팻시 이름으로 오는 거지."

"그럼 선생님 애인이 아니란 말이죠."

색소폰 선생은 손가락으로 책상을 두드렸다.

"이솔드 이야기를 해보렴."

줄리아는 혀끝으로 아랫입술을 핥은 다음에 말했다.

"우린 학교의 연극부 도구실에서 만났어요. 아무도 거기에 오지 않지만, 그래도 우린 문이 안 열리게 의자를 받쳐뒀어요. 그리고 수녀 의상이랑 나치 제복이랑 후프 스커트 사이에 자리를 잡고 앉았고, 종이 울리자 아무도 알아채지 못하게 서로 적당히 시간을 두고서 한 명씩 나갔어요."

"그리고?"

"그리고 뭐요?"

줄리아가 물었다.

"그걸로는 부족하잖니. 네가 거기 있었다는 걸 아는 것만으로는 부족해. 거기에 어떻게 들어갔니? 어떻게 시작된 거야?"

"왜 알고 싶어 하시는 거예요? 그래봐야 선생님은 여전히 밖에서 안을 들여다보는 것뿐이에요. 설령 모든 걸 다 안다 해도, 알면 안 되는 것까지 다 안다고 해도, 그래도 여전히 외부자일 뿐이라고요. 팻시는 왜 선생님한테 이 스튜디오를 남겼죠?"

서로 떨어져서 묶여 있는 두 마리 개처럼 두 사람은 긴장해서 마주 보았다.

"내 음악을 신뢰한다는 증거였어."

색소폰 선생이 말했다.

"그녀는 옛날에 나한테 색소폰을 가르쳤지만, 일찍 관절염에 걸렸지. 엄지에서부터 시작해서 점차 느리고 고통스러운 잉크 얼룩처럼 손바닥 쪽으로, 바깥쪽을 향해 퍼졌어. 그래서 가르치는 걸 그만둬야 했어. 그녀는 대학에 갔고, 난 그녀의 스튜디오를 물려받았지. 내가 그녀를 대체했던 것 같아. 그리고 이제는 그녀에게 월세를 내지."

"그 사람이 선생님의 선생님이었나요?"

"한때는 그랬어."

색소폰 선생은 손으로 팔꿈치를 잡은 채 머뭇거렸지만, 결국 숨을 들이켜고서 재빨리 말했다.

"연극부 도구실에서 뭘 했니?"

"대체로는 그냥 이야기를 했어요. 연극부 도구실과 연습실 사이에는 회벽뿐이라서 우린 아주 조용히 해야 했어요. 살라딘 선생님이랑 빅토리아가 발견된 것도 그래서라고 이솔드가 그랬죠. 누군가가 연극부 도구실에서 벽을 통해 두 사람 이야기를 들었다고요. 거긴 항상 아무것도 안 보일 만큼 어두워요. 문 아래로 빛이 새어 나갈까봐 불을 켤 수가 없거든요. 어둠 속에서 그 애가 하는 일 중에서 제가 가장 좋아하는 건 두 개의 검지를 작은 캘리퍼스처럼 대고서 제가 웃고 있는지 계속 확인하는 거예요. 어둠 속에서 제 얼굴을 찾아서 제 입가에 손가락을 아주 가볍게, 그대로 계속 대고 있는 거죠. 전 그게 제일 좋아요."

"뭐라고 했니? 이야기할 때. 서로 무슨 이야기를 했니?"

줄리아가 대답했다.

"우린 그 모든 것의 귀중함에 대해서 이야기했어요. 우리가 얼마나 행운아인지. 제가 끌린다는 우연한 사건이 그 애가 끌리는 사건과 동시에 일어난 게 얼마나 행운인지요. 우린 그냥 거기 누워서 경탄했고, 서로의 피부를 만졌어요. 마음속으로 전 실제보다 몇 살이나 더 나이를 먹은 기분이었죠. 제가 지쳤다든지 더 현명해졌다든지 그런 식으로가 아니라 제가 느끼는 감정이 너무나 커서 더욱 크고 무한한 것, 거대하고 아름다운 '무지(無知)'의 호에 저를 연결시켜주는 것만 같았죠. 평소라면 저를 채우고 있었을 시간이나 공간과 같은 조그만 덫보다 훨씬 큰 게요. 한순간, 그 조그만 '지금'이라는 파편이, 그 애의 피부를 느끼고 혀를 맛보고 완전히 사로잡힌 기분을 느끼고 그 애한테 완전히 사로잡히는 그 짧고 완벽한 한순간이 남은 평생 제가 연명하는 데 필요한 전부인 것만 같았어요."

색소폰 선생은 책상 가장자리를 손으로 더듬어 찾은 다음 거기에 힘없이 기댔다.

"하지만 동시에 그 기분은 일종의 슬픔과 함께 솟아났어요."

줄리아가 말을 이었다.

"제 식도 안에 무겁게 자리해서 삼켜버리려고 해도 그럴 수가 없는 씁쓸하고 목 막히는 슬픔요. 그건 마치 제가 뭔가를 '잃고 있다'는 걸 아는 느낌 같았어요. 모래를 통과하는 물처럼 뭔가가 빠져나가고 있다는 느낌요. 그리고 그건 굉장히 기묘한 생각이었어요. 상실이라는 거대하고 찢어지는 듯한 굶주림, 그게 관계가 끝날 때, 그 애가 차츰 사라져서 없어지고 다시는 되찾을 수 없다는 걸 아는 그 순간에 시작되는 게 아니라는 생각이요. 그건 아주 처음에, 우리가 어둠 속에서 만나고 처음으로 서로를 만진 그 순간부터 시작되는 느낌이에요. 그 순수함, 그 달콤함과 순결함, 그 수줍고 머뭇거리는 예민함이 바로 제가 '잃게 될' 것들이었죠."

줄리아는 색소폰 선생 쪽으로 한 걸음 다가섰다.

"선생님도 그렇게 느끼셨나요? 팻시랑 있을 때요."

"줄리아."

색소폰 선생은 말을 하려다가 잠깐 동안 침묵을 지켰다. 그리고 한 손을 눈 위로 올렸다.

"팻시."

그녀는 말을 하려고 했지만 더듬거리다 결국 마음을 바꿨다.

"내가 얘기 하나 해주마, 줄리아. 네가 말하는 그 순간에 대해서 말이야. 그 완벽한 한 번의 키스. 그거 하나가 전부란다. 그 순간부터는 모든 것이 복제가 될 뿐이란다, 얘야. 넌 네 모든 연인에게 그 한 번의 키스를 시도하고 재현하려고 할 거고, 그걸 반복하고 또 반복하려고 하게 될 거야. 그건 네 앞에 있는 텔레비전 화면에서 반복해서 나오는 오래된 비디오의 같은 장면처럼 네 안에 자리할 거고, 넌 몸을 앞으로 기울여서 스크린의 차가운 유리에 이마를 대고 털이 곤두서는 정전기를 손가락과 뺨으로 느끼고, 그 새파란 빛, 번뜩이는 빛을 받아 네 얼굴은 하얗게 빛나겠지만 결국에는 그걸, 이 완벽한 추억을, 네가 누군지에 대해서, 무엇이 될지에 관해 '순수'했던 단 한 번의 무지의 순간을 결코 제대로 만져볼 수는 없을 거야. 그 감정을 다시는 건드릴 수 없을 거야, 줄리아. 두 번 다시 그럴 수 없어."

"선생님한테는 그랬었나요? 팻시랑?"

줄리아가 물었다. 색소폰 선생은 한숨을 내쉬고 아무 말도 하지 않았다.

"지금 팻시는 어디 있어요?"

줄리아가 물었다.

"아, 그녀는 여전히 도시에 살지."

색소폰 선생은 북쪽과 북서쪽 사이 쪽으로 손을 흔들며 대답했다.

"우린 그냥 아주 오랜 친구야, 줄리아. 팻시는 결혼했어. 우린 그냥 오랜 친구란다."

"남자랑 결혼했어요?"

"그래, 남자랑."

"하지만 두 분은 한때 연인이었잖아요."

"아니야."

"단 한 번도요?"

"그래."

"거짓말."

"그게 뭐가 됐든 무슨 상관이 있니?"

색소폰 선생이 쏘아붙였다.

"난 실제로 어땠는지가 아니라 내가 기억하는 대로만 너에게 말해줄 수 있어. 둥글게 말리고 내리 비치는 햇볕이 군데군데 통과하는 구깃구깃한 치즈 덮개 같은 내 추억만을. 그리고 너도 네가 가장 좋아하는 것에 대해 거짓말을 했잖니. 넌 다른 사람에게서 그걸 훔쳐서 네 것으로 써먹고 있어."

줄리아는 인상을 찌푸리고 아무 말도 하지 않았다. 잠시 뒤 그 애가 고개를 젖히고 말했다.

"선생님은 어차피 다 아실지도 모르겠네요. 다른 사람한테 들어서."

금요일

스탠리는 이솔드가 수업이 끝나기를 기다렸다. 안에서 두 대의 색소폰이 함께 연주하는 음악 소리가 간간이 들렸다. 하나는 자신만만하게 리드를 했고, 다른 하나는 둔하고 수줍고 좀 더 평범했다. 그는 긴장했다. 뭔가 할 말을 미리 써 왔다면 좋았을 텐데.

마침내 색소폰 소리가 멈췄고 그는 열린 창문으로 이솔드의 선생의 나지막한 목소리와 이솔드가 웃는 소리가 들린 것 같다고 생각했다. 그는 발을 움찔거렸다.

몇 분 뒤 이솔드가 건물에서 나와서 색소폰 케이스를 손에 든 채 안뜰로 이어지는 몇 개 안 되는 계단을 빠른 걸음으로 내려왔다. 그 애는 기묘해 보였다. 너무 쉽게, 너무 밝게 웃고 있었고, 눈은 슬펐다. 하지만 스탠리는 눈치채지 못했다. 그는 계속해서 목깃과 머리카락을 잡아당겼고, 그 애를 보면서도 오래 눈길을 마주하지 못했다.

"안녕. 내가 연주하는 거 들었어?"

그녀가 말했다.

"응. 너 꽤 잘하던데."

"내 연주회에 올래? 꼭 오지는 않아도 돼. 지루할 수도 있어."

"갈게."

스탠리가 어색하게 말했다. 그는 이솔드의 옆에서 걸었고, 두 사람이 안뜰을 지나가는 동안 그는 어깨 너머로 색소폰 선생의 창문을 올려다봤다. 누군가가 거기에, 커튼 옆에 서서 그들을 내려다보고 있을까? 색소폰 선생이 엿보는 걸 끝내고 머리 모양을 다듬고 문을 열어 들여보내줄 때까지 복도에서 다음 번 학생이 끈기 있게 기다리고 있을까? 이 거리에서는 알 수가 없었고 곧 창문은 은행나무 가지 사이로 사라졌다.

"우리 부모님도 오실 거야. 부모님께서 오빠를 굉장히 만나 보고 싶어 하셔. 특히 아빠가. 우리 언니가 올해, 뭐랄까, 좀 이상한 짓을 했거든. 선생님이랑 잤어. 그래서 아빠 상황을 정상으로 되돌리고 싶어서 애가 닳아. 아빠는 오빠가 30대에 머리가 벗겨진 우리 학교 선생님이 아니라는 걸 확인하고 싶어 하셔."

스탠리는 날카롭게 숨을 내뱉고 그녀에게서 거의 물러설 뻔했다. 바로 이거다. 그가 필요로 했던 정보, 중대한 핵심 정보, 그게 그녀의 입에서 무심하게 툭 튀어나왔다. 하지만 너무 늦었다.

"왜 나한테 진작 말하지 않았어?"

그가 물었다. 이솔드는 대수롭지 않게 말했다.

"음, 잘 모르겠어. 그냥 거기에 질렸던 것 같아. 그게 요즘 모두가 이야기하는 유일한 내용이거든. 빅토리아 언니랑 강간인지 뭔지랑 그게 얼마나 힘들지 그런 거. 오빠한텐 그 이야기를 하고 싶지 않았어."

이솔드가 전보다 더 애정을 드러내며 그의 손을 잡아 가까이 끌어당기고 걸었다.

"별로 대단한 일도 아니야."

그녀가 말했다.

"선생님이랑 잤다는 게 무슨 뜻이야?"

스탠리가 물었다.

"음, 이제는 이야기가 그 선생님이랑 잔 적 없다는 쪽으로 갔나봐. 잘 모르겠어. 계속 바뀌거든. 언니는 완전히 비밀스러워."

"넌 알아야지. 네 언니잖아."

이솔드가 그를 묘한 눈길로 쳐다봤다.

"난 몰라. 난 아무것도 몰라."

그들은 잠깐 동안 말없이 걸었다.

"네 색소폰 선생님한테 내 이야기를 했어?"

스탠리가 물었다. 목소리가 높고 긴장되어 있었다.

"아마도. 그러니까, 오빠 이야기를 하긴 했어. 음악 선생님이
란 일종의 정신과 의사 같거든. 일주일에 한 번씩 만나서 그 사
람들에게 얘기해야 하는 걸 다 얘기하고 나서 다시 사라지는
거야. 딱 정신과 상담 같지."

이솔드의 목소리는 자신의 대사를 스스로도 믿지 않는 것처
럼 높았다.

"나에 대해서 뭐라고 했어?"

스탠리가 물었다.

"아, 오빠도 알잖아."

이제 이솔드는 당황한 것처럼 보였다.

스탠리는 이솔드에게 진실을 반만 말하기로 재빨리 결심했
다. 그래서 걸음을 멈추고 그녀를 돌아봤다.

"그 사람이 나에 대해 불만을 제기했어. 너희 선생님 말이야.
창문으로 보고 있었던 게 분명해. 내가 널 괴롭힌다고 불만을
제기했어. 아마도 네가 아직 어리고, 난 아니기 때문이겠지. 어
리지 않으니까. 아마 그래서인 것 같아."

그는 무겁게 숨을 내쉬고 그녀를 보았다.

이솔드는 입을 조금 벌렸지만 아무 말도 하지 않았다. 그저 스탠리의 얼굴에서 시선을 돌려 그의 어깨 너머 벽에 붙은 광고지만 쳐다봤다.

"그래서 나에 대해서 뭐라고 했어?"

스탠리가 이제 조급하게 물었다.

"네 수업 시간에 말이야."

"아무 말도 안 했어."

이솔드가 재빨리 대답했다.

"내 이야기 했다면서?"

"조금밖에 안 했어."

"그럼 왜 그 선생님이 나에 대해 불만을 제기한 건데? 나를 왜 싫어하는 건데?"

이솔드가 그에게 계산적인 시선을 던졌다.

"오빠 곤란해진 거야?"

"난 그저 네가 나에 대해서 뭐라고 했는지 알고 싶은 거야."

스탠리가 큰 소리로 말했다. 좌절감 속에서 그는 자신이 이솔드에게 진실의 절반만 말하기로 했다는 것도 잊었다. 그는 그녀를 비난하기 시작했다. 그녀가 입을 딱 벌리고 그를 쳐다보는 게, 비죽 나온 그 통통한 입술 곡선이, 어린애 같아 보이는 모습이 짜증을 불러일으켰다.

"우리 언니 일 때문에 그런 거야."

이솔드가 마침내 말했다.

"선생님은 그게 나한테 얼마나 영향을 미쳤는지 아시는 것 같아. 내가 얼마나 취약한지, 내가 얼마나 남에게 영향을 받기 쉬운지, 내 이야기를 들어주기를 바라서 바보 같은 짓을 하다가 결국 아무하고나 자고 다닐 수도 있다는 걸 아시는 거야. 집안에 충격적인 일이 생겼을 땐 그런 일이 생기는 법이니까. 선생님은 아마 날 보호하려고 그러셨을 거야."

"나로부터?"

"음, 응. 아마도 그렇지 않을까."

"그리고 넌 이미 알고 있었고 말이지."

그는 이제 그녀에게 완전히 화가 난 상태였다.

"아니야. 난 몰랐어. 선생님은 아이의 인생을 조종하는 집착하는 엄마처럼 내가 모르게 그러셨어."

"말도 안 되는 소리. 넌 너희 선생님한테 나에 대해 말했잖아. 둘이 함께 그런 거야. 이건 다 헛소리라고."

"무슨 얘길 하는 거야?"

"네가 날 강간범처럼 이야기한 게 분명해."

"난 오빠를 '강간범'처럼 이야기한 적 없어!"

"내 평판이잖아. 학교에서의 내 평판이 달려 있다고. 네가 뭐라고 했는지 몰라도 네가 너희 선생님이 이런 식으로 행동하게 만든 거야. 너 때문에 너희 선생님이 불만을 제기한 거라고."

"내가 선생님이 불만을 제기하게 한 게 아니야!"

"네가 그런 게 분명해. 네가 그랬어. 뭐라고 했는지 몰라도 네 말 때문에 그런 거야."

스탠리가 소리쳤다.

차들이 지나갔다. 승객들은 창문에 얼굴을 붙이고서 두 사람이 싸우는 것을 보았다. 스탠리는 팔을 넓게 벌리고 있었고 이솔드의 손은 배 위를 감싸고 있었다. 마침내 스탠리는 '이제 됐다'는 뜻으로 손날로 가위질하는 것 같은 동작을 했다. 먼저 돌아서서 떠난 것도 스탠리였다.

월요일

"여기서, 우리가 단둘이 있을 때 선생님이 저한테 뭔가 했다고 제가 말한다면 선생님은 어떡하실 거죠? 제가 누군가에게 그렇게 고백한다면요. 제가 그렇게 털어놓는다면요."

박공지붕 위쪽으로 남풍이 불어오고 하늘이 어두워지고 시퍼렇게 변하며 점차 낮아지는 것처럼 보였다. 색소폰 선생은 방을 가로질러 가서 램프를 켜고 낮아지는 하늘 앞으로 커튼을 잡아당겼다.

"내가 어떻게 할지는 잘 모르겠구나."

선생은 줄리아를 보지 않은 채 말했다.

"전 거짓말을 할 거예요."

줄리아는 이미 눈을 가늘게 뜨고 그 생각을 따라가고 있었다.

"전 날카롭고 변하지 않는 모자이크 조각처럼 완벽한 세부적인 사실들을 덧붙여서 근사한 거짓말을 만들어낼 거예요. 제가 사실을 말하고 있다고 모두가 확신할 수 있는 그런 작고 흠 잡을 데 없는 세세한 것들을 덧붙여서요. 저한테는 알리바이도 있을 거예요. 다른 사람들을 끌어들여 그 사람들한테 할 말을 가르쳐주고 신중하게, 아주 오랫동안 연습을 해서 그 사람들까지 자신들이 하는 말이 사실이라고 믿게 만들 거예요."

"그러려면 굉장히 많은 일을 해야 할 것 같구나."

색소폰 선생은 차분하게 말했지만 그녀의 손과 눈은 꼼짝도 하지 않았고, 그녀는 이제 모든 관심을 줄리아에게로 향했다.

"그러면 너한테는 뭐가 좋은데?"

"학교에서 모두가 저에 대해서 말하는 내용이 바뀌겠죠."

"모두가 무슨 말을 하는데?"

"제가 여자애들을 좋아한다고요."

줄리아가 큰 소리로 말했다. 그녀의 교복 셔츠의 목깃은 열려 있고 목의 움푹한 V자 부분이 얼룩덜룩하고 성난 빨간색으로 바뀌었다.

"그게 어떻게 바뀔까?"

"그 뒤로 뭔가 비극적인 이야기 같은 게 있으면, 그게 이유나 변명이 될 테니까요. 빅토리아의 경우처럼 말이에요."

줄리아가 대답했다.

"이솔드의 언니 말이지."

"네."

줄리아가 열띤 어조로 말했다.

"이솔드의 언니요. 걔가 지금 뭘 하든, 설령 철로에 뛰어들거나 수십억 명의 사람이랑 잠을 자고 술을 퍼 마시고 시험에 전부 다 낙제한다고 해도 사람들은 그 애가 패배자나 걸레라서 그렇다고 생각하지 않을 거예요. 그 애가 '상처를 입어서' 그렇다고 생각하겠죠. 모든 것의 뒤에는 이유가 있고, 그 애는 강간을 당했으니까요. 걔가 이제부터 뭘 하든 그건 그냥 증거가 될 거예요. 그러니까 걔는 자유나 다름없죠. 뭐든 할 수 있고 책임은 지지 않아도 돼요. 걔한테는 '이유'가 있으니까요."

"굉장히 흥미로운 관점이구나."

색소폰 선생이 말했다.

"'저도' 이유를 갖고 싶어요. 저도 상처를 입었다는 사실이 밝혀지면, 더 이상 제 잘못이 아니게 될 거예요. 혐오스러운 일이 아니라 비극적인 일이 될 테죠. 그건 '결과'가 될 거예요. 제 통제력을 벗어난 일로 인한 결과죠. 전 그냥 피해자가 될 거예요."

"너희들은 모두 상처를 입고 싶어 하지."

색소폰 선생이 갑자기 말했다.

"너희들 모두가 그래. 그게 내 모든 학생이 공통으로 갖고 있는 한 가지 특징이야. 그게 너희들의 주제이자 변주지. 너희들은 굉장히 피해자가 되고 싶어 해. 그게 네 친구들보다 눈에 띌 수 있는 유일한 방법이라고 생각하고, 사실 그 말이 맞

아. 내가 네가 하려는 일을 가로막는다면 말이지, 난 너한테 엄청난 호의를 베푸는 거란다, 줄리아. 난 너한테 자기연민과 자기혐오, 자기혐오를 해도 전혀 부끄럽지 않은 기회를 제공하는 거고, 네 친구들은 거기에 감히 비교하려는 마음조차 가질 수 없을 거야."

"네, 그게 바로 제가 말하려던 거예요."

줄리아가 말했다.

두 사람은 잠시 침묵 속에서 서로를 쳐다보았다.

"어떤 세세한 것들을 끼워 넣을 생각이니? 사슬고리로 만든 조끼의 촘촘한 다이아몬드 모양처럼 네 알리바이들을 완벽하게 정렬할 그 날카로운 모자이크 같은 세부사항들 말이야."

색소폰 선생이 물었다.

"처음엔 육체적인 건 없을 거예요. 그건 너무 뻔하니까요. 거짓말이 너무 환하게 빛나면 들통이 나게 마련이에요. 좀 더 정신적인 걸로 할 거예요. 사악하면서 은근한 걸로요. 무대 뒤에서 재빨리 더듬거나 가볍게 뺨을 때리는 그런 게 아니라 느린 침식처럼 조금씩 깎여나가서 점점 악화되고, 점점 은근하게 해를 입히는 걸로요.

"그래도 어쨌든 그건 거짓말이야, 줄리아. 그 근원은 말이지. 넌 만족하지 못할 거야. 실제로 그 모든 건 거짓말이니까."

색소폰 선생이 말했다.

"선생님이 어떻게 아세요? 선생님이 저한테 어떤 영향을 미쳤는지 선생님이 어떻게 아시겠어요? 제가 상처를 입지 않았다는 걸 어떻게 아시겠어요? 제가 더듬거리거나 틀릴 때마다 선생님이 던지고서는 잊어버린 사소한 비판, 가벼운 말들을 제가 전부 기억하고서 곱씹어보지 않는지 선생님이 어떻게 아세요? 제 손가락으로 들어가 심장까지 흘러가는 유리 조각처럼 그 조그만 것들이 점점 더 깊이 파고 들어가는 건 아닌지 어떻게 아세요? 그 조그만 것들이 제 모습을 완전히 변화시키는 건 아닌지, 그걸 선생님이 어떻게 아시겠어요?"

이번만큼은 색소폰 선생도 뭐라고 대답할 말이 없었다. 그래서 그녀는 창밖으로 새들만 쳐다봤다.

수요일

애비 그레인지 재즈밴드의 색소폰 파트는 이제 구멍이 뻥 뚫린 상태였다. 처음에는 빅토리아가 돌아오지 않기로 하고, 그다음에는 브리짓이 돌아올 수 없게 되었기 때문이다. 빈 자리는 좀 실력이 떨어지는 학생들로 채워졌고 의자를 조금씩 당겨서 대열이 좀 더 빼곡해졌다.

"브리짓은 이걸 정말로 좋아했을 거야."

제1트럼본은 죽은 사람들은 항상 굉장히 감상적이고 늘 사소한 것에 대한 즐거움과 감사로 가득하다는 사실을 알기에 종종 이렇게 말했다. 몇 명은 여전히 울었다. 기억도 별로 나지 않는 브리짓 때문이 아니라 자신이 죽는 것을 상상하고, 자신이 얼마나 대체 불가능한 사람일까 생각하고 울곤 했다.

학교의 기독교 모임은 살라딘 선생의 해임과 그 뒤의 일들에 대해서 입을 꼭 다물고 비밀스럽게 굴었다. 하지만 브리짓의 죽음에 관한 이야기가 나오면 신나게 얘기를 했다. 남자가 자신이 보호해야만 한다고 배운 어린 여자아이에게 강렬하게, 정신을 잃을 정도로 끌리는 것은 인류의 미스터리다. 하지만 축축한 어둠 속에서 스러져간 이 빛을 잃은 여자아이라는 성스러운 미스터리는 훨씬 시장성이 풍부했다. 이거야말로 그들의 전문 분야였고, 기독교 모임은 번창했다. 기도 모임에 대한 광고가 전교에 나붙었다. 청소년 수련회 등록률은 사상 최고를 찍었다. 기독교 팬케이크 판매대가 점심시간에 마당에 나타났다. 열성 신도 몇 명이 운영하는 이 가판대에서는 팬케이크를 레몬과 설탕에 굴려서 내면의 빛처럼 환하게 빛나게 했다. 그들은 소책자나 현명한 말이나 더 나은 삶을 향한 부름 같은 걸 나누지 않았다. 그들은 팬케이크를 나눠줬다. 그걸로 충분했다. 곧 수많은 여학생들이 플라스틱 '날 가져요' 팔찌를 나일론 밴드로 바꾸었다. 그 밴드는 성인 남자가 그들 중 한 명이라면, 같은 선택을 마주하고 같은 욕망에 사로잡혔을 때 무엇을 할지 생각해보라고 촉구하는 연상물이었다. 브리짓도 이 나일론 헌신 밴드를 한동안 차고 있던 일원이었다. 여자아이들은 자신의 구원을 소리 없이 빌면서 서로의 손을 나란히 잡으면서 이것이 위안이 되는 사실이라는 데 동감했다.

점심시간의 청소년 모임은 인원이 늘어나면서 교실에서 학교 강당으로 자리를 옮겼고, 상담 선생이 회계 담당자와 양호 선생 사이의 젖빛 유리 칸막이 자리로 오래전에 돌아갔기 때문에 청소년 리더들이 그 자리를 채웠다. 그들은 신께서도 아마 그들이 지금 하는 것과 같은 일을 하셨을 거라고 생각하고, 팔찌를 바라보면서 자신들이 밴드에 새겨진 수사학적인 의문에 대해 유일하게 옳은 답을 갖고 있다는 사실에 만족감을 느끼곤 했다.

어떤 면에서 브리짓은 빅토리아의 빛을 가린 셈이었다. 빅토리아의 의심스러운 피해자라는 신분, 눈에 빤히 보이는 그 애의 방식은 결국에 의심할 여지 없는 교통사고 희생자 신분과는 비교가 되지 않았다. 하지만 죽은 뒤의 브리짓은 빅토리아 자신이 유명세의 상징이자 초점이었던 것처럼 단일하고 보편적인 명성을 누리지 못했다. 브리짓은 훨씬 더 미묘하고 유연하고 더 널리 분산된 도구 같은 존재였다. 그나마 그게 그 애가 바랄 수 있는 최선이었으리라.

"우리 고등학교에 죽은 여자애가 있었어."

몇 년 후에 여자아이들은 이렇게 말할 것이다.

"알바 끝나고 자전거를 타고 집에 가다가 치였어. 맙소사, 정말 슬픈 일이었어. 그 일이 우리에게 엄청나게 영향을 미쳤어,

그거 아니? 우리 모두에게 말이야. 난 걔를 잘 몰랐지만, 그래
도 그랬어. 정말로 슬픈 일이었지."

화요일

"그럼 이제 된 거네."

색소폰 선생이 교직 수료증을 받았을 때 팻시는 이렇게 말
했다. 그들은 파란 투명무늬가 찍혀 있고 유리 아래로 은색에
글씨가 쓰여 있는 반짝이는 수료증을 바라보았다.

"이제 됐어. 넌 저주받은 거야. 평생 세상은 네가 노처녀라
고, 입을 꾹 다문 유능한 노처녀로 방을 밝혀줄 사랑이나 즐거
움 하나 없이 밤이면 침대에 혼자 외로이 누워 있을 거라고 생
각하겠지. 그게 음악 선생에 대한 유일한 진실이고, 모두가 알
아. 그들은 혼자고, 영원히 혼자일 거야. 추운 사무실에 축 늘어
진 채 나이를 먹어가며 식사를 기다리는 거지처럼 다음 학생이
오기만을 어둠 속에서 기다리겠지. 축하해!"

그들은 잔을 살짝 부딪친 다음 술을 마셨다.

"하지만 넌 노처녀가 아니잖아."

색소폰 선생이 말했다. 그녀는 여전히 반짝이는 수료증을 보
며 눈으로 단어를 쭉 따라 읽고 있었다.

"하지만 모두들 여전히 그렇게 생각해. 아니면 동성애자라

고 생각하거나. 좀 마음이 넓은 사람들은 내가 동성애자라고 생각하지."

"그래서 그 사람이 그 반지를 요구한 거죠."

브라이언이 팻시의 왼손 약지를 가리키면서 말했다.

"그 사람이 그러더군요. '자기가 살 수 있는 가장 커다랗고 두툼하고 오래된 다이아몬드로 해줘. 이건 그냥 상징이 아니라 빵빵한 광고 전략이니까.'"

"그리고 '이게' 자기가 가져온 거지."

팻시는 손을 흔들며 반지가 아무 가치가 없다는 듯이 혐오 스러운 표정을 지었다. 그리고 그들이 웃음을 터뜨렸다.

"어쨌든 잘했어요, 우리 노처녀."

브라이언이 손을 내밀어 색소폰 선생의 손을 덮으며 말했다.

"전부 여기서 시작되는 거죠."

금요일

이솔드가 케이스를 여는 동안 색소폰 선생은 다가오는 연 주회와 장소, 다른 공연자들과 모두가 다른 사람의 음악을 들 을 기회에 대해서 열정적으로 이야기했다. 하지만 이솔드는 듣 고 있지 않았다. 그녀는 색소폰 선생이 스탠리에 대해 불만을 제기한 것에 대해 이야기할 생각이었다. 그 이야기를 꺼낸다

는 생각만으로도 심장이 쿵쿵 뛰었고, 질문을 머릿속으로 그려
보기만 해도 온몸이 굳고 다른 생각을 전혀 할 수가 없었다. 이
이야기는 위험한 거라는 걸, 자신이 처음부터 불리한 입장이라
는 걸 직감적으로 알 수 있었다. 그녀가 자신도 모르게 뭔가 잘
못된 일을 했고, 그녀가 패배할 거라는 기분이 들었다.

문 두드리는 소리가 났다.

"잠깐만 기다리렴, 이솔드. 아마도 줄리아일 거야."

색소폰 선생이 차분하게 말했다.

"네?"

"너희 둘이 같이 라셔의 이중주를 해볼 수 있지 않을까 생각
했단다. 너희 둘 다 한 파트씩 배웠으니까 둘이 제대로 같이 해
보면 재미있을 것 같아서 말이야."

색소폰 선생이 말했다. 이솔드의 얼굴이 새빨개졌다. 그녀는
잠깐 동안 아무 말도 없이 색소폰 선생을 쳐다보다가 마침내
말했다.

"제가 이중주를 하게 될 줄은 몰랐는데요."

"그게, 줄리아가 이번 주 금요일에 올 수 있을지 없을지 몰
랐거든. 갑자기 생각한 계획이라서. 다른 사람에게 맞춰서 연
주를 해보는 건 정말 좋은 기회야. 다른 사람과 함께 연주를 하
면 완전히 새로운 즐거움을 느껴볼 수 있단다."

선생은 문으로 가지 않았다. 허리에 손을 올리고 이솔드의
주위를 서성거리며 학생을 빤히 살폈다.

"미리 알았다면 연습을 해 왔을 텐데."

이솔드의 입이 갑자기 말랐다.

"너도 줄리아 기억하고 있지?"

색소폰 선생이 물었다.

"네."

"잘됐구나."

색소폰 선생은 재빨리 문으로 걸어가서 걸쇠를 열었다.

"어서 오렴."

선생이 선배 여자아이를 향해서 말했다.

"안녕, 달링."

줄리아가 안으로 들어오면서 말했고, 순식간에 이솔드는 줄리아가 자기 자신에서 벗어나 전혀 다른 사람이 되었다는 걸 깨달았다. 그녀는 연기를 하고 있었고, 이솔드도 거기 맞춰야만 했다.

"자기도 안녕?"

이솔드는 그렇게 말했고, 두 사람은 오래전 한때 선생과 제자였던 30년 이상 된 오랜 친구처럼 뺨에 키스했다. 색소폰 선생은 벽 근처 그림자 속으로 녹아들었다.

"이게 그냥 리허설이라는 것도 알고, 할 일이 있다는 것도 알아, 팻시."

줄리아가 말했다.

"하지만 너한테 말할 게 있어. 우리 사이에 있었던 일에 관해서. 이런 식으로 갑자기 너한테 이야기를 하게 돼서 미안해. 뭐라고 말할지 머릿속으로, 그리고 이 앞에 복도에서도 계속해서 생각해봤고, 겁이 나서 말할 수 없게 되기 전에 전부 다 말을 해야 할 것 같아. 그게 전부야. 기분 나빠?"

"기분 나쁘지 않아."

이솔드가 부드럽게 말하면서도 상대방으로부터 몇 걸음 정도 물러섰다. 그녀의 색소폰은 손에 들려 있었다. 줄리아의 색소폰은 아직 케이스에서 꺼내지 않았기 때문에 그들은 불균형한 모습이었다. 이솔드는 가슴에 밝게 빛나는 악기를 끌어안고 있었고, 줄리아는 아무 무기 없이 하얀 손바닥이 보이게 손을 들어 올리고 있었다.

"이건 끔찍하게 불공평한 일인 것 같아서. 나는 내 심장 위에 네 이름이 파란색 잉크로 영원히, 지워지지 않게 각인이 되어버렸는데, 네 잉크는 지워지는 거잖아, 팻시. 언제나 지워질 수 있는 거였고, 넌 내내 그걸 알고 있었어."

줄리아가 말했다.

"그만해, 달링. 자긴 겨우 키스 한 번에 관해 얘기하는 거잖아. 어느 늦은 밤 흐린 어둠 속에서, 맥박을 빠르게 달음박질치게 만든 콘서트의 흥분에 들뜬 레드 와인 맛의 키스 한 번을 갖고 말하는 거잖아."

이솔드가 말했다.

"그래."

줄리아가 격렬하게 대답했다.

"딱 한 번이었어."

"그래."

줄리아가 다시 말했다.

"그만해."

이솔드가 다시 말했지만, 이번에는 말투가 약했다.

"우린 과잉 반응을 했던 거야. 10대처럼 행동했을 뿐이라고."

잠깐 침묵이 흐르고 둘은 서로를 마주 보았다.

"이건 다른 어떤 것보다도 더 끔찍하게 창피한 일이야. 상황 때문이라거나 일시적인 거였다거나 더 중요한 일이 있다는 그런 이유 때문이 아니라 그저 내가 지금도, 그리고 앞으로도 영원히 아무도 '원치 않는' 상대라는 모든 걸 압도하는 단 하나의 이유 때문에 거부당하는 거 말이야. 난 내 몸을 숨길 것도 없고 비난할 것도 없는 텅 빈 황무지 같은 무대에 스포트라이트를 받으면서 꼼짝 못 하고 서 있는 기분이야."

그녀는 자신의 것이 아닌 잔인하고 냉혹한 웃음을 터뜨렸다. 그리고 잠시 후에 말했다.

"그냥 나한테 이유를 말해주면 안 될까? 왜 내가 아니라 브라이언인지 '그 이유'를 말해주면 안 될까?"

줄리아가 몇 걸음 다가섰다. 이솔드는 물러나지 않았다. 그들은 이제 가까이 서 있었고, 이솔드는 한참이나 그녀의 눈을 바라보다가 말했다.

"난 언제나 한 여자가 다른 여자와 함께 있기로 선택하는 건 그녀가 피하려고 하는 패턴의 반대로 규정되는, 일종의 반작용적인 선택일 거라고 생각했어. 그러니까 남자를 원하지 않는다는 결론을 내렸기 때문에 여자를 원한다는 결론을 내리게 되는 거라고 난 항상 생각했지. 이건 공개적인 입장이자 그 자체로 일종의 행동주의야. 불평하는 거지. 불만을 표현하는 거고. 이건 특정한 타입의 사람들만이 취하는 태도야. 단호하고, 운동을 잘 벌이고, 급진적이고, 도덕적인 이유로 특정 회사들을 보이콧하고, 공장 문 밖에서 피켓을 들고 시위하는 그런 여자들.

난 자기한테서 이런 자질의 기미를 알아봤어. 자기의 강력한 의견, 회의적인 태도, 말할 때마다 드러나는 은근한 도전 같은 것들. 하지만 자기한테는 어딘가 기묘하게 느껴지는 자질도 있었어. 억누를 수 없는 어린애 같은 연약함, 갈망 같은 거. 이런 자질이 세상에 대한 나의 지식에 새로운 가능성을 일깨워줬지. 여자가 다른 여자를 택하는 게 두 번째로 좋은 걸 고르는 것, 다시 말해 남자라는 선택지를 다 제거했기 때문에 남은 것 중에서 고르는 게 아니라 자유로운 선택 그 자체일 수도 있다는 걸 깨닫게 됐어. 여자가 다른 여자를 그 자체로 사랑할 수도 있다는 이런 긍정적인 정의가 날 긴장하게 만들었어."

"왜 긴장했는데?"

줄리아가 그렇게 묻고 그녀 쪽으로 한 걸음 더 다가갔다. 본능적으로 그녀는 가늘고 빨간 손을 내밀어 이솔드의 손끝을 붙잡았다. 이솔드는 손을 빼지 않았다. 그녀는 잠시 맞잡은 그들의 손을 내려다봤다. 줄리아의 마르고 잉크 얼룩이 있는 엄지가 그녀의 손가락 관절 위를 살짝 쓰다듬었다. 그녀의 손은 차가웠다.

이솔드가 다시 고개를 들고서 말했다.

"자기는 내가 브라이언과의 사이에서 빠르게 자라나는 이 '뭔가'를 설명하길 바라지. 열매를 맺을지 안 맺을지도 모르는데. 사실 난 여자 대표인 자기와 남자 대표인 브라이언 사이에서 적극적으로 고른 건 아니라고 생각해. 그저 나 자신을 고를 필요가 없는 입장에 섰어. 내가 그의 유혹이 되도록 만들었지. 난 가능한 한 수동적으로 행동했고 그가 다가올 때 아무것도 하지 않았어. 날 긴장하게 만든 건 자기의 안개 끼고 앞이 보이지 않는 늪 같은 그 깊이였어, 달링. 내가 원했던 건 보호받고, 증명된 그런 거였는데. 난 모든 게 두려움과 심지어는 죄책감으로 뒤덮인 긴장되고 불확실하고 금지된 감정의 구렁텅이가 아니라 기본적인 감정을 원해. 난 유혹을 받고 싶지 않아. 그런 건 원하지 않아. 편안한 기분을 느끼고 싶어."

"어떻게 네가 원하는 게 그런 거일 수가 있어? 어떻게 그럴 수가 있어?"

줄리아가 말했다.

"그럴 수 있어. 결국에는 말이야. 그냥 그런 거야."

이솔드가 말했다. 줄리아는 앞으로 다가가서 그녀의 입술에 키스했고, 그들은 갑자기 연기가 자욱한 바로 돌아갔다. 마지막 곡이, 마지막 노래가 연주되고 있었다. 그들은 구석 자리에 있었고, 나가려고 막 일어나서 스카프를 두르고 코트를 입고 마지막 감사의 인사를, 일종의 작별 인사를 하려고 웃는 얼굴로 밴드를 돌아보았다. 팻시는 색소폰 선생을 쳐다보고 뭔가 얘기를 하려고 했지만, 무슨 얘기였든지 그녀의 입안에서 사라졌다. 그녀의 눈이 색소폰 선생의 입술을 힐끗 바라보았고 색소폰 선생은 몸을 기울여 그녀에게 키스했다. 선생의 장갑 낀 손끝이 상대의 뺨에 닿았다.

팻시는 손을 내밀어 색소폰 선생의 코트를 움켜잡지 않았다. 손을 등 뒤로 미끄러뜨려 색소폰 선생의 점퍼 밑단을 찾아 그 안으로 밀어넣고 맨등을 쓰다듬지도 않았다. 앞으로 다가서서 그들의 젖가슴이 맞닿고 엉덩이가 맞닿고 그들의 몸이 서로 꽉 눌리게 하지도 않았다. 한 손을 들어 올려 색소폰 선생의 얼굴을 감싸지도 않았다. 그저 거기 서서 눈을 감고 키스를 받기만 했다. 색소폰 선생이 물러나자 그녀는 눈을 뜨고 슬픈 미소를 지으며 고개를 끄덕이고 떠나버렸다.

10월

"사전 예측을 하나?"

연기과 주임이 현관에서 물었다. 두 사람은 손목에 티켓의 남은 조각을 내리치며 음료 카운터 주위의 관객들을 바라보고 있었다.

"아니면 걱정하고 있는 건가?"

"그냥 우려하는 것뿐입니다."

동작과 주임이 말했다. 그는 웃고 있지 않았다.

"올해 애들은 잡다하게 뒤섞여 있지."

연기과 주임은 특유의 산만한 방식으로 말을 했다.

"놀랄 만한 일이 벌어지면 좋겠는데."

"그 애들 소품이 뭘까요? 트럼프 카드죠."

동작과 주임은 자문자답하며 목 뒤를 한 손으로 문질렀다.

"그건 너무 쉬워요. 창작극에서는 미학적인 부분이 싸움의 절반입니다."

"난 그래도 놀랄 만한 일이 벌어지길 기대하고 있어. 들어가지."

강당의 무거운 문이 마침내 열리고 스페이드 에이스의 옷을 차려입은 의상팀 말단인 비쩍 마른 문지기가 접시머리 볼트를 아래로 당겼다. 아이는 색을 칠한 샌드위치 모양의 판지와 신중하게 칠한 얼굴 때문에 움직이는 게 불편해 보이는 자세로 몸을 구부려 문을 열었다. 그는 볼트를 소켓에 끼운 다음 몸을 펴고 수영 모자처럼 꼭 맞는 까만 보닛을 고쳐 썼다. 그리고 조심스럽게 미소를 지었다. 선생들은 그에게 분홍색 티켓 조각을 건네고 한 명씩 차례로 아치를 지나 객석으로 들어갔다.

토요일

"다들 와주셔서 감사합니다."

색소폰 선생이 어둠을 향해서 말했다. 겉보기에는 전혀 긴장한 것 같지 않고 손도 옆구리에서 꼼짝하지 않았지만, 목소리는 평소보다 더 높고 기묘하게 긴장되어 있었다.

"모두들 오실 시간을 내주셔서 정말로 기쁩니다."

그녀는 아래를 내려다보고 숨을 들이켠 다음 다시 말을 이었다.

"여기 참석한 목마른 엄마들처럼 오늘 밤에 여러분 모두 보고 싶어 했던 것만을 보시게 될 겁니다. 지금도 여러분은 제가 빨리 강단에서 내려가고 따님들이 무대에 올라오기만을, 그래서 모두들 자신들이 지금까지 취해온 태도가 옳았다는 것을 확인하고 대단한 위안을 받기를 바라고 계시겠지요."

어둠 속에서 누군가가 기침을 해서 다른 사람에게 자신감을 심어주었고, 다음 사람은 첫 번째 사람의 메아리처럼 목을 가다듬었다.

"저는 모든 부모님에게 이 발표회를 공개적인 애정 표현으로 생각하시라고 권장합니다. 이런 표현에 아마 익숙하시겠죠. 어쨌든 이 공연은 그저 암시나 가능성 정도밖에는 되지 않으니까요. 하지만 이 발표회에 참석해서 따님을 진정으로 보기를 바라시는 건 개인에 대한 침해이자 잘못된 행동이라고 모두에게 확실하게 알려드려야겠군요. 엄마로서 여러분은 아이의 공연의 은밀하고 사적인 부분을 공유하셔서는 안 됩니다."

선생의 목에 걸린 색소폰 줄이 목깃 가장자리에 걸려서 옷을 바깥쪽과 아래쪽으로 잡아당겨 가슴의 얇고 하얀 피부가 드러났다.

색소폰 선생이 말했다.

"이 아이들의 엄마가 아닌 분들은 그 애들을 다르게 보실 수도 있겠죠. 개인이자 특정한 타입의 개인으로서요. 이 아이들의 엄마가 아닌 분들이 아주 신중하게 본다면, 역할을, 캐릭터를, 그리고 그 캐릭터를 유지하기 위해 애를 쓰는 개인을, 애초에 그 특정한 캐릭터가 자신이 되려는 사람이라고 결정한 개인을 보실 수도 있을 겁니다.

우리가 연기하는 역할만 볼 수 있는 사람도 있고, 연기를 하는 배우만을 볼 수 있는 사람도 있어요. 하지만 어떤 사람이 그 두 가지를 한꺼번에 볼 수 있는 능력을 갖는 경우는 굉장히 드물고 기묘한 일이에요. 이런 이중적 시각은 재능이죠. 따님이 당신을 두렵게 만들기 시작한다면 이는 아마도 그 애들이 그 능력을 얻기 시작했기 때문일 겁니다. 전 윈터스 부인, 시블리 부인, 오데츠 부인, 그리고 나머지의 아래에 있는 여자에게 말씀드리고 있는 겁니다. 제가 보지 못하는 척한 배우, 그 모든 여자를 연기한 여자, 모든 여자를 연기했지만 여자아이들, 딸들은 결코 연기한 적이 없는 그 사람에게요. 잘 알고 있겠지만, 딸들 역은 당신은 이제 손댈 수 없는 것이 되었죠."

선생은 한 손을 위로 해서 뭔가를 감싸는 모양을 했다. 엄마들이 고개를 끄덕였다.

"이제 제 첫 번째 학생을 소개하죠. 세인트 마가렛 대학 학생으로 저와 약 4년간 공부한 아이예요. 박수로 브리오니-로즈의 무대를 맞아주세요."

10월

"스탠리? 너 괜찮아?"

배우 대기실 문 앞에 서서 거만하게 걱정하는 척하는 분위기로 펠릭스가 말했다.

"나 토할 것 같아."

스탠리가 거울을 바라보며 말했다. 얼굴이 새하얗게 질려 있었다.

"난 이거 못하겠어. 그 여자애의 부모님이 객석에 계신다고. 난 못하겠어. 도망가고 싶어. 더 이상 배우가 되고 싶지 않아. 끝까지 못 하겠어. 그러면 공연을 망치겠지만, 그래도 어쩔 수가 없어. 미안해. 난 못해."

"넌 제정신이 아니야."

펠릭스는 딴에는 달래는 목소리라고 여기는 어조로 말했다.

"우리가 쓴 그 모든 돈을 생각해봐. 관객을 동원하지 못하면 그 돈을 모두가 갹출해야 돼. 모두가 널 미워하게 될 거야. 지금 와서 빠질 수는 없어."

"난 이사를 갈 거야. 모두가 잊어버릴 때까지 한동안 떠나 있을 거야."

스탠리는 손에 얼굴을 묻고 싶었지만 이미 화장을 다 한 상태라서 그랬다가는 립스틱과 파우더가 번질 게 분명했다. 그는 갑자기 비명을 지르면서 양손으로 화장대를 쾅 내리쳤다.

"도대체 왜 여기 온 거지? 왜? 어떤 미친 부모가 자기 딸이 육체적 학대를 당하는 걸 보러 오는 건데?"

"뭐?"

펠릭스는 이제야 처음으로 그의 말을 똑바로 들었다.

"진짜 그 여자애의 부모님이 왔다고? 그 빅토리아라는 애?"

스탠리는 대답 대신 신음하면서 라디에이터를 세게 걷어찼다. 종아리를 타고 반가운 고통이 잠깐 동안 느껴졌다.

"말도 안 되는 소리. 걔네 부모님이 어떻게 이 공연에 대해서 알아? 이 공연이 무슨 내용인지는 아무도 몰라. 오늘이 개막일인데. 선생님들조차도 모르신다고. 그 얘길 어디서 들었어?"

펠릭스가 물었다. 스탠리는 서글픈 눈으로 펠릭스를 쳐다보다가 고개를 흔들었다.

"내가 봤어. 입구에서. 걔 여동생까지 함께 있는 걸 봤어."

잠깐 침묵이 흐른 끝에 펠릭스가 말했다.

"어떤 미친 부모가……."

"걘 날 보러 온 거야. 이솔드는 날 보러 온 거야. 깜짝 놀라게 해주려고."

스탠리가 말했다.

"누구?"

펠릭스는 이제 완전히 어리둥절한 상태였다.

"이솔드. 맙소사. 그리고 걔가 부모님까지 모셔 온 거야. 걘

이 공연이 무슨 내용인지 몰라. 이게 빅토리아에 관한 거라는 걸 전혀 몰라. 그리고 그 집 가족들이 이제 곧…… 아, 맙소사. 난 못해. 그 집 가족들 앞에선 못 해."

스탠리가 정말로 자기 말대로 도망칠지도 모른다는 사실을 깨닫고서 펠릭스의 눈에 잠깐 당황한 빛이 스쳤다. 그는 재빨리 어깨 너머로 분장실 복도를 쳐다본 다음에 말했다.

"너희 부모님도 오늘 여기 오셨어?"

스탠리는 다시 괴로운 신음을 흘렸다.

"아빠가 오셨어. 상황을 빌어먹게 더 개떡 같이 만드는 일이지. 우리 아빠라니."

"우리 아빠도 오셨어."

펠릭스가 말했다. 그리고 주저하다가 덧붙였다.

"스탠리, 그 여자애 부모님이 정말로 여기 오셨다면, 충격받을 마음의 준비를 하셨을 거야. 이런 공연 티켓을 사면서 자신의…… 자신의 순수함을 지킬 수 있기를 바라는 사람은 없어. 그럴 수는 없다고. 그분들도 당신들이 무슨 일을 하는지 아실 거야. 어린애가 아니잖아."

"하지만 아직 이게 무슨 내용인지 모르시잖아. 오늘이 개막일인데. 망할 놈의 프로그램 어디에 이 연극이 그분들 딸에 관한 거라는 내용이 있는데? 전혀 없어. 그분들은 날 보러 오시는 거라고. 놀라게 해주려고."

스탠리는 다시 거울로 자신을 보았다. 메이크업 담당자가 홀

룽하게 솜씨를 발휘했다. 그의 금색 눈썹을 파우더로 덮고 원래보다 더 높고 각지게 검은색으로 선을 그렸고, 입술은 작고 빨갛게 그리고, 원래의 얼굴 혈색을 회색으로 두껍게 덮어버렸다. 입 주위는 주름지고 뺨과 턱 아래는 움푹 들어갔다. 눈 주위는 검은색으로 둥글게 칠했다.

펠릭스는 여전히 어리둥절한 얼굴이었다.

"밝은 면을 봐."

그는 상황을 돌이키기 위해서 굉장히 애를 썼다.

"너 그 의상에 분장까지 전부 다 하고 나니까 전혀 못 알아보겠거든. 그게 네가 걱정하는 거라면 말이야. 그 부모님들 때문에."

"그래."

스탠리가 대답했다. 화장 아래로 턱은 굳어 있고 눈은 빨갛고 얼굴은 창백했지만, 거울 속에서 입술을 비죽 내민 스탠리의 옆얼굴은 고개를 움찔거리며 심지어는 미소를 짓고 있는 것 같았다.

토요일

이솔드와 그 부모님은 조명이 켜질 무렵에 이미 무대에 있었다. 이솔드는 긴 안락의자 한쪽 끝에서 몸을 더욱 바깥쪽으로, 팔걸이 위쪽으로 뻗고서 무대 위의 다른 두 사람 옆으로 몸을 내밀고 있었다. 두 명은 콧수염이 난 땅딸막한 아빠와 목끝까지 단추를 채운 비쩍 마른 엄마였다.

이솔드의 엄마가 말했다.

"네가 이해해야 하는 건, '만약 그랬다면'이라는 이 사소한 맛이 이제 네 안에 있다는 거야. 넌 그걸 갈색 종이봉투에 든 사탕처럼 삼켜버렸어."

이솔드의 아빠가 말했다.

"네가 이해해야 하는 건, 이제 우리가 거기에 대해서 알고 있으니까 그런 일이 더 이상은 일어나지 않을 거라는 거야."

"너와 다른 아이들의 유일한 차이는 어떤 대가에든, 어떤 상황에서든, 너는 항복할 준비가 되어 있다는 거라는 점을 기억하렴."

이솔드의 엄마가 말했다.

스탠리와 그의 아버지가 가짜 배경막 한가운데의 부연 프렌치 도어를 통해서 들어섰고, 길을 알려주는 것처럼 손바닥을 내민 빅토리아가 앞장을 섰다.

"그 사람이 여기 있어."

그녀가 불필요한 말을 덧붙여서 자신에게 주어진 것 이상의 대사를 했다. 그게 그녀의 유일한 대사고, 그녀도 돋보이고 싶었기 때문이다. 엄마는 손으로 퍼덕거리는 동작을 했고 빅토리아는 너무 적은 역할을 맡아서 그 하나의 동작을 지나치게 연습한 배우 특유의 자의식적인 태도로 걸어서 퇴장했다.

배우들은 잠깐 동안 꼼짝도 하지 않고 서 있었다. 스탠리와 이솔드는 2층 정면석과 시야제한석에서 보이지 않게 서로를 강렬하게 노려봤다.

그리고 이솔드의 아빠가 완고하게 말했다.

"난 그냥 이제 우리 모두 여기 있으니까 이걸 성인답게, 문명화된 방식으로 해결할 수 있겠다고 말하려고 했습니다. 하지만 그 말을 막 하려다가 지금 이 상황에서는 '성인'이라는 말이 전적으로 적합하지는 않다는 걸 깨달았죠."

침묵이 흘렀다. 스탠리의 아빠가 제일 먼저 자리에 앉았다.

토요일

색소폰 선생이 말했다.

"이 발표회의 목표는, 예전에도 그랬지만, 학생들이 스스로 말할 수 있게 해주려는 거예요. 이건 그저 그 아이들이 자신들의 성장을, 자신들의 자각을 이야기하고, 제단 앞의 처녀처럼 여러분 모두가 볼 수 있게 드러내게 해주는 수단일 뿐입니다. 오늘 밤에 이 발표회를 보면서 여러분이 자신에게 물어볼 만한 적당한 질문은 '이 공연이 나에게 공연자에 대해 뭘 말하는가?', '이 아이의 음악이라는 옅은 안개 속에서 어떤 벌거벗은 형체가 나타나는가?', '어떤 은밀한 것들을 드러내고, 어떤 은밀한 것들이 누설되는가?' 같은 것들이죠."

줄리아는 무릎 위에 색소폰을 느슨하게 들고 두 번째 줄에 앉아서 일어나 무대로 나갈 큐 사인을 기다리는 중이었다.

색소폰 선생이 계속해서 말했다.

"제가 이 이야기를 하는 이유는 제 다음 학생이 굉장히 힘든 한 해를 보냈기 때문입니다. 올해 이 아이의 삶을 복잡하게 만드는 여러 가지 일이 일어났고, 우리가 아주 운이 좋다면 이 비극적이고 아름다운 일들의 일부가 오늘 밤 이 아이의 공연에 반영되는 걸 볼 수 있을 겁니다. 자신의 고통을 통해서 이 아이가 여러분을 위해 연주하는 모든 음정이 시적으로 들릴 거고, 이 아이는 갈망과 상실 이상의 감정을 불러일으키게 될 거예요. 우리가 아주 운이 좋다면, 이건 제 희망입니다만, 그러면 이 아이가 올해 겪은 크나큰 고난까지도 볼 수 있을 겁니다. 우리는 금고에서 도둑맞은 희귀한 레코딩처럼 우리 앞에서 연주되는 두 여자의 입에 담지 못할 근친상간을 보게 될 거예요. 신중하게 들어주세요."

줄리아의 손바닥은 차갑고 축축했다. 그녀는 바지 무릎 위에 손을 아무렇게나 닦았다.

색소폰 선생이 말을 이었다.

"그리고 줄리아를 무대로 맞이하기 전에, 아무도 듣지 않을 말을 하는 이 기묘한 만족감을 저에게 허락해주신 것에 관해 오늘 밤 여기 계신 모든 엄마들께 감사를 드리고 싶군요."

10월

"그 애가 주역이라는 말은 안 했잖니, 이솔드."

이솔드의 아빠가 그렇게 말하며 프로그램을 가리켰다.

"보렴, 그 애 이름이 제일 위에 있어."

"오빠 저한테도 아무 말 안 했어요. 심지어 오지 말라고까지 했어요. 아마 긴장했나봐요."

그녀는 간접적인 공연 전의 긴장감에 사로잡혀 무대를 바라보았다. 오케스트라 피트에 조명이 들어와 있어서 벽에 있는 숨겨진 반쪽 문으로 들어와서 악기 앞에 앉는 음악가들의 모습이 보였다. 자리에 앉으면 그들은 이솔드의 시야에서 사라졌다.

"스페이드 퀸이라."

이솔드의 아빠가 소리 내서 읽은 다음 독서용 안경을 벗고 '도대체 뭐에 관한 거야?'라고 말하며 유쾌하게 이솔드를 팔꿈치로 쿡쿡 찔렀다.

"어쩌면 개막일에 오지 말았어야 했는지도 모르겠어요. 그 애가 긴장했다면 말이죠."

이솔드의 엄마가 젊은 커플이 지나갈 수 있게 무릎을 옆으로 기울이면서 말했다.

"제가 말했잖아요. 오빠는 제가 오늘 밤에 오는 걸 모른다니까요."

이솔드가 말했다. 그녀는 고개를 길게 빼고 주위의 관객들을 보았다. 연기 학교의 선배 학생들이 우르르 들어와서 뒤쪽 자리에 앉는 것을 보자 갑자기 부모님과 함께 온 자신이 멍청하게 느껴졌다. 연기 전공 학생들은 전부 다 서로를 붙잡고 포옹하고 미친 듯이 손짓을 해대며 이야기를 나눴다. 이솔드는 공연이 끝난 뒤에 무대 뒤로 가서 스탠리의 분장실 문을 두드리고 수줍게 손을 흔들며 그를 놀라게 만드는 모습을 상상했다. 그녀가 문가에 서 있는 동안 배우들은 그녀의 뒤쪽 복도 여기저기에서 악을 쓰고 소리를 질러댈 것이다. 갑자기 끔찍한 공포가 솟구쳤다.

"무대 뒤로 갈 필요는 없을 거야. 내일 오빠한테 전화하면 돼."

그녀는 마음을 달래기 위해서 소리 내서 말했다.

길가에서 싸운 이래로 그녀는 스탠리와 이야기를 나눈 적이 없었던 것이다.

"참 화려하구나. 아치의 저 회벽 작업 해놓은 걸봐. 굉장히 아름다워."

이솔드의 아빠가 말했다.

밴드가 음악을 연주하기 시작하면서 주조명이 서서히 흐려졌다.

"입냄새 제거제를 가져오는 건데. 중간 휴식 시간이 있으면 좋겠구나."

이솔드의 엄마가 말했다.

10월

"그건 언제나, 어쩔 수 없이, 간접적이죠."

동작과 주임이 무릎 위에 놓아둔 프로그램의 매끄러운 표지를 초조하게 손가락으로 두드리며 말했다. 표지에는 땋은 머리에 교복을 입은 소녀 그림과 연극 제목 〈침대기둥의 여왕〉이 나와 있었다. 연기과 주임은 목을 길게 빼고 관객을 둘러보며 제대로 듣고 있지 않았지만, 동작과 주임은 들어줄 사람을 기다릴 수 없는 기묘하게 다급한 어조로 말했다. 어차피 그 말은 대부분 자신을 위한 거였다.

"그런 측면을 절대로 넘어설 수가 없어요. 가장 효과적이고, 가장 쾌활하고, 가장 영감이 풍부할 때조차도 언제나 그냥…… 구경만 하는 입장인 거예요."

9월

"그거 아니?"

스탠리의 아빠가 이솔드 쪽으로 의자를 기울이며 말했다. 그녀는 고개를 돌렸고, 그들은 크림색 배경에서 옆얼굴로만 보였다. 그녀의 섬세하고 위로 살짝 들린 입술과 그의 움푹 꺼진 뺨과 길고 뾰족한 턱만이 눈에 들어왔다.

스탠리의 아빠가 말했다.

"내가 일 때문에 그룹 상담을 할 때 말이지, 그러니까 여섯 명이나 일곱 명이나 그 이상의 고객들이 한 방에 있다든지 아니면 내가 상담하는 게 가족 전체라든지 그럴 경우에 말이야. 처음에 내 방침은 아무 말도 하지 않는 거야. 난 질문을 하고, 사람들에게 말을 하도록 격려하고, 주제를 꺼내지만, 내가 생각하는 건 절대로 말하지 않아. 힌트조차 주지 않지. 첫 번째와 두 번째 상담 때에는 그렇게 해.

두 번째 상담이 끝날 무렵엔 모두가 안달을 하지. 그들은 이 남자가 누군지, 이야기를 듣기만 하고, 앉아서 듣다가 가끔 질문이나 하고, 그나마도 절대로 자극적이거나 예리한 질문이 아니라 그저 상냥한 질문만을 던지는 이 정신과 의사가 누군지 알고 싶어 하지. 난 그냥 듣고만 있기에는 너무 비싸고, 너무 유명하거든. 그들은 나를 경계하지. 자기들끼리 언쟁을 하고서 내가 행동하기를 바라며 곁눈질을 해.

난 항상 일찍 자리에서 일어나지. 절대로 근처에서 서성거리지 않아. 절대로 그들이 나를 더 잘 알 기회를 주지 않고, 나는 그들과 거리를 두고, 내 곁에 오지 못하게 하지. 그러면 '세 번째' 상담 시간에 내가 방 안으로 들어갈 때 그들은 생쥐처럼 굴어. 모든 불화가 사라져버리고 그들의 관심이 오로지 '나'에게, 전적으로 나에게만 쏠리지. 그렇게 되면."

스탠리의 아빠가 손가락을 꼭 붙였다가 연기처럼 펄럭거리는 시늉을 했다.

"그 뒤로는 난 무슨 말이든 할 수 있지. 세 번째 상담이 최고야. 그들은 내가 무슨 말을 하든 귀를 기울이지. 내 말을 듣는 거야."

"그 이야기에 처녀성과 관계된 도덕적인 교훈 같은 게 있어요?"

이솔드가 약간 긴장해서 물었다.

"도덕적인 건 없어. 난 도덕에 관심이 없단다. 난 야한 농담을 하고, 시간을 보내기 위해서 이야기를 즐기지."

스탠리의 아버지가 대답했다.

"그렇군요."

이솔드가 몸을 돌렸다. 각광과 그 너머에서 나오는 밝은 연기에 휩싸여서 그녀의 얼굴 위로 그림자가 드리웠다.

스탠리의 아버지가 동정심 어린 눈으로 그녀를 바라보고서 말했다.

"처녀성이라는 건 신화야. 껐다 켰다 할 수 있는 스위치도 없고, 돌아올 수 없는 지점이라는 것도 없어. 그저 다른 모든 것과 똑같은 첫 번째 경험일 뿐이야. 그걸 둘러싼 모든 것, 모든 조명과 커튼과 특수효과들, 그것들은 그저 신화의 일부일 뿐이지."

이솔드는 몸을 돌려 다시 그를 보았고, 모든 그림자가 되돌아와 그녀의 얼굴 어두운 부분을 완전히 뒤덮었다. 그녀는 다시금 이지러진 달처럼 반쪽이 되었다.

스탠리의 아빠가 미소를 지르며 말했다.

"그런 건 그만 믿으렴."

토요일

"하지만 상담 수업은 여전히 계속됐어요."

줄리아가 말했다.

"아무도 벗겨낼 마음이 없는 군은 얼룩처럼 학교 행사표에 딱 달라붙어 있었죠. 우린 여전히 셔츠 단추를 브라 가운데 하얀 장미 장식 있는 데까지 풀었던 여자애의 미심쩍은 강간 사건에 대해서 이야기를 나눴어요. 함께 둘러앉아서 점심시간 리허설에서 빨간 막대사탕을 빨아먹은 여자애에 관해서 이야기를 나눴죠. 동그란 사탕이 아랫입술을 살짝 당겨서 입술이 벌어지고 혀를 굴리는 게 보이게 했던 여자애에 대해서요."

줄리아는 끈질기게 말을 이었다.

"그리고 살라딘 선생님은, 그분은 다섯 달을 기다려서 그저 한밤중의 애무만을 맛봤어요. 그 애무는 빅토리아를 아이에서 어른으로 바꿔놨죠. 마차를 호박으로 바꾸는 것처럼, 혹은 안장을 얹은 말을 지저분한 부엌 쥐로 바꾸는 것처럼요. 선생님이 조금만 더 기다렸다면 그건 생일 선물이 될 수도 있었을 거예요. 상담 시간에 우리는 살라딘 선생님의 가장 크고 중대한 죄는 조급함이라는 걸 배웠어요. 우리는 도덕률을 배웠죠. '빨리 달리는 사람은 넘어진다'고요."

엄마들은 얘기에 완전히 사로잡혔다.

"아뇨, 사실은 아니에요. 우린 그걸 전혀 배우지 못했어요."

줄리아는 마술사나 무대 감독처럼 말했다.

"우린 세상의 모든 것이 두 개로 나뉜다는 걸 배웠어요. 선과 악, 남자와 여자, 사실과 거짓, 아이와 어른, 쾌락과 고통처럼요. 우린 상담 선생님한테 지도가, 모든 걸 말이 되게 만드는 지도가 있다는 걸 배웠어요. 그 지도는 열쇠예요. 한쪽에는 배우들의 이름이 쓰여 있고 그 옆에는 캐릭터 목록이 있어서 환상과 현실을 깔끔하게 나눠주는 공연 프로그램처럼요. 우린 공연과 연기자, 현실과 거짓 사이에는 차이가, 언제나 차이가 있다는 걸 배웠어요. 중간은 없다는 걸 배웠죠."

줄리아가 청중을 둘러보았다.

"그저 보는 사람과 보이며 고통받는 사람뿐이에요."

엄마들은 부스럭거리는 소리 하나 내지 않았다.

"하지만 상담 선생님은 거짓말을 했어요. 당신들도 거짓말을 했죠. 그 고통에 대해서, 그 복잡한 난장판에 대해서 거짓말을 했어요. 당신들이 기억하는 것보다 훨씬 더 골치 아프고 비참하고 생생하지만, 매년 얇은 베일이 눈 위에 덮여서 점점 더 두꺼워지다가 결국에는 자신의 어린 시절마저도 안개 속으로 흩어져버리죠."

색소폰 선생은 무대 옆에서 줄리아를 보고 있었다. 그녀의 목에 덩어리가 걸린 것 같고 가슴속은 조이는 것처럼 아팠다. 아마도 자부심 때문일 것이다.

"생각해보세요."

줄리아가 말을 이었다.

"빅토리아는 아마 오늘 밤에, 지금 이 순간에 살라딘 선생님과 함께 어딘가에서 쾌락의 사춘기적 열기를 즐기고 있을 거고, 그 애의 여동생과 부모님은 도시 반대편의 어두컴컴한 강당에 앉아 있을 거예요. 빅토리아는 아마 벌거벗고 노래를 흥얼거리며 선생님 옆에서 나른하고 버터처럼 부드러운 몸을 쭉 펴고 누워 있겠죠. 선생님은 아마 그 애의 머리카락에 대고 남은 날짜를 속삭일 거예요. 그 애가 자기 자신이 되는 날, 그 애의 몸이 자기 것이 되는 날, 그 애의 몸이 선생님의 것이 되는 날까지 남은 시간을요. 아마도 나이 든 어른의 거친 손바닥으로 그 애를 쓰다듬고 있겠죠."

그녀는 엄마들을 보았다.

"그리고 당신들은 거기 있기를 꿈꿀 거예요. 당신들도 거기 있었으면 하고 생각하겠죠."

줄리아가 부드럽게 말했다.

토요일

이솔드와 줄리아는 무대의 검은 배경막 앞에 단둘이 있었다. 세트나 풍경 그림 같은 건 없었다. 둘 다 교복을 입었지만, 모양은 달랐다. 이솔드의 교복은 말끔하게 다린 거였고, 줄리아의 교복은 늘어지고 여기저기 기운 데다가 더럽고 기교적이었다. 둘은 서로를 마주 보았다.

이솔드가 말했다.

"내가 나 자신을 사랑하는 법을 배우지 못했기 때문에 대신에 내가 억지로 '비교'해야 하는 중대한 유사성이 없는 육체의 마음 편한 기묘함 속에 몰두하는 쪽을 선택한 걸까? 언니랑 있으면 난 두 배가 되고, 강렬해지고, 반사되어 보여. 오빠랑 함께 있으면 우리의 차이는 상쇄되어서 사라져."

"맞아. 하지만 그건 일부일 뿐이야."

줄리아가 대답했다.

482

"그러면 내가 두려워하기 때문이야? 여기엔 본보기가 없고, 예상치 못했던 거대한 나의 순수함, 끔찍한 심연 같은 나의 무지가 그저 너무 낯설고 너무 무시무시하기 때문이야? 나한테는 너무 크다고. 뭔가 완벽하거나 비극적이거나 숭고한 것처럼, 내 안에 담아두기에는 너무 커."

"맞아."

"난 전에는 이런 식으로 느껴본 적이 한 번도 없어, 줄리아 언니. 이렇게 두려웠던 적이 없다고."

이솔드가 말했다.

"걱정하지 마. 앞으로도 다시는 없을 거니까."

줄리아가 대답했고, 조명이 바뀌었다.

"우리 집 앞에서 언니 차에 타고 있었던 게 기억나. 옅은 회색 가로등 불빛 속에 우리 둘이 거기 앉아 있고, 안전벨트가 우리를 갈라놓고, 안전벨트가 우리 가슴 위로 지나 우리를 악어가죽 무늬 의자에 묶어놓고, 우리를 납작하게 눌렀어. 그리고 언니는 나를 돌아보고 살짝 웃었지. 마치 정말로 긴장한 것처럼. 그리고 입술을 깨물고 얼굴 앞으로 머리카락이 흘러내리게 만들고 뒤로 넘기지 않았어. 그러고서 말했어. '나 그냥 좀?⋯⋯' 언니는 질문을 끝까지 하지 않고서 손을 내밀어 내 턱 아래를 감싸고, 몸을 뻗었지. 안전벨트가 언니의 몸을 뒤로 당기고, 언니를 붙잡고, 꼼짝 못 하게 하고 있는데도 불구하고. 난 정말로 무서웠어. 내 입술을 핥은 게 기억이 나. 입이 말랐던 것도 기억나. 언니가 나에게 키스했던 것도 기억나."

"딱 한 번이었지."

줄리아가 말했다.

"내 몰락이었어."

그리고 줄리아도 말했다.

"내 몰락이었어."

이솔드가 말했다.

"이제 언니는 어떻게 되는 거야?"

줄리아는 이솔드에게서 시선을 떼고 유령 같은 관객의 얼굴을 쳐다보았다. 그녀는 잠시 아무 말도 하지 않았다. 그러다가 대답했다.

"내가 할 수 있는 건 기대하는 것뿐일 거야. 서서히 어둠 속으로 사라지기를."

10월

"너무 쉽구나."

스탠리의 아빠가 택시에서 내리면서 말했다.

"오, 스탠리, 너무 쉬워. 아무래도 이 말은 해야겠다."

그는 배수로를 넘어간 다음 팔을 벌리고 스탠리를 꽉 껴안았다. 스탠리는 아빠의 셔츠에서 친숙한 콜론 향기를 맡을 수 있었다.

"뭐가 너무 쉬워요?"

아빠와 떨어진 다음에 스탠리가 물었다. 택시는 모퉁이를 돌아서 사라졌다.

"넌 내 방법을 가져다가 향상시켰어."

스탠리의 아버지가 말했다.

"내 아이디어를 가져가서 그걸 받아들이고, 나는 꿈도 꾸지 못했던 걸로 바꿔놨지. 난 자랑스럽고 감탄했고 그러면서도 네가 좀 더 상식적이지 못하다는 사실에 약간 부끄럽구나."

"보험에 관한 걸 말씀하시는 거예요?"

스탠리가 물었다.

"당연히 그거지."

"저 보험회사에 전화를 해봤어요. 몇 군데다 전화해봤죠. 백만 달러를 벌 수 있는 아빠의 아이디어에 대해서 물어봤는데, 그건 성공 못 할 거예요."

"물론 성공 못 하지. 난 그냥 장난친 거야. 네가 그걸 계속 연구했다는 게 부끄럽구나."

스탠리의 아빠가 말을 이었다.

"하지만 '이건' 말이야."

그가 웃음을 터뜨리고 팔을 벌렸다. 입구의 양 여닫이문 위로 "개막일!"이라고 쓴 반짝이는 커다란 배너가 바람에 날려서 발코니 난간에 끈으로 묶어놓은 자리부터 불룩한 모양을 만들었다. 교복을 입은 소녀가 수줍게 치마 주머니에서 트럼프 카드를 꺼내는 모습이 그려진 포스터가 현관문 양옆에 붙어 있었다.

"정말 훌륭해. 그러면서도 대단히 웃기고. 하지만 공연을 일주일이라도 할 수 있다면 놀라울 거다. 분명히 내일 밤이면 공연을 중단시킬걸."

"그것도 그리 나쁜 일은 아닐 것 같아요."

스탠리가 대답했다.

"너 문제라도 생긴 거니?"

"네."

"도움이 필요해?"

아빠의 말투는 이번만큼은 상담용 어조가 아니었다. 그는 굉장히 자랑스러운 것처럼 흥미로운 미소를 살짝 띠고 스탠리를 쳐다보았다.

"네. 저 무슨 일 때문에 좀 비난을 받는 중이에요."

스탠리가 좀 더 조용하게 대답했다.

"멋지구나. 저녁을 먹으면서 이야기해보렴. 중국 음식을 먹자꾸나."

10월

이솔드가 말했다.

"오빠 가방에서, 금색 줄무늬가 있는 까만 가방 말이야, 거기서 신문 1면에서 잘라낸 기사를 찾았어. 표제가 〈선생이 학생과의 성관계를 부인하다〉였어. 다만 그건 기사가 아니라 기사의 복사본이었어. 복사본의 복사본. 그리고 아마도 오빠가 했겠지만 핵심 단어들에 노란색으로 줄이 쳐져 있었고."

스탠리는 약간 떨어져 앉아서 손에 얼굴을 묻고 있었다.

"기사의 절반은 나도 익숙한 내용이었어. 엄마가 신문을 낚아채서 1면을 찢어버리려고 하실 때 신문의 가운데 부분에 붙어서 남은 반쪽이었거든. 엄만 '시체 파먹는 독수리 같은 놈들'이라고 하시면서 찢어진 조각을 뭉쳐버리셨어. 엄마가 나간 다음에 난 남은 부분을 읽었는데, 표제는 '선생 성관계'만 남아 있고 단어들이 다 서로 어긋나서 내가 언니의 사랑에 관한 찢어진 단편들을 조각조각 맞춰야 했지."

스탠리는 양손으로 관자놀이를 붙잡고 싸움에서 진 걸 받아들이는 복서처럼 무릎을 구부리고 앉은 채 꼼짝하지 않았다.

"그래서 난 기사를 읽었어. 복사한 내용 전체랑, 색칠해둔 핵심 문장, '특별 교습을 받았다'라든지 '임시로 휴학했다' 같은 문장들까지 전부. 왜 이게 오빠 가방에, 버스카드와 도서관 카드, 오빠가 직접 베껴 쓴 시하고 같이 안에 들어 있는 건지 궁금했어. 아마도 오빠가 학교에서 하는 연습 때문일 거라고 결론을 내렸지. 뉴스에 나온 스캔들 같은 걸로 하는 연습일 거라고."

갑자기 매끄러운 동작으로 이솔드가 몸을 일으키고 옆구리에 팔꿈치를 붙였다.

"하지만 '지금'은, 지금은 사실 무슨 일이었는지 알아. 지금은 오빠가 날 보고 기회를 잡은 거라는 걸 알아. 지금은 내가 여왕으로 변신하기 위해서 게임판 제일 끄트머리까지 전진하려는 반짝이는 졸이라는 걸 알아. 오빠를 위한 여왕, 오빠의 공연과 연극과 오빠의 커리어를 위한 여왕이 되기 위한 졸이라는 걸. 지금은 내 안의 뭔가가 언니 모습을 드러냈다는 걸, 작은 동질성이나 친숙함 같은 게 내가 고개를 돌리고 입술을 깨물고 머리카락을 뒤로 넘길 때 '언니'처럼 보이게 만들었다는 걸, 갑자기 오빠가 나한테서 이용할 만한 모든 걸 보기 시작했다는 걸 알아. 오빠가 속으로 '쟤가 언니랑 가까운 건 아주 중요한 일이야'라고 생각했을 거라는 거 알아."

이솔드는 이야기를 계속하기 위해서 자신의 모든 것을, 흩어진 조각들을 전부 다 모아서 뭉치는 것처럼 몸을 더욱 빳빳하게 세웠다. 그녀의 목소리는 일종의 말없는 상처로 약간 굳어 있었고, 스탠리는 머리가 지끈거려서 시선을 돌렸다.

"난 오빠한테 이중적인 목적을 수행했겠지. 그런 내가 모른 이중성은 나를 반으로 가르고 두 개로 만들었어. 이득과 이용 대상으로. 오빤 날 곁에 두고서 나를 꽉꽉 짜내서 빅토리아 언니에 관해 내가 아는 모든 조그만 스테인드글라스 같은 사실의 파편들을 모으고 싶었던 거야. 오빠는 오빠 자신을 위해서 완전한 이야기를 원했던 거지. 오빤 우리 언니를 원했지만, 언니를 온전하게 원했던 건 아니야. 언니의 그림자, 언니의 반사된 상, 신문 1면에 스며든 언니의 이미지를 원한 거야. 오빠 언니 주변의 공기와 언니가 움직이는 공간, 지나가는 언니가 스친 물건들을 원했던 거야. 그래서 오빠가 날 원한 거지."

"이졸드."

스탠리가 손에 가로막혀 웅얼거리는 낮은 목소리로 말했다.

"넌 이용당한 게 아니야. 네 어떤 부분도 이용당하거나 속지 않았어."

"하지만 난 오빠를 이용했는걸."

이졸드가 그의 말을 짓누르며 말했다. 이졸드의 목소리가 명료하고 밝게 울렸다.

"오빠가 날 이용했던 것처럼, 나도 오빠를 이용했어. 난 그 얘기를 하러 온 거야. 오빤 나한테 일종의 보호막이었을 뿐이야. 일종의 증거였지."

토요일

"막을 내리기 전에 마지막으로 하나만 이야기를 할까 합니다."

마지막 여자아이가 비틀거리며 무대에서 내려가서 자기 자리로 돌아간 뒤에 색소폰 선생이 말했다. 색소폰 선생은 텅 빈 무대를 배경으로 조그맣게 보였다. 그녀의 뒤로 스타인웨이 그랜드 피아노가 커다란 천을 덮어놓은 묘비가 뒤로 쓰러져서 그대로 누워 있는 것처럼 보였다.

"제 학생 중 한 명에게 헌사를 하고 싶습니다. 올해 야간 아르바이트를 마치고 자전거를 타고 집으로 가다가 차에 치여 죽은 마르고 기운 없는 아이죠."

방 안은 즉시 죽은 듯이 고요해졌다. 색소폰 선생이 말을 이었다.

"오랫동안 저는 브리짓의 죽음을 비극으로 여겨보려고 했지만 성공하지 못했어요. 하지만 마침내 그런 식으로 볼 수 있게 된 것 같아요."

그녀는 바닥을 내려다보며 생각을 정리했다.

"브리짓이 수요일에 재즈밴드에 나왔다면, 그 애가 사라진 다음 수요일에, 그 애는 결코 보지 못한 그 수요일에 올 수 있었다면 그 애는 유명인사가 되었을 거예요. 창백하고 너저분한 브리짓, 항상 사소한 정보와 사소한 아이디어만 갖고 있던 그 소녀, 플랫슈즈를 신고 항상 옳고 항상 뒤따라 다니는 엄마를 가진 그 소녀, 항상 농담을 몇 초 늦게 이해하던 소녀가 남들에게 뭔가 이야기할 만한 거리를 갖게 되었던 거예요. 그 애는 비디오 가게에서 살라딘 선생님과 짧은 6분 동안의 대화를 모두에게 이야기하고, 아이들은 그 애를 둘러싸고 어깨를 두드리고 쿡쿡 찔렀겠죠. 모두가 그 애의 이야기를 들었을 거예요. 교실은 아주 조용했겠죠. 그리고 그 애는 평생 처음으로 환한 쾌감이라는 불길에 온기를 느꼈을 거예요. 그 애는 잠시나마 유명해졌겠죠. 그 짧고 불운한 인생에서 처음으로 진짜 정보를 갖고 있었으니까요. 브리짓은 이 사소한 기쁨을 빼앗겼어요. 그렇기 때문에 그 애의 죽음을 비극으로 볼 수 있는 거죠."

엄마들이 고개를 끄덕였다. 색소폰 선생이 부드럽게 말했다.

"불쌍한 브리짓. 정말 잔인한 일이에요."

11월

줄리아와 빅토리아는 학생 휴게실에서 꾸벅꾸벅 조는 7학년생 몇 명과 함께 앉아 있었다. 모두가 초여름의 열기에 나른하게 늘어져 있었다. 그들의 고등학교 시절은 거의 끝이 났고, 금방 떠나게 될 세상을 둘러보며 그들은 기분 좋은 향수를 느꼈다. 창문으로 운동장에서 노는 아이들의 웃음소리와 고함소리가 들렸다.

천천히 휴게실이 비기 시작했다. 한 명씩 밖으로 나가고 마지막 아이가 나가며 문이 달칵 닫혔다. 그리고 줄리아와 빅토리아만 남았다. 줄리아는 학년 말 정리표 위로 몸을 구부리고 있고 빅토리아는 잠시 반 건너편에서 그녀를 바라보았다.

"너 내 동생한테 반했었어?"

갑자기 빅토리아가 물었다. 그녀의 목소리는 가늘었다.

"올해 초에 말이야. 둘이 사귀거나 뭐 그랬던 거야?"

줄리아는 고개를 들고 상대를 무표정한 얼굴로 쳐다보았다.

"모두들 그렇게 생각해?"

빅토리아는 겸연쩍은 어조로 대답했다.

"음, 어."

그녀는 평소보다 작아 보였다. 입술을 비죽 내밀고 있어서 0.5초쯤 약간 동생과 비슷하게 보였다. 마치 동생의 이미지가 구름을 뚫고 나온 햇살처럼 그녀의 얼굴 위에 스치고 지나간 것만 같았다.

줄리아는 스치고 금세 없어진 이솔드의 이미지를 바라보다가 말했다.

"왜 그냥 네 동생한테 물어보지 않은 건데? 정말로 알고 싶다면 말이야. 왜 그냥 이솔드에게 물어보지 않는데?"

줄리아의 입에서 이솔드의 이름이 나오자 지나치게 친밀하게 느껴졌다. 두 사람 다 그것을 알아채고 얼굴을 붉혔다.

"난 아마도 그 애가 나한테 오기를 기다리고 있었던 것 같아. 그 애가 나한테 와서 얘기해주기를 말이야. 내가 물어보기 전에."

빅토리아가 대답했다.

"그런데 그러지 않았구나."

"응."

줄리아는 몸을 돌렸다.

"그래서 다들 뭐라고 그래?"

그녀는 창문과 벽 쪽으로 얼굴을 돌리고서 물었다.

"네가 그 애한테 키스했다고. 딱 한 번. 그 얘기만 해."

"그게 전부야?"

"그리고 누가 연극부 도구실에서 '날 가져요' 팔찌를 찾았는데, 부서져 있었대."

"그게 전부야?"

"응. 그게 전부야. 그래서 무슨 일이 있었던 거야?"

줄리아는 아무 말도 하지 않았다. 빅토리아는 앉아서 기다렸다. 그녀는 열렬하게 부추기는 표정을 띠고서 몸을 살짝 앞으로 기울이고 있어서 온몸으로 답을 기다리는 것처럼 보였다. 눈썹은 위로 올라가 있었다.

줄리아는 여전히 창밖만 쳐다보았다. 바깥에서는 하키장의 여자아이들이 환호에 환호를 지르고 있었다.

마침내 빅토리아가 한숨을 쉬고서 말했다.

"줄리아, 내가 상상할 수 있을 만큼의 사실만이라도 이야기해준다면 정말 좋겠어. 그러면 내가 알아서 이야기를 만들 수 있으니까. 그래서 내가 진짜 거기 있었던 것처럼 상상할 수 있을 테니까."

감사의 말

데니스와 버나 애덤에게 심심한 감사를 보낸다.

대이미언 윌킨스, 제인 파킨, 퍼거스 배로우맨의 조언과 격려, 지혜에 대해서도 감사를 하고 싶다.

스티븐 파이크의 장난기와 생명보험에 대한 엉뚱한 아이디어에도 감사를 표한다. 그리고 롤로 파이크와 에밀리 니버그의 사랑과 환대에도 감사를 보낸다.

샬럿 브래들리, 테인 업존-비슨, 제임스 크리스마스, 제인 그루프스키, 제미마 워커, 클레어 브램리, 네이선 맥로린, 젬마 맥케이브, 이들이 아이디어를 나눠주고 이야기를 들어준 것에 대해서 고맙게 생각한다. 그리고 테니슨 세인트 스튜디오의 모든 사람들, 클로에 레인, 로런스 패칫, 조안 플레밍, 새러 바넷, 에이미 브라운, 핍 애덤, 아샤 스콧-모리스에게도 감사한다. 여러분의 열정은 큰 의미가 되어주었다.

필리시티와 조나단, 서배스천에게도 사랑과 감사를 보낸다. 집을 공유해주고 열을 가라앉혀준 것에 대해서 감사하고 싶다.

캐롤린 더네이, 올리비아 헌트, 제시카 크레이그, 레티 랜슬리에게 뉴질랜드까지 진심 어린 감사를 보낸다. 그들의 비평과 인내심, 상냥함은 계속해서 나를 놀라게 했다.

그란타의 모든 분들, 나에게 기회를 준 것에 감사드리고 싶다. 사라 홀로웨이와 필립 그와인 존스는 직접 만나기도 전부터 나를 가족처럼 대해주었다. 앰버 도웰, 프루 로랜드슨, 그리고 디자이너 댄 모그포드에게도 크나큰 감사를 드린다.

엄마, 아빠, 윌, 사랑하고 고마워요.

가장 큰 감사의 말은 조니 프레이저-앨런에게 해야 할 것 같다. 나를 믿어줘서 고마워요.

옮긴이 **김지원**

서울대 화학생물공학부와 동대학원을 졸업하고 서울대 언어교육원 강사로 재직 중이며 전문 번역가로 활동하고 있다. 『루미너리스』『위도우(the widow)』『잘못은 우리 별에 있어』『다크마우스』『너가 섹시해지는 책』『바이오코드』『일곱 번째 내가 죽던 날』『탑 시크릿』『손 안에 담긴 세계사』등을 우리말로 옮겼고, 『바다기담』과 『세계사를 움직인 100인』 등의 책을 엮었다.

The Rehearsal

리허설

초판 1쇄 인쇄 2017년 3월 27일
초판 1쇄 발행 2017년 4월 3일

지은이 엘리너 캐턴
옮긴이 김지원
펴낸이 김선식

경영총괄 김은영
책임편집 김정현 **디자인** 문성미 **편집** 이승환 **책임마케터** 양정길, 최혜진
콘텐츠개발2팀장 김현정 **콘텐츠개발2팀** 김정현, 문성미, 이승환, 정민교
전략기획팀 김상윤
마케팅본부 이주화, 정명찬, 최혜령, 양정길, 최혜진, 최하나, 김선욱, 이승민, 김은지, 이수인
경영관리팀 허대우, 권송이, 윤이경, 임해랑, 김재경

펴낸곳 다산북스 **출판등록** 2005년 12월 23일 제313-2005-00277호
주소 경기도 파주시 회동길 357 3층
대표전화 02-704-1724 **팩스** 02-703-2219 **이메일** dasanbooks@dasanbooks.com
홈페이지 www.dasanbooks.com **블로그** blog.naver.com/dasan_books
종이 (주)한솔피앤에스 **출력·인쇄** 민언프린텍 **후가공** 평창 P&G **제본** 정문바인텍

ISBN 979-11-306-1179-2 (03840)

· 책값은 뒤표지에 있습니다.
· 파본은 구입하신 서점에서 교환해드립니다.
· 이 책은 저작권법에 의하여 보호를 받는 저작물이므로 무단 전재와 복제를 금합니다.
· 이 도서의 국립중앙도서관 출판시도서목록(CIP)은 서지정보유통지원시스템 홈페이지(http://seoji.nl.go.kr)와 국가자료공동목록시스템(http://www.nl.go.kr/kolisnet)에서 이용하실 수 있습니다.
 (CIP제어번호 : CIP2017006897)